元華文創
卓越文庫 EB017

鏡老花移映新影

清末四部擬《鏡花緣》小說的歷史與婦女群像

蘇恆毅 著

推薦序

如何閱讀、如何詮釋中國古典小說，是從過去到現在，每個閱讀者與研究者密切關心的問題。我研究古典小說、也創作現代小說與戲劇，在這些過程當中，古人所留下的文字往往成為了我的養分。

過去我曾以「才學小說」的角度來看李汝珍的《鏡花緣》，一般的讀者往往沉醉在小說中的奇幻情節。最廣為人知的，或許就是那個為女性發聲的「女兒國」，以及才女們可以參加科考的想像世界當中；也因此，《鏡花緣》似乎與性別研究有了密不可分的關係。

但是，《鏡花緣》這部融匯各種學識的小說應該如何被看待？是否應該今日《鏡花緣》的研究開創出不一樣的研究成果？在蘇恆毅的《鏡老花移映新影：清末四部擬《鏡花緣》小說的歷史與婦女群像》研究當中，已可看出成效。

恆毅在成功大學就讀時，以「晚清四部擬《鏡花緣》小說中的婦女議題研究」作為碩士論文題目，統整了清末的四部續仿《鏡花緣》的作品，結合了小說、歷史、性別三個主軸，從四位創作者的角度來觀察《鏡花緣》是如何接續的？進而深入觀察清末動盪社會中的婦女生活；以及創作者如何形塑出各種類型的婦女形象。補足了自李汝珍以降、至現代之間的閱讀與創作觀點的承續與轉化。

所有古典文學的研究，「溯源」、「文本」與「流變」是最重要的三大課題，而在「流變」研究當中，可探討作所品開展出的各種可能性。因此，恆毅以一己之力，孜孜矻矻校對了《鏡花後緣》，並所有《鏡花緣》續書，進行深入剖析、彙整、比較、評論……因此，恆毅的努力與細心，不只讓他重新檢視了《鏡花緣》的「接受學」，更可嘉惠未來的研究者。

恆毅打下堅實的研究基礎之後，目前就讀於中正大學博士班，以《紅樓

夢》為主題攻讀博士學位，相信他未來對於古典小說的流變轉化，一定能夠
開創出一片天地、並大放異彩。

王瓊玲

序於中正大學中文系

2018 年 9 月

自 序

　　自有記憶以來，我一直是個喜歡聽故事、看小說的人，總覺得在那些故事情節當中，能夠看見截然不同的生命姿態，並且幻想自己可以穿越在現代小說和古典小說之中，走入那些故事、和書中人物共度時光。也因為閱讀小說，讓我逐漸了走入文學研究與創作的世界裡。

　　在閱讀《鏡花緣》時，從最早接觸的兒童版、再到完整版，不管是哪個版本，最終都留下「欲知後事，且待後緣」，而不像其他的作品都有屬於自己的結局，讓我不禁好奇，李汝珍後來是否有再續寫。但，無論如何尋找，終是無功而返，也在心中留下了說不出的遺憾。

　　這個遺憾，一直到我在成功大學就讀碩士班時，選修了中文所的「女性主義理論與實踐」和歷史所的「明清小說與歷史」，正準備撰寫學期報告時，恰好在圖書館中找到了清末的三部續仿《鏡花緣》的小說，便以此為題撰寫了兩篇短論，其中有一篇後來更發表在期刊上，成為碩士論文的前身。正當以為只有這三部、且開始撰寫學位論文時，這樣的「感召」又再次出現，讓我找到了第四部小說——也就是《鏡花後緣》的報紙掃描檔案，便著手進行整理與校對，使這部小說不至於埋沒在廣大的文獻之海。也讓我結合了文學、歷史與性別三個不同的研究範疇，針對四部小說進行比較與歸納分析，最終取得學位。

　　這次將碩士論文修訂出版，標誌了學術生涯的開端，雖然四部小說皆非李汝珍所作，但前人之續，讓我對《鏡花緣》沒有結局的遺憾、以及尋訪續作的心願，在這個研究成果中得到了滿足。但四部小說是否真的就此終結？我想，當中定有許多可談的議題，為顧及論文原有的架構與主題，只得先以

此書作為起點，留待未來繼續拓展，並期待得到各方指正。

夢不會終止，小說研究的緣分也會如此延續下去。

蘇恆毅

序於嘉義民雄

2018 年 9 月

目 次

第一章　緒論

　　身為文學研究者，不得不提出這樣的疑問：如何在新時代中進行文學研究？又如何在既有的研究成果中開展出不同以往的可能性？但研究的創新，除了從研究方法著手，新文獻的發現、解讀與詮釋也是相當重要的一環。通過新發現的文獻，結合其歷史背景加以參照、並結合不同領域的研究方法，方能使文學研究開創新局。因此本章即就新發現、或是罕被探討的小說作為討論對象，藉以說明「文學創作」與「文學研究」的關聯性；以及透過文學作品的再創作，觀察創作者對於原作的理解，用以探究原作與續作之間的異同，並對續作加以詮釋、以及續作對原作的詮釋，進一步從研究者對原作與續作的詮釋角度進行再詮釋，經由不同的閱讀理解，使文學作品的詮釋角度有更多樣性的展現。因此以下即就本論文對「擬《鏡花緣》小說」的研究動機、研究主題與研究方法進行說明，以了解本論文的核心架構。

一、研究動機與目的

　　於清乾嘉之際，李汝珍（1763-1830）藉由書寫《鏡花緣》展現其才學，當中探討中國婦女生活與風俗的內容，更是歷來讀者的關注焦點，使讀者在探究其豐富的才學知識外，更試圖從中觀察小說中的婦女生活情態，藉以了解中國婦女的處境以及作者對這些生活風俗的批判性。小說中，李汝珍不只反對中國婦女纏足穿耳、追求外在病態美的陋習，更透過武則天與黑齒國皆

開女試、以選才女入朝輔政之事，鼓勵女子求學與參政。

到了風雨飄搖的清末，由於女權思想的傳入，各類型的女權小說亦如百花盛開般刊行，因此在《鏡花緣》之後，此時期亦有四部晚清小說以托「鏡花緣」之名，探討中國婦女在新時代環境中的社會現象。此四部小說即蕭然鬱生《新鏡花緣》（1907-1908）、陳嘯廬《新鏡花緣》（1908）、華琴珊《續鏡花緣》（1910）與秋人《鏡花後緣》（1910）。[1]四部小說的性質各異，如蕭然鬱生主要探討晚清時的維新運動所招致的亂象與弊病；陳嘯廬則探討中國女性受教育的情形；華琴珊則是以續補李汝珍《鏡花緣》未竟之內容，並使謫降凡間的花仙重返天庭；秋人則以《鏡花緣》中的唐閨臣與顏紫綃回歸人間，由她們的眼中看見晚清時中國政治與民間的昏聵現象，因此決意參與政治活動以救中國。

四部小說的內容與精神各異其趣，卻同時提及晚清中國面對西方文化與政治衝擊、並亟思改革的社會現象（參見表1之「思想性」欄）。面對動盪的社會，促使有識之士思索改革、以救亡圖存，而小說作為一反映社會之鏡，對於當時的社會現象與相關理論主張，皆可作為小說題材並抒發個人的理想。在此風氣下，婦女在社會與小說中亦占有一定的地位，或欲進入女子學堂求學、或參與政治活動、或要求情感自主等不一而足。雖然四部小說的婦

---

[1] 除此四部小說之外，清末另有1907年刊載於英商《遊戲報》之《新鏡花緣（一名女界魂）》，惜未能得見，不知內容所述為何。除此之外，民國初年亦有兩種以「鏡花緣」為名進行創作的小說，分別為：1934年10月刊載於《論語半月刊》第50期的戌我〈新鏡花緣〉、與1942年5月刊載於《萬象》第2年第1期的秋翁〈第一○一回鏡花緣〉。戌我的〈新鏡花緣〉描述唐敖一行人來到「不夜國」經商，看見舉國因使用電燈、在夜間燈火通明的景象感到吃驚，此後與一婢女交談，得知其主人在舞會遇劫、因此需要添購脂粉等物，但婢女轉述其主嫌林之洋的貨品品質不佳，因此交易不成之事；秋翁的〈第一○一回鏡花緣〉先描述有「碬哉先生」發現的疑似為李汝珍《鏡花緣》的殘稿，覺得頗有價值而予以刊行。其後描述林之洋等人行至「蹇鵠村」看見該村因災禍而導致男人失蹤、女人獨活並進行「號泣于旻天」以顯其哀之景，後又至「孤鶩島」，見島上人民進行古風教化、行為極有紀律之事，雖然讚嘆「反（返）古」之風、卻憂留於島上可能因「反古」遭罪，遂匆促離去。兩部小說俱刊載於民國刊物，時代上與本論文所欲研究的「清末小說」不合；在內容上，戌我〈新鏡花緣〉是以物質文化與商品買賣為主軸，說明物質現象的演進與奢侈品的品質需求，秋翁〈第一○一回鏡花緣〉是以海外遊歷為核心，欲指陳遵行古禮教化的不合時宜。兩種小說均不合於本論文欲探討「婦女議題」的主旨，故僅略述小說梗概內容於此，而不加以探析。

女議題所占比重不一、呈現的樣貌亦不盡相同，但或多或少都可以看出婦女在小說、在晚清社會中的生活樣態。因此本書欲將四本小說中所述及的中國在晚清時的社會現象與婦女運動進行統合性的比較與論述，並且分析小說中的婦女形象，以了解在《鏡花緣》之後的清末中國小說家是如何看待與塑造參與改革的「新女性」。

李汝珍《鏡花緣》第一百回末寫道：「若要曉得這鏡中全影，且待後緣。」[2]標明小說未完，故當有續作。然李汝珍終其一生卻未完成下半部的《鏡花緣》，是以續寫之事則有待後人。[3]在清末的擬舊小說中，今日可得見者，僅四部小說以擬「鏡花緣」為題進行書寫，當中有三部能夠延續李氏《鏡花緣》所寫內容進行承續，另一則是從精神上進行開展。但不論是針對內容的承續或是精神的繼承，對《鏡花緣》的擬作與其他小說的擬作數量相比較，擬作與續寫《鏡花緣》的數量顯然較少，[4]其原因不知是《鏡花緣》未能引起清末文人的關注、或是《鏡花緣》的內容難以承續，種種原因，尚須探討。目前的清末續作中只有四部，雖然各自的正反立場不同，卻皆不約而同地提到了清末中國的政治問題與婦女問題。這兩種問題在清末小說創作中是主流，在擬舊

---

[2] 參見〔清〕李汝珍：《鏡花緣》（臺北：臺灣古籍出版社，2006 年），頁 569。

[3] 註 1 提及秋翁的〈第一〇一回鏡花緣〉描述此篇為李汝珍的小說殘稿，但細究其中內容，「寡鵲村」與「孤鸞島」的名稱皆不合於《鏡花緣》海外諸國之名取材自《山海經》、《淮南子》、《博物志》、《述異記》等書之體例；在思想上，雖有「薄古貴今」的批判性，卻缺少對小說中的村民與島民的關懷、而只關注主角群的個人存亡，與李汝珍關懷批判惡俗與關懷他族的精神相悖，因此當是託名之作。

[4] 自晚清至民國，其他古典小說的續書數量，《水滸傳》續書以李忠昌《古代小說續書漫話》所述，從狹義而論有 14 種、若是廣義而論（即包含改寫、仿作），則多達 74 種。《紅樓夢》續書的部分，從林依璇《無才可補天：「紅樓夢」續書研究》一書的附錄一所示，《紅樓夢》續書至少有 48 種；趙建忠《「紅樓夢」續書研究》則著錄了多達 98 種。《西遊記》續書以李宛芝《「西遊記」續書之經典轉化：以明末清初和清末民初為主》與吳澤泉〈晚清翻新小說創作情況考證〉二人之整理，則至少有 14 種。又據王旭川《中國小說續書研究》整理，其他小說之續作亦不下 10 種。相較之下，《鏡花緣》的續作自晚清至民國、且含未能得見者，僅有寥寥 7 種，可知晚清以來續作與仿擬《鏡花緣》的風氣並不盛行。相關研究資料可參見李忠昌：《古代小說續書漫話》（瀋陽：遼寧教育出版社，1992 年），頁 3-6。林依璇：《無才可補天：「紅樓夢」續書研究》（臺北：文津出版社，1999 年），頁 237-242。王旭川：《中國小說續書研究》（上海：學林出版社，2004 年），頁 129-354。趙建忠：《「紅樓夢」續書研究》（天津：天津古籍出版社，1997 年）。吳澤泉：〈晚清翻新小說創作情況考證〉，《中國文學研究》第 14 輯（2009 年 12 月），頁 294-299。李宛芝：《「西遊記」續書之經典轉化：以明末清初和清末民初為主》（國立政治大學中國文學系碩士論文，2016 年），頁 4。

小說中，由於清末「小說界革命」的提倡，使小說作為社會現象的展現、並用以提倡新思想，以期許小說作為社會改良的進路與方法。[5]

但小說的續寫與仿擬並非起於清末，而是自明代以來便相當盛行，清人劉廷璣於《在園雜志》上即點出此種現象，儘管劉氏認為這類型的小說縱有佳作，卻難以與超越前人著述相媲美，何況多為狗尾續貂，故認為續作多為「下下之作」。[6]近代小說研究者阿英則將清末「擬舊小說」與「嫖界小說」、「寫情小說」視為晚清譴責小說的反動，在藝術與思想上並無可觀之處，遂歸入「晚清小說之末流」。[7]但這類型的小說是否真如兩人所認為的毫無意義可言？若將小說寫作所欲表達的時代意義與讀者心理意義等方面論之，續作與擬作仍有其應存在的價值。[8]且高玉海將清末擬舊小說歸入「續書」的一環，認為清末擬舊小說在書名與寫作體式上有意承襲舊有的小說，卻在精神與內容上加入清末社會問題的呈現，造成精神上與原有的小說雖大相逕庭，但由於體式上的承襲，故可歸之於「續書」之一類。[9]再者，由於擬舊小說誕生於「小說界革命」、主張「小說應具有維新功能」的時空背景下，使擬舊小說與譴責小說相同、均具備嘲諷與譴責的功能，故擬舊小說非小說之沒落，而有積極的傳承與延續性。[10]因此擬舊小說、乃至於擬《鏡花緣》小說的存在與時代意義，終不可忽視。

然而現今針對擬《鏡花緣》小說的研究成果相當匱乏，僅有數篇單篇論文，且論者多只單獨針對其中的一至兩種進行論述，而未全面性地將四部小說進行比較，因此四部小說仍有許多可以再探討與延伸之處。故本論文的研究動機除基於四部小說對於延伸《鏡花緣》對社會與女性的關注作為宗旨，

---

[5] 參見葉朗：《中國小說美學》（臺北：里仁書局，1987年），頁304-308。

[6] 參見〔清〕劉廷璣：《在園雜志》（臺北：文海出版社，1969年），頁146-148。

[7] 參見阿英：《晚清小說史》（香港：太平書局，1966年），頁176-177。

[8] 參見李忠昌：《古代小說續書漫話》，頁58-102。高玉海：《明清小說續書研究》（北京：中國社會科學出版社，2004年），頁217-339。

[9] 參見高玉海：《明清小說續書研究》，頁48。

[10] 參見黃錦珠：〈晚清「擬舊小說」新論〉，樽本照雄編：《清末小說》第24期（滋賀：清末小說研究會，2001年），頁165-167。

探討清末婦女運動的諸多面向，同時又因當前對四部小說研究成果的匱乏，未能以主題性的方式探討四部小說對婦女議題的重現，造成擬《鏡花緣》研究在清末小說與婦女議題的空白，使其文獻、文學、思想等價值未能得見，尤為遺憾，故應當重新加以審視。

但是清末婦女議題包含的方面甚廣，舉凡女權思想的提倡、女權運動的推行以及女性形象與女性意識均可納入。[11]而清末的女權思想又相當多元，從興女學、廢纏足乃至於婚戀情感與道德規範均可含括其中，[12]雖然四部小說再現的婦女運動並不一致（參見表 1 之「婦女議題面向」欄），故本論文在婦女議題上，除定位於小說與歷史文本資料的對照外，小說內部的人物塑造及評價、以及四部小說於作為婦女運動史文本的定位亦是探討範疇之一，並以廣泛的研究視角探索四部擬《鏡花緣》小說中的女權改良主張與社會的聯繫、女性形象與四部小說在清末至五四之間的定位與轉變的時代意義。

除此之外，談論清末之婦女運動，則必談及所謂的清末新女性。有關「新女性」的定義，黃錦珠認為是「具有新觀念或新作風的女性人物」，此新觀念是指「爭取女權時所提出的各種突破傳統女子規範的主張」，進而使行為上帶來新作風；[13]周樂詩則從內在與外在兩種層面著眼，認為新女性的內在具有獨立性、職業意識與個人自主性，同時在外在則是有新潮的裝扮、並在言行舉止上有新的特徵。[14]西方女性主義者 Betty Friedan 則視職業婦女為新女性的形象，認為職業婦女能夠跨出家門，以充滿自信、快樂的樣態展現出獨立、有勇氣與決心，且能夠主動追求自己所想要的生活的精神性格，使職業婦女的生命與家庭主婦相較，有更高度的自主性。[15]三位學者的定義均從現代的觀點進行表述，然而新女性的定義在不同時期與不同文化中有各自象徵的意義，

---

[11] 參見黃錦珠：《晚清小說中的新女性研究》（臺北：文津出版社，2005 年），頁 13-17。

[12] 前揭書，頁 21-23。

[13] 前揭書，頁 21。

[14] 參見周樂詩：《清末小說中的女性想像：1902-1911》（上海：復旦大學出版社，2012 年），頁 318。

[15] 參見〔美〕Betty Friedan 著；李令儀譯：《女性迷思：女性自覺大躍進》（臺北：月旦出版社，1995 年），頁 63-65。

但總體而言，均以「突破傳統規範，並具有個人主體意識」為重要特質。

　　至於清末對於新女性概念的生成、以及稱呼，筆者所見，最早的有關清末新女性稱呼與定義者，為初我（丁初我，1871-1930）於《女子世界》第十一期（1904）中刊載的社論〈新年之感〉：

> 吾聞女子者，國民之母；精神者，事實之母也。以尊貴神聖之資格，養成高尚美滿之精神。自由空氣入我，陶鎔萬眾來蘇與之同化坐視，此新中國之<u>新女子</u>，發施此二十世紀之新事業，吾且進精神上之理論，為形質上之理論研究之。[16]

在丁初我之前，金一（金天翮，1874-1947）於光緒二十八年（1902）發表的《女界鐘》上從道德、品性、教育、權利等層面定義清末新女性應有的面貌，但並未以「新女性」等相關詞彙稱呼這些新時代的婦女。[17]丁初我於〈新年之感〉中以「新女子」代稱新時代之女性時，是將婦女視為「國民之母」，並且重視由內在的精神培養到外在的行為表現兩種層面之間的連貫性，並於後文更詳細地指陳新女性應具備的特質與培養面向，如：（一）新勢力：戰勝人的、務實際的、多俠義的；（二）新理想：自尊重的、天職的；（三）新道德：法律的、高潔的；（四）新職業：生利的、自活的；（五）新家庭：家庭相愛和悅、注意於子女之養育、注意於經濟之出入；（六）新社交：公眾的、合於道德的。[18]由此可知，丁初我對於新女子／新女性的定義主要是能夠自立自主，在外能參與公眾事務，在內則能夠治理好家庭事務，以此做為清末新女性的規範與期許。雖不脫離「國民之母」此一家國範疇之下為救亡圖存、培養新世代國民的賢妻良母框架，卻期許婦女參與公眾事務、並養成自立自主的性

---

[16] 參見初我：〈新年之感〉，《女子世界》第十一期（1904 年 11 月），頁 3。底線為筆者所加。

[17] 參見金一：《女界鐘》，轉引自中華全國婦女聯合會婦女運動研究室編：《中國近代婦女運動歷史料（1840-1918）》（北京：中國婦女出版社，1991 年），頁 155-186。

[18] 詳見初我：〈新年之感〉，頁 1-6。

格與高潔的道德為宗旨，與今日論述新女性的觀點亦有相合之處。因此本論文所稱之晚清新女性，以丁初我之論為準則，並兼采眾說，凡符合女性能夠參與公眾事務、自立自主的理想，又可顧及家庭者，均以「新女性」稱之。

　　是以本研究的目的是為了了解原作與續作的關係，並從中探索婦女在清末中國變局中占有了何種地位，以及這些婦女在小說中所呈現的形象與心理模式為何，進而嘗試在文學史上為四部小說進行定位。

表1：清末四部擬《鏡花緣》小說比較表

比較項目＼書名	蕭然鬱生《新鏡花緣》	陳嘯廬《新鏡花緣》	華琴珊《續鏡花緣》	秋人《鏡花後緣》
寫作時間	光緒三十三至三十四年（1907-1908）	光緒三十四年（1908）	宣統二年（1910）	宣統二年（1910）
寫作地點	上海	上海	上海	廣東
再現場域	上海	上海	上海	上海、福州、廣東
小說回數	12回	14回，未完	40回	17回，未完
與前作之關係　書名	襲用前書	襲用前書	襲用前書	襲用前書
與前作之關係　人物	襲用前書	全盤更新	襲用與新添皆有	襲用與新添皆有
與前作之關係　情節	延續前書之時空、部分更新	全盤更新	延續前書、部分增補	延續前書之時空、全盤更新
思想性	諷刺清末時政與維新運動	中體西用、不支持全盤西化	諷刺時政、炫耀才學	提倡女權及民族精神
關注層面	維新運動與民族性	婦女教育	婦女教育與民族性	女權與國族
婦女議題面向　女權		✓	✓	✓
婦女議題面向　女學	✓	✓	✓	✓
婦女議題面向　放足		✓	✓	
婦女議題面向　革命	✓			✓
婦女議題面向　戰事			✓	

二、文獻回顧

　　回顧前人對於四部擬《鏡花緣》小說中的婦女議題的研究，可分為直接相關與間接相關兩種類型的文獻。以下則分項敘述：

　　直接相關者，即為以四部擬《鏡花緣》小說作為探討對象，然此部分的研究成果，當前僅六篇單篇論文。以討論的文本對象而論，可分為以下幾種：

　　（1）以華琴珊《續鏡花緣》為主題者，為：王瓊玲〈妄續新篇愧昔賢：「續鏡花緣」研究〉（2002），該文針對華琴珊《續鏡花緣》的作者生平進行考證與整理，並對《續鏡花緣》續補李汝珍《鏡花緣》的內容分類，以說明華琴珊如何選擇值得延伸的部分、參酌晚清時的社會風氣以緒補《鏡花緣》。最後分析《續鏡花緣》在思想與藝術技巧上的寫作缺失，認為華琴珊之作與《鏡花緣》的寫作思想已有天壤之別，遂認為此書為失敗之作。

　　（2）以蕭然鬱生與陳嘯廬兩種《新鏡花緣》為主題者有三篇，分別為：李奇林〈並非「狗尾」、「蛇足」：寓言小說「新鏡花緣」簡論〉（1993），該文對蕭然鬱生《新鏡花緣》進行其內容相關的史料考證，又針對小說的諷刺性得出三種特性：「大膽誇張」、「正話反說」、「與現實顛倒」且能夠結合晚清中國時的社會現象及其對社會的關注，並顧及人物塑造，因此認為蕭然鬱生的《新鏡花緣》是一部在思想與藝術上都相當傑出的小說。又其〈兩部「新鏡花緣」之優劣比較〉（1995）則從「與原作的關係」、「諷諭性」以及「語言使用」比較蕭然鬱生與陳嘯廬的《新鏡花緣》，認為蕭然鬱生所作在思想性與藝術性上均高於陳嘯廬。魏文哲〈「新鏡花緣」：反女權主義文本〉（2004）則是以陳嘯廬的《新鏡花緣》為探討對象。文章起首即點出了晚清中國守舊人士的典型，分析陳嘯廬只是假維新、真守舊的人。其立論從小說中不斷主張中體西用、以及提倡女學應以傳統教材為主，至於西學卻抱持著「學得多少是多少」的觀念。故論者認為陳嘯廬之作於提高女權無益。

　　（3）以秋人《鏡花後緣》為主題者，為：辜美高〈「鏡花後緣」的發現、比較與詮釋〉（2010）一文則整理與簡要概述秋人《鏡花後緣》的寫作緣起與

創作內容，並校對出各章節的標題，最後從小說中關懷女性的部分與西方思潮進行比較，並表示該部小說在胡適之前就把《鏡花緣》關懷女性的思想表現出來，因此給予秋人的《鏡花後緣》高度肯定。

（4）以主題式分析擬《鏡花緣》小說者，為：蘇恆毅〈從三本擬「鏡花緣」小說看晚清女學生的求學情形〉（2014），該文以蕭然鬱生、陳嘯廬與華琴珊三人之作為討論對象，結合小說與歷史文獻，觀察小說內部如何呈現清末女學堂的興建過程、女學生的入學條件與面臨的入學困境，點出清末社會在觀看女學生此一型態的新女性時，對於新女性的期待與聯想，同時點出清末社會對於女學堂及女學生的正反兩方的觀點，進一步帶出清末女權在男性視野下的發展與艱難，統整出社會的矛盾觀點。

以上六篇單篇論文，從藝術、歷史、思想等方面探討擬《鏡花緣》小說的內容，對於四部小說，獲得正面評價的僅有蕭然鬱生的《新鏡花緣》與秋人的《鏡花後緣》，認為其對社會現象有所諷刺，且在語言上較鮮明活潑的部分給予肯定；至於陳嘯廬的《新鏡花緣》與華琴珊的《續鏡花緣》則由於二文的作者未能深刻了解到中西對於女性權利／力的觀點差異並給予關懷，而在藝術上也有所缺失，因此被視為是失敗之作。然而這些前行研究的觀點，由於小說的發現與整理、以及主題性的差異，難免僅能就單一文本進行討論、而未能全面性地觀察四部小說在面對清末社會與清末女權的觀點差異。但由於擬《鏡花緣》小說是從李汝珍《鏡花緣》發展而來，應從更寬廣的角度來看四部作品，是因四部小說皆展現了清末中國面對西方文化的衝擊以及社會的矛盾，同時也對於原作的觀點有所繼承、並且針對婦女議題的相關論述鎔鑄於小說創作中，因此若能夠以同一主題的不同觀點來觀看四部小說，應能得到較客觀的結論、並評估四部小說的價值與時代意義。

在間接研究相關之研究成果，則可分成「續作概念」的研究與「性別議題」的研究兩大範疇。

在續作概念上的前人研究，最早可推至清人劉廷璣《在園雜志》，其通過觀察明清以來的續寫小說的風氣進行分析，歸類出續作與前作的四種關係，

但對於續作的成就，劉廷璣則認為在藝術上均未能超出前作，故當行煞盡、以杜絕弊端。[19]在今人的研究成果上，阿英（錢杏邨）的《晚清小說史》首先觀察到的是晚清小說的擬舊風氣，然其觀點亦認為在藝術與諷刺性上，擬作均不如前作，故視此類小說為晚清小說之末流。[20]至於李忠昌《古代小說續書漫話》（1992）可稱為是較早對續書進行論述的研究，其從續書的定義、分類、成因與價值進行探討，認為續書在思想與藝術上均有可取之處。其後高玉海《明清小說續書研究》（2004）則更深入的從明末清初至晚清的續寫現象進行論述與分類，說明續書在各時期的發展概況。探討範圍上，續書與「翻新小說」均有述及，並通過各類型的續書作品，說明續書的接續方式、藝術得失、文化成因、續書的創作理論與批評、續作對前作的批評與鑑賞價值進行闡述，藉以表明續書的存在價值。此外，高玉海另有《古代小說續書序跋釋論》（2007）一書，此書收錄了一百餘篇、各類型的古代小說續書序跋進行注釋、考證與評介，同時收錄了劉廷璣《在園雜志》有關續書的文字，使未來的研究者能夠基於此書的整理成果，對續書能夠有更進一步的探究。而王旭川《中國小說續書研究》（2004）分為上下兩編，上編概述中國小說續書的型態、發展與文化審視；下編則為各類型的古典小說續書研究，有《世說新語》、《三國演義》、《紅樓夢》、《西遊記》與英雄、俠義、公案等類的小說續書。單篇論文則有黃錦珠〈晚清「擬舊小說」新論〉（2001），該文通過對於擬舊小說的續寫手法分為三類，評述晚清小說在文學史的流衍與傳承，並從擬舊小說創作的時代風氣進行分析，肯定擬舊小說在文學史上有正面的積極意義與歷史定位。胡全章〈作為小說類型的晚清翻新小說〉（2003）則簡略分析各種翻新小說的藝術特質，認為翻新小說打破時代框架、鎔各種小說類型於一爐，使中國古典小說的敘事模式得以創新，藉此對晚清翻新小說的負面定位進行翻案。

以上的「續作概念」的前人研究，由於是將眾多續書／擬舊小說以宏觀的視野進行比較分析，闡述續書的成因、續書的分類方式、續書的藝術性等

---

19 參見〔清〕劉廷璣：《在園雜志》，頁 146-148。
20 參見阿英：《晚清小說史》，頁 176-178。

層面，當中雖有提及擬《鏡花緣》小說，但僅是著錄書名並與其他的續作並觀，再者，由於材料的發現，也僅著錄蕭然鬱生與陳嘯廬的兩種《新鏡花緣》，因此四部擬《鏡花緣》小說在眾多續書／擬舊小說中的特殊性未能被加以彰顯，且相關論述亦未必全然合於四部小說，因此將四部小說提出討論，一則是可建構《鏡花緣》及其續作的承襲關係，讓《鏡花緣》的研究能夠有再拓展的可能性；二則是經由主題性的研究，可更聚焦於續作當中的某單一主題中進行不同文本間的比較，以發現創作者對於原著的理解以及社會現象的批判性，讓每一部小說能夠在同一原作的續寫框架下，看見各自的差異性。

至於晚清時的性別議題研究，又可略分為史料性的探討與文學作品的探討。史料性的探討上，夏曉虹《晚清女性與近代中國》（2004）分為上中下三篇，上篇通過晚清的報刊雜誌資料，分析晚清女權運動的發展、女性地位的重構、以及晚清論述女權者之間的爭論。許慧琦《「娜拉」在中國：新女性形象的塑造及其演變（1900s-1930s）》（2003）則通過各類型的史料，分析晚清至五四時期的新女性形象在各時期的社會期待影響下所產生的定義、塑造及轉化，使中國近代社會女性形象與處境的發展歷程能夠有全面性的了解。陳三井《近代中國婦女運動史》（2000）以時間與地區進行探討。以時間而論，從晚清、辛亥革命、五四、抗戰前後的婦女運動與各時期的運動內容進行整理與歸類，使研究者能夠從各時期不同的婦女運動主張了解女權的進程；以地區性論，分作臺灣與中國兩部分，用以了解海峽兩岸不同的婦女運動發展與主張。羅蘇文《女性與近代中國社會》（1996）則從晚清至五四的女性社會進行論述，由清末之西潮東漸帶動女子地位的改變與發展困境，並分析女學生、娼妓、國民母等女性類型，進而了解中國女性在時代變遷中的各種生活風貌，並了解女性從「從女人到人」身分地位的發展。

史料性研究中國女權發展的單篇論文則有多種，如談論女學發展的呂士朋〈辛亥前十餘年間女學的倡導〉（1993）、黃嫣梨〈中國婦女教育之今昔〉（1991）、廖秀真〈清末女學在學制上的演進及女子小學教育的發展（1897-1911）〉（1988）等諸多論著，皆著眼於中國女學的發展歷程，以及女

學帶動女權的成果。又如林維紅〈清季的婦女不纏足運動(1894-1911)〉(1996)
與〈同盟會時代女革命志士的活動(1905-1912)〉(1986)二文,則分別從清
末婦女廢纏足的理論主張、發展過程與成效與革命女傑對於推動女權發展的
貢獻。亦有綜觀清末女權發展的主張與論爭,梳理中國近代以來的女權發展,
如:李曉蓉〈中國近代女權特色之分析(晚清至五四)〉(2012)梳理清末至
五四時期關懷女性與女權的論述,並提出國族主義、仿男主義、賢妻良母主
義之等多種理論及爭論,了解近代中國女權的發展歷程與思想模式。

　　從文學作品討論女權發展的研究論著,黃錦珠有論文多種,其專書《晚
清小說中的新女性研究》(2005)從定義晚清新女性,進而從新女性的行動能
力、自立能力、婚戀規範與美惡形象進行論述,藉以了解晚清小說中的新女
性在追求獨立平等的努力、以及遭受到的困境。單篇論文則有〈晚清小說的
女學論述〉(2003)與〈晚清小說中的性別、主體與困境〉(2004)兩篇,前
文從小說內之女學倡興對女性身心的正負面衝擊以及對男性的影響,進而了
解清末婦女教育的思考與疑慮;後文則從小說中廢纏足、興女學等提高女性
權利的主張,觀察書寫者對於提倡女權的矛盾思想,同時了解女權與家國密
不可分的關係。此外,周樂詩《清末小說中的女性想像:1902-1911》(2012)
則分析了女豪傑、女學生、娼妓等類型的女性在小說中形塑的過程,並以史
料分析各類型的女性在中國女權的倡導下,所努力的目標以及遭遇到的困
境。賴芳伶〈晚清女權小說的淵源及其影響〉(1989)則從新舊傳統的衝擊下,
觀看晚清女權小說發生的淵源,以及對五四與民國以來有關女權小說的影響
性。吳燕娜〈從一本晚清小說管窺清末纏足運動和論述〉(2001)則以《醒世
新編》作為研究對象,梳理中國的纏足歷史與清末廢纏足運動如何再現於小
說中,從小說作品申論纏足對婦女的戕害。學位論文則有戚心怡《晚清小說
中女性處境之研究》(1994)與陳秀容《晚清中長篇小說中女性人物塑造之研
究(1895-1911)》(1999)兩篇,二文均以晚清提倡女權為脈絡,分析小說中
具有傳統婦德的女性、具有新思想的女性、娼妓、尼姑等多類型的女性形象,
以及各種女性在提倡女權的時代風氣中的處境,以及被形塑為何種女性典型。

　　由以上前人研究可知，清末小說中的性別研究必須在文學研究當中參酌
史料與現代性別理論，方可在理論的運用上回顧清末女權提倡的背景與實踐
上進行密切結合，固然研究文本可以非常多元，但是每位作家對於女權的觀
點差異會影響其小說創作，無論是在整體思想的呈現或是人物形象的塑造皆
會有所影響，因此從史料性與文學性的兩大範疇的前人研究當中，可以進一
步思考四部擬《鏡花緣》小說的研究當中，可以如何在小說的基礎之上運用
史料與現代性別研究，使四部小說的婦女議題研究有更完整的論述。

三、研究範疇與方法

　　本書所欲探討的四部清末擬《鏡花緣》小說中，目前僅有蕭然鬱生《新
鏡花緣》、陳嘯廬《新鏡花緣》與華琴珊《續鏡花緣》三部小說已有今人重新
排版校對出版，唯獨秋人《鏡花後緣》尚未整理，因此在進行四部小說的探
討前，尚須將原刊載於《星洲晨報》的《鏡花後緣》進行整理與校對，才能
進行四部小說的比較與研究。今日可見之《鏡花後緣》的檔案僅有新加坡國
立大學圖書館藏的《星洲晨報》微縮影印本的電子檔，加之檔案距今已百年
有餘，因此校對較為困難，但為了進行四部小說間的比較，必須先進行小說
的校點排版，此相關的校對成果於本書附錄〈秋人「鏡花後緣」校點〉所示。
　　經過文獻整理後，可以發現四部小說的精神主旨並不一致、如蕭然鬱生
以談論維新運動為宗旨、女性則為旁及；陳嘯廬則以談論女學為中心，旁及
女學救國的論述；華琴珊則在批判婦女運動的同時，炫耀己身才學；秋人則
將女權與國權並舉，推獎女性參與革命的重要性。是以四部小說關注女權的
層面並不一致，然或多或少均對女權有所述及，因此本書以四部擬《鏡花緣》
小說作為探討對象，並將主題縮限為婦女議題，以聚焦於四部小說在清末提
倡女權時，四位小說作者如何再現、並持何種觀點進行批判與形塑女性人物。
　　在研究範疇確定後，本書擬通過文獻探討、並進一步利用小說與歷史性
文本的互文性進行研究：

　　首先文獻探討的部分，以《鏡花緣》及其擬作進行探討，並以擬作為主、原作為輔，廣泛地分析四部擬《鏡花緣》小說的成因、內容思想與人物塑造以及四位作者如何看待清末中國的變局與改革聲浪，進而了解小說中的婦女生活與女性形象。此部分研究成果可參見第二章〈再續新緣：擬「鏡花緣」小說內容述要〉。

　　至於小說與歷史性文本的互文性研究方式，則必須梳理中外的「互文」意義。根據蔡玟姿的整理與比較，中文語境的互文，指的是「以繁複句義而累增句式」的修辭技巧；法國符號學語境的互文（intertextuality）指的則是文本在去除作者權威後，從「作者─文本」關係到「文本─文本」的理論轉向，而此種理論注重的是作者如何呈現表象世界，即「世界─作品」關係，是將任何一個文本視為一互文本，其他文本則程度不等地以多少可辨認的形式存在於這一文本中。且在作品誕生後，通過讀者的閱讀與詮釋，又再生重製文本，使文本為一開放物件。[21]換言之，本書從《鏡花緣》到清末四部擬《鏡花緣》小說的詮釋與生成、以及四部小說如何對清末的歷史環境進行呼應、再現、與創造，進行一互文性對照，並參酌清史與婦女史相關研究論著，以了解四為小說作者在認知《鏡花緣》與清末婦女運動的相關主張，再將其所認知到的文本內容如何再現於擬《鏡花緣》小說中，並討論小說與小說、小說與歷史之間的互文性關係。此部分研究成果可參見第三章〈映照歷史：擬「鏡花緣」小說中的婦女議題〉。

　　而在經由「小說與小說」、「小說與歷史」的互文性研究之後，則再進一步探討小說當中的女性人物形象的塑造，此部分則如婦女議題在小說與歷史

---

[21] 此處概念，轉用蔡玟姿於〈五四作家之跨國互文考察：以林徽因與吳爾夫，凌叔華與契訶夫、曼殊菲爾為例〉整理的互文意義，參見蔡玟姿〈五四作家之跨國互文考察：以林徽因與吳爾夫，凌叔華與契訶夫、曼殊菲爾為例〉，《應華學報》第 6 期（2010 年 1 月），頁 86-91。有關法國符號學中的互文理論，則可參見〔法〕Roland Barthes 著、董學文、王葵譯《符號學美學》（臺北：商鼎出版社，1992 年）；〔法〕Roland Barthes 著、李幼蒸譯《寫作的零度：結構主義文學理論文選》（臺北：久大文化出版社，1991 年）；〔法〕Tiphaine Samovault 著、邵煒譯《互文性研究》（天津：天津人民出版社，2003 年）；陳永國：《理論的逃逸：解構主義與人文精神》（臺北：秀威資訊出版社，2014 年）等書。

文獻的對照，將小說人物與清末報刊當中的同類型人物進行對比分析，進一步分析各類型的婦女形象的重塑樣態、以及為何如此呈現女性形象的原因，藉以了解不同類型的婦女形象在不同創作者之間的觀點究竟如何，以及清末文人在男性視角之下對於各類婦女的想像、期待與批判。此部分研究成果可參見第四章〈描繪女性：擬「鏡花緣」小說中的婦女形象〉。

　　然而，無論是「婦女運動面向」或「婦女形象塑造」兩種小說與歷史的互文研究時，必須對於清末女權即相關史料有所認識，在資料運用上，以「大成老舊刊全文數據庫」與海德堡大學「清末民初婦女報刊資料庫」（Chinese Women's Magazines in the Late Qing and Early Republican Period）所蒐集的資料為核心，並輔以李又寧與張玉法所編著之《近代中國女權運動史料（1842-1911）》、中華全國婦女聯合會婦女運動歷史研究室所編之《中國近代婦女運動歷史資料（1840-1918）》、與杜學元所著之《中國女子教育通史》等書的資料考證清末婦女運動的情形，藉以了解與對照小說中所呈現的婦女運動，接著再進行歸納，以了解清末政治與文化改革中，婦女運動所觸及的面向。

　　最後，則是將四部小說的創作者視為讀者，並與其他時代的讀者進行比對，以時間的垂直性與共時性觀察自《鏡花緣》成書以來，清中葉至現今的讀者觀點轉變過程，以了解《鏡花緣》如何在小說使當中被定位、以及其備受關注議題的轉化，並進一步針對婦女議題，分析自清中葉至民國初年之間，婦女議題論述的不同聲音如何在四部小說中被呈現，藉以建構出《鏡花緣》在成書以來的歷史價值定位，以及四部擬作對於《鏡花緣》的傳承與影響的作用性。此部分研究成果可參見第五章〈發展之間：擬「鏡花緣」小說的時代意義〉

第二章　再續新緣
擬《鏡花緣》小說內容述要

　　目前晚清至民國之間所知的擬《鏡花緣》小說共計七種，今可得見之清末擬《鏡花緣》小說共有四部，分別為：蕭然鬱生《新鏡花緣》十二回、陳嘯廬《新鏡花緣》十四回、華琴珊《續鏡花緣》四十回、與秋人《鏡花後緣》十七回。創作內容有接續原《鏡花緣》情節、亦有全面翻新者；創作主旨上，則多從清末中國之婦女問題與國族問題發揮，且各有所偏重。可見《鏡花緣》在清末小說家的眼中，其中的婦女與國族問題最為重要，故在影響與發展上，皆以此為中心。以下就從各書之作者、版本、小說內容與寫作策略進行分析與探討。

一、蕭然鬱生《新鏡花緣》：再次出洋、遊歷新中國

（一）蕭然鬱生及其《新鏡花緣》介紹

　　蕭然鬱生，本名與生卒年不詳，約清末民初時在世。據其《新鏡花緣》所載，其為一名居於上海的潦倒名士。[1] 又據其所著自傳性小說《烏托邦遊記》第一回所述，其嗜好有二：一為到處遊歷、見識各地奇異風俗景色與嘗遍美酒佳餚；二為閱讀小說，「若沒小說，恐怕就悶死了」。[2] 其著作今可見者，除

---

[1] 參見〔清〕蕭然鬱生：《新鏡花緣》，《中國近代小說大系》卷 53（南昌：百花洲文藝出版社，1996年），頁 388。

[2] 參見〔清〕蕭然鬱生：《烏托邦遊記》，《中國近代小說大系》卷 26（南昌：百花洲文藝出版社，1996年），頁 267-268。

《新鏡花緣》十二回外，另有小說《烏托邦遊記》四回與《彼何人斯》一回，皆載於上海小說月刊《月月小說》中。[3]

　　《新鏡花緣》十二回，原於光緒三十三年（1907）九月至三十四年（1908年）十一月刊載於《月月小說》第 9 至 11、13 至 15、22 至 23 號，共計連載8 期，標題並標「寓言小說」（各回刊載期數見表 2）。後由百花洲文藝出版社據《月月小說》連載版本為底本進行校點、排印，輯入《中國近代小說大系》中。[4]本論文所引小說內容，即以《中國近代小說大系》為依據。

表 2：蕭然鬱生《新鏡花緣》於《月月小說》刊載時間

《新鏡花緣》回目	《月月小說》刊載期數
第一回、唐中宗復位罷功臣　徐承志感懷成痼疾	第 9 號，光緒三十三年（1907）九月
第二回、徐公子痼疾喜新痊　卜刺使地方求自治	第 10 號，光緒三十三年（1907）十月
第三回、唐小峰萬里尋親　林之洋重洋貿易	第 11 號，光緒三十三年（1907）十一月
第四回、遇巨風偶游維新國　聽奇談橫禍起茶樓	
第五回、誤黨奸四人被捕　貪賞格大眾要功	第 13 號，光緒三十四年（1908）一月
第六回、媚外人外交稱熟手　談內治內亂最關心	
第七回、失同伴家屬疑問　詰官吏警察尋人	第 14 號，光緒三十四年（1908）二月
第八回、重邦交大開歡迎會　喜相逢頓起發財心	
第九回、重邦交派兵保護　決利市皮紙暢銷	第 15 號，光緒三十四年（1908）三月
第十回、湊機會研究送壽禮　憑理解對答問彗星	
第十一回、打徵兵警察奮雄威　妒商民學界懷意氣	第 22 號，光緒三十四年（1908）十月
第十二回、賣書籍商業有奇謀　仿妓女官場為秘訣	第 23 號，光緒三十四年（1908）十一月

---

[3] 《烏托邦遊記》原刊載於《月月小說》第一號（光緒三十二年，1906 年 9 月）至第二號（1906 年10 月），標「理想小說」。後由百花洲文藝出版社校點排印，輯入《中國近代小說大系》卷 26。《彼何人斯》刊載於《月月小說》第十二號（1907 年 12 月），標「警世小說」。

[4] 參見《中國近代小說大系》卷 53 之〈本卷說明〉，頁 VI。

　　至於蕭然鬱生創作《新鏡花緣》的緣由，則是沿用《鏡花緣》神話性的敘事模式進行開展。據《新鏡花緣》第一回所載，《新鏡花緣》的產生是由於李汝珍《鏡花緣》中的得道白猿領受百花仙子之命，下凡尋找續寫者以完成《鏡花緣》未竟內容。無奈自清中葉以來，世界齷齪且文人醉心功名，無心創作小說，因此白猿遍尋不著適合續寫之人，無法回到仙山覆命，只得流連人間等待合適人選出現。等了許多年，雖然「世界愈加不成樣子」，但「稗官野史倒發達起來了。不幾時，《新紅樓》、《新水滸》、《新西遊》、《新封神》，一部一部的都出現了。」聞此消息，白猿大喜，以為《鏡花緣》必有新出的，然幾經尋訪卻未見《新鏡花緣》。後聽說上海有許多名士，在得文字掮客介紹許多作家後，遂前往上海探求，卻仍無法如願，其原因為：小說家忙著譯書而無閒創作；或不願續寫前人舊作；甚或自抬身價，索求高價稿費。對此現象，白猿甚是不樂，直至尋到一名「潦倒名士」肯續。雖知是狗尾續貂，但因無人可托，於是將此續作任務交予此人，將就算數。待小說完成，白猿「便把正本拿去復百花仙子之命，留下副本，寄予了上海《月月小說》報登載出來」（頁 387-388）。

　　從蕭然鬱生的文字所見，此種以《鏡花緣》的白猿尋求續寫者為托名，對於作者寫作上有三種意義：一是由於李汝珍《鏡花緣》的創作起因，亦是假托為白猿所交代的使命。[5]此種假託，乃是意欲描述自己承續前人創作精神的意圖、同時加強寫作的神聖性，使《新鏡花緣》與李汝珍所作一樣，均有「得天所授」、「針砭時政」的意涵；二是由於《鏡花緣》與《新鏡花緣》皆是透過志怪小說的神話背景與異域遊歷，使作品在藝術想像中產生神聖意義，因此具有具有從現實中加以想像、將現實「陌生化」（Defamiliarization），使歷史語境加以真實重現，使讀者對現實生活陌生化、又同時認知到現實的意義，從慣常的現實生活的奇幻化書寫與真實描述的衝突中，達成「真實／

---

[5]　《鏡花緣》第一百回言：「訪來訪去，一直訪到聖朝太平之世，有個老子的後裔，略略有點文名；那仙猿因訪得不耐煩了，沒奈何，將碑記付給此人，遂自回山。」於是撰成《鏡花緣》。參見〔清〕李汝珍：《鏡花緣》（臺北：臺灣古籍出版社，2006 年），頁 568。

虛構」的二元框架中跳脫，引起對社會習以為常的見聞的重新認識；[6]三是白猿的尋訪或可視為作者對《鏡花緣》續作的尋訪，由於原書未完、令部分讀者心有缺憾，遂作為續作起因。但從此段作為序文的小說內容，可發現兩種現象：一是晚清時期續作與仿作小說風氣頗盛，卻無人續《鏡花緣》，或可表示《鏡花緣》在清末的影響並不彰。二是晚清時的小說家皆忙於各自創作志業，或譯西方小說、或不願續作舊書、或謀其私人利益，種種情形，皆合於晚清時的小說創作風氣。[7]因此蕭然鬱生創作《新鏡花緣》的原因，可以說是基於當時續作舊小說風氣雖盛，卻無人續《鏡花緣》之故，於是首開先例進行書寫、以滿足個人對於《鏡花緣》未完缺憾的心理補償。

（二）蕭本《新鏡花緣》故事大要

蕭然鬱生的《新鏡花緣》延續李汝珍《鏡花緣》的小說人物與時間，從唐中宗復位後，大小朝政仍由武后把持，加之韋后干政、上官婉兒與武三思私通，薦武三思於韋后，令唐中宗重用武三思一族，天下之事復盡入武家之手。此後朝中小人充斥、吏治敗壞。武三思為鞏固勢力，密謀同黨官員奏劾原《鏡花緣》中勤王有功而封爵的徐承志、駱承志、唐小峰等二十二人，中宗不察，便將此二十二人全數革職。原先有意在朝中施展抱負、撥亂反正的

---

[6] 如王德威即認為：「傳統的『志怪』與『神魔』小說亦為晚清的科幻奇譚提供了原料。儘管『志怪』與『神魔』小說皆聚焦於奇怪與超自然的事物，但兩者分別發展了自身的『逼真』（verisimilitude）原則，因而折射出特定的歷史語境中的真實觀。」又言：「所謂科幻奇譚，指的是晚清說部的一種文類特徵，其敘事動力來自演義稀奇怪異的物象與亦幻亦真的事件，其敘事效果則在想像與認識論的層面，挑戰著讀者的非非之想。……晚清科幻奇譚最引人入勝之處是，它統合了兩種似乎不能相容的話語：一種是有關知識與真理的話語，另一種則是夢想與傳奇的話語。在遠離現實、無稽之談的表象下，該文類吸引讀者之處，也必然包括了它以迂迴筆法，投射了晚清現實危機。」詳細參見王德威：《被壓抑的現代性：晚清小說新論》（臺北：麥田出版社，2003 年），頁 264-265、330-335。

[7] 阿英《晚清戲曲小說目》整理之小說書目分為「創作之部」與「翻譯之部」，其中「創作之部」亦含擬舊小說。如扣除擬舊小說，純創新的小說創作有 444 部，翻譯有 628 部，數量皆豐。又，時萌言晚清小說出版社叢生，各社性質不一，有提倡譯著小說者，如小說林社；亦有出版自寫小說以牟利者，如改良小說社。是以晚清時的小說創作風氣，不論是自編新作或是翻譯西作，皆有一定的成就。參見阿英：《晚清戲曲小說目》，《阿英全集》卷 6（合肥：安徽教育出版社，2003 年），頁 81-102。時萌：《晚清小說》（臺北：萬卷樓出版社，1991 年），頁 9-11。

徐承志等人，經此一事，或歸隱田園、或謀機後動，以保全性命。徐承志卻因此抑鬱成疾，其妻司徒斌兒[8]與其妹徐麗蓉為了寬慰徐承志，遂邀遭貶為潁川刺史的卞璧遊山玩水，稍解鬱悶。遊至潁川，卞璧見當地官吏橫徵暴斂、阿諛奉上、百姓生活苦不堪言，決定未來上任之後，定要整治當地官場。在潁川時，徐承志也遣人探問唐小峰等人的近況，知曉眾人罷官後或寄情風月、或周遊列國考察民情、或鬱鬱寡歡，亦是嗟嘆不已。

　　而唐小峰與顏崖在其親人唐敖、唐闖臣與顏紫綃在小蓬萊成仙後，也有想要出海尋訪的念頭。適逢舅父林之洋欲出海經商，唐小峰便要求同行，一則尋親，再者可紓解罷官之悶。林之洋為免唐小峰與其父姐一般棄絕紅塵，起初不答應，後得唐小峰母親林氏允肯，才同意此事，並邀多九公與顏崖夫婦同行。但一行人在海上遭遇大風，將船隻吹到未曾到過之地，上岸後又見岸邊立著一塊碑，唐小峰以為是小蓬萊，上頭卻是寫著「新世界」，走入城內，又見城門上寫著「維新國」，雖非目的地，但既已行至此處，一行人便入城遊歷。

　　入城後，四人遇見一位老人，便問及維新國國情，老者便說明維新國由於民情懦弱，屢遭外人欺侮，於是興起維新運動，但此運動只新其表、未改其本，許多陋習亦仍存在，因此與從前情形並無二致。四人聽完老人的議論，又走到一處茶樓，卻遭警察誤認為是革命黨人而分開，其中唐小峰與顏崖遭到逮捕。到了衙門，官員訊問時又誣指唐、顏為革命黨，甚至欲用刑逼供，但當官員看完一封來信時，了解兩人實為外國商人，於是極力討好奉承，此間唐、顏二人亦告訴此官員不應濫捕，而應消除專制、仁愛為懷等方法才能有效消滅革命黨，官員聽了甚覺有理，同時道出實行仁政的困難，隨後遣人護送兩人回船。回到船上，兩人發現林之洋與多九公尚未回船，又因天色已晚、不能進城，只能等到隔天再尋。

　　隔天唐、顏二人進城尋人時，又見維新國的學堂為買辦送喪、商店漫天

---

[8] 《鏡花緣》原作司徒斌兒。

喊價等學商界相互勾結的現象。隨後沿路尋人,仍一無所獲。正要放棄時,
便見到林、多兩人正好回來,同時說出被警察帶走後的遭遇,才知道林、多
兩人在說出自己的身分後,便被迎到維新國的商務總會,與當地官員及商人
共同談起辦貨與合資事宜,兩人便順著維新國愛好誇談的風氣自吹自擂,令
商務總會欽佩,紛紛提出合股開礦、創立輪船公司的要求,甚至隨後的行動
也得到商團的保護。

　　當地官府與商會又為四人辦了一場歡迎會,在筵席中,又有許多官吏與
半官半紳的人向林之洋採買貨品,其目的是要為長官祝壽與購買當地吸食鴉
片的工具。又談論到彗星經過地球一事,但維新國人只在乎自己的事業是否
會因彗星毀於一旦,並不在乎國家存亡。在會議中亦發現當地官員與商人只
懂透過商業累積財富,甚至抑學重商、巴結外國列強,導致主權喪失,且在
私下討論《維新國滅亡論》一書時,方知此國名存實亡的景況。

　　最後眾人又前往觀看西人的賽船大會,發現維新國官員無一不前往參
與,甚至帶著妓女同行,希望藉由奉承長官、以謀求高位。此間商會又遣人
與林之洋商討辦貨之事,林之洋將來使打發後,為避免再遭糾纏,當下便起
身離開維新國。

(三)蕭本《新鏡花緣》寫作特色

1. 原書人物遊歷「新」中國,訪視「新」世界

　　蕭然鬱生的《新鏡花緣》,書名延續舊作《鏡花緣》而來,主要人物如林
之洋、多九公、唐小峰等人物名均與舊作無異。情節上,蕭然鬱生將小說的
時空背景定位於《鏡花緣》諸李討伐武氏政權、唐中宗復位後。但中宗性庸
懦,政權仍把持於武氏手中,原小說中勤王有功一派人物如徐承志、駱承志
等人則遭受小人構陷而降職,遂在罷官後興起遊歷之心,藉由寄情山水風月,
紓解遭陷之苦悶,以保全身。同在貶官之列的顏崖與唐小峰為抒發愁悶,又

為尋親，[9]便與林之洋與多九公再次出洋尋訪，卻在海上遭大風吹至作者新構思之「維新國」，以記述該國風俗民情為主要內容。故蕭然鬱生在原作小說設定的時空下進行延伸，增補重新出洋尋親的情節，經由思親與尋親一事，強化「再次出航」的正當性，使故事情節推展產生契機，令續寫《鏡花緣》的動機得以強化，也補足小說人物的思念家人的情緒、以及《鏡花緣》中「且待後緣」的敘事結構。

在《鏡花緣》的人物與情節基礎上，蕭然鬱生針對幾個重要人物的重新出航，但遊歷的是「新」中國，使小說內容有別於《鏡花緣》中的「舊」中國，且在寫作模式上，更聚焦於人物對於新文化與政治思潮的體會感悟。此外，此時期對於「新小說」觀念的提倡強調小說對於政治的諷刺，促使小說具備改良社會的功用，使《新鏡花緣》成為一部以《鏡花緣》為名、但意旨與前作大有不同的「新」作。因此蕭然鬱生在書名、人物與情節上雖為模擬《鏡花緣》，但將小說內容與思想加以更新，透過描述維新國以諷喻清末中國的社會現象，此部分的內容與精神與《鏡花緣》無涉。因此在類型上，可歸屬於黃錦珠將擬舊小說分類的「書名及部分人物沿襲舊作，其他人物及情節予以翻新者」。[10]

2. 以海外奇境的寓言，諷刺清末中國時政

蕭然鬱生《新鏡花緣》在《月月小說》連載時，題上標有「寓言小說」四字，證明此部小說在作家與《月月小說》編輯眼中是寓言小說。此種小說的敘事方式，金鑫榮認為是透過「變形虛擬的敘事來表達對世道淪喪的失意

---

9 二人欲尋的親人即是在原作中於小蓬萊成仙的唐敖（唐小峰之父）、唐閨臣（唐小峰之姊）與顏紫綃（顏崖之妹）。參見〔清〕蕭然鬱生：《新鏡花緣》，頁 400-402。

10 關於擬舊小說的類型，黃錦珠從書名、人物、情節作為基準，區分出三大種類，分別為：(1)書名沿襲舊作，人物、情節予以翻新者；(2)書名及部分人物沿襲舊作，其他人物及情節予以翻新者；(3)書名沿襲舊作，人物翻新，情節仍模仿舊作者。參見黃錦珠：〈晚清「擬舊小說」新論〉，樽本照雄編：《清末小說》第 24 號（滋賀：清末小說研究會，2001 年 12 月），頁 161-164。以下在分類各部小說的寫作方式時，亦依據此方式進行分析。

與絕望，人心不古、價值毀棄的道德悲劇的感嘆」。[11]其寓言諷刺的面向有二，
一是唐朝中國，二是維新國。蕭然鬱生描述唐中宗即位後，由於個性庸懦，
因此政權仍把持在武則天及其母家手中，[12]但參閱《舊唐書》與《新唐書》，
武后於長安五年（中宗神龍元年，705年）遜位於唐中宗後，即遷居於上陽宮，
同年十一月病逝，[13]武后實不可能將朝政把持於手。蕭然鬱生忽略這段史實、
如此撰寫小說的目的，李奇林認為是借唐諷清，武后即是慈禧太后，中宗即
是在慈禧操控下的光緒皇帝。[14]

　　小說中正在上演轟轟烈烈的維新運動的奇幻國度「維新國」國旨雖「其
命維新」[15]，事實上該國維新的內容並非革新政治、思想、教育，反而只新名
號、器物等表象，導致舊有現象如官府貪汙、學堂腐敗、吏治不靖等問題依
然存在，毫無維新應有之正向改革。[16]有意改革之人，則被政府視為「革命黨」

---

[11] 參見金鑫榮：《明清諷刺小說研究》（南京：鳳凰出版社，2007年），頁9。金鑫榮將諷刺小說又分為五類，即(1)寓言式的諷刺、(2)反諷、(3)變形與誇張、(4)痛罵與貶斥、(5)諧謔與譏刺。而「寓言式的諷刺」一類中，金鑫榮亦舉了《鏡花緣》中的海外各國的象徵意義，認為《鏡花緣》為中國寓言式的諷刺的小說典型。此外，又表示這類型的諷刺手法在清末小說中亦屬常見，因為清末作家創作時，往往將寓言、神話、民俗、怪誕等內容揉合，由表象的虛擬性應對現實的真實性，以收到極佳的諷刺效果。

[12] 小說描述：「唐中宗帝復位以後，昏暗懦弱，大小朝政，仍舊太后攬定。又因為韋皇后當初同幽閉於房州，同嘗甘苦，情愛更篤。曾對天私誓：將來如得重見天日，位登九五，立為皇后，任所欲為。因此，故得干預朝政。又如中宗帝深信上官婉兒，拜為婕妤。那上官婉兒本為太后宮娥，因為他前日做的百花詩壓倒群臣，十分寵愛。婉兒又與武三思私通，故以此黨於武氏。自拜為婕妤之後，特將武三思薦於韋皇后，凡有政事，韋后便令中宗帝與三思商議。……武氏之勢力漸漸復盛；太后之毒焰，亦漸漸復大。」參見〔清〕蕭然鬱生：《新鏡花緣》，頁388-389。

[13] 《舊唐書·本紀第六·則天皇后》載：「神龍元年春正月，……甲辰，上傳皇帝位於皇太子，徙居上陽宮。戊申，皇帝上尊號曰則天大聖皇帝。冬十一月壬寅，則天將大漸，遺制祔廟、歸陵，令去帝稱，……是日，崩於上陽宮之仙居殿，年八十三，諡曰則天大聖皇后。」《新唐書·本紀第四·則天皇后》載：「（長安五年）丙午，皇帝復于位。丁未，徙后于上陽宮。戊申，上后號曰則天大聖皇帝。十一月，崩，諡曰大聖則天皇后。」參見〔後晉〕劉昫等撰：《舊唐書》（臺北：藝文印書館，1958年），頁95-96。〔宋〕歐陽修等撰：《唐書》（臺北：藝文印書館，1958年），頁74。

[14] 參見李奇林：〈兩部「新鏡花緣」之優劣比較〉，《江蘇教育學院學報·社會科學版》1995年第3期，頁55。

[15] 參見〔清〕蕭然鬱生：《新鏡花緣》，頁405。

[16] 對於此段內容，小說在第四回透過一位老者聒聒絮絮地抱怨維新運動：「立意維新，國名也取維新，店號也取作新、啟新等字，人民也取知新、新民等號，服飾也新，文字也新……無論何物，無一不新。凡是別國維新國所新之新，我們維新國也都新了。……唉，維新，維新，那裡教你們在這些上

而搜捕；政府則將政權託與外人，令國家主權蕩然無存，因此便有人私著《維新國滅亡論》，敘述清末政府所推行之「假維新運動」終將失敗、導致滅國。[17]這個推行假維新立憲的維新國，李奇林認為就是慈禧主政的清帝國，透過小說內容與史實對照，發現到清帝國與維新國的共同特色就是一意學習外國表象事物，但實際上在精神與體制上毫不維新，造成中國表象進步，內在卻仍千瘡百孔。[18]

　　除此之外，蕭然鬱生在《新鏡花緣》中，保留前作遊歷海外殊方異域以針砭時政的特色。如自唐代中國漂流至維新國，此兩個國家的寓意指涉均是清末中國，若從小說內在的世界觀而言，此種書寫方式，可以說是從古代穿越至現代的奇幻遊歷。蕭然鬱生雖僅描述了維新國國情、並未描述其他海外各國現狀，但在第四回中，林之洋等人詢問者維新國附近還有何國度時，老者敘述：

> 如同盲目國、火因國、奴隸國、老人國、聾啞國、貝者國、不醒國、守舊國、三酉國、病夫國、多臂國、死人國、文學國、迷信國、尖頭國、無血國、官員國，都在過去及鄰近地方，老漢也說不得許多。
> （頁409）

除以上所描述的國名，第九回亦描述「羊大國」虐待維新國人的情狀。[19]由小

新？要新的是新精神，新魄力。精神新，魄力新，再新教育，新政治，新風俗。至於現今所新之新，那是可新可不新的新。你想，可新不可新的到都新了，那一定要新的到都沒新，新其末而不新其本，雖新焉也仍未新一樣！」抱怨的內容詳細可參見〔清〕蕭然鬱生：《新鏡花緣》，頁408。

[17] 如多九公之口描述打聽到的維新國情為：「老夫昨天聽他本國人說，這維新國已亡了二三百年，怎麼還還不亡？況且現在亡人家的國度，也不必改過國號，換過皇帝官員，只叫那財政權、警務權、路權、礦權、宗教權，與同地方上所有一切主權盡歸他人，那國也不亡而自亡了。」詳細參見〔清〕蕭然鬱生：《新鏡花緣》，頁454-455。

[18] 參見李奇林：〈並非「狗尾」、「蛇足」：寓言小說「新鏡花緣」簡論〉，《明清小說研究》1993年第1期，頁212。李奇林：〈兩部「新鏡花緣」之優劣比較〉，頁55。

[19] 小說描述：「羊大國見了我們維新國的人，不但不能保護，反還要立出許多虐待的章程，什麼驗疫，什麼口稅，一個不小心，犯了他國法律，還要去坐木屋，羈捕房，打藤鞭，連性命都保不住呢！」詳細參見〔清〕蕭然鬱生：《新鏡花緣》，頁437。

說列舉的國名與國情，可以發現蕭本《新鏡花緣》的奇幻國度已擺脫《鏡花緣》中以《山海經》為藍本的描述，[20]而是以諸多社會現象與實際存有之國為名，形塑出清末中國的各種時弊。如第四回老者所提到的，屬於清末中國的社會現象，且大多屬負面性質，僅有「文學國」表達清末文風昌盛之意，其他或明言、或拆字地敘述中國的負面風氣。明言者，如盲目、迷信、守舊、不醒、多臂等，表達中國盲目守舊、迷信神權、盜賊橫生的社會現象；拆字者，如火因即「烟」、貝者即「賭」、三酉即「酒」，表達清末社會吸食鴉片、耽溺賭博與酒肆的風氣。此外，第九回所描述的「羊大國」即是美國，據李奇林的考證，當時美國在鴉片戰爭後，誘騙大量華工到美開墾，同時強迫清廷簽訂《限制來美華工》條約，肆意虐待華工，但清政府非但不反抗，反而「懷柔遠人」、「以德報怨」，彰顯出外國的強勢與清廷的懦弱。[21]小說人物雖未親臨這些國度，但是透過明示與暗喻的手法表現海外國度的情狀，仍可視為海上奇幻旅程的經驗書寫，此寫作方式正是《鏡花緣》的特色，而蕭然鬱生將之保留、加以具象化，正面諷刺時政。

二、陳嘯廬《新鏡花緣》：另立新篇論女學

（一）陳嘯廬及其《新鏡花緣》介紹

陳嘯廬，生卒年不詳，約清末民初時在世。據其〈新鏡花緣作意述略〉所載，此書寫作於「申浦」[22]，又申浦為上海舊名，故陳嘯廬應為上海人士。半狂《吳門票集十年記》云其為前蘇州織造旗人文某之子，又云其為陳姓，吳芝瑛〈戊申花朝西泠吊鑑湖女俠〉詩自注謂其姓陳、名鐵俠，故陳氏本名

---

[20] 關於《鏡花緣》如何化用《山海經》載錄的國家內容，可參見單有方：〈「鏡花緣」引用「山海經」神話手法淺析〉，《殷都學刊》2002年第2期，頁71-73。邱海珍：〈「鏡花緣」對「山海經的發展」〉，《中洲大學學報》第25卷第5期（2008年10月），頁57-59。

[21] 參見李奇林：〈並非「狗尾」、「蛇足」：寓言小說「新鏡花緣」簡論〉，頁208-209。

[22] 參見〔清〕陳嘯廬：《新鏡花緣》，《中國近代小說大系》卷58（南昌：百花洲文藝出版社，1996年），頁215。

應為鐵俠，嘯廬為其筆名。其性愛好京劇，為江氏票房票友，且以嫻熟鼓板而為人所稱道。[23]著作除小說《新鏡花緣》十四回外，尚有小說《嘻笑怒罵》十回、《中外三百年大舞台》八十二回、與傳奇《軒亭血》。[24]

《新鏡花緣》十四回原於光緒三十四年（1908）四月由匯通書館印刷、鴻文書局發行。後由百花洲文藝出版社據鴻文書局發行的版本為底本進行校點、排印，輯入《中國近代小說大系》中。[25]本論文所引小說內容，即以《中國近代小說大系》為依據。

至於陳嘯廬創作《新鏡花緣》的原因，據其〈新鏡花緣作意述略〉言，中國小說「多駁而不純」，且多「傷風敗俗者」，對社會帶來不良影響，這類型的作品，毋寧是浪費作者才華。雖然《鏡花緣》免於此弊，然又「太嫌鑿空，太無結果，究不能為女界實實放一異彩」，以為《鏡花緣》雖免於傷風敗俗之弊，卻在藝術內容上過於虛構，導致不能為中國女權及婦女運動有開創性的成果。[26]

此外，陳嘯廬又論清末引入中國的西方小說的數量雖多，但思想上卻多「誤我中國女同胞」。此類型的小說內容與不良影響即是：

> 今譯本泰西小說，其種類之伙，事蹟之奇，不可謂非大觀矣。嗚呼！
> 孰知誤我中國女同胞，為禍至酷且烈者，即此種類至伙，事蹟至奇
> 之譯本諸小說哉！蓋彼非跳身革命，以一弱女子甘犯天下之大不
> 韙；即知識稍開，便注意於自由平等，而不計其所行之於理實未順，

---

[23] 參見梁淑安編：《中國文學家大辭典·近代卷》（北京：中華書局，1997年），頁253。

[24] 據阿英《晚清戲曲小說目》載，《嘻笑怒罵》由愈愚書社於光緒三十二年（1906）刊行。《中外三百年大舞台》，又題為《大舞台》，由鴻文書局於光緒三十三年（1907）刊行，今僅存初編八回內容與總八十二回回目。《軒亭血》載於《小說林》第十二期（光緒三十四年，1908年9月）。參見阿英：《晚清戲曲小說目》，頁107、142、168。江蘇省社會科學院明清小說研究中心、文學研究所編：《中國通俗小說總目提要》（北京：中國文聯出版社，1990年），頁1019-1021。

[25] 參見《中國近代小說大系》卷58之〈本卷說明〉，頁VI。

[26] 其言：「必浪費此自汗汗人之如許筆墨也。」參見〔清〕陳嘯廬：《新鏡花緣·新鏡花緣作意述略》，《中國近代小說大系》卷58，頁215。

> 於心實未安，甚或因求達目的，往往橫施其鬼蜮計倆、陰險手段，
> 不顧閱者之舌撟不下，心悸不止，雖種種不可思議、不可捉摸處，
> 無非蜃樓海市，故顯其奇然。兒女子讀之，誤認文明，遂鑄成大錯
> 比比矣。（頁 215）

此段內容指出清末的翻譯小說宣傳自由平等與革命思想，使女性讀了雖擁有
自我意識、卻「誤認文明」，以為提倡自由革命才是進步關鍵，導致中國舊有
的倫理與性別關係被破壞。故此種翻譯小說在陳嘯廬眼中，對中國既無正面
影響、只有令人目眩神迷的異文化思潮的描述，故當屬下等之作。

陳氏的女權思想在《新鏡花緣》首回亦可發現。其自言該小說是「替女
權發達」、「女界同男界平等」而作的，卻又表明自己的發達與平等並非等同
西方思潮，因為他觀察到的中國婦女在家中的處境是：

> 在父母面前，吃的著的，哪一樣不比男的占優勝著？即使嫁了，那
> 丈夫固然抬舉得他像什麼似的，就是公婆，也往往因只有一兩房媳
> 婦，沒一件事不客氣上前。要呼奴使婢，就呼奴使婢，要穿金戴銀，
> 就穿金戴銀，稍有不到，他還唧唧噥噥，做眉做眼使。丈夫忍得心
> 疼，不怕他不水裡火裡弄了來孝敬他、奉承他。（頁 219）

陳嘯廬發現婦女在家中可以呼奴使婢、穿金戴銀，就連公婆丈夫也疼惜、尊
重，因此中國男女其實相當「平等」，絲毫不需與男性爭取平權。[27]又以秋瑾

---

[27] 但是此種觀察，魏文哲認為陳嘯廬的觀點其實相當膚淺，並不能統攝所有中國婦女的處境與生活樣
態，更是只著眼在生活的表象，且未注重婦女的內心世界，因此實際上陳嘯廬是根本的反對女權。
然細究小說內容，在首回中，陳嘯廬關注的女性問題除了求學外，亦從社會階層的差異關懷女性，
與一般所關注的「弱勢的女性」是以性別上、相對於男性而言；若關注層面投射於社會階層，官夫
人與官小姐則成為相對強勢、令人尊敬的存在，婢僕則成為相對弱勢、被邊緣化的、遭到賤斥的女
性。因此強與弱的二元性並非斷然二分，而是隨著性別差異、社會階級、職業差別等方面流動。因
此陳嘯廬的小說雖未完結，內容上或許較關注與諷刺的是上階層的女性，而有意同情下階層的婢僕。
參見魏文哲：〈「新鏡花緣」：反女權主義文本〉，《明清小說研究》2004 年第 2 期（2004 年 6 月），頁

為例，認為秋瑾雖是奇女子，但「他宗旨既不見得十分正，題目又認得不十分真，似乎他還略略差些。」甚至認為秋瑾等為了革命運動而拋棄國粹、醉心歐化的人「死得不值」（頁220）。儘管陳嘯廬在小說中希望中國多生幾位巾幗鬚眉，好洗刷中國遭列強侵占的國恥，但又必須，持守國粹；面對改革，則透過小說人物黃粹存之口表達：「一定要改的改，不一定要改的就不必改；改了有益的改，改了沒甚益處的也不必勉強改；還要能改的改，不能改的不必亂改」（頁229）。對此，魏文哲以為中國當時提倡的革命與自由平等的新思潮，與陳嘯廬所抱持的傳統忠孝節義的觀點勢如水火，並不贊成西方的革命與女權思想。[28]

據此，陳嘯廬為了糾正西方翻譯小說的「思想謬誤」，同時延展《鏡花緣》的女權思想，兼及改善《鏡花緣》的思想「缺失」，遂寫《新鏡花緣》一冊，以有別於舊有的《鏡花緣》。[29]是以陳本《新鏡花緣》的產生，是基於改良中西方小說的思想弊端與社會風俗而生。

（二）陳本《新鏡花緣》小説大要

書敘江蘇吳縣黃村有個名為黃粹存的退休官員，為栽培兒女，送長子理中與次子執中出國留學，同時延聘兩位家教教導長女舜華、次女舜英與么子耀中，不到一年，三個兒女均能學貫中西、抒發議論。三年後，長子與次子從海外學成歸來，便與親人說起外洋所見所聞，並鼓勵兩個妹妹出國遊歷，希望藉此振興中國女學，舜華與舜英便央求父親讓他們出國，黃粹存將此事說與妻舅唐際虞商量，卻遭唐際虞反對。但舜華與舜英出國的心意甚堅，不

168。〔法〕JuliaKristeva 著、彭仁郁譯：《恐怖的力量》（臺北：桂冠出版社，2003年），頁218-219。〔英〕Linda McDowell 著、徐苔玲、王志弘譯：《性別、認同與地方》（臺北：群學出版社，2006年），頁171-173、181-182。

[28] 參見魏文哲：〈「新鏡花緣」：反女權主義文本〉，頁167。李奇林也抱持著相同的觀點，認為陳嘯廬在小說中雖希望救國救民、男女平等，卻又害怕暴力革命，因此小說中的女性角色性格並不如秋瑾強而有力，反而柔軟懦弱，由此看出陳嘯廬對於進步思潮的矛盾性。參見李奇林：〈兩部「新鏡花緣」之優劣比較〉，頁56。

[29] 參見〔清〕陳嘯廬：〈新鏡花緣作意述略〉，頁215。

惜頂撞舅父，甚至打算投水，引來一場家庭風波，直到舅母出面調停才平息。

　　一年後，黃家先幫長子與次子娶了媳婦，希望給兩個女兒做為賢妻榜樣，進而又為女兒與幼子報名官立學堂，滿足孩子的求學心願。到了暑假，三名兒女返家歸來，舜華與舜英由於在校內結交了十名志同道合的同學，又加上家中的兩位嫂子知書達理，因此想要組個女團體談學論藝、好讓彼此親近。黃粹存答應後，便請來這十位女同學到家中。筵席中，十二名女學生討論學堂所學、以及中西學之本末，席中眾人皆主張應以中學為體、西學為用，並提倡婦德之學。正當女學生們要進行中西學融貫的酒令時，僕人卻告知母舅唐際虞中風病危，因此筵席只得從速作散。

　　黃家對於筵席中途停止、與十名女學生在返家途中受驚深感歉意，於是兩姊妹分頭到同學家中致歉，到了孫夢班和虞際唐兩位同學的家中時，又被兩家留下，孫夢班亦順勢邀請其他同學到家中作客。其中葛淡人在前往的途中，遭到登徒子的戲弄，雖遭到丫環訓斥，但仍跟蹤到孫宅，又見十二位女學生個個貌美，便留在附近等候，希望能夠結識這群女學生。葛淡人將途中之事告知眾人後，便起戒心、引導眾人從後門離開，徒留憤怒的未壁在原處空等。

　　小說至此終止，並未全篇完結，故未能得見作者所想表達的「女界發達」與「男女平等」究竟在何處呈現，僅能就十四回的內容觀察作者對女權與女學的觀點。

（三）陳本《新鏡花緣》寫作特色

1. 立意另為「新」作，不落前作窠臼

　　陳嘯廬之《新鏡花緣》，僅其書名延續《鏡花緣》而來，小說人物如書中兩位女主角黃舜華、舜英姊妹，甚或是孫夢班、陸紫芝等女學生，人物姓名與關係均與前書無涉。情節亦非延續《鏡花緣》末尾武氏政權垮台、唐中宗復位作為背景，純然敘述清末中國遭遇外侮，進而推行新政、興建女學堂作

為小說背景加以陳述。因此陳嘯廬之著，實為一部「嶄新」的女界《鏡花緣》。據此，王瓊玲以為此書並非《鏡花緣》之續書，[30]雖然陳嘯廬之作襲用了《鏡花緣》之名，精神上也意欲探討婦女問題，然而內容與舊作毫不相侔，因此黃錦珠以為此是完全不同類型的作品，當以一部全新的小說觀之。儘管書名承襲舊作，但內涵並非一味承襲，因此陳嘯廬《新鏡花緣》的創作手法，實是「奪胎換骨」、「舊瓶裝新酒」的方式。[31]

　　而陳嘯廬創作《新鏡花緣》的時空，亦與蕭然鬱生相同，是在「新小說」的創作方法改良、與具有社會影響力的時代背景下，然而兩人對於「新」作的觀點則有所不同。若以蕭然鬱生是以《鏡花緣》的背景與殊方異域的政治諷刺性著眼，因此進行延展、藉以抒發對於社會政治文化變遷的觀點，但此種創作方式，雖然可展現作者的個人思想，但也難免落入李汝珍的文本背景中，而難以顯示出個人的用意創新；而陳嘯廬的創作方式，則是立足於《鏡花緣》對於婦女生存問題的關照上加以評論前作的優劣得失、並結合當時的女權與女學思潮以抒發個人觀點，但感於《鏡花緣》對於婦女權益的改良上並未得到普遍性的實踐、又恐西方小說對於中國婦女產生不良影響，因此借原書之名、自創新書，在創作上，則更能擺脫李汝珍的文字框架，使個人的創意不受到前人拘束，而更能夠以反映創作者自身的社會觀察、以馳騁自我對於女權與女學的理想性，因此相較於蕭然鬱生所作，陳嘯廬的觀點雖不及於時代激進革新的潮流，但是在創作方式上，陳嘯廬的《新鏡花緣》確實較能夠展現創作者自身的理想與創意，而不落於前人窠臼，也更是一部在創作者主體上，積極求「新」的一部作品。

2. 觀察中國女學的現象、並鼓勵婦女求學

　　陳嘯廬在其〈新鏡花緣作意述略〉中將《鏡花緣》稱為「女界小說」，可

---

[30] 參見王瓊玲：〈妄續新篇愧昔賢：「續鏡花緣」研究〉，《古典小說縱論》（臺北：臺灣學生書局，2002年），頁 148。

[31] 參見黃錦珠：〈晚清「擬舊小說」新論〉，頁 162。

以發現其對《鏡花緣》中，關於婦女議題與女性求學的肯定。但又同時對於《鏡花緣》的內容與寫作藝術感到有所不足，其謂「太嫌鑿空，太無結果」，因此「不能為女界實實放一異彩」。

此外，小說首回又稱：

> 人說中國的女權不發達，我說中國的女權極發達。人說中國的女界
> 同男界極不平等，我說中國的女界，比男界還加倍平等。……我這
> 部書，是替女權真想發達做的；也是替女界真想同男界平等做的。
> （頁219）

然而作者對中國婦女在接收了西方思潮後，即「注重自由平等」、「甘犯天下之大不韙」等現象大為不滿，遂表示個人認為的發達與平等與世人的認知「成一個反比例」（頁215），因此意欲透過創作抒發己見，以「矯正」此現象。

儘管陳嘯廬這些言論，看似站在女性爭取平權的對立面[32]，但站在中國土地與主權被列強瓜分的角度，又希冀女性能夠為國家出一分力，根本方式即從興辦女學做起：

> 我希望老天，在這二十世紀競爭劇烈世代，替中國多生幾位巾幗鬚
> 眉，洗一洗二萬萬男子漢含垢忍辱，做人奴隸、做人牛馬的羞
> 恥。……幸而女學潮流，由東西洋滔滔汨汨的輸入中國以後，這才
> 睡獅夢醒，頓教氣象光昌，一處一處的女學堂，譬如銅山西傾，洛
> 鐘東應，漸漸都創辦起來。……恨不得立時立刻，拿中學西學一貫
> 的道理，都裝在他肚子裡，好待將來在二十世紀新世界的大舞台
> 上，演幾句女界當中轟轟烈烈的女戲。（頁220-221）

---

[32] 如魏文哲與李奇林兩位學者皆認為陳嘯廬對於女權主義思潮持反對態度。參見魏文哲：〈「新鏡花緣」：反女權主義文本〉，頁167-169。李奇林：〈兩部「新鏡花緣」之優劣比較〉，頁55-56。

陳嘯廬從中國主權喪失的角度來論中國男性的無力，因此將改造中國、希望
中國進步的動力寄託在女性身上，又見中國女學興起，更希望女性在經由求
學之後，能夠使中國處境有所改變。因此陳嘯廬的觀點，並非全然反對女學，
而是希望女性在學習過後，能夠對國家有所效力。因此陳嘯廬在一定程度上
仍肯定婦女求學。

　　除了對於婦女向學的期待外，陳嘯廬在小說中對於清末中國女學發展的
現象亦有所描述，且正反面效應均有觸及。負面流弊如第三回所述：

> 女師範生，是女學生的祖模，女師範生可以同人偷情，無怪那女學
> 生，自然也跟著學樣了。……近來甚至於有做婊子的，也報了名，
> 到學堂裡去混雜不清。前天江寧學務總匯處，還有一個稟請制軍改
> 良女學校的稟子。那稟子中間有幾句道：「各學校自開辦以後，外
> 間抵隙蹈瑕，紛紛指摘，確有可憑。所收學生，更漫無稽考，有掛
> 名娼籍，而蒙混入堂者，第一所尤犯此病。」（頁 236）

此段從道德面與管理面批評女學堂的管理不佳，致使女學生當中有娼妓混入
其中，甚至有與人發生不倫情感之事，做為反對婦女進入學堂學習的理由。
雖然此種觀點導致了婦女求學資格的身分排斥、以及對於性工作者的歧視與
汙名等不足之處，卻也一定程度地指出清末文人對於「女學生」的純潔想像
與要求，更延伸出男性對於女性的自由交際的掌控的問題。

　　從正面效應表示肯定婦女求學之處，如在第九回，孫夢班言：「一個人不
問男女，學問是萬不可少的，人如果不學，什麼事都做不了，什麼道理都不
明白。」陸紫芝又謂：「現在專講德育智育體育，謂之三育。」（頁 270-271）
此外，學校所聘教師，則無論中學西學、語言手工等方面皆有聘請，因此新
式女學堂的教學，各種層面都有顧及、並不偏廢，[33]因此從知識學習對於婦

---

[33] 小說第四回描述：「（大成女學校）校中功課除國文由校長某女士自課外，還請了一位西文總教員，
　　是意國的某夫人，助教的也是一位中國有名女士。體操教員，亦是美國某夫人，其餘算學、圖
　　畫、刺繡、手工等科女教員，都是因各人熱心興學，擔任義務才請的。」參見《新鏡花緣》，頁 243-244。

女——乃至於對人的啟蒙的重要性而言抱持肯定的態度，因此鼓勵婦女求學。

此外，陳嘯廬對於婦女的學習內容亦有個人見解，其主張「學有學的次序」、甚至要求知識的實用性，[34]更主張「中西一貫」、甚至應以「中學為本」。如第一回稱：「拿中學西學一貫的道理，都裝在他肚子裡」（頁 221）；第十二回，孫夢班又稱自己的母親見到旁人說中國傳統教育無用之人乃是「忘本的雜種」（頁 291）；更詳細者，如第九回女學生們論學時，湯聘莘云：

> 不說別的，就拿學堂說，怎麼事事一定要學外國的樣，難道中國五
> 千年來，就沒一朝有完全教育，可以做得標本的嗎？只看夏商周三
> 代的時候，家有塾，黨有庠，術有序，國有學，學生的年齡，八歲
> 入小學，十五歲就大學。……照這樣看起來，我們中國，從前是哪
> 一件不如外國的……。（頁 273-274）

論述當中，又極力推崇《大學》、《管子》、《禮記‧內則》、〈學記〉，第六回黃家子女論學時，則講述《朱子》、《小學》、《列女傳》、《古今金鑒》等書籍；[35]第十一回，黃家么子耀中又極推崇古代貞節烈婦。[36]從種種論述中，發現陳嘯廬對女子巾幗不讓鬚眉的英豪氣息大加讚揚，亦不難看出亟欲推崇國粹、中體西用的觀點。魏文哲又從小說主角的名字如「黃粹存」、「黃理中」、「黃執中」、「黃耀中」等推論作者守護國粹的中心思想，希冀在清末疾呼全盤西化的改革聲浪中，保存中國傳統精神的正面價值，使中西文化能夠互為表裡、

---

[34] 如小說第九回中，以女學生間討論學習次序時，黃舜華提及：「男學有男學的次序，女學有女學的次序，若沒有次序，突然講些皮毛，一絲一毫不切實用，這有何益？」陸紫芝更順勢表示：「至於智育，我們做女子的，只要修明婦德，洞察物情，將來在家庭教育上能夠逐漸改良。其餘什麼天文地理數學圖畫博物物理化學手工等類，只好學得一件是一件，精得一件是一件。惟手工雖係初等小學當中，一件隨意科目，但要開人實業思想，養成好勤耐勞的習慣，倒不可不大家注意。體育重在飲食起居上，能夠飲食起居，曉得隨時謹慎，就是衛生學的要素。旁的體操音樂兩門，也只好隨人性之所近，學了也不多他，不學也不少他。」詳細參見《新鏡花緣》，頁 271。

[35] 前揭書，頁 255。

[36] 前揭書，頁 284-288。

應用，而不致使中國固有的價值在維新運動中喪失。[37]因此陳嘯廬著作小說之本意雖然鼓勵婦女學習，但仍不免落於傳統之窠臼，雖然其可觀觸到中國傳統思想的價值所在，卻對於西方文化與學術思潮的認知過於浮淺，導致未能在改革的聲浪中，調整並兼容中外學術的價值。

三、華琴珊《續鏡花緣》：補憾而續、百花歸天

（一）華琴珊及其《續鏡花緣》介紹

華琴珊，號醉花生，上海人。生卒年不詳，約清末民初時在世。其名姓、生平可從華琴珊《續鏡花緣·自序》、胡宗垿〈續鏡花緣全編序〉（宣統二年，1910 年）與顧學鵬〈序〉（宣統三年，1911 年）探知一二。

關於華琴珊的名姓、字號與籍貫，據華琴珊之〈自序〉署為：「古滬醉花生琴珊氏」[38]，胡宗垿〈序〉稱其為「醉花生華君者，春申浦上知名士也」[39]，顧學鵬〈序〉則稱「華琴珊先生，海上名士也」[40]。綜合三人敘述，《續鏡花緣》作者之姓為華，名琴珊，字號為醉花生。又「滬」與「申浦」均為上海舊稱，因此作者當為上海人。

又，華琴珊之生平事蹟，今僅存胡宗垿與顧學鵬二人之〈序〉可資考證。顧學鵬言：

> 槐黃十度，有志未償，閉戶著書，不聞世事。談經餘暇，則肆筆為
> 文；飲酒微醺，則吟詩寄志。而凡《齊諧》、《志怪》、《山海》、《石

---

[37] 但魏文哲據此推論陳嘯廬是「口口聲聲要維新，骨子裡卻守舊」的假維新、真守舊的一派人士，認為陳嘯廬固守己見，未能跟隨時代浪潮，因此大加批判。參見魏文哲：〈「新鏡花緣」：反女權主義文本〉，頁 163-166。

[38] 參見〔清〕華琴珊：《續鏡花緣》，《中國古代珍稀本小說》卷 8（瀋陽：春風文藝出版社，1994 年），頁 495。

[39] 參見〔清〕胡宗垿：〈「續鏡花緣全編」序〉，《續鏡花緣》，頁 493。

[40] 參見〔清〕顧學鵬：〈原序〉，《續鏡花緣》，頁 491。

經》，下至稗官野史，旁及巾幗英雄，亦無不命彼管城，供我揮寫。
蓋文人之筆，故無所不可，而憤世之志亦借以發舒也。（頁491）

胡宗堉則言：

秉性豪邁，放懷詩酒，落拓不羈。詩賦、策論、雜著，各擅勝場，
尤工制藝。棘闈屢薦，終不獲售。及科舉既廢，遂決意功名。人皆
別尋門徑，而華君獨淡如也。生平好學不倦，博覽群書，經史子集
而外，雖稗官野史、小說家言，亦靡不寓目焉。（頁493）

根據二人對華琴珊的描述，可知其為一博學多聞、擅長著述，且性格豪邁之
人。如此具有才華之人，卻在科考時屢次失利，且多達十次。據此二序與王
瓊玲的考證，由於華琴珊滿腹詩書，卻未能及第，科舉又於光緒三十一年
（1905）廢除後，只得感嘆「生不逢時，有志未逮」（頁495），只得絕意功名，
以著書為己任。然其作今僅存《續鏡花緣》一部，未能得知其創作程度之高
低。此外，又根據此書成於宣統二年（1910），而在此前歷經十度落榜約三十
餘年光陰，故王瓊玲認為，華琴珊寫作《續鏡花緣》時，年齡當在五十歲以
上，是以此書當為華琴珊晚年之作。[41]

　　關於《續鏡花緣》之書名，據顧學鵬〈序〉所述，「辛亥春日，以所著《鏡
花緣續集》見貽。」（頁491）可知《續鏡花緣》輯完稿時，又別名為《鏡花
緣續集》。

　　《續鏡花緣》共四十回，未見於清末刊物中印行流傳，可能僅有鈔本在
友朋之間傳閱、並未付梓。直到民國二十二年（1933）九月時，方於《揚善
半月刊》上連載，並連載32期、並未刊完。[42]全本小說今所能見之最早的版

---

[41] 參見王瓊玲：〈妄續新篇愧昔賢：「續鏡花緣」研究〉，頁150-151。

[42] 《揚善半月刊》為民國二十二年七月由「揚善半月刊社」於上海創刊，並於每月一日與十五日出版
　　印行，其刊物性質初為提倡儒、釋、道三教平等思想為主軸，後期則偏向宏揚道教仙學思想，並於

本為周越然所收藏之手鈔本，今藏於北京圖書館。又北京圖書館於編輯《北京圖書館稿本鈔本叢刊》時，交付北京書目文獻出版社，於 1992 年影印發行，為今之流通最早的版本。[43]此外，1994 年瀋陽春風文藝出版社又據此影印本為底本，進行排點與校對，並將原影印本後所附之兩首詩排入第二十七回，又為聯通上下文語氣，增補二十一字並以括號隔開，除此之外，並未刪改[44]，輯入《中國古代珍稀本小說》中。本論文所引小說內容，即以《中國古代珍稀本小說》為依據。

　　至於華琴珊著作《續鏡花緣》的原因，一是由於科考屢次未第，而科舉廢後，有志難伸，故而「雨窗悶坐，長日無聊。酒後茶餘，借管城子以破岑寂云爾」（頁 495），以著作紓解長日漫漫、生活空寂之苦悶。

　　除著書以自我排遣之外，華琴珊閱讀李汝珍《鏡花緣》後，也引起了個人的創作欲望。如小說首回即言：

　　　　國朝李君松石所撰《鏡花緣》一百回，繁徵博引，感慨蒼涼，妙緒
　　　　環生，奇觀迭出。惜全影難求，事僅其半。（頁 501）

〈自序〉亦言：

　　　　曩閱《鏡花緣》一書，於稗官野史之中，別開生面。嘻笑怒罵，觸
　　　　處皆成文章。雖曰無稽之談，亦寓勸懲之意，不可謂非錦心繡口之

其中刊登許多關於揚善、勸戒、養生等文章。華琴珊《續鏡花緣》在該刊第 1 卷第 5 期（1933 年 9 月 1 日）至第 2 卷第 12 期（1934 年 12 月 16 日）及第 2 卷第 15 期（1935 年 2 月 1 日）連載，共計 32 期，且僅刊至原小說第十一回〈兩學士並娶韋氏　老國舅招贅蘭音〉黎紅薇、盧紫萱與韋寶英、韋麗貞初訂下婚期事，並未刊完。然該刊並未說明為何刊載華琴珊《續鏡花緣》的原因，刊載原因極可能是因為《續鏡花緣》當中描述了關於傳統婦德與婦容的講究，以及小說後半戰爭書寫當中的鬥法合於《揚善半月刊》的宣傳傳統道德與道教仙法的宗旨之故。

[43] 參見薛英：〈「續鏡花緣」出版說明〉，收於〔清〕華琴珊：《續鏡花緣》（北京：書目文獻出版社，1992 年），頁 3。

[44] 參見〔清〕華琴珊：《續鏡花緣·前言》，頁 490。

文也。惜全豹未窺，美猶有憾。周咨博訪，垂數十年，卒不可得。
用是不揣固陋，妄自續貂，就李君書中未竟之緒，參以己意，縱筆
所之，工拙奚暇技哉！名之曰《續鏡花緣》，欲其有始有卒也。（頁
495）

由上述內容可知，華琴珊極力稱許《鏡花緣》中的內容，對於作者在小說中
既展現才學識見、又兼能寓時事褒貶，故而對於《鏡花緣》大感欽佩。同時
又對小說未完深感遺憾，[45]於是幾經訪查、欲得續作，終未可得，於是便以己
力續作小說，以補原著未完之緒。

　　由於《鏡花緣》未完，因此華琴珊便極力訪查他人的續作，在訪查之時，
又見當時許多前代的小說曲本皆有續作，獨《鏡花緣》無。[46]便與友人胡宗堉
談天時，說出此現象，種下續作之因。胡宗堉便於〈序〉中紀錄了該次談話
內容：

華君曾與予言曰：「施耐庵之《水滸傳》可不續，而村學究偏欲續
之。王實輔之《西廂記》可不續，而續之者有人。曹雪芹之《紅樓

---

[45] 關於《鏡花緣》未完、所書僅有其半，乃是由於李汝珍於末回自言：「年復一年，編出這《鏡花緣》
一百回，而僅得其事之半。」最終亦云：「若要曉得這鏡中全影，且待後緣。」可知李汝珍所作《鏡
花緣》並未全篇完結，且有意再作續篇。然李汝珍終其一生，終究未能將後半內容創作完成，故無
續作。參見〔清〕李汝珍：《鏡花緣》，頁 568-569。

[46] 然蕭然鬱生《新鏡花緣》於 1907 至 1908 年間於《月月小說》連載，陳嘯廬之《新鏡花緣》於 1908
年印行，刊行時間均早於華琴珊，且皆於上海發行流通，是以華琴珊應有機會得見此兩部作品。然
華琴珊自言訪查時未見《鏡花緣》續作，不知其因為何。或可推測為：(1)此二書流通不廣，無法得
見；(2)內容與李汝珍之思想大相逕庭，不能補其缺，是而華琴珊將二書視為新作。細究蕭作與陳作，
二書均未從原作內容續補，也未將《鏡花緣》的未完結局有一圓滿的收尾。此外，蕭然鬱生之作是
於《月月小說》連載，然該刊物是清末極具有影響力的文學刊物，且清末是自人口的增加，也影響
了小說閱讀的潛在人口的增長，因此無論是蕭然鬱生或是陳嘯廬所作，均應具有一定的流傳度，因
此當以第二說較為貼近真相。然真實原因為何，已無可考，僅能從華琴珊與胡宗堉二人之片段文字，
得知華琴珊並未見到《鏡花緣》在「真正意義上」的續作，故而續之。關於清末小說閱讀人口的研
究，可參見陳俊啟：〈晚清報刊雜誌中小說讀者群體概念的形塑和消解〉，《漢學研究》第 28 卷第 4
期（2010 年 12 月），頁 211-212。

夢》可不續，而《紅樓夢》之續多至十有餘種。李松石之《鏡花緣》
明是半部，有不容不續之勢，而續《鏡花緣》者竟未之見。」予因
謂華君曰：「吾子宏才海富，何勿出其緒餘而續後半部《鏡花緣》，
使後之獨是書者暢然滿志，幸全豹之得窺，亦一快事也。」華君曰：
「諾。」（頁493）

華琴珊以為《水滸傳》、《西廂記》與《紅樓夢》實已完結，並無續作必要，
但後世小說家卻多續作這些作品，獨漏未完之《鏡花緣》。當世不重視的原因
為何，尚且不明，然華琴珊欲求《鏡花緣》全豹而未可得，遂向胡宗瑗說及
此事。胡宗瑗鼓勵華琴珊憑己身才華續之，希望後世讀者得以無憾。華琴珊
聽聞此言，便著筆續之，因此胡宗瑗可以說是華琴珊創作《續鏡花緣》之大
推手。[47]

（二）《續鏡花緣》小說大要

　　書敘唐中宗復位後，重開女試，黃蕊珍與陸愛娟分別中第為殿元與亞元，
與其他才女一同參加紅文宴。但紅文宴後，武三思與韋后私通、密謀造反，
遭漢陽王李旦阻止，李旦藉此芟除朝中武家與韋家勢力，並株連九族。武家
庶子景廉與韋家叔姪寶應、利楨得此消息，便四處逃難，三人於花神廟中見
面後，為避死劫，便男扮女裝，改名為武錦蓮、韋寶英、韋麗貞，並結拜為
姊妹，逃往鄉間避難。一日，三人遭山匪劫走，幸遇蓬萊山中得道的顏紫綃
相救，顏又算出三人的姻緣在女兒國，且未來將嫁與女兒國王陰若花與盧紫

---

[47] 王瓊玲據胡〈序〉以為華琴珊創作時間歷時兩個月。參見王瓊玲：〈妄續新篇愧昔賢：「續鏡花緣」
研究〉，頁154。然細究胡宗瑗所說：「就李君未宣之餘蘊，從前書卷尾『再開女試』一言入手，而
以『才女盧紫萱輔佐女兒國王為賢君』數語作為主腦，終使群芳同歸真境，風姨月姐解釋前嫌。銜
接一片，終始相生，續成四十回。描摹盡致，雅俗共賞。獨之真覺天開妙想，泉湧奇思。閱兩月而
告成功。予服其才且驚其速。盡美矣，又盡善也。」此「兩月」應是胡宗瑗閱讀《續鏡花緣》之時
間，且細究前後文，均是稱讚《續鏡花緣》之辭，因此此段序言當屬胡宗瑗閱讀《續鏡花緣》之感
想，實非描述華琴珊創作歷時共兩個月。雖不知華琴珊究竟花費多少時間成書，就胡宗瑗之「驚其
速」三字，可知華琴珊在極短時間內即完成《續鏡花緣》。

萱、黎紅薇兩位相國，因此將三人託付給林之洋，希望林之洋再前往女兒國訪視契女陰若花時，將三人帶往女兒國成就姻緣。

三人成親期間，武六思與武七思亦在海外四處為惡，途經犬封、大人、淑士諸國，又見識了各國藏汙納垢之處。到了淑士國，又煽動該國駙馬向女兒國王「商借」二樣寶物：分水犀牛與夜明珠。女兒國聞此消息，上下均以為不可行，又擔心淑士國前來侵擾，於是掛榜求賢、比武練軍，招得梅鳳英、花如玉、花逢春等將領，以抵禦淑士國。而淑士國駙馬與公主通曉女兒國之國情為「男子為婦人、女子為丈夫」，以為女兒國對於武力干犯毫無抵擋之力，於是出兵攻打。兩兵相接，方曉女兒國的軍事實力不亞於淑士國。淑士國雖得妖道相助，但女兒國在顏紫綃與易紫菱兩位花仙相助下，女兒國順利攻克淑士國，並逼得淑士國求降，從此與女兒國以叔姪相稱。

戰事終了，女兒國便重塑女魁星像，欲偃武修文、敦崇禮教，遂開科取士，廣招各國人民前來赴試，並從入取者中擇其優者加以重用。黑齒國聽聞此事，又知女兒國丞相均為黑齒國人，大感遺憾，因此整頓積弊、修明學術、培育人才，避免良材遭致埋沒；白民國得知女兒國開辦科考，又知女兒國情與他國相異，遂開辦許多女子學堂，同時提倡婦女放足，希望女性能夠前往赴試。但因學堂管理不靖，導致學堂屢傳醜聞，使名門望族不願將後輩送入學堂。及至科考舉行，各國才女皆來應試，亦有許多外國人士中榜，黃蕊珍與陸愛娟亦在榜內。其中梅家長子占魁連元及第，又與花家結為姻親，自此以後，女兒國勢蒸蒸日上，成為各國表率。

後來林之洋長子林馨桂前往女兒國拜訪，並向故人說明唐朝事態，得知女試停辦、俸祿既廢。又得前書才女花再芳遇人不淑、夫妻不睦，且身染重疾、頃刻歸西；畢全貞則夫妻和睦，在家相夫教子，不料丈夫為求功名、積勞成疾，一年內便前赴黃泉，獨留畢全貞守節撫孤，晚年子媳孝順，又得貞節牌坊一座、受人稱讚。畢全貞卒後，在陰間受仙女接引，與前書眾花仙同歸小蓬萊相聚，同時織女托身的黃蕊珍與玄女降凡的陸愛娟亦反本還原、重歸天庭。聚會中，魁星重現男像，象徵女試考畢，此後便不再開女科。

百位花仙歸洞後，便與百果、百草等仙人聚會，慶賀群花歷劫歸來，又
與風姨、月姊盡釋前嫌。及至西王母壽辰，眾仙前往祝壽，會中歡喜熱鬧，
最終盡興而歸。自此《鏡花緣》全篇便告完結。

（三）《續鏡花緣》寫作特色

1. 增補與新添兼重之續作

由於華琴珊一再表達自身續補李汝珍《鏡花緣》的渴望，因此不僅是在
書名上延用舊作《鏡花緣》之名，在小說許多人物上，如林之洋、多九公、
陰若花、盧紫萱、黎紅薇、枝蘭音等人物均為舊作之人，目的乃是為了續補
與呼應原書情節，且更針對百位花仙的命運加以增補，使花仙謫降之後取得
重歸的契機，使小說合於傳統消說中的圓滿結局。除此之外，另有為適應情
節而參酌己意增加的人物，如武景廉／錦蓮、韋利楨／麗貞、韋寶應／寶英
三人是由於為了適應小說增補芟除武家勢力而增加的人物；花如玉、花逢春、
梅鳳英等將領則是為了適應小說中女兒國抵禦外侮而增加之人；黃蕊珍、陸
愛娟等才女是為重開女試而添補。

而人物的增補，也連帶推動情節上的拓展與補充。華琴珊有針對《鏡花
緣》中既成的時空架構下進行延伸，以補全舊作內容；亦有擺脫原著內容、
肆意添加的情節。王瓊玲指出，華琴珊添加的情節有四：[48]

（1）武景廉等三人改扮女裝，出逃女兒國，用以表達對無辜之人的關懷。
（2）大人國「安國社」的辯論大會，彰顯清末政府設立「諮議局」、「諮
　　　政院」與民間結社論政的風氣。
（3）女兒國招賢比武，抵禦淑士國干犯的情節。此部分的描述自第十五
　　　回至二十八回，共有十四回的描述，占全書近三分之一。此部分內
　　　容，是為描述武功、謀略與神怪，全然擺脫《鏡花緣》之內容。

[48] 詳細可參見王瓊玲：〈妄續新篇愧昔賢：「續鏡花緣」研究〉，頁162-166。

(4) 透過白民國為鑽營女兒國開辦科考之事，描述白民國倡立女學的亂
　　象，同時彰顯了作者反對女性放足與就學的觀點。

　　除了新添的情節外，由於華琴珊在〈自序〉中表示其見《鏡花緣》「全豹
未窺，美猶有憾」，於是承襲原書宗旨，以務求首尾相連，使前書的百位花仙
同歸仙境，此種書寫模式，合於李豐楙所謂「聚（天界）－散（人界）－聚」
的謫仙結構，使群花在經歷多種劫難後，於小說末尾重聚於天界的內容補齊。[49]
而王瓊玲則針對《續鏡花緣》之內容，歸納出以下續補原書之內容：[50]

(1) 由於李汝珍在小說末了寫道：「來歲仍開女試」，因此華琴珊首回便
　　描述黃蕊珍與陸愛娟會同其他才女參加女試的內容。此外，由於《鏡
　　花緣》中魁星現女像，表示女學昌盛，華琴珊則在小說最末將魁星
　　重返男像，象徵女試之告終結。
(2) 在《鏡花緣》末回，描述諸將領破解「自誅陣」後，發現宋素與文
　　菘二人失蹤一事，華琴珊則於第二回描述兩人乃是受到百果仙子指
　　點，至小蓬萊修身養性，以俟時機討伐武三思，交代二人下落與將
　　來。
(3) 在《鏡花緣》第六十八回中，盧紫萱、黎紅薇與枝蘭音三人受武后
　　之封，陪同女兒國王儲陰若花歸國輔政。而華琴珊則針對此點，對
　　於三人在女兒國協理朝政，舉凡比武招賢、開辦科考等事，均有所
　　著力。
(4) 在《鏡花緣》第二回的蟠桃會中，由於百花仙子誇下豪語稱若任由
　　天下百花齊放，則情願謫降紅塵，此事後來牽連其他九十九位花仙，
　　使百位仙人共同降凡歷劫，在第六回百草仙子則告知百花仙子若塵

---

[49] 參見李豐楙：〈罪罰與解救：「鏡花緣」的謫仙結構〉，《中國文哲研究集刊》第 7 期（1995 年 9 月），
　　頁 136。
[50] 詳細可參見王瓊玲：〈妄續新篇愧昔賢：「續鏡花緣」研究〉，頁 155-162。

緣期滿，西王母自會遣使迎接。華琴珊則在第三十九回畢全貞大限後，描述仙人前往地府迎接其回小蓬萊，歸途中亦見其他花仙回歸仙山，使眾花仙回歸一事得以圓滿收場。

（5）其他細節，尚有說明女兒國何以男女性別角色互換之因、武六思與武七思在自誅陣被破之後的下落、林之洋入小蓬萊尋找唐閨臣與顏紫綃時為何遭夜叉逼退之事。

以上幾點，華琴珊均對原書所未及詳述的細節內容作了一定增補，且承襲與新創均重，並將兩種類型的情節互相交融，使《鏡花緣》的情節結構得以完整，並非如同蕭然鬱生將各人見聞套用於《鏡花緣》的主體架構、亦非似陳嘯廬般是全然的革新之作，因此，《續鏡花緣》可以視為在「真實意義上」的續補之作。

2. 寓清末中國現狀於海外諸國

李汝珍在《鏡花緣》中，藉由海外各國諷刺清中葉各社會現象，[51]華琴珊在續作時，雖描述的國度不多，但亦保留此種特色。如：

（1）第十四回描述犬封國透過與大人國互相通商，侵占大人國的利益，兼毀去大人國之城牆。象徵中國與外國通商後，中國之主權反遭外國列強蠶食鯨吞。

（2）第十四回，大人國的官民由上自下，出了許多不公不義之徒。凡有金錢上的利益，便不顧全國家大局，致使喪權辱國。而官員亦收受賄賂、利令智昏，絲毫不顧民生大計。象徵中國官場之腐敗。

---

[51] 關於《鏡花緣》中海外諸國的諷刺性，前輩學者已多有論述。可參見王瓊玲：《清代四大才學小說》，頁 572-585。陳美林：〈李汝珍和「鏡花緣」〉，《南京師範大學文學院學報》1999 年第 3 期，頁 3。單有方：〈「鏡花緣」引用「山海經」神話手法淺析〉，頁 71-73。劉驥、楊雅璨：〈奇特的想像，絕妙的諷刺：「格列佛遊記」和「鏡花緣」諷刺手法之比較〉，《東北農業大學學報‧社會科學版》第 7 卷第 1 期（2009 年 2 月），頁 92。

(3) 第三十一回，白民國為趨附女兒國開科取士，於是興建女學堂與提
倡放足，但由於管理不清，致使妓女附讀、女學生同男學生私通以
及女學生成為娼妓等流弊橫生。象徵中國雖提倡女學，卻缺乏良好
管理的情形。

透過以上內容，可以發現華琴珊襲用了李汝珍的暗喻模式，以海外諸國
象徵清末中國的種種負面情狀，同時加以撻伐。故華琴珊實有意模仿李汝珍
的創作技巧，通過小說呈現社會弊病。

而《續鏡花緣》的海外國度中，又著重在女兒國的描寫。在《鏡花緣》
當中，最為人所熟知的即是女兒國對於性別角色互換的描述，而華琴珊創作
時，多著墨於該國之中，極有可能是受到清末希冀透過婦女教育、以達成性
別平權為目的的眾多女權與女學論述與創作。[52]此外，在現代研究當中，《鏡
花緣》之內容又被胡適認為是「第一部討論婦女問題」的小說，[53]因此華琴珊
續作時，或多或少針對時興的婦女議題進行延伸。

雖然王瓊玲認為小說中許多內容與清末擁護女權之論述相扞格，甚至缺
乏關懷女性之思想，有違李汝珍之旨。[54]但《續鏡花緣》四十回中，許多事件
或直接、或間接地以女兒國為中心，如模仿中原開設科考、女性參加政治運
動、走入戰場、提倡興辦女學與放足諸事，均與女兒國相關。因此在思想上，
華琴珊或許有意反對女權，卻也不能免俗地將清末提倡女權的社會風氣寫入
小說中，因此將小說許多重大事件以女兒國為中心，或可視為清末中國提倡

---

[52] 對於清末的此種現象，黃錦珠的研究指出，在清末爭取女權的議題當中，廢纏足、興女學、男女平
權與自由戀愛最受到注目，且共同的核心皆是要求婦女自立自強，因此在政治活動與相關議論上，
可以說是風起雲湧，雖然仍不免遭受挫折，但仍為中國婦女的傳統規範有了突破的契機。在此種社
會環境下，特殊的婦女現實遭過極其他反映婦女問題的文學創作也隨之興起，當中尤以小說為多數，
雖然這些文學作品當中，對於婦女問題的所持態度並不一致，一則凸顯出創作者們對於女性的理想
形象，二則表述了清末婦女的實況、以及傳統婦女關的挪動與變革。詳細參見黃錦珠：《晚清小說中
的新女性研究》（臺北：文津出版社，2005 年），頁 1-19。另，有關於清末的女權與女學論述，將於
第三章中透過四部擬《鏡花緣》小說所呈現的婦女運動逐項描述，於此不詳述。

[53] 參見胡適：〈「鏡花緣」的引論〉，《胡適文存》（臺北：遠東出版社，1961 年），頁 412-433。

[54] 參見王瓊玲：〈妄續新篇愧昔賢：「續鏡花緣」研究〉，頁 167-172。

女權、使中國形成「女兒國」的社會風貌重現。此外，女兒國抵禦淑士國干犯的戰爭書寫內容篇幅甚多，自第十五回比武招賢至第二十八回戰事告終，共十四回，佔全書近三分之一，又此書為華琴珊晚年所作，作者應聽聞或親歷多次中國戰事失利的情形，[55]因此透過發生於女兒國的征戰書寫，一則描述中國遭外侮入侵的情狀，二則小說描述戰事連連告捷雖與史實違拗，但將小說內容對於韜略、武功、陣法等內容，與作者所處的時代環境交互觀察，亦可視為華琴珊期許中國面對列強侵擾時，能夠奮而抵抗的理想。[56]

3. 炫耀己身才學

　　魯迅將《鏡花緣》歸為「清之以小說見才學者」[57]，王瓊玲亦針對此點加以闡述，從《鏡花緣》中的各種學問與才藝加以統整，將其定義為「才學小說」[58]，是以《鏡花緣》為才學小說之旨不言可喻。而華琴珊如同許多小說家，均為宦場失意、透過創作抒發才華的文人，因此在小說中許多內容，亦有許多為了炫耀自身才華的內容。如第一回之賦作〈燈花賦〉、七律四首〈秋蟬〉、〈秋螢〉、〈秋蜂〉、〈秋蝶〉；第三十二回〈讀王符潛夫論〉；第三十三回七絕五首〈柳堤泛棹〉、〈華堂春宴〉、〈畫橋垂釣〉、〈杏苑尋芳〉與策論〈師克在和論〉；第三十四回賦作〈大鵬遇希有鳥賦〉、詩作〈天風吹下虛步聲〉與策論〈察吏安民策〉；第三十七回之七律六首〈春柳〉。

　　除以上諸篇詩、賦、策論，尚有散於各章回中之對聯、牌匾，均是個人作品羅列，以彰顯己身文采。然這些作品，王瓊玲以為與《鏡花緣》中的文作相較，實平凡無奇，且又未能彰顯小說人物之命運或暗喻人物個性，因此雖有意炫才，卻無所可稱道之處。[59]除文學創作，小說中又羅列了許多軍事布

---

[55] 清末中國發生的幾次重要戰役有：1840 年中英鴉片戰爭、1858 年第一次英法聯軍、1860 年第二次英法聯軍、1884 年中法戰爭、1894 年中日甲午戰爭、1900 年八國聯軍。

[56] 王瓊玲以為《續鏡花緣》的征戰內容乃是由於作者特別屬意，因此下筆時為之。參見王瓊玲：〈妄續新篇愧昔賢：「續鏡花緣」研究〉，頁 164。

[57] 參見魯迅：《中國小說史略》，頁 372-376。

[58] 參見王瓊玲：《清代四大才學小說・丁編・「鏡花緣」研究》，第貳、參章「《鏡花緣》的創作目的」，頁 384-595。

[59] 參見王瓊玲：〈妄續新篇愧昔賢：「續鏡花緣」研究〉，頁 167。

陣之法、戰略謀劃之策以及婚姻禮俗的描寫，皆可視為華琴珊對自身才華的展現。然華琴珊如此羅列作品與知識，或可視為其有意模擬李汝珍的創作手法，透過小說彰顯己身才華；二則是以為自己滿腹文采卻無人賞識，因此欲透過小說創作，夾雜其他文類之作品，使觀者知悉其文學素養，因此華琴珊欲透過《續鏡花緣》炫耀自身文采，顯而易見。

四、秋人《鏡花後緣》：才女走入革命場

（一）秋人及其《鏡花後緣》介紹

　　作者秋人，本名、生卒年與生平均不詳，約清末民初時在世。辜美高以為其姓氏為廖，曾遊學日本，並為同盟會成員。[60]《星洲晨報》在 1910 年 1 月 8 日小說首次刊載時，曾附有一段關於作者與小說的介紹：

> 本報現特聘著名大小說家秋人君擔任說部，刻已承其撰就《鏡花後緣》一卷，由今日起，即陸續登刊報端以饗閱。著諸君之雅望，秋人君與省港報界中早已獨標一幟，說部尤所擅長，其文字之價值若何，閱者不久當自見也。[61]

又小說首回，作者自言「一夜緩步珠江長堤」、「唉，我廣東的人，日日趕著裝飾門面，都是為他人作嫁衣的哩」。[62]據此所述，秋人應是廣東人，且為當時著名小說家，亦常將作品投稿至當時報刊上，著作於廣東、香港一帶頗負盛名，因此應《星洲晨報》之約著作《鏡花後緣》並行連載。然其他作品於今未見，不知其著作目錄之篇名與數量，亦未知其聲名與作品特色究竟如何，僅能從今日所存的《鏡花後緣》來判斷作者的思想與寫作技巧。

---

[60] 然辜美高並未說明此段資料所出何處，此處姑存其說。參見辜美高：〈「鏡花後緣」的發現、比較與詮釋〉，《連雲港師範高等專科學校學報》2010 年 12 月第 4 期，頁 7。

[61] 參見《星洲晨報》1910 年 1 月 8 日，第六版，〈本報增刊小說特傳〉。刊載版面見圖 1。

[62] 參見〔清〕秋人：《鏡花後緣》，原載於《星洲晨報》1910 年 1 月 8 日，另見本論文附錄頁 212。

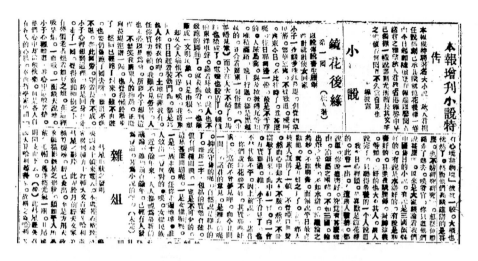

圖 1：《鏡花後緣》1910 年 1 月 8 日首次刊登

　　《鏡花後緣》共十七回，未完，原因乃是由於秋人因病停刊。[63]《星洲晨報》亦於同年 11 月 2 日終止發行，這段期間內，秋人並未供稿，故而小說未完。因此刊行日期為宣統二年（1910）1 月 8 日至 6 月 24 日，期間共計連載 126 天，均載於每日之第六版。此外，小說第十六回與第十七回的回目相同（參見表 3），且第十六回只刊行兩天，與前十五回之篇幅不相當，加之該回末段體例不合於傳統章回小說附有「欲知後事如何，下回再述」一類套語，而一至十五回多合於此體例，因此十六、十七回或可合併為一回。此篇小說目前僅有新加坡國立大學館圖書館藏之《星洲晨報》影印微縮膠卷資料，[64]學界並未有所整理排點，僅有辜美高〈「鏡花後緣」的發現、比較與詮釋〉一文略述梗概，因此筆者嘗試整理排點此篇小說全文列於文末附錄，以便於未來研究者參閱查索。

---

[63] 參見《星洲晨報》1910 年 6 月 25 日，第六版，〈閱者注意〉。

[64] 此版本亦置於新加坡國立大學圖書館網頁上，參見：http://libapps2.nus.edu.sg/sea_chinese/documents/sun%20poo/sun%20poo.html，2013 年 8 月 15 日搜尋。

表 3：《鏡花後緣》各回於《星洲晨報》刊載日期

《鏡花後緣》小說回目	《星洲晨報》刊載日期
第一回、以訛傳訛書生續筆　將計就計俠女回家	1910 年 1 月 8-15 日，共 7 日
第二回、詢老夫備聆奴隸痛　見寶石忽見炎涼情	1910 年 1 月 15-22 日，共 7 日
第三回、驅賭博札頭人耀武揚威　遭鞭笞長尾漢驚心喪膽	1910 年 1 月 24-31 日，共 7 日
第四回、野心勃勃誤逢外國姑娘　勇氣蓬蓬且逞中朝技擊	1910 年 1 月 31 日-2 月 3 日、15-17 日，共 7 日（2 月 4-14 日，《星洲晨報》新年停刊）
第五回、豺狼當道有意張羅　口舌招尤無辜入網	1910 年 2 月 17-24 日，共 7 日
第六回、扶弱國勉為時世裝　賃民家聊作鋪排樣	1910 年 2 月 26 日-3 月 7 日，共 8 日
第七回、婦人會攪出惡風潮　奇女家飽看慘現狀	1910 年 3 月 8-16 日，共 8 日
第八回、運動富翁早備幾番巧計　哀憐老婦又聆一番奇談	1910 年 3 月 17-25 日，共 8 日
第九回、搬行李苦力說真情　露腌臢貧婆有特色	1910 年 3 月 28 日-4 月 6 日，共 8 日
第十回、迷信神權志士誤為菩薩　傷懷國勢妖姬即是英雄	1910 年 4 月 8-18 日，共 9 日
第十一回、獨歷史種族惹餘哀　毀真容家庭興活劇	1910 年 4 月 19-30 日，共 10 日
第十二回、公報私仇妻妾鬥狠　同戕異媚郎舅參謀	1910 年 5 月 2-10 日，共 8 日
第十三回、捕黨人官兵遭晦氣　毆獄卒女士逞威風	1910 年 5 月 10-20 日，共 10 日
第十四回、施毒手獄卒喪良心　解重圍夫人有妙理	1910 年 5 月 20 日-6 月 2 日，共 10 日
第十五回、戒酒行兇姦王喪命　以人代馬同種傷心	1910 年 6 月 2-11 日，共 8 日
第十六回、推原禍始偉論分披　窮詰真形婆心觸現	1910 年 6 月 14-15 日，共 2 日
第十七回、推原禍始偉論分披　窮詰真形婆心觸現	1910 年 6 月 16-24 日，共 8 日

　　然而《星洲晨報》刊行距今已百餘年，保存上難免有所破損與字跡模糊之處，但各期的狀況不一，但大多仍能清楚辨識字跡，僅有少數幾日有嚴重缺損（參見圖 2、圖 3），雖然少數情節未能得見，但尚能探知小說全篇內容與思想。因此本論文凡是引自《鏡花後緣》小說內文者，均以附錄之整理成果為基準，並標示原刊載日期，以便查閱。

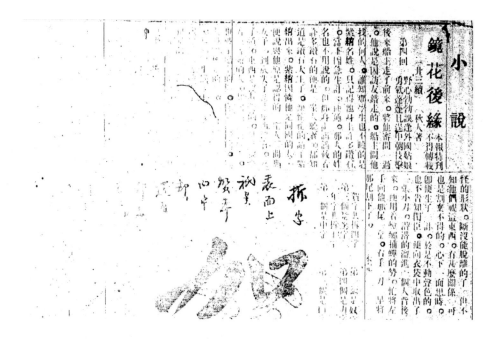

圖 2：《星洲晨報》1910 年 2 月 15 日（小說第四回）僅有右半部可茲辨識

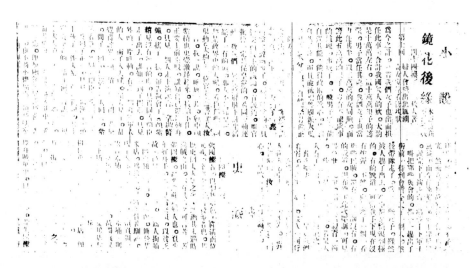

圖 3：《星洲晨報》1910 年 3 月 12 日（小說第七回）有多處字跡模糊

　　至於秋人創作《鏡花後緣》的原因，根據小說首回的楔子內容所述，秋人於書中託名為「小子」在夜晚漫步珠江堤上，觀看廣東景色時，見到幾位老者在柳樹下談論著中國的舊小說如《三國演義》、《聊齋誌異》、《水滸傳》等書，因此趨前聆聽各人議論。在聚會中，因其中一位老者言及喜好《鏡花緣》，卻遭眾人排詆，認為《鏡花緣》於創作藝術上均不及其他小說，喜好《鏡花緣》之人乃是井底之蛙。[65]此老者雖欲有所辯駁，卻不知從何論起。作者見此情狀後，深覺不平，於是代為抒發意見：

> 維新二字，包括的實繁有徒。但有兩種問題，一定是不可少的。這是什麼問題呢？一是女權振興，一是民族主義。任你走遍地球，誰人敢出一言反對的？唉，女權民族，近十餘年來，人人都視為最新的議論，誰知前百餘年，已經有人發為言論，著為小說的哩！……知道這些議論，都是從《鏡花緣》得來了。……我們唐朝的時候，豈不是有位武則天麼？他的本事，……世人說他不好，那《鏡花緣》則說武則天是好，所以處處替他張揚，便是《鏡花緣》的第一件特色。異族入關，把我滿堂漢種，或誅或滅。有志之士，難有不泣血椎心呵！憤無可洩，不得不寄意筆墨。然而縱情直達，則使禍患易生，故不能不略為隱括。唉，須知《鏡花緣》中所說軒轅國，就指中國了。其中朱草呈祥一事，又是有明的事情了。……民族主義，可知他未嘗晦昧呢！這是他第二件的特色。……若夫其第一特色，吾恐找遍中國古昔小說界，實在沒有其比哩！（1910 年 1 月 8 日-10日）

這段議論認為《鏡花緣》有兩大特色：一是女權振興，二是民族主義。女權

---

[65] 小說寫道：「論筆墨之團結，不如《三國》；論出筆之豪快，不如《水滸》；論議論之雋妙，不如《聊齋》。偏說平日最喜歡他，真是井蛙之見了！」參見〔清〕秋人：《鏡花後緣》，原載於《星洲晨報》1910 年 1 月 8 日。

的部分由於武則天傾覆李氏政權、提倡女學，然世人皆謂武氏牝雞司晨、顛倒陰陽，但李汝珍卻為其翻案，對武氏所為大加讚揚；民族主義的部分，則由小說中的朱草呈祥象徵明王朝的復興，以及軒轅國象徵中國，海外各國皆對此國為尊、不敢侵犯，寄寓漢胡兩族之尊卑關係。而這兩大特色，並非清末所發議論，而是清中葉時即有，女權的論述更是首開其宗，於是作者以為《鏡花緣》的思想極富前瞻性，更認為維新運動必以此二種精神為根柢方能運行，因此推崇《鏡花緣》。

　　作者之推崇維新革命運動，並以此作為論述與創作小說的基礎，亦與《星洲晨報》的刊物屬性相關。由於《星洲晨報》是由新加坡同盟會成員周之貞與謝心准出資印行，目的乃是為了宣傳革命。[66]在《星洲晨報》1909 年 8 月16 日首次刊行時，在〈星洲晨報出版宣言〉中言：「報紙則日採其要以灌輸民智，其效速，……同人有鑒於此，則發起為《星洲晨報》」、「國家興亡，匹夫有責」[67]，〈本報之特色〉第一點又云：「本報首務開通民智，不屑阿附強權，以崇正黜邪為宗旨」[68]，由此二文，不難發現《星洲晨報》的發行目的是為了啟迪民智、抵抗強權以挽救中國。是以秋人推崇《鏡花緣》之女權與民族主義，續作小說時又以此為出發，並力抗中國傳統迷信神權之陋習，欲將《鏡花緣》「著筆太淺，羅羅清疏，粗枝大葉，不能入細」（1910 年 1 月 10 日）之創作缺點作一革新，因此在對談中，受到眾老者們的期待「何不將舊日的改換了，用自己的意見，再做了一部。或是再續一書出來，俾我們大眾可以拜讀拜讀」（1910 年 1 月 10 日），遂答應續成《鏡花後緣》後以供人閱讀，一則發揚《鏡花緣》提倡女權與民族精神的兩大特色，再則續補《鏡花緣》藝術之缺失與內容之未竟之續，以達成己身推崇維新革命的目標與思想。是以秋人續作《鏡花後緣》之因，即是如此。

---

[66] 此段資料出於新加坡國立大學圖書館網頁的簡述。參見：http://libapps2.nus.edu.sg/sea_chinese/documents/sun%20poo/sun%20poo.html

[67] 參見《星洲晨報》1909 年 8 月 16 日，第二版，〈星洲晨報出版宣言〉。

[68] 參見《星洲晨報》1909 年 8 月 16 日，第二版，〈本報之特色〉。

（二）《鏡花後緣》小說大要

　　書敘顏紫綃在蓬萊山中見到一群人搭乘熱氣球遊玩，於是靜極思動，要求同在山中修行的唐閨臣下山遊歷，見識中國的近狀兼尋訪故人。但是到了山下欲搭船回國時，卻無人知「中國」是何國，唯有一老翁告訴兩人中國由於內亂外患，國家已被外族佔據、並改名為「大韃國」，同時告知國內慘狀，以及政府圍捕革命黨人之事，告誡兩人抵達中國後，千萬不能說出「中國」二字，唐閨臣與顏紫綃二人聽聞甚覺唏噓，遂興起返國後欲將所學發揮，用以振興中國。

　　兩人在前往中國時，路上所見所聞，無非是中國人遭人奴役、吸食鴉片、政府昏聵等事，更覺悲哀。抵達上海後，又在客棧遇見商人周子安，於是談起中國的革命運動。周子安則告知他們有意拯救中國的人士雖多，但成員駁雜，其中更有虛有其表，收群眾錢財後，卻花天酒地、絲毫不致力於革命維新者；真心執行革命者，反多遭政府圍捕，致使革命運動在中國不能得到極高的成效。此外，在客棧中，兩人收到來自「愛國婦人會」的來信，希望她們能夠參與該會的開幕式，唐閨臣與顏紫綃因好奇婦女在愛國行動上有何見解，遂結伴前往。兩人在會中聽聞許多婦女發表議論，有提倡打倒父權、發起家庭革命、議論救國運動、提倡婦女應捐款償還國債等諸多言論，雖然此聚會遭到外界干擾中斷，只得散會。此次聚會令唐、顏二人深覺中國的復興仍有希望，又對會中發表振興民族精神的張展漢深感興趣，於是前往拜訪。議事時，又結識了張展漢的同伴崔錦英，四人對於彼此的精神與勇氣皆感敬佩，於是達成協議，具有謀略才能的唐閨臣與張展漢留於上海進行革命運動的規劃，具有搜索與武學才華的顏紫綃與崔錦英則前往福州探訪富豪徐九，希望得到徐九的資助。

　　顏紫綃與崔錦英抵達福州後，發現當地民眾崇尚鬼神迷信之說，平民生活又多窮苦，生活環境大多不良，甚感悲哀。探查過程中，因有協助當地某家孩童跌傷的事件後，認識了徐九的妾程小春，發現富貴人家的生活與一般

群眾的處境有著天壤之別。在結識程小春後，顏、崔便說明了來到福州的用意，程小春聽聞，對於革命運動甚感興趣，又閱讀了顏紫綃所攜帶的《明季稗史》，對於當前國破家亡的處境深感憤恨，決心協助革命運動。但是此事被徐九與徐九之妻酈氏發現，兩人大加阻撓，甚至引發爭執，導致徐九與酈氏找來官兵圍捕顏紫綃與崔錦英。兩人面對圍捕時，並未抵抗，反欲藉此機會探訪革命人士下獄後會遭到何種待遇，進而發現官府的黑暗與屈打成招等事，使許多一般民眾與革命人士皆受酷刑。但顏紫綃與崔錦英由於得到當地官府萬公滌的夫人幫助，得以釋放。面對貴人幫助，顏、崔兩人原以為萬公滌的夫人也可如程小春一般，對於國族處境有所認識與思想上的突破，卻發現此人難以教化，當晚便離開萬府。

　　兩人離開萬家後，聽聞廣東是中國開化最早之地、且多革命志士，因此打算前往廣東。到達廣東後，兩人發現廣東情形亦不佳，甚至有將人類當作畜類役使者，在詢問過一名熱心革命運動的老翁後，方知廣東雖然受到外國風俗而極開化，但是對這些人來說，唯有己身利益才是最為要緊，因此對待中國人與對待洋人的態度截然不同；甚至更因商業發達，為顯自身尊貴，無不以人代畜為風尚，顏紫綃等人聽聞，更是不忍，便要老者帶這些人來詢問他們的景況，但由於奴隸主為了己身利益、不肯放人，因此無功而返。隨後崔錦英雖想到妙計，但小說到此終結，未能得知後續發展。但可以發現，作者透過許多下階層生活情形的描述，認為國家一旦遭外侮入侵，生活便不能安穩，因此提倡人民起身反抗、參與革命運動，才有回復生天的機會。

（三）《鏡花後緣》寫作特色

1. 重入民間的政治觀察之作

　　秋人的《鏡花後緣》延續舊作《鏡花緣》之名，以「後緣」為名，則是因為其描述的是唐閨臣與顏紫綃兩人在小蓬萊成仙，但在其書中則是在數百年後復又出山遊歷，並與革命人士參與政治運動。在人物上，僅有唐閨臣與

顏紫綃二人是舊作之人物；其餘小說中的人物，如積極進行革命活動的張展漢、崔錦英、尤賽夫、官振權、吳壯魂，或是屬於傳統官僚勢力的徐九、酈有仁、酈有眾、萬公滌等人均是作者依情節需要添加。

　　情節上，從唐閨臣與顏紫綃因一日在山中見到山下的各種新事物，興起好奇心，於是下山遊歷，卻發現中國已過數十甲子，中國已非舊日面貌，因此興起救國之念。在一次機緣下，聽到了愛國婦人會的演說後大為心動，便與其中人士一同進行革命運動。因此小說以舊作為基礎，作為「復歸人界」的起點，進行全新的情節描述，因此情節的部分可以說是從就坐上加以延伸，並改易原書情節旨趣，故此部小說內容事實上與前書毫無干涉，是一部襲用書名與人物，創造情節後續的「新」作。

2. 觀察社會、並宣揚個人政治理念

　　在李汝珍《鏡花緣》中，透過各海外國度的書寫，揭露、諷刺清中葉時期的社會現象。[69]秋人也保留此種風格，但是更為寫實的描述出清末中國個社會階層的生活。如第十回描述富商徐九的宅院「金碧輝煌」，廳內擺滿各官員的字畫牌匾、室內擺設有以金線繡圖的大紅縐紗門簾、外國購入的彈弓床、綾羅綢緞製成的衣著與蚊帳、桌上陳列著「無數的香水罈」，第十三回則描述福州府萬公滌在早晨與姨太太抽鴉片煙，由此可知官宦商賈人家過著窮極豪奢的生活；反觀下層階級的庶民則過著貧困的生活，有病不得治、衣物與居處均骯汙，更有甚者則成為奴隸、任人宰割。其書寫內容多對下層社會寄予同情，對於上層社會則多摒棄。

　　面對此種社會地位處境的不均等，加之《星洲晨報》的刊物屬性為宣揚革命，因此《鏡花後緣》在創作主旨上極力推廣維新革命。於是秋人在小說第一回的楔子中寫到中國若要推行維新運動，「女權振興」與「民族主義」兩者是必不可或缺的。又認為《鏡花緣》在中國的舊小說中兼備了兩種新思潮特質，因此在與人議論時，興起了續作《鏡花緣》之念。於是創作時，便以

---

[69] 參見王瓊玲：《清代四大才學小說》，頁 572-585。

此為基準，在小說中多次宣揚女權與民族主義。如第六回提到：「女子團體雖然有了，但猶是零星小影，不成積成浩蕩之勢。故此次愛國會建立，是有意聯合全國的女子，上自貴族婦人，下至於貧嫗妓女，無一不能預會」（1910 年 3 月 9-11 日），說明愛國婦人會創立的宗旨與背景。又在第七回中，在愛國婦人會的開幕式上，透過四位女性積極提出家庭革命論、捐款償還國債、修明體育等事，強調婦女在推行革命運動、以使國體強健時，當屬不可或缺的要素。

在其民族主義的宣揚中，又與女權的提倡密不可分，認為「論起亡國的慘狀，還是女子身受的多」（1910 年 3 月 7 日），因此女性無法置身事外，抵禦外侮的工作自然也就不能全然依靠男性、男性也不能排除女性可能的貢獻，因此不論是第八回中張展漢議論婦女欲振興民族運動時，多遭到男子的詬病與陷害，更指出秋瑾之事為例，點出在民族運動中的性別排他性[70]；在第十一回中，顏紫綃對程小春進行「啟蒙教育」時，亦透過《明季稗史》套書，將國破家亡、人民流離失所、慘遭外族殺害等事，使程小春明白民族精神的重要性。[71]

此外，在小說中又屢次提到中國人在清兵入關之後，漢人遭到清人與西方人士奴役的情景，如第三回中書寫船上奴工遭到中國人與西方人士的凌虐、第八回中林姓老嫗訴說清政府的橫徵暴斂、第十六、十七回則寫廣東省的西方人士與中國貴族以人代馬拉車的情景，種種描述，皆道盡了中國遭外侮入侵之後，被他人役使的情境，因此更需振興民族主義抵抗清兵與西方列強。在小說中寫道唐、顏二人見中國之各種慘狀，便興起了推翻清政府以舊

---

[70] 作者即藉張展漢之口表述：「若夫女子做事，那些男子卻不然了，小則誹謗橫生，大則野蠻手段大至。所以我自識晚了人事，至今十有多年，從未見過有女子將男子陷害，大率都是男子陷害女子的。先生汝不見麼？前年浙江秋瑾女士之獄，都是被那些無廉恥、無血性的男子貴福弄成了。其餘似秋瑾一類的正多呢！所以我們女子出面舉事，第一是要首先提防男子的排激力，他們動說婦人好為讒言，殊不知男子那些讒言，其勢力更比婦人重大十倍。」參見〔清〕秋人：《鏡花後緣》，原載於《星洲晨報》1910 年 3 月 17 日。

[71] 參見〔清〕秋人：《鏡花後緣》，原載於《星洲晨報》1910 年 4 月 23-25 日。

中國的決心，又在「愛國婦人會」的聚會中聽聞各種革命思想，便有參與其中盡一份力的念頭。雖然小說中凡是有關革命之舉動均受到政府打壓，[72]但是仍不減小說人物參與革命運動的決心，甚至欲鼓舞各階層的人民起身反抗清政權，可知秋人欲藉由小說創作鼓勵人民參加革命活動、推翻外來政權之念，亦合於其於楔子所推崇之民族主義的精神。

3. 提出個人創作觀點並實踐

秋人在小說第一回的楔子中指出《鏡花緣》不被讀者重視的原因，乃在於「著筆太淺，羅羅清疏，粗枝大葉，不能入細」（1910年1月10日），意即陳列許多資料、炫其才學。雖然李汝珍所用的內容皆能適用於小說情節，亦透過海外諸國隱喻中國的各種現象，但這種書寫方式導致小說情節分支過多，未能細緻描繪書中百位才女的性格，尤其到了小說後半，對於李唐傾覆武周政權的戰爭書寫更是流於雜蕪，甚至草草收場，是其藝術上的缺失。[73]為了改善此問題，秋人認為寫作小說應當守三大妙偈：「寫情宜趣妙，格局宜謹嚴，用筆宜豔爛」（1910年1月10日），即以生動的筆法描繪人情景象、兼顧小說情節結構。

綜觀《鏡花後緣》內容，以宣揚女權與革命為主幹，旁及國破家亡後的各種景況，以各事件中的人物言行凸顯性格。又以唐閨臣、顏紫綃、張展漢、

---

[72] 小說中屢次說到清政府大肆搜捕與暗殺革命黨人之事，甚至為了避免人民進行革命運動，而對無關的百姓誣陷拷打，意圖使人民心態消極、不再參與革命活動。搜捕事參見第二回（1910年1月18日）、第五回（1910年2月18日）、第七回（1910年3月16日）；暗殺事參見第十五回（1910年6月7日）；誣陷拷打事參見第五回（1910年2月22日）、第十二回（1910年5月9日）、第十三回（1910年5月20日）、第十四回（1910年5月26日）。第七回亦寫到愛國婦人會的開幕式由於外人侵入而導致中止，雖未知是否為政府所為，但紫綃推論該次會議的中斷應是有反對人士從中鬧事的緣故，參見《星洲晨報》1910年3月12日。

[73] 針對此點，王瓊玲整理出《鏡花緣》中的數種小說藝術上的缺失：(1)炫耀文采的部分造成情節拖沓、(2)展現博學的部分未能兼顧小說的藝術性，使得駁雜、(3)人物塑造無甚差別、(4)情節前後矛盾、(5)末十回才女就義事輕描淡寫，草草了事。而王韜亦認為李汝珍在寫完紅文宴後，為將小說收尾而寫的反武周、破四自誅公陣的情節乃是陳腔濫調、草草收尾。詳見王瓊玲：《清代四大才學小說》，頁600-604。王韜：〈「鏡花緣」的隱晦意願：從文本分析李汝珍的創作心理〉，《明清小說研究》2009年第3期，頁302-303。

崔錦英四位女性為主角，更聚焦地描述四位女革命家的智識與見聞，使人物
與故事主題不致有所旁出、又能更精準的塑造人物形象與性格；而故事主題
的確立，又能讓物事人情更能夠細緻地描述，讓閱讀者有身歷其境之感，進
一步觸發清末小說閱讀者對於革命運動的共感、也使後代閱讀者能夠略知清
末革命運動的艱難。此外，在人物塑造上，秋人又透過文武對照，以擅長策
劃文治的唐閨臣與張展漢、及精於武術以執行革命活動的顏紫綃與崔錦英兩
組人物，揭示革命運動中謀略與執行的人物皆屬必須，小說當中又極力書寫
武藝的顏、崔兩人，彰顯革命運動的活動要素，使人物與情節可資輝映，不
致有所缺漏。

第三章　書寫歷史
擬《鏡花緣》小說與婦女議題

　　一般認為，在道光二十二年（1842）中英鴉片戰爭結束後，西方勢力進入中國，使科學技術、宗教與學術思想、政治制度等與中國傳統文化社會相異的文化思潮，使中國社會產生新氣象與衝擊。[1]面對戰敗與列強入侵，也使中國有識之士反思戰敗原因，進而欲藉助西方文化對中國政治進行改革，使中國在政治與文化上有所革新。

　　此種「西方衝擊（impact）、中國反應（response）」的模式，費正清（John King Fairbank，1907-1991）與魏斐德（Frederic Evans Wakeman Jr.，1937-2006）兩位學者均以為是出於中國內部「靜止化」的「惰性」。[2]此種惰性，魏斐德以為是出於中國社會呈現的是相對穩定的狀態，因此不需要積極向外擴張、學習西方知識，加之科舉制度使官僚體系僵化，造成在 18 世紀時，缺乏如同歐

---

[1] 參見〔日〕小野川秀美著；林明德、黃福慶譯：《晚清政治思想研究》（臺北：時報出版社，1982 年），〈序〉，頁 1-5。王爾敏：《晚清政治思想史論》（臺北：臺灣商務印書館，1995 年），〈一、晚清政治思想及其演化的原質〉，頁 1-2。

[2] 參見〔美〕John King Fairbank 著、賴肖爾等譯：〈第十一章、中國對西方的反應〉，《中國：傳統與變革》（南京：江蘇人民出版社，2011 年），頁 273。〔美〕Frederic Evans Wakeman Jr.著、梁禾等譯：〈世界歷史背景下的中國〉，《講述中國歷史》（北京：人民出版社，2013 年），頁 38。然而費正清此種以西方為中心的「衝擊－反應」史學研究模式，後來轉向為柯文（Paul A. Cohen）所提出的「中國中心觀」所修正與取代，意圖將中國近代史的研究從西方中心回歸至中國中心，以中國內部的標準、而非西方的標準來觀看中國中國歷史的發展。而晚清小說中的婦女議題，周樂詩也曾表示小說所呈現的情形，並非單純的「衝擊－反應」或「中國中心」兩種模式，而是兩種模式互相交纏所成。而筆者所欲探究的四部擬《鏡花緣》小說的婦女議題，對於中西兩方的應對模式，小說作者的呈現均為「衝擊－反應」模式，因此本章所述，均以「衝擊－反應」作為研究方式。參見〔美〕Paul A. Cohen 著、林同奇譯：《在中國發現歷史：中國中心觀在美國的興起》（臺北：稻鄉出版社，1991 年），頁 1-14。周樂詩：《清末小說中的女性想像（1902-1911）》（上海：復旦大學出版社，2012 年），頁 245-246。

洲由於工業革命與戰爭而進入現代化。[3]費正清更明確指出清代中國被動接受西方侵略的原因,是出於僵化的朝貢制度對西方的輕視、與條約體系對中國的剝削。[4]儘管條約體系促使通商口岸建立、並讓傳統中國與西方接觸,也帶來了現代性的設施,卻同時對傳統仕紳階級產生威脅,使仕紳無法跟著局勢現代化。[5]基於以上的因素,使中國在 19 世紀與西方開戰時,使用的仍是 17 世紀的裝備,因此面對 19 世紀的西方勢力擴張與衝擊,中國僅能消極地回應。

　　基於中國官方此種消極地對抗與接受西方勢力,也讓有識之士認識到西方文化與制度的強大,為了鞏固中國的地位,使中國向西方與現代化成功的日本學習,產生了維新與革命思潮。[6]在此維新運動的基礎上,中國社會亦提出「國民之母」的概念,意圖透過女權的改進、並結合維新運動,讓女性能夠與男性的力量互相配合,使中國能夠擺脫積弱不振的狀況。再者,清末文人視小說為「今社會之見本」,[7]是「民族最精確、最公平之調查錄」,因此「覘一國之風俗,及國民之程度,與夫社會風潮所趨,莫雄於小說」,[8]提倡女權、塑造國民之母又是社會上龐大的聲音,造成晚清小說在反映社會現象時,婦女的社會參與、思想改進與相關運動及議題在其中自然佔有一席之地,故曼殊於〈小說叢話〉云「天下無無婦人之小說」,[9]強調婦女在社會與小說中的重要性。本章即從小說所描述的各種婦女運動與歷史文本互相參照,以了解小說家如何重現中國在西方衝擊下,接受西方女權思想的觀點與實踐方式。

---

[3] 參見〔美〕Frederic Evans Wakeman Jr.:〈世界歷史背景下的中國〉,頁 36-39。

[4] 參見〔美〕John King Fairbank 著、張理京譯:〈第六章、西方的侵入〉,《美國與中國》(臺北:左岸文化出版社,2003 年),頁 120-132。

[5] 參見〔美〕John King Fairbank 著、張理京譯:〈第六章、西方的侵入〉,《美國與中國》,頁 128-129〔美〕John King Fairbank 著、賴肖爾等譯:〈第十一章、中國對西方的反應〉,《中國:傳統與變革》,頁 285-287。

[6] 參見〔美〕John King Fairbank 著、張理京譯:〈第八章、維新與革命〉,《美國與中國》,頁 148-163。

[7] 參見〔清〕俠人:〈小說叢話〉,《新小說》第十三號(1905 年 1 月),頁 171。

[8] 參見〔清〕曼殊:〈小說叢話〉,《新小說》第十三號(1905 年 1 月),頁 173。

[9] 前揭文,頁 173。

一、傳統性別觀的鬆動：鼓吹女權

（一）陰陽學說的重新詮釋

　　對於中國的男女關係，可用八字代稱：「陽尊陰卑、重男輕女」。此種尊卑關係的形成並非一朝一夕，而是逐漸被建構而成的。張玉法〈中國歷史上的男女關係〉與鮑家麟〈陽尊陰卑、乾坤地位：陰陽學說與婦女地位〉二文觀察中國歷史上的男女關係發展歷程，均發現此種關係是由於儒學的提倡而成形。二人分析自春秋以降的男女關係，發現春秋時期的男女關係具有一定的自由性，但秦、漢以來，由於推崇儒家禮教而逐漸限制婦女言行，此後女性地位日減，直至清末基督教在中國宣教、提倡男女平等，才逐漸使婦女地位提升。[10]此種男尊女卑的關係，在清末提倡婦權時，即被中外人士提出探討，並且加以反思與批判。如日人福澤諭吉（1835-1901）則稱：

> 男女之事，支那人名之為陰陽，此兩字之義漠然甚難索解，世人強
> 解之曰：「陽者剛也，明也，高也。陰者柔也，昧也，卑也。」借
> 以為尊男卑女之口實，其說實謬甚。[11]

福澤諭吉觀察中國傳統性別關係儘管只針對男女交際而發，以為男女相親，乃出於天性，無須設防。但其從男女交友情形發現，男子可交遊自如，女子卻長居室內、不得自由。因此提倡女性應擁有和男性相同的行動交際權，不需卑屈於男性之下、遵從男性所設立的規範。然〈男女交際論〉申論中國性

---

[10] 參見張玉法：〈中國歷史上的男女關係〉，收於子宛玉編：《風起雲湧的女性主義批評‧台灣篇》（臺北：谷風出版社，1988 年），頁 140-150。鮑家麟：〈陽尊陰卑、乾坤地位：陰陽學說與婦女地位〉，同前書，頁 152-158。

[11] 參見〔日〕福澤諭吉：〈男女交際論〉，《清議報全編卷》卷二十，〈第五集、外論彙譯通論〉，頁 197。亦見《女子世界》第 2 年第 6 期（1907 年 1 月），頁 15-16。此段譯文，《女子世界》與《清議報》之文略有不同，《女子世界》刊行之本由張肇桐譯、秦毓鎏校，該段譯為：「男女兩性，漢儒名之曰陰陽，每以天尊地卑為喻，於是漸成尊男輕女之習。雖然其旨雖謬，其名近是。」

別關係的形成是基於陰陽觀的建構，同時提出此種建構方式實為謬誤。而此文見載於《清議報》與《女子世界》，兩種報刊均意圖通過海外輿論影響中國傳統思潮，因此該文對於傳統的性別觀點，已具有顛覆的作用。

又如林樂知（Young John Allen，1836-1907）在中國傳教時，亦將中國男女關係與基督教義及世界各國的男女關係對照，並觀察中國女性處境加以描述評論，進而提倡男女平權的思想：

> 上帝創造世人，<u>男女並重</u>，由慈父母愛年親生之兒女，決無厚薄之意也。後世之人，創為重男輕女之說，以男重於女，以女輕於男，並引乾坤、陰陽、剛柔、內外之義以證之，皆於男人之私見，而不知其背道實甚也。[12]

此論將中國陰陽學說與西方基督教相互對照，認為男女地位有異，乃在於東西教化有別，即信奉上帝之國則為有道之邦，其國男女平等；反之則是無道之邦，男女地位亦不平等。[13]其說雖「非有輕視中國之意」[14]，然終是為宣教而發、有意抬高基督教之價值，未必合宜：信教與否繫之於國之有道無道、性別關係是否平等，有失公允，但其申論文化差異產生性別觀點的不同，則是符合現實。又，林樂知觀察中國學說與女性處境，認為中國貶抑婦女、及對待婦女之三大惡俗[15]，均出於「男人之私見」。為了破除此私見，則必須體認基督教之平等觀，認為男性應當給予女性自由空間，使婦女擁有知識與行動權，方能達成男女平等，進而使國家強盛成為可能。[16]

---

[12] 參見〔美〕林樂知撰、任保羅述：〈論女俗為教化之標誌〉，《萬國公報》172期（1903年4月），頁1。底線為筆者所加。

[13] 其云：「凡有道之邦，即信上帝之真道者，其男女無不平等，無道之邦，即不信上帝之真道，而別有一切道者，其男女無一平等。」前揭文，頁1。

[14] 前揭文，頁5。

[15] 林樂之所稱的三大惡俗即為：「一為幽閉女人，二為不學無術，三為束縛其足」，從知識與行動能力來判斷中國有意壓抑婦女之風。詳見〈論女俗為教化之標誌〉，頁1-5。

[16] 林樂知於〈論中國變法之本務〉云：「舉半中國二百兆婦女，盡成為無用之人，即成為分利之人，國

　　二人觀察中國男女地位不平等之因，均起於陰陽思想對女性的束縛，認為漢代以降所認為的「陽尊陰卑」所導致的「男尊女卑」實是誤解，因此需打破此種觀念，才能使男女平等成為可能。外人所見如此，在中國亦有相同的看法，如陳少白所主編之《中國日報》曾載〈男女平等之原理〉，其開首便說陰陽男女各具自由之權：

　　　　陰陽奇耦，剛柔凹凸，造化之玄竗，以太之合分哉！吾生讀書而深
　　　　察於天地之間，入世而曲探乎種族之隱，徬徨四顧，乃喟然而歎曰：
　　　　古者夫婦之好，一男一女，而成家世之道，<u>各具自由之權</u>，無傷琴
　　　　瑟之樂，存順沒寧，茲乳蕃庶。降及後世，秩序有三綱之尊，嫁娶
　　　　憑媒妁之言，禮制愈繁，人道愈苦，扶陽抑陰之說起，尊男卑女之
　　　　法立，浸增壓力，女教淪胥。[17]

王春林〈男女平等論〉更在陰陽學說的基礎上加以延伸，認為女性卑弱無權，即出自陰陽學說建構的風俗：

　　　　男之性稟於陽，恆剛而健；女之性稟於陰，每柔而順。故男常敢為，
　　　　女常退處。積重之餘，遂成風俗，於是男有權而女無權。天下之事，
　　　　皆出於男子所欲為，而絕無顧忌；天下之女，一皆聽命於男，而不
　　　　敢與校。[18]

家之積貧而成弱，風俗之積陋而成愚，皆因之矣！」此論亦從中國三大惡俗為起點，認為壓抑婦女權利，則必使國家衰弱，因此觀察一國之國力與教化風俗，則由婦女地位始，若婦女地位未能得伸，則國家必衰弱。詳見〔美〕林樂知撰、任保羅述：〈論中國變法之本務〉，《萬國公報》169 期（1903年 1 月），頁 7-8。

[17] 參見〈男女平等之原理〉，原載於《中國日報》，又錄於《清議報全編》卷二十五，〈附錄一、群報擷華通論〉，頁 126-131。底線為筆者所加。

[18] 參見〔清〕王春林：〈男女平等論〉，原載於《女學報》第五期（1898 年 8 月），轉引自中華全國婦女聯合會婦女運動研究室編：《中國近代婦女運動歷史史料（1840-1918）》（北京：中國婦女出版社，1991 年），頁 141。

二文均從男女在交際與婚姻關係為著眼，認為男性可納妾續弦為尚、女性僅從一夫且以再醮為恥，又對女性未能與男性自由相處感到不平。此二文作者觀陰陽之化，實則各具其性，並無尊卑之分，因此男女交往應當自由對待，而不需對女性有所壓抑。更針對男女在婚姻中的不平等表示，「妻者齊也，妻而不齊，則亦何貴乎其為妻也？」[19]以為夫妻關係應當齊同對待，不應性別差異而有分別，基於夫妻關係的平等，又引伸出「千古之禁錮必開也，百代之綱維必破也，正夫婦而躋男女於平等」，[20]認為男女地位平等後，長久以來的綱常禮教應該有所鬆動，使陰陽學說有所翻轉，進而使性別關係平等。

是以當時不分中外，論述從陰陽學說與性別關係的連結，均意圖透過打破傳統框架，使女性地位得以提高、男女關係得以平等。在華琴珊《續鏡花緣》中也有類似的言論。其在小說第十八回中，透過女兒國與淑士國兩軍交戰時，淑士國將領司空魁辱罵女兒國將領花如玉男扮女裝乃是「不雄不雌，露醜出乖」的狗男女。但花如玉亦針對此點辯駁：

你這賊匹夫！吾國男女的定制與你何干？況陰陽二字明系陰先陽後，自古以來從未聞陽陰倒置。（頁 644）

又，第二十八回通過淑士國兩位丞相討論女兒國的國俗，深入論述女兒國的陰陽與性別觀點：

大約因這「陰陽」二字系「陰」字在前，「陽」字在後，「陰」屬女，女子當先專治外事，不用穿耳纏足。「陽」屬男，男子退後，主持中饋，豈容博帶峨冠？（頁 720）

華琴珊通過淑士國與女兒國間的文化衝擊與誤解，說出陰陽地位實為陰先陽

---

[19] 參見〈男女平等之原理〉，頁 130。
[20] 前揭文。

後，以現代觀點而言，陰與陽為生理性別、男和女及相對應的文化規範則是社會性別。[21]故女兒國以男性為陰、女性為陽，因此花如玉在生理性別上雖為男，但是在女兒國的社會文化中則屬陰，且在該國文化上，女性若具武功，亦可如男性一般享有上戰場的權利：「如有武藝高強者，無論軍民婦人等，均准報名赴試。」（頁623）此論亦可看作對傳統陰陽觀的新詮釋，進而達成對性別關係上的平等。儘管此種詮釋在旁人看來仍屬怪異、易受到撻伐，仍不失為一種男女關係的破壞與重建。

對於女兒國的性別「錯置」，在李汝珍《鏡花緣》中，僅第三十二回中描述為：「男子反穿衣裙，作為婦人，以治內事；女子反穿靴帽，作為男人，以治外事」之國情進行客觀描述，並未有所申論，只稱是「習慣成自然」。[22]現代學者則針對李汝珍的設定，認為李汝珍有意透過男女社會性別的不同定義，使男性體會女性所受的苦楚，但是這層設定系從外國觀之，若從女兒國自身的觀點而論，女兒國的性別地位仍是「文化男性中心」，[23]實際上與中國無異，同屬壓迫婦女，因此其性別平權的主張便基於此缺失而不能施行。[24]縱使李汝珍在女兒國的設定上仍有不足之處，但其有意透過異文化中的生理性別與社會性別的重新建構，使中國能夠發現長久以來壓抑女性的陋習能夠有所反思與改善，實為諷刺傳統社會中的性別不平等待遇並期待改善的先聲。

因此透過陰陽與男女的連結，意圖顛覆傳統男尊女卑的觀點，使男女在社會上擁有相同的社會地位，不應有尊卑之分。是以華琴珊在小說中呈現此種學說，可視為清末中國有意將婦女地位抬高的社會觀。

---

[21] 生理性別（sex），又稱為生物性別與自然性別。為生物學意義下的性別定義，指涉的是由基因或內外生殖器做為區別的自然性別。社會性別（gender）指的則是通過社會化過程時，所養成符合社會期待的性別角色與性別氣質。參見教育部「教育雲教育百科」：https://pedia.cloud.edu.tw/Entry/Detail/?title=生理性別與社會性別，2018年7月5日搜尋。

[22] 參見〔清〕李汝珍：《鏡花緣》（臺北：臺灣古籍出版社，2006年），頁165。

[23] 參見張小虹：〈解構女人國〉，《風起雲湧的女性主義批評‧台灣篇》，頁99。

[24] 參見鄭明娳：〈古典小說中的婦女群像〉，《風起雲湧的女性主義批評‧台灣篇》，頁193-194。李玉馨：〈反傳統與擁傳統：論「鏡花緣」中的女權思想〉，《中外文學》第22卷第6期（1993年11月），頁118。

（二）女權與女學孰先？

前文所述，為清末從陰陽學說觀看性別不平等的現象，因此欲透過陰陽學說的重新建立，改變傳統性別地位。改變的方法，金一（金天翮，1874-1947）以為即是「振興女學，提倡女權」[25]此二種方式。然而，誠如夏曉虹所言，金氏之論過於籠統，並未多加說明實踐方式，同時隱含著女權與女學孰先孰後的爭論問題，導致後來論者的意見紛歧。[26]

認為女學為先者，如方君笄〈興女學以復女權說〉明言：「中國女子之無權，實由於無學，既以無學而無權，則欲倡女權，必先興女學。」[27]又如竹庄（蔣維喬，1873-1958）〈論中國女學不興之害〉則稱：「我中國女子，五千年來沉淪於柔脆怯弱、黑暗慘酷之世界，是何故哉？吾一言弊之曰：女學不興之害也。」[28]二人均從知識的層面著眼，認為婦女知識未開，無法了解自身處境、更無從改變地位，故認為宜先設立女學，才能進而使女性得到自身應有的權利。

認為女權為先者，如亞盧（柳亞子，1887-1958）〈哀女界〉從婦女權利與女子學堂的興廢相連接，言：「女權之亡，而女學遂湮。……女權不昌，則種種壓制、種種束縛，必不能達其求學之目的。」[29]煉石（燕斌，1869-？）〈女權平議〉則從人權的層面切入，認為「女界之於人權，固自最初以來即為造物者之所許，且本與男子處於對等之地位」，而中國婦女之不能享有教育、事業等權，則是出於男性的私心，「惟恐女子之稍一染指」[30]綜合二人所論，均以為男女的權力關係不對等、致使女性處在被壓制的地位，不論如何提倡女

---

[25] 參見〔清〕金一：〈「女子世界」發刊詞〉，《女子世界》第 1 年第 1 期（1904 年 1 月），頁 2。

[26] 參見夏曉虹：《晚清女性與近代中國》（北京：北京大學出版社，2004 年），頁 84。

[27] 參見〔清〕方君笄：〈興女學以復女權說〉，原載於《江蘇》第三期（1903 年 5 月），轉引自《近代中國女權運動史料（1842-1911）》，頁 577。

[28] 參見〔清〕竹庄：〈論中國女學不興之害〉，《女子世界》第 1 年第 3 期（1904 年 3 月），頁 1。

[29] 參見〔清〕亞盧：〈哀女界〉，《女子世界》第 1 年第 9 期（1904 年 9 月），轉引自《近代中國女權運動史料（1842-1911）》，頁 5-6。

[30] 參見〔清〕煉石：〈女權平議〉，原載於《中國新女界雜誌》第一期（1906 年 12 月），轉引自《近代中國女權運動史料（1842-1911）》，頁 432。

學或其他婦女權利，終不能成功，故稱女權先於女學。但不論女權與女學何者為先，兩種觀點的論述者均有其理論依據與關懷層面，顯見提升女性地位的實踐方式有其複雜性。

　　此種複雜性亦呈現在小說創作上。如秋人在《鏡花後緣》第七回透過一名參與愛國婦人會的的女性「尤賽夫」提出「女性應對抗父權而獨立」的觀點：

> 一言「獨立」二字，我國男子尚還易易，若言女子社會，真是不堪設想。為甚麼呢？男子不曾馴服於女子威下，那些女子，卻沒一個不為那些不仁不義的男子箝制著了。鄙人入世雖不敢說較他人為多，但平日見著那男子壓制女子的舉動，卻是不少。有的想要入學堂讀書，那些父兄恐妨他入了自由女一派，便用著莫大的勢力，到來壓制了。有的因講求衛生，立意放腳，那些丈夫，以為他朵朵金蓮放開了不大好看，家庭中沒有意味，便無意中起了雷霆之威，前來干涉了。雖然內中也有強毅的女同胞，不致為他所懾，但其中妄被摧殘的也不少。所以今日由鄙人看來，我們女同胞卻不言愛國也罷了，一言愛國，必自排擊男子的勢力，力求獨立始。(1910 年 3 月 9 日)

在這段文字中，秋人藉由人物之口指出男女獨立的不同處境與待遇體認到，雖然社會中提出入學堂學習與放足等諸多改善婦女處境的言論，但在父權體制中，這些新的言論並未受到男性尊重，當女性想要追求己身權力時，往往遭到壓制，致使求知與行動等權被限縮，縱有再多呼籲，若不能翻轉傳統性別地位、達成婦女獨立的目標，性別平權其實無法實現。

　　陳嘯廬之《新鏡花緣》第二回談論女權時，則通過黃執中、理中兩兄弟之口談論女權與女學的關係：

> 毅甫（案：即黃執中）道：「外洋比中國好，不但女權勝過中國，
> 並且女子的才力聰明，也同男子立在平等的地位上。」……強甫
> （案：及黃理中）道：「這都<u>由於外洋各國，沒有不學的女子</u>，小
> 而烹飪纂組，大而法律政治美術，無論君主的后妃，卿大夫的命婦，
> 士庶人的妻女，沒有一個不到女學校學習的。因此女子的高等職
> 業，有女醫士、有女牧司，有女師範，有女律師，有女新聞主筆，
> 盡可同男子比較個你強我勝。」（頁 230）

其申論中國與西方婦女權力差異的關鍵即在於學與不學。由於西方的婦女不
論身分高低均需入學，且學習的內容廣泛，造就女性職業的擴大，因此在地
位上能與男性一分秋色，進而使權力提升。西蒙波娃（Simone de Beauvoir，
1908-1986）在論述婦女地位時，認為婦女地位變動的因素之一即是經濟地位
的變遷。[31]雖然其承認女性地位的演變，經濟地位並非唯一因素，而是有多種
層面的影響才能達成。故回觀陳嘯廬所描述的內容，其體認的婦女權力變遷
是從學習進而就業，以達而性別平等，因此婦女求學在女性權力發展中，也
佔有一定重要性。[32]

　　故清末中國同樣論述婦女地位，社會上的論述與實踐於切入觀點有異，
在小說創作上亦有所分歧：如秋人認為應以女權為首要考量，陳嘯廬則認為
女學當為首要行為。此觀點差異即如夏曉虹所言，顯示女權與女學在清末社
會新思潮的困惑以及複雜性，但是要達到性別平權，兩種觀點事實上應當互
相輔助、依存，才能夠達成目標。[33]因此論者多先從傳統陽尊陰卑的觀點作為

---

[31] 參見〔法〕Simone de Beauvoir 著、陶鐵柱譯：《第二性》（臺北：貓頭鷹出版社，1999 年），頁 609。

[32] 如五四時期流行的「娜拉出走」，提出婦女應「發現自己」進而「活出自己」、「獨立自主」，認為女
性的地位與經濟是否獨立，即是婦女的就業權密切相關，而中國婦女在擁有知識之後，需要面對的
就是就業問題，因此「娜拉出走」促使女性認識到經濟與生活獨立的重要性，甚至認為職業與女性
的人格、教育、社交、婚姻與政治參與等方面密切相關，因此主張女性應當求學、就業，以取得權
力。參見許慧琦：《「娜拉」在中國：新女性形象的塑造及其演變（1900s-1930s）》（臺北：國立政治
大學歷史學系，2003 年），頁 245-252。

[33] 參見夏曉虹：《晚清女性與近代中國》，頁 92。

切入層面，認為唯有突破這種不對等的關係，才能夠使性別權力與權利能夠平等。儘管華琴珊在小說中敘述「陰在陽先」之論，只是概述此種權力不平等的現象與改變主張，未有更深入的描述，但若缺乏此描述，則無從進行細部的描述與主張。

　　基於社會對陰陽觀重新詮釋的基礎上，小說家在重現性別平權的關係時，雖然有女權與女學先後順序上的不同，但其本質仍是以「平等」為中心。秋人從婦女受到壓抑的觀點著眼，認為社會上雖提倡種種促進女性權力的主張，但是在實踐上往往受到父權體制的舊觀念壓制，使得各種主張未能有效實施，因此對抗男性、從華琴珊所重現的性別權力翻轉，才是根本性的解決之道；陳嘯盧則以為女性是受到蒙昧的客體，需要接受教育、培養知識，才能夠爭取己身的地位。二說均有所可取之處，然值得注意的是，晚清中國對於婦女運動的言論，其最終的目的並非將女性視為獨立個體，而是以強國強種、塑造國民之母的「國家興亡，匹婦有責」愛國運動，如陳嘯盧直言女權之興是為「強種強國」，縱使秋人在小說中提倡婦女獨立，其最終目標仍是需要回到救國上，即是：「欲要救國，必先人人能夠獨立始」，終非西方天賦人權、男女平等的終極平等。誠如李又寧所言：「晚清提倡新婦女的言論和活動是愛國救民的一部份。改造婦女主要是為了興國強民，並不是純粹基於天賦男女平等權力的信仰。」[34]

　　既以愛國、國權為最終目標，則女權與女學終究只是兩種不同手段的進路。因此女性在歷史、與小說再現的歷史，大多仍須從求學與平權兩者相結合，方能達成強國強種的目的。在此基礎上，華琴珊《續鏡花緣》的女兒國所謂的「陰先陽後」的女權終究只能如同李汝珍《鏡花緣》中所設定的那般，成為一個殊方異域的幻想，使女性這個小我的個體則是在國家大我的架構下化解。但是這個女性主體雖然在小說中成為被忽視而隱微的狀態，卻也在救國的終極目標中被彰顯為一種執行的方式。正如黃錦珠所說，此幽微的女性

---

[34] 參見李又寧：〈「中國新女界雜誌」的創刊及內涵：「中國新女界雜誌」重刊序〉，李又寧、張玉法編：《中國婦女史論文集》第一輯（臺北：臺灣商務印書館，1981 年），頁 182。

主體收編在家國政治的範疇下，卻同時在此大範疇中開拓出女性參與公共議題、走出閨閣的契機。[35]因此女權與女學在晚清中國雖是兩種不同的思想與手段，卻不可斷然二分，而是必須相輔相成、缺一不可。

二、對女性的知識啟蒙：興辦女學

女權既與女學兩者相輔相成，則欲提倡女權，女學實不可或缺。然中國女學的興起卻非一蹴可幾。誠如鮑家麟所言：「中國雖不是一個缺乏才女的國度，卻一直都是一個缺乏女學的國度」，[36]且才女的生成，也多產生在具有開明見識的書香官宦世家，因此有系統性地建立具有現代性意義的女子學校，仍有待鴉片戰爭後、由西方傳教士傳入。[37]然四部小說中再現的女子學堂，著眼於中小學教育，因此本節所論，仍以中小學教育的發展及影響為主要論述對象。

（一）西學東漸的教會學校

陳嘯廬在《新鏡花緣》第一回中描述，由於中國戰敗、西方勢力進入中國，促使「女學潮流，由東西洋滔滔汩汩的輸入中國」，才「一處一處的女學堂，譬如銅山西傾，洛鐘東應，漸漸都創辦起來。」（頁 221）此處所說的女學堂，雖未明言是否為教會學校，但是最初的女學校確實是在鴉片戰爭後簽訂不平等條約、開放口岸通商，使西方傳教士能夠在通商口岸進行傳教，為

---

[35] 參見黃錦珠：〈晚清小說中的性別、主體與困境〉，王璦玲編：《明清文學與思想中之主體意識與社會·文學篇》（臺北：中央研究院中國文哲研究所，2004 年），頁 701。

[36] 參見鮑家麟：〈第一章、晚清及辛亥革命時期〉，陳三井編：《近代中國婦女運動史》（臺北：近代中國出版社，2000 年），頁 99。

[37] 中國新式女子學校的創立，又可分為初等教育、中等教育與高等教育，然據王奇生所論指出，對於清末的女子教育多關注於初等與中等教育上，是由於在五四以前，由教會創辦的女子大學僅有三所，實際的影響力要到 1930 年代後才可發現教會大學的深刻影響力。然而，教會女子大學的建立，仍是奠基於女子中小學的發展。由是觀之，中國各階段的女子教育，教會學校的貢獻實功不可沒。參見王奇生：〈教會大學與中國女子高等教育〉，《近代婦女史研究》第 4 期（1996 年 8 月），頁 136-138。

了宣教才建立西式學堂。[38]這些由傳教士所創辦的新式學堂，據熊賢君《中國女子教育史》統計，共有 40 間為純女子學校，[39]除此之外，亦有男女混和學校，因此女學之建立，雖是為傳教所生，對於女學卻功不可沒。

但是這些教會學校在招生時，並非一帆風順。依鮑家麟與羅蘇文兩位學者所言，當時的中國人不並不樂見女性入教會學校求學，其原因有四：（一）囿於「女子無才便是德」的傳統觀念、（二）民眾對於武力作為後盾的外來宗教感到排斥、（三）學生家庭經濟因素、（四）對外來宗教的誤解。[40]其中對於外來宗教誤解一項，羅蘇文描述在當時社會上有謠傳教會「借辦學校為名，誘騙女孩挖眼睛，煉藥水、製鴉片」，使學校被誣指為魔窟，而在其中求學的女學生則在被同鄉視為沾染妖氣的異類，基於此種誤解，使教會學校往往被視為一件「不受歡迎的禮物」，[41]加之家庭因素與舊觀念的衝擊等理由交互影響，使早期教會學校難以收到學生，使得興學之路更為艱鉅。

為了排除障礙，教會女學除了到各家庭進行遊說，同時實施免費教育、並發給補貼，減輕家庭負擔，又規定學生在完成學業之前不得中途退學，如此實行漸久、令誤會得以排除，才逐漸使招生情況漸趨穩定。在招生情形穩定後，1880 年代的教會學校才開始酌收學費，由最初的慈善行為轉變為經營行為，而這種經營模式的轉變，除了表示學校經費有了穩定的收入以應付校務支出外，也表示部分學生家庭的生活程度已達中等以上。[42]至於學生的數量也從最初的不及百人逐年增加，至 1902 年全中國的教會學校共有四千餘名女學生（參見表 4），此種發展，不難想見教會對於辦學的積極推動，已使中國女學的發展有了長足的推進。

儘管小說對於教會女學的發展現象與教學現場並未有所著墨，但是中國

---

[38] 參見鮑家麟：〈第一章、晚清及辛亥革命時期〉，《近代中國婦女運動史》，頁 100-101。

[39] 參見熊賢君：《中國女子教育史》（太原：山西教育出版社，2006 年），頁 178-179。

[40] 參見鮑家麟：〈第一章、晚清及辛亥革命時期〉，《近代中國婦女運動史》，頁 101。羅蘇文：《女性與近代中國社會》（上海：上海人民出版社，1996 年），頁 67-69。

[41] 參見羅蘇文：《女性與近代中國社會》，頁 67。

[42] 前揭書，頁 69-71。

現代性的女子學堂卻是奠基於由西方傳入的教會學校，陳嘯廬所認知到的女學亦是從外國傳入、華琴珊對於中國女學的發展亦認為是受到外國的影響。[43] 因此四部小說雖未著墨教會女學的發展情形與教學現場，但陳嘯廬對於現代女學的發展過程符合社會認知，故仍不容忽視。畢竟缺了西方女學思想的刺激與奠定基礎，中國女學的發展仍然是一條漫長難行的道路。

表 4：1902 年教會學校女學生數百分比[44]

學校類型	學校總數	學生總數	女生數	女生所占%
書院	12	1814	96	5
天道院	66	1315	543	41.3
高中等學校	166	6393	3509	54.9
工藝學校	7	191	96	50.3
醫學堂及服事病院	30	251	32	12.7
小孩觀物學堂	6	194	約 97	50
初等蒙學堂	不詳			
總計		10158	4373	43

（二）本土女學的興辦與阻礙

在西方教會女學的基礎上，使中國女性有了識字的機會。但是能夠讀書，僅是有知的可能，並不必然有自覺性與思想上的改革，如陳嘯廬與秋人在小說中描述女子識字、卻無所助益的現象：

　　舜華道：「……中國女子的壞處，只壞在吃飯不管事，<u>識字的看看</u>

---

[43] 華琴珊在小說第三十一回描述：「那知白民國的人民得了女兒國開科取士的消息，另有一個思想。……那些巧點漁利之徒，想出了一個方法，攛掇這些濁富之家與好名之輩，開設許多女學堂，使婦女入學讀書。」此段雖為負面性的描述，但亦可知作者以白民國為喻，指出中國的女學興辦是受到外國影響。參見《續鏡花緣》，頁 742。

[44] 此表轉引自熊賢君：《中國女子教育史》，頁 233。

言情小說，甚至抹抹牌，消磨他一寸一分皆黃金的光陰。什麼叫做
家政？什麼叫做家庭教育？他一概丟在腦後。而且也沒他下手
處。……」（陳嘯盧，頁230）

小春道：「……不瞞二位說，我平日雖然識得幾個字，但所閱看的，
不過是幾部小說曲本，甚麼《天雨花》、《陰陽扇》、《梅開二度》等
類，初時以為快樂極了。由今觀之，不特看這等書，不覺得可樂，
還是覺得可惜！為甚麼呢？使我果有閒暇時日，拿一簿有用的書看
看，大則可以研究中國亡國的情形，小則也可以知道社會現在的情
狀，豈有不好的？今卻迷頭迷腦，全副精神貫注於淫曲小說之中。
回頭一想，我也實在見得抱愧。」（秋人，1910年4月21日）

二人所見的內容，均注意到社會上能夠識字的女性大多以閱讀小說與彈詞等
休閒書籍為主，在家庭教育與社會改革的作用上則毫無建樹，也未能因此衝
擊傳統的性別關係、亦無助於女子知識的啟蒙，因此對於女性地位或是國家
建設上無從改變。其中關鍵因素，除了這些能夠識字的婦女未能運用所學以
裨社會改革外，這些女性多無自主意識，雖然識字，卻在家庭與社會地位上
被男性壓制，因此亦無法施展才學。陳嘯盧所說的「也沒他下手處」雖是略
語，但窺見一斑；秋人所述，則更為寫實。其描述程小春的丈夫徐九發現小
春在閱讀《明季稗史》時，則出言抵斥：

徐九道：「汝又來了！女子讀書究竟有了甚麼用處？又不能做文章
去論說、中一名舉人進士回來的。至於現在更不必言。讀書識字的，
倒不若不讀書不識字之為愈哩。……因前日在蘇州巡撫拿著了一個
女革命黨，那女子是很通文墨的，問他怎麼曉得這個，想必有人引
誘了。那女子道：『不然不然！你們那些罪狀，何時不載於書報上？
我有時見了，心中怎不憤恨！因憤恨之故，遂不能不生出革命思想

來！』那時承審的人，見他說得有理，遂把此事宣諸韃政府。韃政府道：『然則我們天天提倡女學，實是藉寇兵而資盜糧的了，不特無益，又加害焉。然則今日何必復提倡此舉呢？竟禁了他罷！』此言一出，大為韃王所書。於是女子讀書，今日復禁了。……（1910年4月26日）

此段言論可以發現，女子雖然識字，但是未能施展所學的關鍵原因即在於家庭與社會的壓迫，而且這兩種壓迫是雙向溝通的。來自社會與政府壓迫的方面，實際上是不分男女。其中婦女在其中受到的壓迫又是在性別與社會上的雙重壓迫，即：女子識字，然後知道清政府殘害漢人的惡行，進而起身革命；又由於參與革命運動，遂被斥為革命黨人，因此官方毀禁女學、並拿捕革命黨人，如此一來，不僅危害己身、亦禍延親族。

男性為了避禍，則順從政令，不願意家中女性求學。徐九論女子讀書不能有功名上的利益，因此主張女子無才、女學無益；其後又論女性讀書、參與革命，實則有害其性命，故依循政府之命，禁家中婦女入學讀書。由此可見，女性在清末求學仍是受到多層次的壓迫，毫無自主性可言。[45]因此從性別角度言之，即如第一節所述，女權與女學的先後究竟為何，事實上應齊頭並進，才有徹底翻轉性別權力的可能。

然而既有教會女學的基礎，對於性別權力的壓迫也有所認知，但是中國

---

[45] 如孫康宜論述中國女性的才德關係，發現才德問題都牽涉到男性的價值觀，認為有才學之人不必然有德行，因此在重視道德的價值觀中，才學往往是被輕視的。又，劉詠聰分析中國女性的才命關係，其論女性之所以輕視才學，除了出於「女子無才便是德」的保守觀點，更有「才能妨命」、「才高福薄」的觀點。除了從才學與道德的角度認為女性有才便失德，甚至從「才女薄命」的角度分析傳統婦女對於己身生命的感嘆，以為才高必折福，因此不以才學為重。以此觀點回觀小說內容，則發現有才學的女性由於起身革命是失德，遭政府迫害則是薄命，因此在清末傳統文人的眼中，女子的才與德、命依然是相妨相害。參見孫康宜：〈論女子才德觀〉，《古典與現代的女性闡釋》（臺北：聯合文學出版社，1998年），頁137-146。劉詠聰：〈女子弄文誠可罪：古代女性對於文藝創作的罪咎心理〉，《女性與歷史：中國傳統觀念新探》（香港：香港教育圖書公司，1993年），頁105。劉詠聰：〈清代前期女子才命觀管窺〉，《德、才、色、權：論中國古代女性》（臺北：麥田出版社，1998年），頁323-327。

本地的女子學堂的發展，根據前人研究，仍待 1894 年甲午戰爭失敗後才有長足的發展。[46]當時最著名的論者，即梁啟超（1873-1929）之《變法通議・論女學》。梁氏以為婦女是「分利之人」，因此必須針對這點做出全面性的改革，方能達成強國強種的目標。改革方式就是興辦女學：

> 況女子二萬萬，全屬分利，而無一生利者。惟其不能自養，而待養於他人也，……彼婦人之累男子也，其不能自養，而仰人之給其求也，是猶累其形骸也。若夫家庭之間，終日不安，入室則愀，靜居斯歎，此其損人靈魂，短人志氣，有非可以常率推者。……西人分教學童之事為百課，而由母教者居七十焉！孩提之童，母親於父，其性情嗜好，惟婦人能因勢而利導之，……故治天下大本二，曰正人心，廣人才，而二者之本，必自蒙養始，蒙養之本，必自母教始，母教之本，必自婦學始，故婦學實天下存亡強弱之大原也。[47]

其論將女子需受教育的觀點繫於「生產能力」與「家庭教育」上，認為中國女子向來守著「女子無才便是德」的觀點，造成婦女沒有生產力，成為「分利之人」，使中國有一半人口瓜分男子所生產的財產，造成民貧國弱。再者，女性也應當負起家庭教育的責任，除教導孩童知識與為人處事的道理，並貼近生活實務，不致出外學習無法應用於日常生活的學問，導致國家不能強盛，因此女性也應當向學，才能達成家庭教育的目的。此後所上之〈倡設女學堂啟〉亦是基於女學與婦教之重要性。在此基礎上，社會也有一股需要興辦女學以塑造「國民之母」的認知，認同國民教育不能只依靠男性，必須男女兼施、裡外並行，才能夠使積弱不振的中國有復甦的可能。因此，在此社會風

---

[46] 參見呂士朋：〈辛亥前十餘年間女學的倡導〉，鮑家麟編：《中國婦女史論集》第三集（臺北：稻鄉出版社，1993 年），頁 252。

[47] 參見〔清〕梁啟超：《變法通義》，《飲冰室文集》第一冊（臺北：臺灣中華書局，1970 年），頁 38-41。底線為筆者所加。

氣下，使中國開始興辦女學堂、以鑄造「國民之母」。

康有為之女康同薇（1878-1974）於〈女學利弊說〉中，論述女學則從外國女學的多樣性進行比較，強調女子必須多方學習，並將所學內容必須施於家庭之內，以有學識之女成為有學識之國民母教育後代，萬不可雖能識字卻耽溺於詩詞小說等風花雪月之事，否則所學盡歸於無用，遑論強國強種。[48]

其後持相同論調者，又如光緒三十一年（1905）年六月十七日《順天時報》所載之〈女子為國民之母〉。其文直言強國強種的方式便是：「培植人才，先得培植女子，要培植女子，先得多多設立女學堂，這是天字第一號頂頂要緊的一件事」，[49]若非從設立女學堂下手而論強國強種，便是空談。師竹更在〈論女學之關係〉中，直言「我國今日不欲強則已，欲強則非圖教育普及不可。圖教育普及，非男女學堂並設不可」，[50]強調男學與女學的於國家存亡同等重要，從種族、教育、家庭、生計、衛生、醫事、風俗、婚姻、國家九點論述男女之間的關係、婦女地位與婦教的重要性，認為若不興辦女學，則無益於國家前途，甚至可「敗人家國」，於此強調女學的重要性。[51]

在這樣的論述下，從百日維新到辛亥革命之間，由於維新運動提倡設立新式學堂，使女子學堂以自辦的形式設立。儘管在發展過程中，時常受到保守勢力的反對，致使女學堂的發展受到壓抑，並且對於民辦女學加以限制與抹黑，認為興辦女學易生流弊、而應加以控管。[52]但是維新風潮無法攔阻，加之為了調和維新與保守勢力，於是漸行同意女子學堂的開設，並在光緒三十三年（1907）將民辦女學納入官辦的範疇，[53]如此一來，等同承認女學的存在，

---

[48] 參見〔清〕康同薇：〈女學利弊說〉，原載於《知新報》第五十二冊（1898 年 3 月 21 日），詳見《近代中國女權運動史料（1842-1911）》，頁 562-566。

[49] 參見〈女子為國民之母〉，原載於《順天時報》1905 年 6 月 17 日，轉引自《近代中國女權運動史料（1842-1911）》，頁 606。

[50] 參見〔清〕師竹：〈論女學之關係〉，原載於《雲南》第十六號（1909 年 1 月）。詳見《近代中國女權運動史料（1842-1911）》，頁 586。

[51] 參見〔清〕師竹：〈論女學之關係〉，原載於《雲南》第十六、十八、十九號（1909 年 1、3、4 月）。詳見《近代中國女權運動史料（1842-1911）》，頁 586-598。

[52] 參見杜學元：《中國女子教育通史》（貴陽：貴州教育出版社，1996 年），頁 326-338。

[53] 前揭書，頁 338。

在學術內容上亦調和了中學與西學的內容，使女學發展更為迅速，據陳啟天統計，至宣統元年（1909）便有 308 間的女子初等學堂，學生數亦高達 14054人。[54]

又，根據陳啟天與廖秀真的研究可以發現，女學校大多集中在沿海地區。造成此種現象的原因，廖秀真以為是沿海地區開港較早，多得風氣之先，加之生活富庶、思想開通，造成沿海一帶的女學發展較內陸更為發達。[55]又四部擬《鏡花緣》小說的寫作地點，除秋人之《鏡花後緣》在廣東以外，其餘三部均在上海。縱使秋人寫作地點不同，其在第六回亦關注到上海各類型女子團體之盛行：「而今只就上海一帶，女子學堂也有了，女子體育會也有了，女子的報館也有了」（1910 年 3 月 7 日），可見沿海一帶由於交通開放、便於人民接納新文化思潮，對於女權與女學自然也就較為重視。因此四部小說其所關注到的新式學堂與女子學堂，多在沿海一帶，自有其地緣關係。

由於思想開通與對女學的重視，此種興辦女學的現象亦表現在小說中，且發展盛況與詆毀亦是同時存有。以陳嘯廬《新鏡花緣》為例，其第一回描述「一處一處的女學堂，譬如銅山西傾，洛鐘東應，漸漸都創辦起來。」且不分名門閨秀、小家碧玉，凡是「父母稍微開通些，也無不望女成鳳，同望子成龍一般，恨不得立時立刻，拿中學西學一貫的道理，都裝在他肚子裡」（頁221），足見興學與向學的風氣。

在華琴珊《續鏡花緣》第二十九回中，女兒國與淑士國的戰事告終後，亦有開女科以求才的現象：

> 紫萱道：「主上睿慮周詳，所見遠大，欲求使才，惟文詞是尚。如
> 今武功丕煥，文教宜崇。不如開科取士，選拔奇才異能。他日出使
> 鄰邦之選，即於此中求之，自可無虞缺乏。」國王道：「愛卿所見

---

[54] 參見陳啟天：《最近三十年中國教育史》（臺北：文星書店，1962 年），頁 97-100

[55] 參見廖秀真：〈清末女學在學制上的演進及女子小學教育的發展（1897-1911）〉，李又寧、張玉法編：
《中國婦女史論文集》第二輯（臺北：臺灣商務印書館，1988 年），頁 229。

極是。即日代孤家草詔，頒行吾國所屬的地方，先行郡縣小試，次行省試，次行會試，然後廷試。小試以詩賦，省試以議論，會試仍以詩賦，廷試對策。今歲先舉行小試、省試，明年舉行會試、廷試，庶乎可得真材。」（頁728）

此段敘述雖未描述女學堂的興辦，而是表達描述女兒國對於女試的重視，認為選用才能，不分身分高低，凡通過者均可任用。此段言論王瓊玲以為是作者「醉心科舉」的表現，[56]而細究女兒國之風俗，於外國看來本是女治外事、男治內事，但李汝珍於原著中並未描述女兒國舉用賢人之法，因此華琴珊的描述或可視為對女試的重視。此外，小說又於第三十回重塑女魁星像。並於魁宿殿之匾額上寫「誕敷陰教」，對聯寫「靈秀亦鍾於女界，文章其煥乎奎垣」（頁735），由對聯與匾額的內容可見得有意發展女學，並展現對女教的重視。

此外，女兒國的學風亦傳至外國，如三十一回黑齒國聞得女兒國國相原為黑齒人士，深感其國女教不彰，遂重設女試；白民國則在「得了女兒國開科取士的消息，⋯⋯那些巧黠漁利之徒，想出了一個方法，撮掇這些濁富之家與好名之輩，開設許多女學堂，使婦女入學讀書」（頁742）。白民國興辦的女學堂直書名號者則有「崇新女學堂」、「懷春女塾」、「聚秀女塾」、「宣行女塾」四間，可見得女學之盛行。若將黑齒與白民二國的女學現象視之為對外國——女兒國——的反應，則女兒國的象徵意涵則變為西方諸國、黑齒與白民國則是中國的象徵。因此各國的隱喻，都代表著中國逐漸重視女學的現象。

而蕭然鬱生《新鏡花緣》作為諷刺晚清維新運動的作品，在小說中直書新式學堂名號者有「日新學堂」、「厭新學堂」，另有二間不知名號者，其中亦有女子學堂。然而作品主要諷刺的是維新運動的假象，故小說內則主要描寫官、商、學界互相勾結的現象。第七回描述學堂教師與買辦交好、喝花酒，買辦死後又有學堂學生送喪之事，斥責商學兩界勾結情形：

---

[56] 參見王瓊玲：〈妄續新篇愧昔賢：「續鏡花緣」研究〉，《古典小說縱論》（臺北：臺灣學生書局，2002年），頁178。

那看的人議論道：「這買辦出殯到很闊氣，你看那學堂裡的學生都
來送喪。」……那人道：「有什麼功？不過那買辦在世的時候，與
這學堂裡的總辦教員認識，多請那總辦教員吃幾台花酒罷了！」（頁
425-426）

第八回則描述官辦新式學堂之厭新學堂校長「勒捐鄉民，侵蝕公款，所辦學
堂亦有名無實，延聘教員均系略得皮毛」，而遭致鄉民毀學，然官府紀之學堂
情形而不加阻勸，反任由鄉民毀學、最後再提撥公款以資復學，可見清末官
學二界之勾結之深。

　　對於女學堂的詆毀，陳嘯廬與華琴珊則針對女學校學生道德有虧的情形
深入描述。如陳嘯廬透過黃氏姊妹之舅父言：

女師範生，是女學生的祖模，女師範生可以同人偷情，無怪那女學
生，自然也跟著學樣了。還說一個壞的，帶累大眾好的，你不曉得
大眾好的，只要有一個壞的，也盡夠壞得大眾到極處了。況且教授
同管理法又不完善，近來甚至於有做婊子的，也報了名，到學堂裡
去混雜不清。前天江寧學務總匯處，還有一個稟請制軍改良女學校
的稟子。那稟子中間有幾句道：「各學校自開辦以後，外間抵隙蹈
瑕，紛紛指摘，確有可憑。所收學生，更漫無稽考，有掛名娼籍，
而蒙混入堂者，第一所尤犯此病。」云云。（頁 236）

華琴珊的《續鏡花緣》也有同樣的控訴，且寫得更為不堪：

男學生穿了兩耳，扮作女學生，到女學堂中去讀書，勾串私通，蜂
迷蝶戀，結了許多露水姻緣。綉閣名姝，不知學壞了多少，甚至配
了夫家，背著父母，跟了情人逃奔。且有男教習與著女學生結識私
情，烈火乾柴，融成一片。久而久之，境內女學堂愈設愈多，女學

生的風氣愈弄愈壞。（頁 744）

兩段文字從女學生的行為舉止不合於傳統男女之防的現象著眼，認為女學堂
管理學生時未能恪守傳統德行、規範學生行為，因此成為家長反對女兒進入
新式學堂求學的藉口。雖然男女自由交際在清末部分人士眼中是再正常不過
之事，[57]但是在當時部分保守人士認為男女授受不親，認為女學堂此種現象有
傷風化，因此做為反對女子入學、進而打壓女學堂發展的藉口。雖然官員與
女學生的私行或許有虧，但以單一個體的私人行為對整體女學堂的詆毀、乃
至於不欲興學，則有失公允。固然官員與教師作為社會當中具有權力、且極
易成為被關注的對象，而女學生則是在新舊時代的交替中成為新文化的象
徵，作為可在街上自由行走的新女性亦是被社會所觀看的客體，因此私人行
為遭到放大檢視與臆測或許難以避免，但由單一現象做為阻止興辦新式學堂
的理由，仍不免可看出清末社會對新事物的擔憂與抗拒，由此可見，清末女
學雖然得到西方觀念的引入、與維新人士的提倡而有長足的發展，但是在發
展的過程中仍不免受到各方阻礙，致使步履維艱、難以迅速前行。[58]

三、身體與行動的禁制解除：提倡放足

　　清末女權運動中，興辦女學與廢纏足為兩大重要課題，且往往糾結在一
起、密不可分。據陳東原所述，纏足風俗自晚唐綿延至清朝，所纏樣式多達
十八種，並以纏成的大小與樣式作為對於女子的審美標準。[59]此種現象，不單
禁錮女子的活動場域，也使婦女的身體受到戕害。在《鏡花緣》中，李汝珍

---

[57] 如〈男女平等之原理〉言：「不待父母之命，媒妁之言，鑽穴隙相窺，踰牆相從，則父母國人皆賤之，
而內多怨女，外多曠夫者，是誰之咎也？」主張男女應當自由交際乃是出於人之常情，不應以傳統
禮法加以規制，才合乎自由平等的人權。由是觀清末部分男女交際論者，即是主張自由交往、無須
阻礙。參見《清議報全編》卷二十五，〈附錄一、群報擷華通論〉，頁 130。

[58] 參見杜學元：《中國女子教育通史》，頁 334、351-353。

[59] 參見陳東原：《中國婦女生活史》（上海：上海書店出版社，1984 年），頁 232-235。

透過林之洋在女兒國被選為王妃，因此必須同女兒國之婦人一般纏足，透過男性驟然被纏足的細緻描寫，點出纏足對女子的身體造成極大的傷害與痛苦。[60]晚清人士有鑑於此俗對於女性的壓迫，遂提出放足之論，希求達到女性身體自由行動的權利。

（一）作為入學條件

清末的興女學與廢纏足兩大課題，在論述者眼中是互為表裡。有認為中國女子不知纏足之害，因此提倡興辦女學以講求體育，使婦女知悉纏足之弊，進而放足；亦有為了加強女性自由求學的風氣，因此在入學規章中加入「不許纏足」的校規。由此種雙向溝通性可知，興女學與廢纏足兩件事，在清末女權運動中應等量齊觀。

認為女子不知纏足之害，因此必須興辦女學以警醒者，如康同薇〈女學利弊說〉：

> 且纏足之害，無人不知，而受斯害者，舉天下而皆是，蓋皆婦女惑於禍福，不明大義之所致也。今纏足之禍，雖或稍戢，然開會者不過通商數區，入會者不過通人數輩，行省之大，充耳不聞，毋亦知此理尚少也。若欲擴其捄人之心，非先徧開女學，以警醒之、啟發之不可。[61]

康同薇認為當時雖有廢纏足會，但是數量甚寡、參與者不多，因此仍有許多人不清楚纏足的弊病，為了達成放足的普及性，則必須通過女學加以倡導，方可達成中國婦女免受纏足之害的目標。因此在當時論述「興女學以廢纏足」，重視女學校體育學門者，多在體育一條下要求改革纏足之事。如志群在〈女子教育〉的「女子體育」項下言：「纏足穿耳，皆耗人心血，傷人筋肉，

---

[60] 詳見〔清〕李汝珍：《鏡花緣》第三十三、三十四回，頁169-172。
[61] 參見〔清〕康同薇：〈女學利弊說〉，頁565-566。

固宜改革」。[62]又如〈女子為國民之母〉一文提出女子入學堂的優點時表示：「第一樣，可以破除纏足的惡習，強；第二樣，不纏足可以練習體操，強」。[63]提出女子入學讀書便可破除纏足惡習，同時學習體育。儘管終極目標仍是強國強種，且是從男性的角度規訓女體，但是對於婦女行動權的解禁、並且反抗病態的人工美，仍有相當的建樹。[64]

為了達成宣導放足的目標，晚清新式女學堂大多附帶「放足」的校規，以作為實踐放足的成效。如以表 5 所列舉之學校試辦章程與校規可見，清末女學宣導放足之不遺餘力。

表 5：有關女學堂放足之條文[65]

學校章程名	放足之條文	備註
梁啟超〈創議設立女學堂啟〉	十、纏足為中國婦女陋習，既講求學問中人，亟宜互相勸改。為剏辦之始，風氣未開，茲暫擬有志來學者，無論已纏足、未纏足，一律俱收，待數年以後，始畫定界限，凡纏足者皆不收入學。	原載於《萬國公報》1897 年 11 月號
〈公立杭州女學校章程〉	第十五條（乙）不得纏足。（已纏足者，入校後須漸解放。）	原載於《浙江潮》第十期（1903 年 11 月）
〈宗孟女學堂新章程〉	（十）衣服以樸素潔淨為主，不得用一切粉等類，能不纏足最為合格。	原載於《警鐘日報》1904 年 3 月 16 日。此條文於第三次之新章程亦保留。（《警鐘日報》1904 年 9 月 9 日）
〈直隸天津縣詳送試辦女學堂章程〉	第四章、規條：學生以身家清白，不復纏足，七歲以上，十五歲以下者為合格。	原載於《東方雜誌》一年六期（1904 年 6 月）

---

[62] 參見〔清〕志群：〈女子教育〉，《女子世界》第 2 年第 6 期（1907 年 1 月），頁 5。

[63] 參見〈女子為國民之母〉，頁 607。

[64] 參見游鑑明：〈近代中國女子體育觀初探〉，鮑家麟編：《中國婦女史論集》第五集（臺北：稻鄉出版社，2001 年），頁 273-288。

[65] 表據《近代中國女權運動史料（1842-1911）》所收之章程整理。依序見頁 998、1014、1015、1023、1034、1036、1039、1045、1103、1119、1141、992。

學校章程名	放足之條文	備註
〈愛國女學校甲辰秋季補訂章程〉	第十七條（甲）不得纏足。（已纏足者，入校後須漸解放。）	原載於《警鐘日報》1904 年 8 月 1 日
〈常熟競化女學校章程〉	規約（一）不得纏足，已纏足者，入校後須漸解放。	原載於《警鐘日報》1904 年 10 月 19 日
〈中國教育會附設第一幼女學堂章程〉	規約（一）學生無論是否入會，概行不得纏足。	原載於《警鐘日報》1904 年 12 月 17 日
〈譯藝女學堂章程〉	十、本堂全班學生既與世界競尚文明……仍以勿再纏足相勗勉……	原載於《順天時報》1906 年 1 月 28 日
〈北洋女子師範學堂章程〉	第五章第二條、甲、以品行端正，身體健全，文理通順，年在二十歲以上，四十歲以下者為合格。	原載於《東方雜誌》三年九期（1906 年 8 月）
〈示考官立女學堂章程〉	資格：身體健全，性質端敏，身家清白者。	原載於《中國日報》1907 年 1 月 18 日
〈學部奏遵擬女學服色章程摺〉	一、女學生不得纏足。	原載於《政治官報》1909 年 12 月 2 日

　　這些章程對於纏足的要求寬嚴程度不一，有些要求入學後須放足、有些則不收纏足的學生、有些則兩種並收，但不論何者，最終均以放足為最終目的。又有未明言需放足、但實際上與放足相關者，如〈北洋女子師範學堂章程〉與〈示考官立女學堂章程〉均以「身體健全」為其規定。然就清末以來針對放足之論而言，纏足之人形同殘廢，實不能稱為「身體健全」之人。[66]故此兩篇章程的要求，應可視為廣義的放足規約。

　　在學堂規約的推動下，使女性為了入學而免於自幼的纏足之苦，最後達成普遍性的行動自由，藉以達成培育新女性成為智識學養充足、且身心皆健全的國民之母。

---

[66] 如抱拙子稱：「肉糜骨折，痛楚難堪，致生成之善足，變為殘跛之廢人。」天足會閨秀則言：「纏首纏手，與纏足，有何異乎？總之，同為殘疾而已。」賈復初言：「纏足則朝夕愁悶容嗟，因是氣血不舒，無殊殘廢。提攜既覺其艱，操習亦形未便。」參見〔清〕抱拙子：〈勸戒纏足〉，《萬國公報》50 期（1893 年），頁 8。〔清〕天足會閨秀：〈纏足兩說〉，《萬國公報》77 期（1895 年），頁 15。〔清〕駕湖痛定女士賈復初：〈纏足論〉，《萬國公報》91 期（1896 年），頁 4。

將放足規約設定為校規的現象，在華琴珊《續鏡花緣》中亦可見到：

> 白民國的人民得了女兒國開科取士的信息，另有一個思想。訪得女
> 兒國的風氣，凡是婦女都作男子打扮，……開設許多女學堂，使婦
> 女入學讀書，希圖獵取功名。<u>並勸婦女不用纏足，已經纏裹之足也
> 需放大，與男子一般方為合格。</u>好事者詰問這個緣故，反被這些利
> 口捷舌的道：「老兄真是不通世俗！人家的女子，你看他纏了腳時，
> 弄得面黃肌瘦、血膿狼藉，及至纏成了小足，到後來步履艱難，并
> 有纏成癆怯之症，橫遭夭折。及不然，纏得七蹺八劣，橫闊豎大，
> 走又走不動，看也不好看。不如把腳放大了時，倒有許多好處。第
> 一行走便捷，不至扭扭捏捏，倘遇凶荒兵燹，逃災避難之時，亦會
> 奔走。若小腳伶仃，那就難了。」（頁742）

此規定與學堂的看法，和當時維新人士之論不謀而合，從女性纏足造成生活
與行動的不便，甚至有違身心健康，因此在入學前必須放足。儘管這些提倡
放足的人在小說中被華琴珊塑造成「巧黠漁利」、「利口捷舌」等巧言善辯之
輩，顯見華琴珊對放足的提倡感到不滿。[67]但是從小說中，可以看到當時的社
會要求女子放足的風氣也滲透進新式學校中，務使新女性的身體能夠完全，
不被傳統陋俗所束縛，使健康與性命雙雙陷入危機。

陳嘯廬的《新鏡花緣》雖然未明言女學生們所就讀的大成女學校有放足
規約，但是在第二回中，已提到中國「目下盛行不纏足的會」（頁229），可知
提倡放足的提倡在中國已是相當盛行，儘管小說中提到的學堂與放足的關聯
性甚少，此種現象或出於作者專注於學科教育，而未注重入學校規，因此疏

---

[67] 在第十三回中描述女兒國宮娥柳媚「小小一雙金蓮，甚是可愛。」第三十七回中，韋寶英對盧紫萱
說道：「相公不見這裡女兒國內的婦人麼？個個都是金蓮小足。妾身若不把腳裝小，堂堂相國的夫人，
成何體統？豈不被人當作笑話？」見頁607、796。種種對天足的恥笑、與對小腳的迷戀，王瓊玲據
此以為華琴珊與李汝珍對女性關懷的思維截然不同，乃是力抗時代潮流，迷戀金蓮的守舊人物。參
見王瓊玲：〈妄續新篇愧昔賢：續鏡花緣研究〉，頁168。

漏；再者，對於放足一事，陳嘯廬著重的不在於女子身體發展的層面，而注重在異文化對於身體美的不同觀點，於是削減學堂與放足的聯繫性、以加強中西文化對於女體欣賞的差異，亦無不可能。而有關對於女體欣賞的解讀，則詳見下文。

（二）對身體的詮釋

清末對於纏足一事的看法，除探討纏足畸形的審美與對女性的壓迫，更多時候是與「弱種弱國」連繫。但不論從何種角度進行論述，均鮮少回到女性自身主體性上，誠如黃錦珠所言，晚清婦女的放腳儘管是身體與活動空間自由化的表徵，但實際作用仍被設限在分擔家國責任上，女性在其中還不是身體的主人，因此評斷的價值，依然在夫權與父權的約束下，並無自己的表述空間。[68]

將放足視為強種強國的方法者，如康有為（1858-1927）在〈請禁婦女裹足摺〉言：「血氣不流，氣息汙穢，足疾易作，上傳身體，或流傳孫子，奕世體弱，是皆國民也，羸弱流傳，何以為兵乎？」[69]認為纏足致使母體孱弱，導致誕育的後代亦不得強健，使國家難以強盛。其後又對照中西文化，認為「歐美之人，體直氣壯，為其母不裹足，傳種易強也。廻觀吾國之民，尪弱纖僂，為其母裹足，故傳種易弱也。」[70]此種對比方式，將國之強弱與否與婦女是否纏足相互聯繫——認為國之強盛，在於母親是否纏足。此種論點，雖然缺乏科學根據，但在清末論述放足時，多以此為出發點而主張放足。

又如鄭觀應（1842-1922）在〈女教〉中表示：「婦女裹足，則兩儀不完；兩儀不完，則所生男女必柔弱，男女一柔弱，而萬事隳矣。」[71]所持觀點亦與康有為相同，認為子女、國家之強弱，與母體有密切關聯。然其文論述女體

---

[68] 參見黃錦珠：〈晚清小說中的性別、主體與困境〉，頁 688。
[69] 參見〔清〕康有為：《戊戌奏稿》（臺北：文海出版社，1969 年），頁 99。
[70] 前揭書。
[71] 參見〔清〕鄭觀應：《盛世危言增訂新編》（臺北：臺灣學生書局，1965 年），頁 268。

與國族的關係時，除了將纏足與產育相連結外，亦將婦女行動、求學權相關
聯：「苟易裹足之功，改而就學，罄十年之力，率以讀書，則天下女子之才力
聰明豈果出男子下哉？」[72]強調婦女智識未開，是由於纏足禁錮其行動自由，
導致女子不能求學，進而無法將女性塑造成能夠相夫教子的知識女性。又如
《順天時報》所載錄的〈女子為國民之母〉論述的角度亦與鄭觀應相似，認
為纏足禁錮女性，「如同監禁的罪犯」，無法出外求學、練習體操，造成女子
衰弱，成為母親後、產育的子女也必然衰弱，因此纏足是「弱種弱國的一個
大原因」，固然纏足所造成的痛楚必然會對婦女的身心產生負面影響，但纏足
是否會造成母體孱弱、導致產育的新生兒身體羸弱之間並無明確關聯性，但
在一個國家衰亡的局勢下，發表如要國強民強、塑造國民之母，則必須從放
足為始的主張，在希求救亡圖存的男性為主的視野裡，這樣的連結則成為一
種必然性、且是必須普及的健康與文化改革。[73]

　　以上論述是將女體詮釋從國權的觀點出發，為「強國強種」主因。如將
纏足作為一種審美角度，清代除將纏足樣式定名、並分類為九種品級，以神
品最上、贗品最下，又以愈纖小者為佳。[74]在清末論述廢纏足時，亦有從審美
標準申論，如抱拙子言：「俗以纏足為妍，以無纏足為媸」，[75]洪文治稱：「婦
人形體，率尚纖柔，眉脣腰指，罔弗以小為貴，惟足亦然，惡其長巨」，[76]駁
斥婦女腳小為美、腳大為醜的陋俗。故康有為亦稱此種美感標準是「野蠻貽
誚于鄰國」，[77]因此必須進行改革。

---

[72] 前揭書，頁 266。

[73] 參見〈女子為國民之母〉，頁 607。

[74] 參見陳東原：《中國婦女生活史》，頁 236-238。

[75] 參見〔清〕抱拙子：〈勸戒纏足〉，頁 9。

[76] 參見〔清〕洪文治：〈戒纏足說〉，原載於《湘報》第十五號（1898 年 2 月），轉引自《近代中國女
權運動史料（1842-1911）》，頁 500。

[77] 參見〔清〕康有為：《戊戌奏稿》，頁 100。而對於康有為、梁啟超等人對於纏足的觀點，張小虹從
「男性菁英、西方凝視、強國保種」的訴求，與「女性自覺」相互對照，認為纏足是一種創傷喻意，
象徵中國的步履維艱，但是雙足的纏與不纏，對於女性而言卻是一種象徵暴力，讓婦女綁死在傳統
社會當中、無法「走入／走路」現代性社會當中，只能在時代中任其毀滅。參見張小虹：《時尚現代
性》（臺北：聯經出版社，2016 年），頁 191-193。

　　但不論從家國角度、或從美感標準而言，均是以男性的角度為核心，這種追求與迎合外界價值評斷的美貌政治，本身即是一種壓迫，為了符合美感標準而被迫拋棄自我身體的自主性，卻又不得不如此，因此造成自身與外在價值的雙重困擾。[78]而中國婦女的纏足與否，不僅在美感價值上受到男性社會宰制，在身體與家國的聯繫上亦無自主性可言，僅能在國家發展上展現其功能性。

　　在小說書寫上，陳嘯廬在《新鏡花緣》通過黃舜華對於放足與否表達自我身體主權：

> 他們把纏足的利害，竟說得可以弱種。我不懂種的強弱，怎麼會冤栽到做女人的一雙腳上去？他就不說這都是男子漢的干系？果能二萬萬男子漢，人人能夠自治，人人能夠擔承軍國民的義務，何至於中國弄到如此地步？何至於反要我們女界，分他的仔肩？（頁229-230）

　　此番言論，雖有意將保家衛國的責任推回男性身上，但是從婦女纏足與否與強國強種的聯繫性而言，黃舜華顯然已經認知到中國的強弱與女性是否纏足並非生理遺傳的主要因素，而在於是否能夠求知。因此下文主張女子進入學堂讀書、學習新知，用以教育下一代，使有益於家庭教育，才是關鍵所在，於生理遺傳的強弱並無直接關聯。故此番言論，即是有意推翻男權宰制下的女性身體與知識，希望身體自主權能夠回到女性自身，而非僅為家國服務。

---

[78] 參見〔荷〕Kathy Davis 著、張君玫譯：《重塑女體：美容手術的兩難》（臺北：巨流圖書公司，1997年），頁 74-75。又，根據高彥頤的研究，纏足除了將女性視為被害者外，同時具有賞玩、標示身分階級與懷念舊時代的作用。因此纏足的功能，不應當單純地視為對女性／女體的殘害象徵，而應當從小足、繡鞋樣式等文化差異與美感接受等層面進行觀察，方可得到較全面的象徵意義。參見高彥頤著、苗延威譯：《纏足：「金蓮崇拜」盛極而衰的演變》（臺北：左岸文化出版社，2007年），頁 134、148、166、272。

除此之外，在審美價值上，小說亦有所申論。秋人《鏡花後緣》描述到放腳過程的艱難，便是出於男性：「有的因講求衛生，立意放腳，那些丈夫，以為他朵朵金蓮放開了不大好看，家庭中沒有意味，便無意中起了雷霆之威，前來干涉了。」（1910 年 3 月 9 日）顯示放足與否，在男性審美價值觀中仍佔有了極大、且是主要的因素。再者，華琴珊《續鏡花緣》也描述到女學生放足與服飾西化在中國人眼中的看法：

> 那些女學生非但歡喜放腳，頭上不梳雲髻，還梳了一條大髮辮，面
> 上戴了金絲眼鏡，項上圍了尺許高的領頭，身上穿著短小緊湊的衣
> 服，下面禿著褲兒，也不穿裙子，足上穿了黑襪，套了男子一般大
> 小的皮鞋，打扮得不衫不履，怪狀奇形。（頁 743-744）

此種在體貌上西化的時尚描述，在華琴珊的眼中成為一種不倫不類的裝束，但這種追逐時尚的風貌，雖然表達了女性追求美的慾望，卻落入了兩難處境：第一種是傳統父權觀念下認為小腳為美、西化裝束為奇裝異服的男性對女體的美感觀點；第二種是女性在追求美貌時，是追求普遍社會對於美的認知，然而此種美感的定義，仍是建構在主張西化的男性身上，進而複製性別權力不平等的關係。因此清末女性對於美的兩種困境，仍是歸順在男性權力的宰制下，未能得見女性在其中對於身體的主張。[79]然而，纏足是否真的只能成為落後傳統的象徵、而無法見容於現代性社會中？張小虹從清末的殘疾與羞恥論述當中，發現到婦女的小腳仍有在「時尚」意義上的現代性：無論是蓮鞋的改良並涉入時髦舞會的現象、甚至是移轉成為「洋纏足」的西式高跟鞋，在清末民初成為一種「落後／現代」的矛盾疊合，既成為另一種國足／國族論述的眾矢之的、卻也是女性時尚的風氣轉型，因此服飾與足式的變遷，在希望逃出纏足夢魘的男性精英而言，纏足反而經由西方時尚死灰復燃，讓人

---

[79] 參見〔荷〕Kathy Davis 著、張君玫譯：《重塑女體：美容手術的兩難》，頁 70-71。

不免感到困惑、再次進一步引起美感與國族的焦慮。[80]

　　而對於這種男性視野下的西方時尚造成的束縛與美感焦慮，陳嘯廬藉由黃舜華之口表述了美感經驗的差別、同時宣示身體的自主性：

> 這有什麼恥笑？像他們在中國的女人，高聳了兩個乳，束緊了一個腰，就不怕被中國人恥笑嗎？這是各國的國俗如此。……而且現在講究時髦的女學生，那種怪現象，架起了一副金絲眼鏡，穿上了一雙外國皮鞋，格支格支的，在他以為文明打扮，在我眼睛裡，我不知道我的心兒性兒，天怎樣生就的，便覺得萬分觸目，萬分難受。
> （頁 229）

此段文字描述了中西方對於女體美的認知差異，同時表達了西方的馬甲、束腹與皮鞋等新式服飾對於女體的宰制與束縛。女性的身體美感其實隨著文化與時間而有所轉變，為了符合女性美的文化標準，導致在追求美感的過程中損傷身體，舉世皆同，僅是程度上的差異。[81]因此透過黃舜華的言論，除了發現到各種文化對於女性身體美感的追求與壓迫的觀點外，亦可看出各種文化類型對於美貌論述的差異與接受程度。儘管這段文字所要表述的另一層用意是不積極主張放足、而是認同新舊時代觀念交替下的不同身體美，認為「沒有纏過的，盡可不纏，若是已纏過的，再去放他開來，豈不多此一舉」（頁 229），也因此，以舜華做為一個女性的觀點來對比中西文化中的女體美，已可看出在作者的筆下，黃舜華是較有自覺性地宣示自我身體自主權。

　　在歷史文本的敘述上，女性的身體除了有美感的價值判斷，更多時候是對國家主權進行服務。在擬《鏡花緣》小說中，對此種現象的回應僅有單純反映此種美感價值、罕見對家國父權進行回應與批判，因此陳嘯廬《新鏡花緣》透過黃舜華之口將兩種文化進行比對，發現無分中西均有對女性身體的

---

[80] 參見張小虹：《時尚現代性》，頁 194-210。
[81] 參見〔荷〕Kathy Davis 著、張君玫譯：《重塑女體：美容手術的兩難》，頁 57-58。

束縛,但在國力上,實不應把女性的束縛和國祚掛勾,所以纏足與國力強盛與否,並無必然關係。在黃舜華眼中,主張放足者認為的纏足弊端,沒能見到不同文化之上的差異,是其不足之處,而作者透過黃舜華能夠從這個角度發現到這一切,而且說出自己的理論,已清楚表達對身體詮釋的觀點。從能夠說出自己的感受而言,不僅是女權進步與個人自覺的主要因素,也表達了女性對於身體詮釋的自主權。

(三)放足歷程

前述放足與禁纏足作為清末女權運動的一大課題。然而放與不放間,社會上的觀點各有懸殊,有如康有為〈請禁婦女裹足折〉所期望的未裹的婦女保持天足、已纏的一律寬解;[82]又或是陳嘯廬在《新鏡花緣》第二回中所主張的沒纏過的便不必纏、已纏的亦不需特意放開,認為不需改動既定現狀,只要未來不再行纏足即可。兩種說法,均有其意義所在,對於持論全盤改革者,認為解開纏足的身體禁錮,才能夠達成。

但在放與不放的兩端中,卻缺少了介在其中的過渡期:即由嚴纏、至微纏、最終不纏的演變。在華琴珊《續鏡花緣》中,則通過武景廉(後更名為錦蓮)為避誅族之禍時,匆忙之中打扮成女裝、並以微纏偽裝成小腳的的方式:

> 周氏取了一雙四寸餘長的元緞花繡弓鞋,一副腳帶,一雙上寬下窄婦人的凌波小襪。還有一件東西,如小小的兩只圈椅一般,約有七八寸高,用四五分闊的竹片縫在布帛中間,約計有十餘根竹片,圈裹了三寸半厚的高底,交與乳母,……乳母取只小机坐了,忙將公子左足放在自己膝蓋上,拉開腳帶,將腳趾排齊靠在一處,曲作彎弓之式,滲了些白礬末,重重裹纏。纏完之後,取過竹椅靠背的高

---

[82] 參見〔清〕康有為:《戊戌奏稿》,頁101。

> 底，裝在凌波小襪之內。然後將纏好之足套入，穿上四寸餘長的弓
> 鞋，裹了湖色小烏，又將右足照式纏完穿好。即將裙褲遮蓋好了，
> 頓然變成了一雙小小金蓮。（頁 528）

小說中所描述的方式，即是將雙腳稍做纏裹，再穿上裝入以竹片編成的高底
繡鞋，再以裙子遮蓋高底，以此偽裝成三寸金蓮，此種方式即是速成小腳的
纏法。雖然以此模式纏足的婦女在個子上顯然較高[83]，在外觀上與傳統審美的
大小無異，卻減輕了纏足過程中的痛苦。因此武景廉在後來與同是為避誅族
之禍的韋利楨（後更名為麗貞）、寶應（後更名為寶英）叔姪相遇時，便教授
二人此種速成纏足之法，使二人能夠迅速扮作女裝、逃離殺身之禍。

　　在其後三人進入女兒國，成為皇后與相國夫人後，國內上下盡知三人原
是天足、小腳均以高底繡鞋偽裝，因此起而仿效，並將三人的偽裝方式稍作
改良，變成以木頭製成高底裝於鞋內，使女兒國的女性漸由微纏、最後不纏：

> 後來知道宮中的國后娘娘并兩位相國夫人都是大足，用竹簽子做的
> 高底，裝成小足，有愛惜女兒的人家也不肯狠纏了。再後來把那木
> 頭削成三寸金蓮，裹了繡烏，縛於足底，并可不用纏腳。（頁 580）

此種做法，即可視為嚴纏至不纏的中間過渡期。然而此種過渡現象，筆者並
未觀察到其他文獻有相同情形，僅在〈演說放腳的法子〉一文中提到放足方
法有相似的做法可資對照，即：（一）做寬大之鞋襪、（二）去腳帶之法子、（三）
放直腳指頭、腳心之法子、（四）放腳時，腳上皮膚裂痛或雞眼痛之治法、（五）
去裏面高底之法子。[84]其中第二點「去腳帶之法子」中提到，由於纏足之人的

---

[83] 在第二十八回中，淑士國的左右丞相在談論女兒國在戰場上大展身手的的兩位相國夫人韋麗貞與韋
　　寶英時，均注意到兩人的體態較其他將士高，便是由於二人纏足的方式是以高底鞋偽裝。參見〔清〕
　　華琴珊：《續鏡花緣》，頁 720。

[84] 參見〈演說放腳的法子〉，《女子世界》第 1 年第 12 期（1904 年 12 月），頁 64。

腳部血液循環不良，不能驟然解開腳帶，否則腳部會因此脹痛，因此必須鬆
鬆地纏繞數週再漸行解放，直至不用腳帶；第五點「去裏面高底之法子」則
敘述纏足之人習穿高底屐，突然不裝，在行走時會覺得不自然，因此初放足
時，在鞋內放入厚紙，使放足之人在行走時將厚紙踏薄踏平，漸漸習慣高度
的落差，最後適應無厚度的鞋子。[85]

　　在腳帶的使用上，小說與史料所載的方式相同，均是略纏；鞋子款式的
改變，在小說中由於女兒國崇尚的仍是小腳故未能全放，然雖為全纏，卻以
高底鞋偽裝，以待全然放足；史料上所記錄的方式，則是將鞋底由高漸低，
使放足的人習慣高度落差。雖然兩者目的不同，但方式相似，《續鏡花緣》描
述此種作法既可維持小腳的審美觀、兼可不必嚴纏，達到兩全其美的成效。

　　因此女性雙足的纏與不纏，大抵是環繞在國族議題、且充滿男性菁英的
文化視域下進行美感審視，致使女性對於身體美的自我觀點難以被充分表
述，且讓婦女在「國族之恥」、「身體主權」、「美感審視」等諸多層面下成為
性別暴力的接受對象。雖然放足論述與西服的時尚美感體驗從清末綿延至民
初，讓婦女在時代與文化之間成為過渡時期的客體，並在衝突當中充滿變動
與不確定性，也讓婦女的時尚體驗有更多種的可能性詮釋。但若回到清末在
國族焦慮與文化衝擊的時代下，「廢纏足」與「興女學」兩大課題的密切聯合，
讓婦女審視自我美感的聲音掩埋在救亡圖存的國家男性視野當中，致使廢纏
足雖然達成了女性身體規訓與時尚美感的鬆動，卻也不免成為一種由男性提
出的女性／女體政治課題與解救手段，女性的聲音仍難以被聽見。

四、投身政治場域：參與革命

　　根據林維紅的研究，在同盟會成立（1905）以前便已有婦女投身革命，
但數量極少、成果有限，直到同盟會成立以後，才有來自各種社會階層的婦

---

[85] 前揭文，頁 65。

女參與革命，婦女數量增多，影響也較大。[86]鮑家麟則觀察到同盟會成立以前，便有女學生參與愛國排滿的運動，也有一些女子學校以培養革命人才為目標，為革命事業盡一份力。[87]這些婦女在參與革命的活動面相甚廣，除有反清革命，亦涉及女子教育，各種層面不一而足。以下即針對小說與歷史文本中提到的婦女在革命運動的起因與活動面向進行論述。

（一）女性參與排滿革命的起因與阻礙

關於排滿運動的起因，路康樂（Edward J. M. Rhoads）的研究指出，是由於中國陷入被列強瓜分的危機，而在國家陷入這種處境中，自然便會將罪歸於清廷和滿人。[88]在排滿運動中，路康樂又歸納了當時排滿運動的理由，得出所謂的「滿人七宗罪」。這些罪行是基於滿漢間的民族差異，以及滿族在進行民族擴張時，對漢人進行了大量的屠殺，並將滿俗強加於漢人身上。在清朝建立後，滿人在統治階級上成為特權族群，身分凌駕於漢人，在政治上又實行隔離與歧視政策，雖然政府有意提出「滿漢平等」以調和族群差異，事實上，滿人對漢人始終抱著歧視的態度，造成滿漢間的矛盾長久地存在於各族群中。[89]這些矛盾與不平等在戰爭的爆發下，成為了被攻擊的主因。

女性自覺地參與政治活動是在維新運動失敗之後。在當時由於西方思潮的引入與維新志士的影響，加之女子求學之風的興起，促使女性覺醒、體認到自我生命在政治與國家的重要性。於是這些女性便站在政府的對立面與之對抗，對於清政府抱持著反對與批判的態度。[90]如吳弱男（1886-1973）撰有

---

[86] 參見林維紅：〈同盟會時代女革命志士的活動（1905-1912）〉，中華文化復興運動推行委員會編：《中國近代現代史論集・第十七編・辛亥革命》（臺北：臺灣商務印書館，1986年），頁325-327。

[87] 參見鮑家麟：〈第一章、晚清及辛亥革命時期〉，《近代中國婦女運動史》，頁128-131。

[88] 參見〔美〕Edward J. M. Rhoads著、王琴等譯：《滿與漢：清末民初的族群關係與政治權力（1861-1928）》（北京：中國人民大學出版社，2010年），頁12。

[89] 前揭書，頁13-17。

[90] 參見郭松義：《中國婦女通史・清代卷》（杭州：杭州出版社，2010年），頁533-534。此外，在同盟會時期有許多留日女學生如何香凝、吳弱男、秋瑾、燕斌等人參與反滿革命運動，這些人或參與暗殺政府官員、或協助策劃革命運動，在許多政治活動上大展身手，足見女性在革命運動中的重要性。

〈哀豬尾〉一文，諷刺漢人背棄自己的祖先、服膺外族的統治而留起長辮，並將辮子斥為「豬尾」，直指漢人被外國人士嘲弄為畜生而不知羞恥，於是希望以這條辮子作為鞭策，以洗雪恥辱。[91]又如秋瑾（1875-1907）曾感嘆國民沉睡、女界黑暗，因而創作〈寶刀歌〉、〈如此江山〉、〈精衛石〉等詩、詞作品，又創辦《中國女報》，用以表達心志、宣傳革命與性別平等思想，以喚醒國民。[92]

在秋人所著作的《鏡花後緣》中，亦通過旅店主人描述女性與愛國婦人會投身反滿革命的原因：

> 店主道：「浸假那些女界，也激昂起來，說道：『我們也是中國的一份子，男子曉得愛國，難道我們便不曉了？論起亡國的慘狀，還是女子身受的多，男子只不過略曉滋味的呢！』……」（1910年3月7日）

此段文字簡單地描述了愛國婦人會創辦的原因，除了由於明朝覆亡、漢人遭受滿人的種族性壓迫外，而女性在亡國時所受到的壓迫，又較男性為多。是以女性在亡國的生命經驗裡，並非只有性別上的壓迫，也同時受到政治與種族間的壓迫，因此女性的困境，事實上是來自多層面的。對於女性在亡國所受到的困境，小說中大量引用《揚州十日記》與《嘉定屠城記》二書的內容，作為女子革命軍對尋常婦女的宣傳，希冀引發讀者的愛國心。如轉引《揚州十日記》：

> 三卒將婦女解盡濕衣，自表至裡，自頂至踵，并令製衣婦人相修短、

參見謝長法：〈清末的留日女學生及其活動與影響〉，《近代婦女史研究》第4期（1996年8月），頁78-79。
[91] 參見〔清〕吳弱男：〈哀豬尾〉，原載於《中國白話報》第九期（1904年4月），轉引自《中國近代婦女運動歷史史料（1840-1918）》，頁417-418。
[92] 參見顧燕翎：〈秋瑾的女性經驗與女性主義思想〉，張妙清等編：《性別學與婦女研究：華人社會的探索》（臺北：稻鄉出版社，1997年），頁230-232。

量寬容，易以新衣。而諸婦女因威逼不已，遂至裸體不能掩蓋，羞澀欲死。換衣畢，乃擁諸婦女飲酒食肉，無所不為。（1910 年 4 月 23 日）

又轉引《嘉定屠城記》：

麾兵入鎮肆行屠戮，共殺一千七十三人，擄去婦女無算。選美婦、室女數十人，置宣氏宅，慮有逃逸，悉去衣裙，淫蠱毒虐不可名狀。（1910 年 4 月 25 日）

從這些紀錄可以發現漢族婦女在面臨異族入侵時受到的性暴力。這些暴力的施行者，均來自外族男性士兵，故小說透過這些歷史描述以喚起中國婦女的愛國心，其目的除了是要分辨族群上的差異，更有意提示女性在外族侵略中所受到的多重面向的壓迫。小說在此處是參與革命活動的顏紫綃與崔錦英二人欲對徐九進行遊說時，先對徐九之妾進行說明，而為了讓程小春以及閱讀小說的讀者了解到女性在國族視域之下所遭受到的性暴力，因此特別提示出稗史小說當中所記錄的與婦女相關的部分，希望引起女性讀者的注意，以便於讓婦女引發共感、了解政治當中不分任何性別都有可能遭受到殘酷待遇，促使婦女隨之一同參與革命運動。

　　這些歷史資料在中國被列強瓜分時被提示出來，除了有標示過去所發生的事件以外，在當時的時空環境裡，更有意區分種族差異、以及將中國被瓜分的罪過推往當時的統治階級：即滿人貴族的身上。[93] 是以小說描述愛國婦人

---

[93] 此種以史籍與小說作品作為革命宣傳文章，在路康樂的研究中也有發現到相同的現象。路康樂在整理革命史料時，發現到當時有以陳天華的小說作品《獅子吼》及《猛回頭》，與史料《揚州十日》和《嘉定三屠》保存滿人在版圖擴張時所做的暴行，於是在革命宣傳時，時常將這類的作品提出並加以運用，一則喚醒久遠的歷史記憶，二則用以區分滿族與漢族的區別，因此這些作品在當時是標誌著歷史與族群差異的文獻資料。參見〔美〕Edward J. M. Rhoads 著、王琴等譯：《滿與漢：清末民初的族群關係與政治權力（1861-1928）》，頁 15-16。

會開會時，通過革命女傑張展漢之口進行宣傳，除了激起女子的愛國心外，更要求女子面對當前的列強瓜分時，必須先補救在此之前的漢族亡國危機：

> 諸君只知我們中國將來是要被人瓜分，卻不知道我們中國現在已完完全全被人盜去，只知將來瓜分的時候，我們女子不免受苦，卻不知當日亡國之際，我們遠代的太祖太妣，被人侮辱的已不可言傳。為什麼第一次的亡國尚不知補救，卻要談及第二次的亡國、作那不關痛癢之談呢？（1910 年 3 月 10 日）

在這段文字中的「第二次亡國」指的即是自鴉片戰爭以來，列強瓜分中國國土、治外法權盡落外人手中的情形。而「第一次亡國」指的則是明末中國在面臨滿人侵略而亡國的事件。因此小說中特意提出兩次亡國，又將第二次亡國的原因推至第一次亡國上，除有意批判當時的主政者，更標誌了漢人與滿人在政治衝突中所產生的差異性。這些差異性在愛國婦人會的宣導下，使反滿革命對於婦女來說並非僅是種族問題這樣單純，其中還包含了性別權力的因素，藉以鼓舞婦女積極參與革命運動。因而愛國婦人會的建立，便是見到清末中國雖有各種婦女團體與組織，但是僅是各自處世、並未能夠有效連結，於是意欲透過組織更加龐大的團體，使革命運動與性別議題結合，以達成革命的目標：

> 只就上海一帶，女子學堂也有了，女子體育會也有了，女子的報館也有了，然而不過是各為團體。而今這位張振權先生，特發起一種議論，謂女子團體雖然有了，但猶是零星小影，不成積成浩蕩之勢。故此次愛國會建立，是有意聯合全國的女子，上自貴族婦人，下至於貧嫗妓女，無一不能預會。（1910 年 3 月 7 日）

既然這些革命女性站在政府的對立面，在舉行革命運動時，必然遭到政府的

壓迫與禁止，如光緒三十四年（1908）四月十八日《順天時報》載有〈又有女革命黨出現〉一文，敘述安徽候補朱圻在輪船上發現身為革命黨員的女學生王育蘭，隨即押解至官府審訊。[94]在 1911 年也有同樣的描述，如五月八日之《民立報》即載有〈拿獲女革命黨〉一文，描述一位持有炸彈與手槍的革命女性被政府捕獲，在審訊時亦「語多悖逆」。[95]七月十六日之《神州日報》則有〈少女亦革命黨〉一文，描述一位少女因持有革命人士互相往來的信件，於是遭捕獲。[96]由是可知，女性參與革命運動仍受到社會多層面的阻礙。

在小說中亦同樣反映這樣的現狀。如蕭然鬱生《新鏡花緣》在第五回中描述政府練軍在捕捉革命人士時，其中一人描述到過去的事件：「那練軍現在捉了一群小孩兒，殺了一個弱女子。」其中這位弱女子，李奇林以為便是秋瑾。[97]這位女性是否為秋瑾未可知，李奇林從事件發生的時間與小說內容互相比對，指出光緒三十二年（1907）秋瑾與大通學堂的學生預謀起義，卻因為外人告密而失敗，造成秋瑾就義、學生被捕。而小說第五回於光緒三十三年（1908）刊行，而秋瑾死於 1907 年，雖然小說並未明確指出此人即是秋瑾，但以小說發表時間與小說內容進行推論，不無可能。

婦女參與革命運動遭受阻礙一事，亦可見於秋人《鏡花後緣》。如在 3 月 12 日所刊載的內容可知，愛國婦人會的聚會由於外人闖入而告終止，儘管該日刊載的內容由於有多處脫漏，但透過尚可見的部分發現其中有與會人士說出：「可恨我手下現在沒有炸彈，不然至少殺了一個，看那些民賊，還在□□□說沒有」一語，即可知此次聚會乃是有人告密而被迫結束。又如 3 月 17 日刊載顏紫綃與張展漢談論革命志士被捕一事時，明確提到「前年浙江秋瑾女

---

[94] 參見〈又有女革命黨出現〉，原載於《順天時報》1908 年 4 月 18 日，轉引自《近代中國女權運動史料（1842-1911）》，頁 1331。

[95] 參見〈拿獲女革命黨〉，原載於《民立報》1911 年 5 月 8 日，轉引自《近代中國女權運動史料（1842-1911）》，頁 1334。

[96] 參見〈少女亦革命黨〉，原載於《神州日報》1911 年 7 月 16 日，轉引自《中國近代婦女運動歷史料（1840-1918）》，頁 443。

[97] 參見李奇林：〈並非「狗尾」、「蛇足」：寓言小說「新鏡花緣」簡論〉，《明清小說研究》1993 年第 1 期，頁 206。

士之獄，都是被那些無廉恥、無血性的男子貴福弄成了。其餘似秋瑾一類的正多呢」，又說秋瑾案是遭男性誣陷，因此女性在舉事時，尤其需要注意男性的讒言，以免遭到陷害。由此可知，女性身處在社會中，不論是亡國當下、或是為了救國而起義，身在政治場域中遭受到壓迫的並非僅來自於階級上的對立，還有性別上的不平等。

（二）革命運動面向

　　林維紅在〈同盟會時代女革命志士的活動（1905-1912）〉一文中，歸納出九種女性參與革命活動的面向。茲略述於下：[98]

　　1. 宣傳：撰寫、出版與銷售刊物，並散發傳單。

　　2. 革命教育：辦理女子學堂，並在學校教導愛國革命思想。

　　3. 捐募：家境富裕者慷慨解囊，家境不富裕者則向他人籌募。

　　4. 勤務：在革命機關中打理瑣事，兼製作旗幟、彈藥、與協助醫療。

　　5. 掩護聯絡：偽裝成家僕掩護革命機關，並在各機關中間互相聯繫。

　　6. 運輸：運送武器、旗幟與重要文件。

　　7. 起義：直接投入革命活動。

　　8. 暗殺：暗殺王族與重要官員。

　　9. 偵探：參與間諜工作、刺探敵情。有少部分青樓中人參與其中。

　　在小說中所呈現的面向，亦不離以上數種。蕭然鬱生《新鏡花緣》所記錄到的那位被殺的女性參與的究竟是何種革命活動，小說並未深入描述，僅描述該人物的最終結果。然在秋人的《鏡花後緣》中，大量地描述女性參與革命運動的「盛況」。

　　在《鏡花後緣》第七回的愛國婦人會的聚會上，通過許多女性的演說，宣傳革命與女權思想，強調女子要參與政治活動，必須先從自身能夠獨立作起，而非依附在男性身上，才能夠達成女性自由表達主張、參與政治活動的權利。

---

[98] 參見林維紅：〈同盟會時代女革命志士的活動（1905-1912）〉，頁 328-359。

　　以宣揚女權思想為例，小說中藉由「尤賽夫」進行女性在爭取獨立自主的權利時，便會遭到男性的箝制，使女性爭取權利／權力時往往懼於男性的威勢而失敗。該言論以女性的行動自由為主體，認為婦女之所以未能在行為上獨立自主，都是由於父權與夫權的宰制，從道德與審美觀念來限制女體的自主性。遂於後文提倡女性若要擁有如同男性一般的身體自主權與參政權，則必須從家庭革命作起，反對一切父權的壓迫、並「合力與男子競爭」。此番言論頗有現代基進女性主義（radical feminism）的思想特質，認為必須顛覆一切父權制度的壓迫根源，才能夠達成女性自立自主的可能。[99]

　　在此基礎上，秋人又透過另一名女性「吳壯魂」表示女性應當學習體育、強健體魄以赴戰場之論：

> 中國今日想要圖強，不特男子講求體育，就是女子也不可缺，然且尤要講究軍隊戰陣的法。【為】甚麼呢？中國今日處著大局岌岌的時代，列國視綫，皆都集在一處，想要瓜分我呢。瓜分了，自然有一場血戰。……然而我們女子，難道是由他殺敗、由他把國獻在他人手上，自己不去干涉不成？（1910 年 3 月 10 日）

在尤賽夫提出女性應與男性爭取自身應有的權力的基礎上，吳壯魂則認為女性亦不能於國難當前而不置一辭，主張女性也應學習體育，將國家主權一任繫於男性身上。其論述從女性身體而言，學習體育可強健體魄、免遭受外人的欺侮；若將其論與尤賽夫之論相連繫，女性有了身體自主權、同時可以通過己身力量保家衛國，便不需再隱藏於男性背後，而能夠得到生命自主性。故應聯繫吳壯魂的「強健體魄」與尤賽夫的「反抗父權」之論，以了解當時革命團體對於女權伸張的重要性。

　　在進行革命宣傳的部分，如前所述，則通過文宣的發送使婦女了解漢滿

---

[99] 參見王瑞香：〈第四章、基進女性主義〉，顧燕翎編：《女性主義理論與流派》（臺北：女書文化出版社，2003 年），頁 123-130。

民族間的差異，以及過往所發生的征服歷史，進而使讀者參與革命。小說在第十一回中，描述顏紫綃對程小春宣傳民族大義的過程：

> 我們漢人，當時也有許多作了韃政府的虎倀。那作韃人虎倀的，事成之後，雖然也受了韃人許多的爵祿，衹是山河自此斷送、同胞自此受虐了。姐姐是識字的人，自然曉得看書的。《明季稗史》裡頭所載《揚州十日記》、《嘉定屠城記》等等，也嘗寓目麼？一旦披覽，自然曉得那些事情，我所說話是沒有一點虛浮的。⋯⋯恰好行李中卻有《明季稗史》一套，我便揀了出來，送給姐姐看了，腦中自然感激萬分，越發曉得韃政府那些暴虐了哩！（1910 年 4 月 21 日）

《揚州十日記》與《嘉定屠城記》作為顏紫綃對程小春宣傳革命的歷史性文本，主要是滿族在征服歷史中對漢族所作的殘酷暴行為主軸，希圖讀者在閱讀後能夠激起排滿的愛國之心。這兩種歷史文本的使用成效，在後段後即清楚地描述了程小春在閱讀後，便興起了對當世滿族統治的不滿的覺醒歷程。覺醒之後，又對丈夫徐九服膺於滿人統治、甘願將財富送給王爺花用的情形憤怒，於是激起了一場家庭革命。又通過這段描述，除了發現革命志士對於革命運動的宣傳文本除重視史料外、亦重視稗史小說等通俗讀物，以便於群眾的接納；亦能發現在宣揚革命運動時，不單僅是透過發送資料與學校教育，也深入民間，與庶民進行接觸，希望能夠使尋常百姓能夠一同響應革命運動。

在募捐一事上，張展漢則清楚描述革命資本對於革命運動的重要性：

> 張展漢道：「⋯⋯現在我們做事，第一層便是資財。資財若缺，任你說甚麼眾志成城，也都無效的。資財若是有了，真是一舉了手，立刻把我漢族拔之九幽之地。古人說得好：『雖有智慧，不如乘勢。』又曰：『鑴金石者雖為功，摧枯朽者易為力。』想我們有了錢財，那排斥異族政府，真是有摧枯拉朽之慨哩！然而運動資財一節，我

見得頗甚艱難。……」（1910 年 3 月 19 日）

上文可見，張展漢清楚地了解，若缺乏金錢，則任何革命活動都難以成事，因此需要向各地人士進行募款與捐助，因此欲偕同有相同革命志向的人士──包含崔錦英在內的女性──向社會中發起募捐活動。因此在文後描述崔錦英打聽到在福州有一名富商徐九，在思想上「似是開通的，又似是頑固的」（1910 年 3 月 21 日）。在開通的層面上，既認知到清政府的暴行終會導致人民起身革命；但是在頑固的層面上，則是將自己的資產用於資助清政府以興海軍與償還國債，此種雙面性格，卻令張展漢與崔錦英等革命人士疑惑其思想性質、與可能從徐九身上募得革命資本的可能性與否。於是希望通過偵探徐九家中的狀況，得知向其募款的可能性。

　　顏紫綃則在聽聞這件事後，便對張展漢表明願與崔錦英一同前往福州偵查徐九對革命運動的看法：

　　顏紫綃聽了，沉吟了一回，說道：「可惜我於福州一帶，那些情形不能熟悉。不然前去偵探了一回，探出了他的真實心事，斬釘截鐵，也易為了。」張展漢聽得紫綃如此說，不禁大喜，搶著說道：「這個不難。顏先生若肯去時，便有一個妥當的人相伴。」因即指著崔錦英對紫綃說道：「這位同志，雖不是福州的人，但他一切情形，甚為熟悉，連次探聽，都是他一人前去。橫豎福州那裡也有同志，可以暗中助力的。先生若肯抽身，大約是沒有一點妨礙的。」（1910 年 3 月 21 日）

在這段描述中，除可發現顏紫綃對於革命偵察活動的熱忱，亦可觀察到崔錦英與其他革命人士曾多次前往福州探聽徐九的消息，希望通過偵查，得出募款的可能性，也同時得知福州當地的民情與政府動向。可以發現，在《鏡花後緣》中所呈現的募款與偵查兩件事情，事實上是不可分離的。

　　從以上所描述的女性參與革命運動的情形，可以看見女性在其中的活力，以及對於女權宣傳的貢獻。是以在清末提倡女權的聲浪中，革命團體與參與其中的女性，對於女權的提升亦存在著不可抹滅的影響力。再者，清末小說中所呈現的革命運動除與家國、民族等大議題相關，從性別的角度而言，清末的革命運動推廣亦或多或少地帶動婦女權利／權力的發展，雖然女性的身影在歷史當中大抵被收編為家國之下的無聲存在，但女性做為社會組成的一半人口，自不能免於其外，因此革命運動當中的女權推廣，事實上是將革命行動擴展至社會的各種身分階層當中，以期有助於成功革命。

五、想像的女子之戰：參與戰事

　　和參與革命、推翻清政府相對，清末小說中呈現了婦女於戰場對抗外侮的另一種政治場域。此種場域的產生由於清末中國屢遭西方勢力入侵，又誠如秋人在《鏡花後緣》中所述，女性在戰亂中往往位居劣勢、易受欺侮。然而中國自古以來不乏智勇雙全的女性，如北朝有民歌〈木蘭詩〉敘述木蘭代父從軍事，又根據郭松義整理，在明末清初之際在沙場上大顯戰功的尚有沈雲英、秦良玉、周遇吉妻劉氏、丁國祥等人，[100]而在此前的史傳與小說當中，自商代以降，亦不乏女性的身影，因此女性在戰場當中雖為數不多、但並非毫無先例。[101]因此，女性在戰場上，猶如革命行動一般具有相當的貢獻。然在清末動盪之刻，婦女身在其中，除了如同《鏡花後緣》的寫實描述女性遭到壓迫的情狀外，在華琴珊《續鏡花緣》中，則通過女兒國的隱喻，描述了一群婦女走上戰場抵禦外侮的情形，而這群女性所指涉的人物或團體鏡究竟為何，則是本節所要探究的對象。

---

[100] 參見郭松義：《中國婦女通史・清代卷》，頁 537-539。

[101] 據謝文女的研究整理指出，在史傳文獻當中所載錄的婦女征戰事蹟，可遠推至自商周的婦好，此後各代亦有相關的紀錄。而在類書《奩史・幹略門》當中亦記錄了許多具備武藝、甚至有參與從軍等事蹟的婦女。詳參謝文女：《英雄傳奇小說中的女將研究》（嘉義：國立中正大學中國文學系碩士論文，2008 年），頁 18-29。

（一）女子軍隊的組成

對於清末在沙場上有戰功的女性，郭松義分成「將領眷屬」與「民間集團」兩種。屬於將領眷屬者，則是為中日甲午戰爭後為丈夫報仇的左寶貴之妻；來自民間團體者，則是抵抗八國聯軍時，義和團中的婦女團體紅燈照。[102] 針對兩件抵抗外侮的事件，在《中華竹枝詞》中，有署為復儂氏與杞廬氏二人共同創作的〈都門紀變百詠〉。[103]

詩中對於左寶貴妻抗日軍之事寫到：「夫人統帥復仇兵，來自齊州越禁城。粉黛兜鍪一佳話，白團三萬擁銀旄。」詩後作者注云：「左提督寶貴，陣亡於甲午牙山之役。日來宣傳其夫人統帥白團數萬人，與洋人抵敵，作復仇之舉。」[104]此詩乃是描述左寶貴（1837-1894）在甲午戰爭中喪命，其夫人為替夫報仇，於是組織軍隊與日軍相抗，雖然郭松義認為此事的真實性仍有待細考，但又認為既有此詩，定非空穴來風，因此存留此說。[105]而不論事件的真實性與否，左寶貴妻為夫報仇舉兵的行為，可以見得其英雌氣概。

另有一詩寫道：「軍中有女氣難揚，天使神兵便不妨。寡婦嬌娃齊奮勇，紅燈掛後黑燈張。」詩後作者注則稱：「團中有所謂紅燈照者，均以十四五歲閨女充之，衣履皆紅色，相傳能避火炮。黑燈照，則皆青年嫠婦也。」[106]此詩則描述義和團中的女子團體紅燈照與黑燈照奮勇抵抗外敵的情形。徐珂《清稗類鈔》中有這樣的描述：

> 翠雲娘，山左產，年十七八，貌殊可人。……光緒庚子，義和團起。
>
> 女喜，請於父，往投之，蓋即團中所謂紅燈照者。……尋八國聯軍

---

[102] 參見郭松義：《中國婦女通史・清代卷》，頁 541、547。

[103] 此二人事跡均不詳。據《中華竹枝詞》所述，〈都門紀變百詠〉詩一百二十首原題為「嶼西復儂氏、青村杞廬氏同著」，寫於清光緒二十六年（1900），《中華竹枝詞》所用的版本乃是宣統元年（1909）所刊刻的石印本。參見雷夢水等編：《中華竹枝詞》（北京：北京古籍出版社，1996 年），頁 271。

[104] 前揭書，頁 258。

[105] 參見郭松義：《中國婦女通史・清代卷》，頁 541。

[106] 參見雷夢水等編：《中華竹枝詞》，頁 257。

> 長驅入京師，團眾逃無蹤，女憤甚，激勵其部下，人咸願效死，遂
> 與聯軍巷戰竟日，洋兵死傷者多，女部兵亦傷亡略盡，乃聳身登屋
> 逸去。[107]

在《清稗類鈔》中載錄的這段翠雲娘加入義和團紅燈照的起因與事蹟，描述其在加入紅燈照後，激勵眾人合力對抗八國聯軍之事。雖然在戰役之中殺傷許多外敵，但也由於折損了己方大量兵眾，不敵而敗逃。而對於紅燈照在戰役中的貢獻，郭松義認為紅燈照在抵抗聯軍時，在後勤運輸彈藥與救援傷兵時，發揮了極大的作用，也同時鼓舞了士氣。[108]陳青鳳則對紅燈照實戰的貢獻提出質疑，認為紅燈照的成員多是不及二十歲的女性，並不可能實際上戰場對峙，而有關於平常的兵法與法術的修練，可能僅是傳聞，無法使用在實際應戰上。因此以為紅燈照可能有參與過八國聯軍，但是其貢獻並非在於殺敵致勝，而是在於給予民眾心靈上的支撐。[109]

然而兩首詩的真實性，據復儂氏所述，〈都門紀變百詠〉為其與杞廬氏在「庚子（1900 年）三月……就所聞見，輒復分詠，積一月之久」所成[110]，可見此二件事乃是由兩位詩人所見所聞的記述，因此具有一定的真實性，同時可以發現女性在面對外侮時，巾幗不讓鬚眉的特質。然而與史實相比對，可以發現真實社會中，清末女兵上戰場抵禦外侮的記述並不多。華琴珊在《續鏡花緣》中，大量書寫的女性練兵與參戰的內容，除了出於個人的想像、並再現紅燈照參與對抗八國聯軍之事外，亦可能接受 1904 年以來在尚武愛國教育下的中西女傑典範。西方女傑如羅蘭夫人、聖女貞德、蘇菲亞等「東歐女豪傑」，這些西方愛國女傑在經由文學作品的譯介進入中國之後，即成為清末

---

[107] 參見〔清〕徐珂：《清稗類鈔》第二冊《戰事類·翠雲娘與八國聯軍戰》（臺北：臺灣商務印書館，1983 年），頁 231。

[108] 參見郭松義：《中國婦女通史·清代卷》，頁 548。

[109] 參見陳青鳳：〈義和團中的婦女組織「紅燈照」的考察〉，《國立政治大學歷史學報》第 7 期（1990 年 1 月），頁 156-157。

[110] 參見雷夢水等編：《中華竹枝詞》，頁 253。

文人推動婦女權益的指標，雖然在經由翻譯的過程當中，因為跨文化之故，導致人物的語言表達有不自然的現象，但皆是文人希望經由異文化的翻譯與移植，樹立中國新女性的典範類型。除了外文譯介的西方婦女類型，中國歷史文獻中的英雌則有漢之花木蘭、宋之梁紅玉、明之沈雲英等人亦成為清末推廣女性參戰時的最常被提出的人物。[111]

此外，前代小說創作中的具有武藝的女性角色如《水滸傳》之扈三娘、孫二娘與顧大嫂，《楊家府演義》的佘令婆、木桂英，《粉妝樓》的祈巧雲、孫翠娥，《說唐三傳》之薛金蓮、樊梨花，《鏡花緣》的九十六至一百回中描述反武后政權之役的三十五位才女[112]等，皆有可能是華琴珊的參考對象。古今中外各種女豪傑形象互相結合，成為華琴珊筆下英雌形象的藍本，意圖顯示作者心中認為的女性在戰場上可能發揮的貢獻。

如小說第十六回中，女兒國為了抵禦淑士國的干犯欲部署軍隊，於是掛榜求賢曰：「無論軍民婦女等，均準報名赴試。」（頁 623）此後前來應試者，則有雲飛鳳、苗秀鴻、水碧蓮、紅賽珠、掌中珍、金彩文、藍桂馥、梅鳳英、花逢春、花如玉、一枝桃與景鐘聲，共計十二人。其中如以女兒國的社會社會文化觀之，僅有花如玉與梅鳳英二人為女性，其他十人均為男性。若將性別觀點置換到其他國度，花如玉與梅鳳英實為男性，其餘均為女性。[113]除了在比武招賢中所得的兵士，其餘女兒國參戰的將領能載坤、坤蕙芳、蓋世英、

---

[111] 參見胡纓著；龍瑜宬、彭珊珊譯：《翻譯的傳說：中國新女性的形成（1898-1918）》（南京：江蘇人民出版社，2009 年），頁 11-14。呂芳上：〈「好女要當兵」：中央軍事政治學校漢分校女生隊的建設（一九二七）〉，《民國史論》（臺北：臺灣商務印書館，2013 年），頁 442-444。

[112] 據《鏡花緣》第九十六回所述，參與抗武氏政權的才女共有三十五人，分別為：章蘭英、邵紅英、戴瓊英、由秀英、田舜英、錢玉英、井堯春、左融春、廖熙春、鄞芳春、酈錦春、鄔婉春、施豔春、柳瑞春、潘麗春、陶秀春、林書香、陽墨香、蔡蘭芳、譚蕙芳、葉瓊芳、褚月芳、宰銀蟾、宋良箴、余麗蓉、宰玉蟾、燕紫瓊、秦小春、林婉如、薛蘅香、魏紫櫻、廉錦楓、尹紅萸、洛紅蕖、司徒嬀兒。參見〔清〕李汝珍：《鏡花緣》，頁 543-544。

[113] 關於人物性別，在小說中通過枝蘭音枝口描述道：「今日教場閱武，兩個女子都比那許多男子利害。一個花如玉拜了兵馬大將軍，一個梅鳳英拜了海軍大都督。其餘的男性均在他麾下，聽那女子的調遣。」可知花如玉與梅鳳英二人在女兒國中的性別為女性，以外國觀點來看則是男性。而排除此二人後，其餘十人在女兒國中均為男性，從外國觀點著眼則為女性。參見〔清〕華琴珊：《續鏡花緣》，頁 628。

席上珍,與在戰事中,又有原《鏡花緣》書中的百位花仙降生的才女前來助陣,如第二十一回的易紫菱與二十七回的顏紫綃兩人,因此女兒國抵禦外侮時,以女性參與其中居多。這些女性多來自民間,僅有部分原屬女兒國中的將領,且皆非某人的眷屬,雖然小說將這些女性同收編於政府軍中,但仍不可抹滅這些女性——此處所稱的「女性」,不分何種文化之性別觀點——奮勇救國的義舉。

只是這些女兒國兵將所指涉的究竟是那些人物,仍有待釐清。首先,女兒國與淑士國交戰時,淑士國為了加強軍力,又曾向厭火國借兵退敵,因此女兒國面對的主要對手雖然只有淑士國,但實際上當中包含的國家卻只有淑士、厭火兩國。又,女兒國的兵將多來自民間,而非國中貴族將領的眷屬,而在清末較知名的民間女兵女將團體則是義和團中的紅燈照與黑燈照,因此華琴珊極有可能參照了當代的見聞後,將之作為小說素材。[114]此外,紅燈照此一團體在進行訓練時,除了習武、同時還有法術的修練,通過宗教的儀式以使追隨者信服其本領,[115]在小說中兩軍對峙時,亦夾雜淑士國使用妖法攻擊、女兒國則用寶器與仙術破解,最終攻克淑士國的奇幻書寫,此種雙方同時使用法術的描述,也頗類似紅燈照在戰鬥中所展現的奇妙法術。[116]因此《續

---

[114] 關於義和團的婦女團體紅燈照與黑燈照,據陳青鳳的研究指出,均是來自下層社會的集團。紅燈照是屬於年約二十歲的女性團體,而青燈、黑燈、藍燈照則是由喪夫的孀婦所組成。此外,根據其研究分析紅燈照的首領「黃蓮聖母」林黑兒,其出身或曰船家女、或稱土娼,不論何種,均是來自於下層階級的婦女。因此陳青鳳認為,義和團的這些婦女團體中的成員,大多來自下層社會。參見陳青鳳:〈義和團中的婦女組織「紅燈照」的考察〉,頁145、149-151。

[115] 如《清稗類鈔》載有紅燈照的修練法術的描述:「天津忽傳有紅燈照者,皆十餘齡幼女,紅衣袴,挽雙丫髻,稍長者盤長髻,左手持紅燈,右手持紅巾及朱色摺疊扇,扇股皆朱縈。使老孀設壇授法,集閨女數十輩環侍受法四十九日。術成,稱大師姊,轉教他女。其術自謂能持扇自扇,漸起漸高,上躥雲際,擲燈下,其從嫗拾之以繳於壇。女身植立空際,漸化為明星,較星差大,其光晶晶,或上或下,或近或遠,或攢聚如聯珠,或迤邐如魚貫,津民狂走聚觀,僉云目睹,有終夜升屋而瞭者。女子自言能於空中擲火焚西人之居,津民信之,呼為仙姑,即世所稱為紅燈照者是也。」參見〔清〕徐珂:《清稗類鈔》第四冊《宗教類・義和拳》,頁59。

[116] 如小說在第二十七回即描述淑士國方的道姑郭索真人與女兒國方的顏紫綃進行鬥法的過程。其中一段如:「道姑大喊一聲,把口張開,噴出許多毒霧,腥穢異常。……顏仙姑便向袖中取出紅羅手帕,對著那毒物一拂,登時天朗氣清。」參見〔清〕華琴珊:《續鏡花緣》,頁708。然就謝文女的研究可知,在華琴珊之前的英雄傳奇小說中的女性兵將議會通過施法布陣、甚至運用邪術取得勝利的現

鏡花緣》中這些來自民間的女性將領,與義和團紅燈照的女性組織有極高的相似度,因此小說中的戰爭書寫,可能是以紅燈照為原型進行書寫。

　　然而,《續鏡花緣》的這些描述卻有幾點不合史實。首先,八國聯軍的組成有日、俄、法、英、美、德、奧、義組成,而非小說中所描述的兩國,極有可能是出自於作者個人意識的濃縮刪節,以避免造成小說內容的拖沓;再者,小說描述是女兒國獲得全面性的勝利,然而,八國聯軍實際上是大勝中國軍隊。因此這一段將近全書三分之一的戰爭書寫,可能是作者經歷戰亂之後,投射自身期許中國戰勝的願望,以及個人對於征戰小說的興趣,使興趣與所聞見之事加以結合,進一步渲染而成。[117]

　　不論《續鏡花緣》所描述的內容是否真以八國聯軍時的紅燈照為藍本,書寫的內容又是否合於史實,但是女性在歷史與小說文本中,均在戰場上扮演了一定份量的角色,因此仍不容忽視。

(二)戰功不讓鬚眉

　　前方針對《續鏡花緣》中的女子軍隊的組成與可能藍本進行分析,以下則來探究在小說中的女性兵將在戰場上如何展現各自的本領。在小說第十六回中,女兒國透過掛榜比武以求武藝超群的臣民以剋外侮,在比武的過程中,前來參與的人各自展現本領,以取得帥印,好讓自己能夠為保家衛國盡一份心力。茲引錄兩段內容於下:

象。此種描述,謝文女以為是小說家為了解除女性受限於體力不足之故而進行書寫。再者,英雄傳奇小說當中常摻入民間傳說與信仰,因此亦可經由奇幻的描述吸引讀者目光。加之經期與孕期的婦女在傳統觀念當中屬於不潔、且具有禁忌魔力的象徵,故而造成古典小說在形塑女性兵將時,多帶有汙穢的巫術特徵。因此,華琴珊對於女性兵將的奇幻法術書寫策略,並非毫無前例。參見謝文女:《英雄傳奇小說中的女將研究》,頁70-76。

[117] 在《鏡花緣》末五回亦同樣有征戰情節,然而王瓊玲以為,《鏡花緣》中的征戰情節尚具有諷刺人性、炫耀才學的用意,而《續鏡花緣》的內容則喪失,認為是作者華琴珊在進行創作時,由於對稗官野史、征戰小說特別感興趣,造成在下筆時不自覺地將個人喜好發諸筆端,使《續鏡花緣》頗類似征戰小說,而脫離《鏡花緣》才學小說的本質。參見王瓊玲:〈妄續新篇愧昔賢:「續鏡花緣」研究〉,頁164。

> 人叢中閃出一人一騎，高聲大叫道：「臣雲飛鳳在此！哪個敢來與
> 俺比試武藝？」說著，手中舞動大刀，盤頭護頂，架隔遮攔，馬上
> 的功夫也好去得。舞完了大刀，那邊早飛出一騎道：「雲飛鳳且慢
> 逞能，帥印讓俺苗秀鴻來取！」說著，便把手中梅花槍向雲飛鳳的
> 坐騎刺來。那飛鳳忙將大刀架開了槍，二人搭上手來，各自爭強賭
> 勝，槍來刀架，刀去槍迎。一來一往，戰了三十餘個回合。（頁624）

如前文所述，前來比試的人在女兒國的社會性別中，大多屬於男性。然而若
將該國的性別角色置換於他處，則屬於女性。但不論是以何種性別角度觀看，
華琴珊通過雲飛鳳與苗秀鴻互相爭奪帥印時的刀槍往來，可以發現不論以何
種性別觀點觀看兩人的行為，均可發現其英豪驍勇的一面。而如果以兩人的
生理性別做為判斷標準，更可發現兩人的武藝與愛國之心實是巾幗不讓鬚
眉，半分不讓男性專美於前。

　　同回中，又如掌中珍和梅鳳英互相較勁的情狀：

> 掌中珍正待要取帥印，忽見那邊閃出一騎馬來，卻是個美貌女子，
> 生得面白唇紅，眉清目秀，坐下一匹花鬃戰馬。那馬鐙上露出三寸
> 金蓮。手執兩柄繡鸞刀，飛馬而來，清脆的聲音道：「掌中珍留下
> 帥印，待咱梅鳳英來取。」掌中珍道：「你這女子是個瑣瑣裙釵，
> 也想來取帥印麼？」梅鳳英道：「這是皇皇諭旨，無論男女，只須
> 武藝精通者，都可掌得帥印。」……一男一女大戰交鋒，鬥到了八
> 十個回合，掌中珍只有招架之功，沒有回兵之力，只得敗了下來，
> 退在一旁。（頁625）

在這段描述中，掌中珍對於社會性別為女性的梅鳳英前來取帥印表示輕視，
而這樣的描述，或可解讀為是社會中對於女性上戰場一事的貶抑，認為女性
不應與男性一爭天下。然而作者又透過梅鳳英之口說：「無論男女，只須武藝

精通者，皆可取得帥印」，表示在護衛家國一事上，不分男女、人人有責，因此不須刻意分別性別上的分工，只要有能力，均可在沙場上大展身手。

儘管兩人的爭奪帥印確實是一男一女的性別角力。從女兒國的角度言，身為社會性別女性的梅鳳英在武藝上勝過男性的掌中珍，標示著女性的武藝確實有可能勝過男性；然從外國的角度言，生理女性的掌中珍能夠與男性的梅鳳英在比試中爭鬥了八十個回合，雖然最終敗落，卻仍顯示出掌中珍在武藝上較尋常弱質女流要為突出。且掌中珍最終也隨著其他與試者一同上戰場殺敵，更可見得其武學造詣仍不可小覷。因此在這段「男女」比試中，不論從何種性別觀點來看，都具有一定的重要性。

上方所論為比試時的書寫，而下方則通過實際在戰場上的書寫，申論女性在戰場上的功勞，並不會屈居於男性之下。在第十八回中，通過水碧蓮遭敵軍包圍時，以其智勇突破重圍的驍勇：

> 只見兩翼伏兵齊起，左有武六思，右有武七思，指揮軍士就團團圍裹攏來。水碧蓮左衝右突不能闖出重圍，一時人急智生，忽然想起流星錘來，暗暗取出，看準七思門面飛去。七思不曾防備，正中面門，跌下馬來，已嗚呼哀哉的了。（頁642）

此段以水碧蓮遭到包圍時，急中生智、突破重圍的英勇表現。就其一擊即可奪取敵人性命的描述，更可以想見水碧蓮在女兒國中雖是男性、卻不被生理上女性的柔弱軀體所束縛，進而取得逃生的機會。

同回中，又透過花逢春面對淑士國的將領司空魁的英勇表現，傳達出巾幗不讓鬚眉的特質：

> 司空魁帶領三千人馬，指名要與花逢春會戰。……司空魁舉槍便刺，更不打話。花逢春急架相還，一來一往，戰了四十個回合。司空魁槍法散亂，只有招架之功，沒有還兵之力。花逢春舉起左手的

> 銀錘，向司空魁面門打來。司空魁慌忙把槍來架，不料右手的銀錘
> 已落將下來，把司空魁坐騎的馬頭打得稀爛，頓然跌下馬來。淑士
> 國的軍士趕上救時，這裡的軍士把撓鉤搭索已將司空魁擒捉去了。
> 花逢春擺動雙錘，打了一陣，打得淑士國的兵馬四散奔逃。（頁
> 643-644）

與水碧蓮相同，花逢春在女兒國的社會性別雖為男性，但在戰場上卻不受到
生理女性的束縛，在面對敵人時卻毫不畏懼，遭到攻擊時不僅能夠抵敵四十
回合，又可精準擊破敵人要害，顯見其武藝超群。不論從古代或現代的觀點
來看，女性只要經過良好的體能訓練，絕非遜於男性。

　　但是這些「女性」上戰場，雖然戰功彪炳，卻仍不時遭到輕視與詆毀。
女兒國的兵將在出師時，屢屢遭受到淑士國與女兒國內部的批評與擔憂。以
女兒國內部的擔憂為例，在第二十三回中，坤蕙芳等人前往女兒國白璧關，
要求關上總兵席上珍協助時，席上珍見到來者皆為國中婦女，心中便埋怨道：
「咱們的國王真是沒有見識，為何都差這些婦女領兵對敵？怪不得連打了幾
個敗仗」，遂認為「此關恐怕也難把守」（頁 677）。此番言論，即可發現女兒
國內部男性將領的男性中心觀，認為婦女上戰場不僅值得擔憂，一旦敗陣而
歸，便將責任推到女性身上，其背後的意涵，除了有意怪罪女性，更欲藉由
女性的失敗、以提高男性的尊嚴，可知女兒國對於女性參政、參戰一事仍是
抱持著「牝雞司晨」的保守觀點。[118]

　　來自外部的批評與歧視，亦不少於內部的輕蔑。在女兒國與淑士國短兵
相接前，淑士國駙馬就曾嘲諷女兒國中的「女性群」。其對於女兒國生理女性
則稱：「他們素來柔弱，於武事一道并不講究。外貌看似男子，其實多是婦人，
毫不中用。」又對心理女性的男性加以嘲諷：「他們男子盡有，反是穿耳纏足、
掠鬢畫眉，都要當作婦人，不得預聞外事，變做沒用的東西了。」（頁 632）

---

[118] 參見張小虹：〈解構女人國〉，頁 99。劉詠聰：〈史家對后妃主政的負面評價〉，《女性與歷史：中國
傳統觀念新探》，頁 29。

在淑士國駙馬的言論中，不分社會與生理上的性別，一任將所有女性全斥為無用之人，足以發現男性自我中心的觀點，傳達出對於不同性別與文化的嘲諷。

在戰場上，兩兵互相叫陣時，淑士國的畢勝見到女兒國將領花如玉便起了色心，想道：「來將雖是男裝，必然是個女子，這是女兒國的國俗，若得擒他回去，叫他復了女妝，真是天姿國色，與俺做了老婆，也不枉了人生一世。」（頁640）這段文字背後所要呈現的，便是傳統男性角度下的性別裝扮與氣質的僵化，以及女性應走入婚姻、成為男性附庸的「本分」，認為戰場此一公共場域乃是男性所專屬，女性不應改作男裝、上戰場，而應回歸到「內在的」、「缺乏權力」的性別角色與性別場域，揭示出空間內部二元對立的性別劃分。[119]倘若踰越了這樣的性別分際，便會被斥為「露醜出乖」、「猖獗惡婦」的罵名，足以看見女性在戰場上不論有多少貢獻，仍然難以被旁人接受。

由以上敘述可以發現，在《續鏡花緣》中，女性雖然在屬於極度陽剛的戰場上有所貢獻，並得到自己的天地，足見女性並非以柔弱為本質，而是能夠在傳統認為屬於男性的空間內活躍在其中。但是不論如何智勇雙全、在軍事上如何巾幗不讓鬚眉，在部分人士的眼中，戰爭此一場域，終究仍是以男性為依歸，女性應當貞順守靜、居於室內，若突破了這道性別分際，便會遭到排斥與懷疑。因此在戰場中，女性雖然不容許置身事外，也有可能在該場域中有傑出的表現，卻由於社會傳統的性別觀點與父權的壓制，導致難有英雄用武之地。

雖然在四部擬《鏡花緣》小說當中，只有華琴珊的《續鏡花緣》對於婦女參與對外戰事有所描述，而在清末相關的史料當中，也缺乏較多關於女性

---

[119] 參見〔英〕Linda McDowell 著、徐苔玲、王志弘譯：《性別、認同與地方》（臺北：群學出版社，2006年），頁16-17。又如畢恆達表示，雖然平均而論，男性在身體機能上較女性優越，雖然女性能夠在經由訓練之後，使身體機能趨近於男性。但是當女性一旦走上屬於男性的空間（如運動場）時，卻仍不免遭到性別刻版印象的束縛，使男性有男性的活動空間、女性有女性的活動空間，顯見性別空間的不友善。此外，女性在具有攻擊性的運動場域中，時常成為「沒用的」、「攻擊標靶」，甚至必須服從於男性的安排。因此空間中的性別角色歸屬，事實上是一直存在於各種陰暗的角落。參見畢恆達：《空間就是性別》（臺北：心靈工坊文化出版社，2013年），頁62-74。

兵將的紀錄，造成史料性的單薄與《續鏡花緣》在四部作品當中的特殊性，
而華琴珊之所以留心於戰爭書寫、且讓婦女走入戰場，或許是出於「女兒國」
此一特殊海外國度的存在，再鎔鑄了清末等對外戰事的所見所聞而據此進行
創作，因此《續鏡花緣》中的婦女參與戰事或有其依據、或出於作家的想像，
但不論從何而言，婦女走入戰場一事對於華琴珊而言應有其特殊價值，方能
促使其在《續鏡花緣》中運用共計十四回的篇幅進行書寫。

第四章、描繪女性
擬《鏡花緣》小說中的女性形象

　　曼殊（梁啟勳）曾於〈小說叢話〉中表示：「天下無無婦人之小說」，[1]認為所有的小說，不分類型，女性都在其中佔有了相當的地位，若缺少了女性，則小說作品必然遜色。[2]又，與曼殊同時之俠人亦於〈小說叢話〉中表示：「小說者，今社會之見本」，[3]認為小說可以具有反映現實社會的功能；近代學者時萌亦以為晚清小說為「時代的鏡子」，認為清末的小說創作之所以有突出的成就，便在於其能夠全面的反應社會中的種種現象。[4]然不論小說處於何種時代，在小說家進行創作時，或多或少會參酌自己的生活經驗，以反映出社會百態，因此時萌稱晚清小說為時代的鏡子，毋寧說，小說即是當代社會的映現。

　　既然小說可以反映當代社會的樣態，而人無分性別，均生活於當時的社會環境中，是以小說在進行書寫時，自然不能缺少女性的身影。尤其清末社會受到西方新文化思潮的影響，產生許多面向的婦女議題與婦女團體，意圖改善婦女生活。儘管清末婦女運動在發展時，雖得到部分人士支持，卻也同時受到社會中各種輿論的批評與諷刺，因此清末的婦女運動，絕非一帆風順。[5]

---

[1] 參見〔清〕曼殊：〈小說叢話〉，《新小說》第 13 號（1905 年 2 月），頁 173。
[2] 梁啟勳稱：「有有婦人之凡本，然必無無婦人之佳本也。」以「凡本」與「佳本」對舉，認為小說創作，必然涉及女性，儘管小說之優劣決定於創作者的巧思，但是若缺少了女性，則小說必然大為遜色，不能稱為優秀的作品。因此蘇曼殊以為，小說創作之優劣，除決定於作者的寫作技巧外，女性在其中亦有決定性的地位。詳見〔清〕曼殊：〈小說叢話〉，頁 173-174。
[3] 參見〔清〕俠人：〈小說叢話〉，《新小說》第 13 號，頁 171。另可參見〔清〕曼殊：〈小說叢話〉，《新小說》第 15 號（1905 年 3 月），頁 166。
[4] 參見時萌：《晚清小說》（臺北：萬卷樓出版社，1993 年），頁 55-58。
[5] 參見黃錦珠：《晚清小說中的新女性研究》（臺北：文津出版社，2005 年），頁 1-16。

然而，這些支持女性爭取自身權益的運動，造就了許多思想觀念上與舊時代相異的新女性，儘管這些新的女性身分所「新」的層次與面相有所不同、不能一概而論。然而這些女性的觀念既新，則必然有無法接受新思潮、恪守傳統觀念的「舊時代」傳統女性出現，以與新女性相對，以標誌時代風氣的不同。

不論是何種女性類型，均同時生活在相同的土地上，小說既反映社會現實，再現的人物必然無分新舊地同時呈現在小說文本中。是以分析清末小說中的女性形象時，除了需要關注接受新思潮的新女性，亦不可忽略在新時代中掙扎的舊女性，方可看出晚清社會的多樣性，即如賴芳伶所言：「不管是『真實』或是『渲染』的部分，都含攝了當時社會的多層面貌，作家有意識的創作宗旨，尤其回應了時代的眾聲喧嘩。」[6]此種多面向的特質，便可看出清末小說中的女性類型諸多面貌。

因此本章即就小說中各類型的女性形象塑造與其處境進行分析，從傳統至新式作為排列方式，依序為傳統婦女、介於新舊之間的娼妓、及新女性的兩種類型：女學生與女豪傑，進而了解作家如何再現以上四種生活於現實社會中的女性形象，同時觀看在新舊時代交替的浪潮中，各類型的女性如何應對與自處。

一、時代潮流之外：傳統婦女

晚清推行新政與各種婦女運動，希冀改變中國婦女的地位與處境，也因此創造出了順應時代潮流的新式女性。然而社會中，有一群與新式女性相較，處在時代潮流之外、維持過去舊有生活模式與思想且無意接受改革的婦女，因此顯得較為保守、頑固。[7]然不論保守或改革，均為相對性而言，且為各人

---

[6] 參見賴芳伶：《清末小說與社會政治變遷》（臺北：大安出版社，1994年），頁4。

[7] 此處保守的定義，使用林鳳姬所稱「維持固有舊習傳統，無意開拓新創」之意。參見林鳳姬：《自強運動時期保守言論之研究（1861-1894）》（臺北：復文圖書出版社，1993年），頁1。

對於生命取向的抉擇，因此並非何者為是、何者為非。以下即小說中的傳統
婦女的形象與處境進行分析。

（一）作為保守的象徵

　　對於傳統婦女在社會中的形象，清末女權運動者或簡或繁均有述及。如
康同薇（1878-1974）稱興辦新式女子學堂的目的，乃是為了使女性了解國家
之危、纏足之弊與迷信之禍。[8]金天翮（1874-1947）則更明確的指出女性之四
大「外界障害」，即：（一）纏足之害、（二）裝飾之害、（三）迷信之害、（四）
拘束之害，由於此四種因素使女性未能跳脫舊有陋習，令女性地位不能伸張、
國家權勢不能改變，遂提倡女子應積極向學、改造風氣。[9]綜合兩人所述，清
末傳統婦女的形象即為：未曾進入新式學堂、保持纏足、迷信鬼神之說，此
三種用以標誌清末傳統女性與清末新女性的差異，便作為社會與小說中的表
徵。

　　從女性的外在形貌——即是否纏足而言，小說中的傳統婦女無分階級，
均為纏足。以蕭然鬱生《新鏡花緣》雖未描述傳統婦女的外在形貌，但依小
說第四回內描述「維新國」的現象而言，由於該國之內講究語言文字、服飾、
稱呼、禮節等多面向的革新，因此不分男女，在服飾上均進行改革，若稍有
不合，便被斥為守舊，與「稻格」（dog 之擬音）、「澳克司」（ox 之擬音）等
畜牲無異。又同回中，身穿男性服飾的女學生愛新女士之母，由於強硬拘束
愛新女士的行動，引起愛新女士欲興起家庭革命，因此其母當屬「舊女性」，
其體貌有極大的可能為保持纏足。此外，陳嘯廬《新鏡花緣》在小說第二回
提及清末的放足運動時，作者通過黃舜華與其父母對談的內容，認為放足是
多此一舉，且不認為纏足一事需要強行改革。再者，黃舜華之母唐氏在該段

---

[8] 參見〔清〕康同薇：〈女學利弊說〉，原載於《知新報》第五十二冊（1898 年 3 月 21 日），詳見《近代中國女權運動史料（1842-1911）》，頁 565-566。

[9] 參見〔清〕愛自由者金一：《女界鐘》，轉引自中華全國婦女聯合會婦女運動研究室編：《中國近代婦女運動歷史史料（1840-1918）》（北京：中國婦女出版社，1991 年），頁 161-166。

內容中指著自己與女兒的雙足嘲謔道：「你也不低頭下來看看一雙腳，你如果到了外洋，不被外人恥笑嗎？」（頁 229）即表示黃舜華與其母均未放足，也顯示出作者對於女性放腳的保守觀點，但也體認到不同文化之下對於身體的審美觀的差異性，因此在異國視角之下，固有的文化現象都有可能成為特殊的象徵性存在。以上兩例，均為具有一定社會地位的傳統婦女纏足情形。

在秋人《鏡花後緣》中，則較蕭然鬱生與陳嘯廬兩人的觀察範圍要廣，明確地寫出中國傳統女性無分身分地位均纏足的樣態。如：第六回寫某不知名下階層的婦女為：「蓬頭纏足的老嫗」（1910 年 3 月 4 日），第九回寫林姓老嫗為：「大抵中國平日那些婦人，是有纏足一派，錦英也是知道的。然而均是纏足，斷沒有那位婦人這般特別的。……人家纏足，那弓鞋是起花刺繡的，只那婦人尚知樸儉，用烏布裹著，外面穿著一雙木屐」（1910 年 3 月 30 日）；又第十二回描寫富商徐九家中的革命鬧劇時，寫道正妻鄭氏與小妾程小春起爭執，而程小春「素知纏足的人是最怕人踏他的小腳的，一觸動了，任是最兇悍的人也要顛跌」之事（1910 年 5 月 5 日），於是一腳踏在鄭氏的小腳上，以挫正妻威風。由秋人的敘述可知婦女纏足一事在中國的普遍性。

至於華琴珊《續鏡花緣》，作者在第三十回中通過武錦蓮等人的對話，顯露出作者對於小腳的讚賞與迷戀：

> 韋麗貞道：「三妹妹，你可見四妹妹、五妹妹、六妹妹（案：以上
> 所述對象，依序是韋寶英、坤蕙芳、花如玉、梅鳳英）都只得三寸
> 長的金蓮，又尖又細，真是可愛。……愚姊如今也要改小半寸鞋樣，
> 多墊半寸高底，也好略略短些。」（頁 732）

由於韋麗貞、韋寶英兩人生理性別均為男性，原是唐中宗皇后韋后宗族，為避中原誅族之亂，便改為女裝、出逃女兒國，但倉促之間，無法將天足纏成三寸金蓮，遂以高底鞋偽裝小腳。然在此段話語中，韋麗貞欣羨坤蕙芳等人的小腳，因此欲更改鞋樣，以使雙腳外貌更為精巧，足以顯見其對自身女性

身分的認同，以及社會以小腳作為審美標準的現象。[10]又，同回通過黎紅薇與
韋麗貞夫妻間的對話，透露出對天足的嘲弄：

> 紅薇笑道：「怪不得夫人常把金蓮躲藏，不使下官瞧見。那知下官
> 有一日早晨睡醒，見夫人正在那裡纏裹，兩只蓮船，足有七八寸長。
> 下官見了，不覺吃了一嚇，嚇得不敢出聲。……夫人的蓮船嫌他太
> 大，墊了三四寸高底，仍算不得小足。」（頁 734）

在李汝珍《鏡花緣》內，黎紅薇為百位才女之一，女試之後隨王儲陰若花前
往女兒國，陰若花即位後，便擔任相國一職，因此其生理性別雖為女性，但
在《續鏡花緣》中，已適應女兒國內的性別文化、並認同自身在女兒國即為
男性的社會性別與規範。在此段文字中，黎紅薇驚見韋麗貞的大腳後，又對
以高底偽裝小腳的方式稍加嘲弄，傳達出以女兒國／清末中國以小腳為美的
審美觀。而坤蕙芳、花如玉與梅鳳英三人，在小說中屬於女豪傑的類型尚且
適應女兒國之風俗纏腳，又況是其他非屬女豪傑的傳統女性。因此本回的描
寫，除表示女兒國婦女的纏足風氣，更揭示了作者對於小腳的迷戀、以及對
天足的嘲弄，有違李汝珍《鏡花緣》三十三回中，關懷並批判婦女纏足之俗
的宗旨。[11]

　　從迷信的層面言，四部小說僅秋人《鏡花後緣》有所描述，內容多從鬼

---

[10] 對於小腳的迷戀，《續鏡花緣》第十三回亦描述武錦蓮之乳母周成美入女兒國後，國王將其奉為國丈、
又指了兩名宮娥與之成親。成親當晚，周成美見其中一名宮娥之小腳甚為小巧，不住地放在手中把
玩觀看。參見〔清〕華琴珊：《續鏡花緣》，頁 607。

[11] 在《鏡花緣》第三十三回中，李汝珍描述林之洋入女兒國國舅府販賣貨物，隨後便被宮人帶進王府，
並換上女裝、傅粉施朱、穿耳纏足。在穿耳纏足時，林之洋則因疼痛多次大喊：「疼殺俺了！」甚至
因纏足導致的疼痛而難以入睡與行走，讓其苦不堪言。參見〔清〕李汝珍：《鏡花緣》（臺北：臺灣
古籍出版社，2006 年），頁 168-171。此段的描述，在近代的研究當中均認為是藉由男子反穿女子服
飾諷刺中國習俗對於婦女的壓迫。華琴珊雖沿用了李汝珍的女兒國文化現象，但在《續鏡花緣》中，
卻無相關的批判性，反而增加了對於小腳的迷戀，因此王瓊玲以為華琴珊此種寫作模式有違李汝珍
的關懷婦女之宗旨。參見王瓊玲：〈妄續新篇愧惜賢：「續鏡花緣」研究〉，《古典小說縱論》（臺北：
臺灣學生書局，2002 年），頁 168。

神具有庇護降罪的神通、或祈求子嗣為中心。如第九回中某不知名的髒婦人
由於方言的語音差異而誤將顏紫綃所說的「空氣」聽作「凶氣」，又其後其子
恰巧跌傷，遂認為是顏紫綃「口無遮攔」、施展妖術所致；但後來聽聞顏紫綃
有藥可以醫治，便又將顏紫綃奉為神佛菩薩，請求寬宥、救治其子。面對此
種情形，顏紫綃便大為感嘆：

> 紫綃聽了，纔知道「空氣」二字，那婦人卻誤作「凶氣」，心中因
> 歎道：「即此一事，可見得我們中國女子的見識。說話之間，尚且
> 如此，他輩迷信的性質正多哩！此等人，教之不能、罵之不服，只
> 祝他早日受天演淘汰，或者女子社會，庶有改良的一日。不然，循
> 此不變，一任他們腐氣瀰漫，我們中國，便不可收拾了。」（1910
> 年4月1日）

此段文字，點出中國婦女迷信吉凶禍福、鬼神護佑，卻難以改易的現象，心
中雖期待能夠通過教育加以改良，但又苛薄地認為這類型的婦女終究只能隨
著時代潮流淘汰，儘管宗教祭祀對於人類而言，具有心靈依託的效果，但過
度迷信而不知科學的發展，在作者的眼中是不足取的，因此通過此段書寫，
表達對於婦女迷信的輕視。[12] 然第九回書寫的是下層社會的女性的生活樣態，
第十四回則描述社會階級較高的官員妻子的迷信情形，在該回中，描述福州
縣衙萬公漵的夫人為了積陰德，除了「每日得閒，便念些《明聖經》、《觀音
經》等類，更或於各處菴堂寺觀，勤勤作些功德」（1910年5月23日），更由
於婚後多年無子，便要婢女阿三打探求子靈驗的寺廟求神問卜、以得子嗣。

---

[12] 在民國初年的刊物《婦女雜誌》中，有多篇論及婦女迷信鬼神與吉凶禍福的文章，且大抵認為宗教
迷信是為約束世人行為所設，因此人的吉凶禍福均與鬼神無關、乃是由於個人行為所導致的後果，
因此提倡破除迷信之說。相關文章可參見劉瑗：〈婦女迷信與宗教道德關係〉，《婦女雜誌》第1卷第
4號（1915年4月），頁33-35。邊書怡：〈知禍福均由自取而迷信自破說〉，《婦女雜誌》第2卷第8
號（1916年8月），頁97-98。胡瑞蘭：〈敬告女同胞尊重道德勿迷信鬼神文〉，《婦女雜誌》第5卷
第5號（1919年5月），頁132。梨秋村女：〈婦女應有的常識：戒迷信〉，《婦女雜誌》第15卷第1
號（1929年1月），頁53-56。

然而其四處祈求均未受孕，因此有了放棄的念頭。但阿三又告知顏紫綃與崔
錦英以靈藥救人的事蹟，認為顏、崔兩人即是仙姑降生，希望能從兩人身上
得到些許幫助。但顏紫綃卻認為「想生兒子的不過是野俗迷信，聰明的人，
斷不有此思想」（1910 年 5 月 29 日），希望萬妻打消念頭，卻又拗不過請託，
只得假意設壇、故弄玄虛，以安定萬妻內心。因此從《鏡花後緣》第九與十
四兩回的內容可知，作者有意表述中國傳統婦女迷信鬼神的情形。

　　與婦女迷信同屬思想層面、用以塑造傳統婦女形象的模式，即為父權體
制下所揭示的賢妻良母與禁止自由戀愛的觀點。在此必須指出的是，傳統婦
女並非沒有受教育的機會，然而與西方教會女學與戊戌維新所提倡的女學相
較，傳統女學所用的教本多為提倡婦德之書，如《千字文》、《龍文鞭影》、《幼
學瓊林》、《女兒經》、《女範捷錄》等書。[13]這類書籍，多將女性塑造為賢妻良
母為最高準則，故在思想上，曾美雲分成四類：（一）事人主義、（二）中饋
內事、（三）相夫教子、（四）施用禁忌[14]，均標示出婦德的典範與女子當為及
不當為的內容，這些著作的內容思想，亦是從父權體制的觀點而言，希望經
由這些書籍與女德教育，規範婦女的思想與行為模式，藉以培養婦女成為男
性想像與期待中的「模範女性」形象。

　　回觀小說中的內容，於陳嘯廬《新鏡花緣》中，黃家與水、金兩家結為
姻親後，黃粹存閒來無事，便要求長媳水瑤娘、次媳金阿秀對著家中眾人講
述《朱子》、《小學》、《列女傳》與《古今金鑒》的內容，又對這類書籍大為
稱讚：「這幾部書，都是與德育、智育上有絕大關係的呢」，用以表彰忠臣孝
子、義夫烈婦的事蹟。[15]再者，由於水瑤娘與金阿秀均可誦讀此類書籍的內容，

---

[13] 參見曾美雲：〈雅俗之間：傳統蒙書之「女子才性觀」探析〉，「2008 年漢學研究學術研討會」會議
論文，頁 2。

[14] 前揭文，頁 8-10。

[15] 參見〔清〕陳嘯廬：《新鏡花緣》，頁 255。與之相似的，尚有女學生孫夢班之母李氏贊同傳統四書
五經對於保存國粹、宣揚女德的效用，事見頁 291。然而小說表彰這幾部書的內容，魏文哲認為是
作者有意宣揚封建思想，與清末流行之女權與新式女學毫無干係。參見魏文哲：〈「新鏡花緣」：反女
權主義文本〉，《明清小說研究》2004 年第 2 期（2004 年 6 月），頁 163-164。

代表兩人曾受過傳統婦德教育，思想上亦遵循傳統規範，在第九回的女學生聚會時，批評虞際唐意欲醒獅一吼、喚醒女界之事「與女兒身分不大相合」（頁272），其背後用意即是女性應以守柔為本分，不應與男性爭勝，故由此點即知兩人與接受新式教育的黃舜華等女學生在思想層面上的不同。

也由於這些婦德教育，使傳統婦女在小說中被形塑為遵循丈夫或父親意志的典型，對於自身、或其他女性的要求便是基於這些教育內容。而這些思想所反映在小說中傳統婦女的形式上，又可分作兩種類型：不贊同自由戀愛與成為賢妻良母。從自由戀愛言，於陳嘯廬《新鏡花緣》中通過黃母唐氏描述：

> 這都是「自由結婚」四個字，印入他們腦筋的緣故。然幸而還曉得，先完全了自己人格，才去換那美滿因緣。否則恐怕要學文明，反跳進了野蠻圈子。（頁245）

在此之後，便安排了長子與次子與水、金兩家聯姻，以作為黃舜華、舜英的「女德典範」。與此相似的內容，如《續鏡花緣》第三十八回中，卜小紅欲與書生易荔仙交好，然受理教之拘束，不敢妄自結交，僅能委託鄰人陽氏說媒牽線，儘管小說中陽氏欺瞞卜小紅、以浪蕩子代替書生，但是由卜小紅委託他人才能與異性往來的內容來看，自由戀愛在傳統女性的眼中屬於「野蠻的文明」，唯有父母之命、媒妁之言才能夠得到社會的認可。因此在小說中，女性雖有情感波動，但為了使婚戀合理化，仍必須通過父母之命，以達成情感自主的目標，而不落入野蠻的批評。[16]

賢妻良母的塑造，如陳嘯廬在小說中，簡短描述女性應「做個賢良媳婦，使公婆疼愛，使丈夫敬重」（頁255），足以表示作者個人對於賢妻良母的正面認同。然而，賢妻良母應有何種行為，蕭然鬱生《新鏡花緣》第四回透過愛

---

[16] 參見黃錦珠：《晚清小說中的新女性研究》，頁172。

新女士的抱怨，表達其母要求她在家中做針線女紅等事，已顯示出傳統婦女較重視打理家務、對於求學則相對不重視。又如小說第二回描述徐承志在官場上遭受挫折、積鬱成疾，妻子司徒斌兒對其細心照料的內容：

> 司徒斌兒見徐承志患病臥床，量藥稱水，問卜求醫，百般調護，指望他病體痊癒，同回原籍。……丈夫一腔忠誠，無處發洩，積鬱成病，醫治無效。想到此處，心中猶如劍穿刀割，欲想返回原籍，怎奈長途跋涉，恐其路上勞頓，反加病重；欲在京師住下，待調養好了再返故鄉，又恐為武三思所知，另生枝節陷害，正是進退兩難，無有主見。（頁393）

其後司徒斌兒又將此事與徐承志之妹徐麗蓉商討，遂協議陪伴徐承志一同在外遊山玩水、紓解心中鬱悶。由司徒斌兒事事以丈夫為先、且在丈夫病重時無微不至的照料，足見賢妻良母的典型。

在華琴珊《續鏡花緣》第三十九回中，則描述李汝珍《鏡花緣》百名才女之一的畢全貞在考取女科後即嫁為人婦。由於夫家貧寒，婚後則「做些女紅針帶，以佐膏火之資」，「閒時陪著丈夫講論詩賦，手做女工」（頁819），在其協助下丈夫才能順利中舉。然其夫由於準備科考積勞成疾，中舉後一年便撒手人寰，面對此種情形，畢全貞只得守節撫孤，獨力培養孩子成人中舉，死後又得御旨敕建貞節牌坊。畢全貞的塑造，即是傳統良家婦女相夫教子、夫死從子的女性典型，加之貞節牌坊的象徵意義，足以標示出華琴珊對於良家婦女的最高期許與典範。

四部小說中，對於傳統婦女的形象塑造僅秋人《鏡花後緣》較為負面，華琴珊與陳嘯廬均正面贊同傳統婦女相夫教子、以傳統女德女教為優先的情形。此種意見的分歧，或出於作者對於女性地位觀點的不同：即秋人有意通過婦女參與革命，翻轉婦女地位，認為女性應當擁有自我，而非依附於男性、

成為無聲之人,也使小說在處理清末婦女運動時,更具有前瞻性。[17]至於華琴珊與陳嘯廬則有意抬高傳統婦女的婦德典範、直接或間接貶抑新女性對傳統的衝擊,認為清末的新女性形象對於傳統社會變革過於劇烈,因此通過作品表達固守既有觀念、或是加以調和,以合於時代交替之下避免過度衝擊原有文化體制的社會觀點。雖然此種形塑方式仍有見地保守之嫌,但作為清末小說在新舊觀念拉鋸時,傳統婦女的身影雖然保守,仍不可被忽視。

(二)個案觀察:接受新思潮的可能性?

雖然以上所述的清末傳統婦女形象塑造雖多為保守的象徵,但面對新式思潮的態度,觀點有著些微差距,使部分女性較開明、部分則較頑固守舊。造成差距的可能性,筆者擬透過以下數種個案進行探討。

第一種個案,表現在社會地位上。小說中出身於仕紳階級的女性對於新思想的接受度與接受機會,高於下層階級的女性。此種現象或出於家庭是否有能力資助女性出外求學,羅蘇文曾表示女學興辦的過程中,最大的阻礙是家庭能否負擔學費,其次則為下層社會對於女學功能的懷疑。[18]再者,女性求學除了進入新式學堂外,尚可延聘教師到家中教學,但不論是新式女學或傳統女教,學習經費對於下階層的女性而言是一筆額外開銷與負擔,也因此造成社會地位的不均等,使出身仕宦的女性有較大的求學機會。此種社會現象陳嘯廬《新鏡花緣》第一回即表示:無分大家淑媛或小家碧玉,凡父母思想開通者,均希望望女成鳳,故送女兒進入學堂求學。而小說第四回中,黃舜華與舜英與舅父起爭執時,反是舅母曹氏居中緩頰,認為「他們的話,怎麼好替他下得來注腳,一下注腳,那就好說不好聽了」(頁241),雖然並未明言是否同意黃舜華姊妹求學一事,但是為了避免雙方之間的衝突,仍作為協調者的角色,希望雙方能夠了解彼此的意見,而不致使家庭關係受到破壞,因

---

[17] 參見辜美高:〈「鏡花後緣」的發現、比較與詮釋〉,《連雲港師範高等學校學報》2010年第4期,頁10。

[18] 參見羅蘇文:《女性與中國近代社會》(上海:上海人民出版社,1996年),頁68。

此相對於因為當時的女學生醜聞而積極反對婦女求學的人而言，曹氏較能夠秉公看待兩方的思考模式。

相較於陳嘯廬筆下的官家小姐與官太太，秋人《鏡花後緣》第九回通過顏紫綃與髒婦人的「凶氣／空氣」之辯，凸顯出下階層的女性在思想上的侷限：

> 紫綃說道：「奶奶說我唐突，我也不敢辯駁。只是奶奶說不曉我第一句說話，我那第一句是很淺白的，大約奶奶是不曉得『空氣』這兩個字罷了。」
>
> 那婦人聽了，連忙唾了一口，說道：「姑娘休得說了！一句還不足，還要多說麼？那『凶氣』二字，我並不是不曉得，只是這等不吉利的話，我們福州城裏，是沒一個人敢說。為說了出來，一定受人詬罵了！今日姑娘說要吸凶氣，難道我們福州城裡，是很多凶氣佈滿，所以你隨處可吸麼？我說姑娘唐突，是沒有錯！姑娘細細一想，自然也知到〔道〕的！」（1910 年 4 月 1 日）

此段爭論，或出於上海口音與福州口音之誤，然紫綃有意解釋「空氣」為何物時，卻遭到該婦人的辱罵、加深誤會，無法產生有效的溝通行為。由是可知，女性能否接受新思潮，其在社會中處於何種位階，具有一定程度的影響力。

第二種個案，表現於家庭地位上。由於傳統禮教給予妻妾的身分地位不一致，正妻在法律上雖有難以動搖的合法地位，但當親密關係與家庭地位受到衝擊時，為了捍衛自身權利，則有可能轉向擁護父權社會所建構的傳統思考模式、以維繫自身權力象徵與幸福夢想；[19]與之相對的妾由於缺少法律的保障，則必須「另謀出路」，也因此擁有較多的可能性。如秋人《鏡花後緣》第

---

[19] 參見〔法〕Simone de Beauvoir 著、陶鐵柱譯：《第二性》（臺北：貓頭鷹出版社，1999 年），頁 422-429。

十二回描述程小春在接受顏紫綃與崔錦英的革命思想啟蒙後，即興起出外求學之念、並為國家前途著想，要求丈夫徐九資助她留學的經費。然徐九的正妻鄺氏在得知丈夫與小妾的爭執後，便前來阻止，並嘲諷程小春的求學目的絕非讀書，而是為了能夠與「青年男子接洽」。程小春無法接受鄺氏的冷嘲熱諷以及對新女性的抹黑，遂與其口角毆打。造成爭執與觀點差異的原因，雖未必出於無法接受新思潮，而是出於地位受到挑戰：由於鄺氏在家中並不得丈夫寵愛，便經由為難其他妾室與抹黑新女性以鞏固家庭倫理的正當性與親密關係，也因此造成了傳統婦女在秋人筆下被形塑為負面的傳統女性。

與鄺氏此一負面人物相較，程小春在秋人筆下則有發展成新女性的可能。其根本原因亦在於身分地位不均等。雖然在小說中，程小春甚得丈夫喜好、看似為家中握有權勢的女性，但在法理上終究不能與正妻相較。也由於權力不存在，為了獲得翻轉，僅能從家庭革命著手。加之程小春原就識字，對於社會局面也大致了解、且有所不滿，[20]因此相較其他對局勢不了解、或是依附於父權體制的女性而言，程小春僅是未受到外界啟蒙，倘若得到外界指點，便有可能成為新女性——儘管小說的最後，由於正妻的阻擾而未能實現。但已可發現，在家庭地位中不存在權力的女性，與擁有權力的女性相較，有較大的可能接受新思潮。

第三種個案，表現在年齡差異上。如蕭然鬱生《新鏡花緣》筆下的愛新女士之母限制女兒出外求學，要求愛新女士在家做傳統女紅，雖然作者並未明確說出衝突的根本原因為何，然觀察母女年齡與身分的差異，世代之別與長幼之序即為造成母女衝突的原因。相似者尚有陳嘯廬《新鏡花緣》中，女學生孫夢班的母親李氏。通過孫夢班描述，李氏對於全盤西化是持有排斥的

---

[20] 第十一回中，描述程小春可閱讀《天雨花》、《陰陽扇》、《梅開二度》等小說曲本，即表示其曾受過基礎語文教育，方能識字。而對於社會中滿漢矛盾與西人入侵等現象的了解，又云：「外人佔了去做馬牛；我們美麗的衣服，不過借外人的貨寶；我們整脂抹粉，千嬌百媚的身，不過只是外人的淫慾；那些奴僕小婢，就給外人朝夕做侍役、捧茶遞水罷了。……外人野心，前來擄掠我，便是外人無理了！」雖然顏紫綃認為其說稍有不完整之處，但這段文字，已明確表現出程小春對於外族入侵已有相當程度的認知。參見〔清〕秋人：《鏡花後緣》，《星洲晨報》1910 年 4 月 19-21 日。

態度：

> 我母親本是極恨那些忘本的雜種，不能在異學爭鳴時代，替中國保
> 存國粹，反幫著外人推波助瀾，爛嘴嚼舌的，說四書五經，統統沒
> 用的。（頁291）

由此可知，李氏由於長時間浸淫於傳統的婦德教育觀下，對於傳統思想的接
受度較高，也因此主張在西學流行的時代留存傳統文化的根本，也就造成未
能接受全盤西化的激進改革，因此與其女相較，其思想則難免顯得保守傳統。

　　陳嘯廬《新鏡花緣》中，與女學生們出身及年齡相似、卻歸屬於傳統婦
女者，即黃家的媳婦水瑤娘和金阿秀。兩人均是接受傳統婦德教育的名門閨
秀，但第六回中，黃舜華與舜英有意結合曾受過傳統教育的兩位兄嫂，與在
學堂中認識的女學生組成講學會。初時兩人擔心力有未逮、反遭嘲弄，但經
舜華一番勸說後，即說出：「難道妹子肯引為同調的人，我們反不能引為同調
的嗎？」表達出願意接受新知之念，而非泥於傳統思想，因此對於新思潮仍
有一定接受彈性。[21]可見在同樣的社會地位，年齡差距也可能影響女性接受新
知。

　　由上述幾種個案中可以發現，傳統婦女並非全然泥古不化，儘管有拒絕
新思想的人物類型，但亦有可在一定範圍中接納新事物的人物類型。但造成
觀點歧異的可能性甚多，因此僅能略陳於上，以揭示在四部小說中部分能夠
接受思想變革的個案類型。

---

[21] 參見〔清〕陳嘯廬：《新鏡花緣》，頁256。

表 6：擬《鏡花緣》小說中的傳統婦女一覽表

書名	出現人物	備註
蕭然鬱生《新鏡花緣》	司徒斌兒、愛新女士母	司徒斌兒為原《鏡花緣》小說人物。愛新女士之母並未在小說中實際出現，僅在人物間的言談中提及。
陳嘯廬《新鏡花緣》	唐氏、曹氏、水瑤娘、金阿秀、李氏	
華琴珊《續鏡花緣》	武錦蓮、韋麗貞、韋寶英、周成美、蒼氏、葉氏、卜小紅、畢全貞	畢全貞為原《鏡花緣》小說人物。除畢全貞外，其餘 7 人或為女兒國出身（蒼氏、葉氏、卜小紅）、或因故進入女兒國（武錦蓮、韋麗貞、韋寶英、周成美）而接受女兒國的性別文化觀。因此在生理性別上，周成美為女性、武錦蓮等六人為男性。
秋人《鏡花後緣》	某老嫗、林姓老嫗、某髒婦人、程小春、鄺氏、萬公滌妻、阿三	

二、新與舊的矛盾：娼妓

　　娼妓的存在，自始至終與社會脫離不了關係。從道德層面而言，作為社會中被賤斥（abjection）的他者（the other）；從娛樂性而論，又與社會保持良好的互動關係，即如魯迅所說：「唐人登科之後，多做冶遊，習俗相沿，以為佳話。」[22]因此娼妓的形象對於社會與小說，是存有著既迎合、卻又排斥的矛盾現象。此種情形，晚清亦同，甚至成為小說中的負面新女性形象，用以醜化晚清社會中不合於社會規範的新女性。[23]但不管其象徵性如何，都不能抹去娼妓在小說與社會中的重要性。

----

[22] 參見魯迅：《中國小說史略》（臺北：五南出版社，2009 年），頁 382。

[23] 參見周樂詩：《清末小說中的女性想像（1902-1911）》，頁 106。

（一）時尚的象徵

　　近代研究娼妓史的學者大多認為娼妓對於社會文化最大的貢獻，即在於能夠推動服飾與化妝術的變化，以創造新時代的時尚潮流。之所以如此的原因，即在於其職業乃是為了取悅賓客，為了博得賓客的喝采，因此娼妓必須別出心裁地打扮自己，並且了解時代美感潮流的走向，以吸引目光。[24]由於晚清提倡興女學與廢纏足，女學生裝成為時尚潮流，進而引領娼妓的模仿，以趨於時代潮流。[25]如蕭然鬱生即在小說中寫道：

> 忽然來了幾個裊裊娜娜、花枝招展的女子，如同他四人前次在新興茶樓上看見過的那個什麼愛新女士一般裝束。……這些女子均穿著男裝，又不纏足。（頁 460）

在小說第四回，則描述愛新女士的裝束為：「服飾又像男子，卻不過不戴草帽。只見他短髮齊眉，光滑可愛，背後又梳了一條油鬆大辮，拖了劬把重一副散線，襟上插了一朵大紅花。」（頁 410）在華琴珊更對清末女性的時尚裝束有更細緻的描寫：

> 女學生非但歡喜放腳，頭上不梳雲髻，還梳了一條大髮辮，面上戴了金絲眼鏡，項上圍了尺許高的領頭，身上穿著短小緊湊的衣服，下面禿著褲兒，也不穿裙子，足上穿了黑襪，套了男子一般大小的皮鞋。（頁 743-744）

由兩部小說中所描述的女學生服飾均可發現以男裝為時尚，既然此種擬男的

---

[24] 參見王書奴：《娼妓史》（臺北：代表作國際圖書出版社，2006 年），頁 273-274。蕭國亮：《中國娼妓史》（臺北：文津出版社，1996 年），頁 122-124。

[25] 參見王書奴：《娼妓史》，頁 303。蔡玫姿：《發現女學生：五四時期通行文本女學生角色之呈現》（新竹：國立清華大學中國文學系碩士論文，1998 年），頁 70。

女學生裝,又為時代潮流,自然成為娼妓的模仿對象。當原應屬於私人視域的女性軀體置放到公眾空間時,便容易在公眾的凝視(gaze)下受到廣泛討論。誠如張小虹的研究發現,「女學生-妓女」的解畛域關係並非是純然的線性關係或前因後果,而是在時尚風氣下建構出特定時空的文化想像,而見腰不見胸的合身剪裁、且去裝飾化的女學生「文明新裝」,則可視為一種「裸裝」,以作為新時代下的新身體與新服飾的實踐象徵,更令使娼妓與女學生在清末民初履賤時上身體時的區別消弭。[26]又,王書奴在其《娼妓史》中,亦附上一張光緒末年穿著男裝的娼妓照片,即可知清末女性的時尚裝束便是男性化的女學生裝。[27]而此種新興的女學生裝束,吸引了社會大眾的注目,再者,褲裝又較傳統的裙裝更能展現女性身體曲線的美感,娼妓為了追求時尚、以吸引觀看者的目光,進而使女學生裝束成為女性的時髦典型,進而推動一般婦女的模仿與追求,使衣飾本身所代表的階層符號模糊化,令良家婦女與娼妓的分際難以辨別。[28]因此女學生裝束成為清末時尚女性的外在表徵,娼妓在其中的作用,實不可忽視。

(二)作為新女性的負面形象

在女性主義論者的眼中,性工作者普遍與已婚婦女形成對立的態勢,認為娼妓由於將屬於私領域、必須隱藏的性行為與性慾望置入公共空間中,使屬於男性的公領域被挑戰、被規訓的女性性意識與道德受到衝擊,因此成為「婚姻制度中的陰影」、是一種「不道德的象徵」,因此娼妓往往在「品德高尚」的女性眼中,再現為他者、並斥為社會的禍害。[29]因此娼妓作為女性角色

---

[26] 參見張小虹:《時尚現代性》(臺北:聯經出版社,2016 年),頁 259-268。

[27] 參見王書奴:《娼妓史》,頁 308。又,根據曾珮琳(Paola Zamperini)的研究指出,不僅是西化的男性裝束成為娼妓的時尚象徵,娼妓身著男裝時拍攝的相片除可作為贈與顧客的紀念品,亦可成為對於自身美麗時光的保存,亦是一種時髦表現。參見〔美〕Paola Zamperini 著、余芳珍、詹怡娜譯:〈完美圖像:晚清小說中的攝影、欲望與都市現代性〉,李孝悌編:《中國的城市生活》(臺北:聯經出版社,2005 年),頁 462-463。

[28] 參見周樂詩:《清末小說中的女性想像(1902-1911)》(上海:復旦大學出版社,2012 年),頁 128-130。

[29] 參見〔法〕Simone de Beauvoir 著、陶鐵柱譯:《第二性》,頁 514。〔英〕Jennifer Harding 著、林秀麗譯:《性與身體的解構》(臺北:韋伯文化出版社,2000 年),頁 35-39。

的負面形象，即是出於對男性制定的社會道德產生衝突，進而排斥。

　　晚清小說中娼妓被視為新女性的象徵也是如此。如前文所述，當時的女性流行服飾以學生裝為中心，因此外觀上，女學生與娼妓的分際難以辨別，也就造成女學生與娼妓形象異中有同的情形。若從職業與行動權的角度而言，周樂詩認為，娼妓算是中國最早的職業婦女，儘管娼妓的經濟自主權並非全由己身做主，但仍有一定的自主性，在清末要求女性擺脫「分利之人」的依附狀態浪潮中，娼妓在產業結構中，既是被消費的對象、也同時可以通過營生賺得的金錢擁有消費能力，因此以經濟自主性而言，娼妓雖作為傳統型態的職業婦女，卻也是較早擁有經濟自主性、過著優渥生活的女性。[30]如以華琴珊《續鏡花緣》的三十一回筆下的娼妓生活而言，可以發現娼妓的自立能力：

> 懷春女塾中有個教習，性鳳名喚伯檀，請客訂約，在大花街細柳巷賽西施家內肆宴設席，……四人正在閒話，只見賽西施花枝招展，扶著雛婢冉冉而來。（頁 744-745）[31]

在此段文字中，賽西施擁有屬於自己的宅邸供來客設宴，並可使用營生所得的金錢購置服飾、聘用婢僕，顯見賽西施通過金錢交易，使自己的生活無虞，也能夠在交易模式中，讓自己更有本錢被客人追捧，同時抬升自己在社會階層中的地位。因此娼妓在職業與生活的自立自主層面言，確實符合晚清要求女性擁有營生技巧的觀點，因此可以視為一種較早出現的職業婦女。

　　但是此種職業型態，必須付出的就是女性自身的姿色柔術、以迎合男性客人的喜好。在與客人交際的過程中，又可以往來周旋於眾多男性客人之間，因此亦擁有一定的行動自由。在華琴珊的小說中，描述顧客叫局、娼妓應局的方式為：由客人在紅箋或是局票上書寫欲傳喚的娼妓名，交由僕人傳送，

---

[30] 參見周樂詩：《清末小說中的女性想像（1902-1911）》，頁 115。
[31] 同段敘述中，亦由吳其純的敘述指出另一名應局的娼妓（花惜惜）擁有私人住宅。

娼妓接到此張便箋，便會由正在應酬的場合中，移動至另一個場合。因此小說中，賽西施先在集賢酒樓與人宴客，其後尚有第二、第三場的局未赴，因此可在第一場局尚未結束、但席間空閒時回到自宅，與在家中設席的鳳伯檀等人交際，雖然此種行動是為了取悅男性、且造成活動地點上的侷限——僅能前往受召之地，若未能得召，便不能自由行動。但相較於良家婦女的不出閨門，娼妓能夠藉由職業之便行動於公共空間中，仍有一定的自由性。

也由於此種行動與交際自由，使當時同可在公共空間行走的新女性——女豪傑與女學生——同樣被視為娼妓。以女豪傑為例，在秋人《鏡花後緣》描述女性參與革命活動時，會邀請男性前往家中謀劃策略，[32]然而在私人空間中，外人難以得知在其中的男女相處情形究竟如何，徒留外界想像空間，也給予了流言蜚語的可能；女學生由於可在公共空間中行走，成為被窺探的客體，其一舉一動均被社會觀察檢視，若有踰越男女之間的行為分際，極有可能被汙名化，如《鏡花後緣》第十二回描述：

> 廊氏道：「……往日不過做一個妖姬，而今更要做自由女了！你的意思，我是曉得的，一定是嫌主翁衰邁，萬不似外面那些後生晚輩，又風騷、又美貌，勝似雞皮鶴髮的老年人。說在外面求學，那『求學』二字，我是知道的了，不是讀書、不是寫字，大約是研究怎麼纏夠與青年男子接洽，怎麼才能夠博人家的歡喜！……」（1910年5月4日）

這段文字描述在革命女傑顏紫綃和崔錦英的鼓動下，令程小春激起了外出求學的欲望，但這個欲望卻引來家庭風暴。起因在於程小春身為受到丈夫寵愛的妾，但在正妻眼中，這個妾在家中就是魅惑夫君的妖姬，一旦出外，即變成可與男性來往的「自由女」。因此不論是「誘拐」女性出外的革命女傑、或

---

[32] 如第七回張展漢在愛國婦人會的聚會結束後，即主動邀請有志之士前往其住宅相聚。相關敘述參見〔清〕秋人：《鏡花後緣》，原載於《星洲晨報》1910年3月14-15日。

是有可能成為的女學生，由於其行動自由、可與男性自由相處，因此在公共空間中被窺探、在私人空間中被揣度，任何異性之間的互動，縱使有再正當的理由，都有可能被汙名化，因此秋人小說中所謂的「自由女」，其背後的涵義就是：像娼妓一樣自由、放蕩，也就指出娼妓被視為新女性的負面形象。

再者，在陳嘯廬《新鏡花緣》與華琴珊《續鏡花緣》中，不約而同地提到娼妓在新式女學堂中附讀、或是女學生成為娼妓的情形，使外界的窺視之眼難以區分兩者的不同。倘若女學生隨意與異性交際、未能嚴守傳統社會要求的男女之防，便會被批評為娼妓。因此娼妓作為新女性的負面形象一直是存在於小說中，籠罩著新女性的身影。

然而這種負面形象的生成，仍舊誕生於父權體制下的道德規訓。且這種道德規訓與批判，並不一定來自於男性、也有可能來自女性。如秋人再現的新女性的汙名化，便是來自一名富商之妻，而已婚婦女貶抑娼妓，不僅是出於婚姻制度的陰影，更能夠通過賤斥「無恥女人」，使「正派女人」受到尊重。但在西蒙波娃（Simone de Beauvoir, 1908-1986）眼中，娼妓和已婚婦女的地位實質上是相同的，原因在於不論何者，女性都無法成功地利用男人，均屬被壓迫的狀態，已婚婦女唯有在道德層面上受到尊重，若是剝奪了這份尊重，就會表現出女性奴隸地位的所有形式。[33]在當代妓權工作者論述好女性與壞女性的形象時，將「好女人」定義為「妻子及那些被認為應該附屬於個別男人的女人」，而「壞女人」則定義為「娼妓及其他隨便或賣身的女人」。功用上，前者由於被父權制度正當化、因此示範曲從，後者則是用以背負汙名、警告女性。此種區別來自於父權體制，使各類型的女性難以互相結合，無法認識到女性受到的階級壓迫與性壓迫，令既有的體制難以從各種層面受到衝擊。[34]

但是在小說中，娼妓雖然在服飾與行動上符合新女性的要求，卻未必符合新女性的內在特質，僅是單純地背負起社會中對於新女性的汙名化包袱。

---

[33] 參見〔法〕Simone de Beauvoir 著、陶鐵柱譯：《第二性》，頁 514。
[34] 參見〔美〕Gail Pheterson 著、陳耀民譯：〈拒絕重複歷史〉，何春蕤編：《性工作：妓權觀點》（臺北：巨流圖書公司，2000 年），頁 87。

但是娼妓在四部小說的作用與形象，終究並非屬於新女性，其原因在於，雖然娼妓在外在體貌與行為舉止符合晚清新女性的評判標準，在思想上卻是單薄、無法探知其真實的思想內容，且更多時候，在實際行為上，與傳統身隨僕婢的上層階級婦女身分相疊合，因此娼妓並不能實際地被歸納進新女性的角色中，僅能在新女性的外貌上，背負新女性的負面象徵，成為新女性的陰影。進而令符合道德規範的「天使型」的新女性與踰越道德的「妖婦型」娼妓判然二分，此種分野雖標示出娼妓與良家婦女的形象差異，卻也表現出父權社會對於新女性的道德期待，並警告新女性，若是不合於此種道德期待，便會被斥為娼妓；反之，若符合男性的想像與美感需求，則會由於其服飾的新潮而成為時尚象徵。因此，作為新女性的負面形象，娼妓的作用在晚清小說中再現的最大用途即是標誌父權體制的道德話語詮釋與箝制，以貶低、醜化新女性，但又同時具備時尚美感與自由交際等非傳統婦女形象的特質，也就造成了娼妓與女學生、女豪傑在晚清小說的同中有異、異中有同的衝突性。

（三）迎合或排斥的矛盾

儘管娼妓的形象在晚清小說中往往是新女性的負面表徵，使社會對於有著新女性外表的娼妓產生排斥。但矛盾的是，四部小說中的男性，娼妓的存在並非單純醜化，而是給予了官員文人娛樂交際、謀求高位的遊賞及政治作用。如蕭然鬱生在《新鏡花緣》描述官員攜帶娼妓觀賞賽船，多九公等人評論此現象：

> 唐小峰道：「那官吏載著妓女，難道不失體統的麼？」多九公道：「我聽他本國人說，那些官吏不是同妓女往來，不成官吏。」顏崖道：「這是為甚？」多九公道：「他們那些官吏，第一要趨奉妓女，從妓女這裡去鑽門路——因為那最有聲勢的顯官，無不與妓女相識，趨奉了妓女，就可以托那些妓女代為陳說苦楚，謀委差使。那些有聲勢的顯官聽了妓女的話，無不答應，一定成功。第二要摹仿妓

女——因為那妓女的話都是婉轉圓到、嬌媚動人，摹仿得肖了，就
可動上司之憐愛，常得差委缺份。你想，這二種是不是不與妓女往
來不能辦到？否則，除非同上憲至親密友，或者不致怎樣冷落，然
而換了個上憲，也就不得法了。所以，你到說他們有失體統，他們
卻正在那裡學習呢！」（頁 463-464）

這段對話，描述清末官員為了謀求更高的職位，因此必須迎合娼妓的喜好，
通過娼妓的交際手腕，疏通人脈，並且模仿娼妓的說話技巧，以謀得上位者
的關照，足以看見娼妓在官員之間交遞訊息的重要性，因此妓院內部的人際
關係，事實上與官場互相交纏、密不可分，甚至可以視為官場的延伸，在其
中隱約可見得官員內部「奮鬥向上」的努力。

在華琴珊《續鏡花緣》的三十一回描述懷春女塾的教習鳳伯檀邀請勾德
之、毛本仁、印敏時等其他女學校的教師前往賽西施的家中聚會宴飲，亦可
發現到教師與娼妓之間的交流互動甚為親密，甚至遊走在各娼妓的家中尋歡
作樂。雖然小說中並未如蕭然鬱生描述聚會的真實目的為何，但若作為一種
工作後的休閒娛樂，也可發現到娼妓在文人生活中的不可替代性。

在兩篇小說中的內容可以發現，妓院作為文人的社交場所，娼妓在其中
扮演著給予娛樂性、人際互動性的角色。因此娼妓為了營生，利用自身的色
藝從顧客手中謀得利益；相對而言，在其中的文人亦是為了政治上與娛樂上
的個人利益而在其中活動，因此雙方的功利需求，均是為了滿足自身欲望。[35]
為了滿足欲望，勢必對對方有所趨和逢迎，難以全然拒絕。

但是在小說中的人士在觀看與娼妓交好之事時，卻有著矛盾的感受。以
華琴珊的小說來說，娼妓給予娛樂空間，使在其中的人能夠從家庭的束縛與
壓力中得到釋放——儘管這件事並不合於禮教與道德規範。[36]在小說中具有道

---

[35] 參見蕭國亮：《中國娼妓史》（臺北：文津出版社，1996 年），頁 199-201。

[36] 蕭國亮即言，由於中國的婚姻制度並不自由，婚姻的功能是為了香火的延續與傳承，因此使婚姻制
度籠罩了功利性的色彩；再者，這種婚姻制度受限於媒妁之言、門當戶對等禮教約束，難以使在婚

德與娛樂的內在衝突的角色，即是崇新女塾的教習印敏時。在受到鳳伯檀的邀約前往賽西施家前，便與他人在另一名娼妓花惜惜的家中聚會。後來在賽西施家中，眾人要叫局時，自言「素來未有相好」，這僅能表示他並沒有專愛的娼妓，並不能抹除他在妓館中尋歡的事實。然而在賽西施家中，發現到賽貂蟬是自己任教學校中的女學生時，便「心中甚是羞憤惱怒」，只能「勉強應酬」。在聚會結束後，回到家中便禁止女兒印文蘭再去女學校讀書，以免家風受到牽累，隔天又與同場應酬的教師互相商議後、一同辭去教習之職，以保全名譽。

在《續鏡花緣》中，是通過職業名譽與娛樂的衝突，表現出文人對於妓院的矛盾感。在道德層面上，由於發現到自己所教的學生淪為妓女，顏面盡失，於是辭去教職、禁止女兒上學堂，以表達對娼妓的拒絕。雖然印敏時與吳其純兩人皆因激進排斥女學生亦是娼妓，為自清教育者的立場而辭去教職，卻未明確表示自身是否從此不再進入妓館；又或是減去了教師的職業道德規範後，更可明目張膽的流連其中，這是小說並未描述的內容，或許出於作者的寫作缺失，導致未能更明確地凸顯出文人對娼妓的排斥感，反而提供讀者想像空間。此外，華琴珊在塑造印敏時排斥娼妓的人物形象時，是建立於禁絕女兒進入學堂、而非自我的行為約束，因此這種描寫，似乎僅能表達父權社會對於女性的道德與性規範，故華琴珊在進行文人對娼妓的道德排斥與社會娛樂的衝突時，是以男性的觀點出發，於是不能全然禁絕文人在歡場上的交際應酬，也使小說人物對於娼妓的排斥有所減弱，使迎合與拒絕的矛盾衝突模糊化。

至於蕭然鬱生《新鏡花緣》的描述，雖未表達官員在其中的態度如何，僅以旁觀者的傳統視域進行評述，認為官員狎妓出遊有失身分、不成體統，

姻中的兩人擁有真實的情感交流。為了滿足人自身的情感需求，因此娼妓制度作為婚姻關係的補充，使男性在其中得到短暫的情感自主，但娼妓的存在，卻也同時令婚姻關係與妻子的地位有了陰影。但縱使夫妻關係在娼妓的介入中有所動，卻仍然不能否認妓院與娼妓給予男性的娛樂性。參見蕭國亮：《中國娼妓史》，頁233-242。

因此以嘲弄的角度看待官員狎妓、模仿娼妓的言行舉止以謀官升職，表露社會對於官員趨奉娼妓的現象感到不齒。在該段文字中，也隱約透露出官員雖明白社會的批判，但為了個人利益、並合於官場氛圍，仍不得不如此曲意迎合娼妓。因此蕭然鬱生的小說對於娼妓的矛盾感，是建立於整體社會觀感與個人利益的衝突上。

　　不論是何種衝突類型，均表現出清末社會對於娼妓存在的矛盾感。對於文人與娼妓交際應酬，雖然可以得到自身娛樂或是職位上的利益，卻不一定合於社會上的道德規範。於是當謀取利益的目的與傳統價值互相衝突時，便會對娼妓的存在進行排斥——連帶將社會中不合父權體制規範的新女性一同列入。但在排斥娼妓的存在時，卻也不能否認她們對於社會文化、政治地位與家庭關係有著極強大的影響力，這種影響力不論優劣，均可能改變觀看者與批判者的生命，使身在社會中的人難以全然與之分離，造成社會對娼妓的迎合與排斥的矛盾感。此種矛盾感的產生，四部小說中仍然是從男性的角度進行價值評斷，使傳統婦女與新女性兩種身分同時受到挑戰與衝擊，令娼妓既不能列入舊時代的傳統良家婦女，卻又同時成為新女性的負面形象，因此娼妓的地位在晚清小說中，便是在時代新舊的衝擊之中，成為不屬於恪守婦道的傳統婦女或合於時代潮流的新女性的另一種邊緣人。

表 7：擬《鏡花緣》小說中的娼妓一覽表

書名	出現人物	備註
蕭然鬱生《新鏡花緣》	娼妓多名	小說第十二與十四回未描述娼妓姓名，僅說明人數眾多。
陳嘯廬《新鏡花緣》	某娼妓	小說第三回未說明此人姓名。
華琴珊《續鏡花緣》	賽西施、柳如烟、陶笑春、賽貂蟬、花惜惜、筱膩寶	僅有賽貂蟬在小說第三十一回中明白指出兼有女學生身分。

三、新女性的典型：女學生

　　清末「興女學」的主張，使晚清小說中再現的性別議題成為其中一項核心論述。又由於此項主張，使接受新式教育的女學生成為小說中的新女性象徵。[37]這類型的新女性，在教育啟蒙後大多擁有自主意識與行動自由的特色，並勇於與傳統社會中的父權體制對抗以爭取權利，雖然這些女學生對於新觀點的接受層次不同，表現出來的態度也各異，但仍可視為清末新女性的代表。[38]以下茲整理小說中出現的女學生（參見表 8），並分析其在小說中的處境與形象。

（一）行動與思想的主體性：爭取求學機會

　　在小說中的女學生，雖然如同陳嘯廬所述在「女學潮流，由東西洋滔滔汩汩的輸入中國」的時代風氣下，促使女學堂於各地興建，亦令許多家長為了跟隨時代潮流，紛紛將女兒送入學校求學。但是女學生的求學之路，絕非一帆風順，而是取決於家長的「開通」與否、徵得家長的同意才能實行。[39]因此在小說中，女學生欲取得求知權力，往往必須透過爭取才能夠實行。如蕭然鬱生在其《新鏡花緣》中即通過愛新女士之口表達其不惜與家人對抗、以爭取受教權的言論：「這幾日我母親要我做針線，悶悶的住在家裡，學堂裡也沒去上課，真真不自由極了！我一定要先從家庭革命起！」（頁 410）

---

[37] 參見黃錦珠：〈晚清小說中的性別、主體與困境〉，王璦玲編：《明清文學與思想中之主體意識與社會·文學篇》（臺北：中央研究院中國文哲研究所，2004 年），頁 695-696。又，周樂詩提到晚清小說中最重要的女性形象有二，其一為女革命黨和女豪傑，另一則為女學生。參見周樂詩：《清末小說中的女性想像（1902-1911）》，頁 73。

[38] 參見黃錦珠：《晚清小說中的新女性研究》，頁 21。

[39] 陳嘯廬在其《新鏡花緣》第一回即表示：「那些名門閨秀，大家淑媛……就是那小家碧玉，只要父母稍為開通些，也無不望女成鳳，同望子成龍一般，恨不得立時立刻，拿中學西學一貫的道理，都裝在他肚子裡。」又根據黃錦珠的研究，晚清小說中凡談論女學的文本，大多描述到女子必須取得家長同意，才能順利入學。由此可知，女性是否能夠入學讀書，決定權並非在己，而是取決於家長識見是否開明，進而影響到入學的可能性。參見〔清〕陳嘯廬《新鏡花緣》，頁 221。黃錦珠：〈晚清小說中的女學論述〉，《國立中正大學中文學術年刊》第 5 期（2003 年 12 月）頁 66-67。

　　同樣的，在陳嘯廬《新鏡花緣》中，黃舜華與舜英兩姊妹在兄長的激勵
而興起出國留學的念頭時，卻被父親以與舅父商討後才能決定能否成行含混
帶過。及至兩姊妹與舅父商討時，也遭到「兩個女孩兒家，也想放起野馬來，
這還成句說話嗎？」（頁235）接著更以中國女學堂管理不善為由，認為西方
的必是如此，遂禁止兩人出國留學。華琴珊《續鏡花緣》中，亦描述到白民
國的女學生印文蘭在父親見到女學生淪落風塵之事，擔心女兒有樣學樣，亦
「嚴加管束，拘在家裡讀書，不許出外與那些女學生同淘」（頁747）。秋人在
《鏡花後緣》中更明白寫出女學生求學的困難：「想要入學堂讀書，那些父兄
恐妨他入了自由女一派，便用著莫大的勢力，到來壓制了。」（1910年3月9
日）種種描述，可以發現清末女性能否入學求知，決定權並非在己，乃在家
長手中。

　　雖然這些女性的求學之路受到阻礙，但是各人有各自的應對方式。即如
《續鏡花緣》中塑造的女學生類型即是不跟隨時代風氣在外求學、而在家自
習者。[40]亦有部分不畏強權而與之對抗的類型。如前文所述，蕭然鬱生筆下的
愛新女士為對抗母親的阻擾欲興起「家庭革命」，以達成求學的目的。此種「家
庭革命」，更激烈的衝突情形，如陳嘯廬在小說第四回中的父女與甥舅之爭：

> 舜華道：「……母舅不肯，這也不敢勉強，只好另想方法。」盛伯
> 道：「另想什麼方法呢？」舜英插嘴道：「方法方法，我們有一千個
> 方，一萬個法，那一個方法最穩最妥，就行那一個……。」盛伯沒
> 聽他說完，早氣得臉都變色，粹存也覺太下不下去，便喝道：「你
> 說些什麼？你敢如此目無尊長，我少停叫你母親問你。」盛伯卻一
> 言不發，側轉了頭，冷笑一聲道：「好利害，好利害！我六十多歲
> 的人，出生出世，今天破題兒是第一遭，就碰外甥女的釘子，真真

---

[40] 在《續鏡花緣》中，除賽貂蟬在小說中被塑造為淪落風塵的女學生，辛麗春與李美英在小說中並未
描述其求學歷程、僅在女兒國的女試金榜上載其名姓外，其餘諸人，均由家長擔任教師或延聘教師
在家自習。

大小姐所說的，羞都羞得死人。」（頁 239）

由於舜華與舜英兩姊妹出言頂撞，激怒了父親與舅父，使一場家庭聚會不歡而散，更兼遭斥為目無尊長的後生晚輩，足見女學生在爭取入學的權力時，需要對抗的，便是家中握有極大權力的長輩。雖然最終通過舜英假意尋死、舅母居中緩頰，使這場衝突得以和平落幕，且最終兩姊妹的父母也安排其進入女學堂以完成女兒的心願。看似圓滿的結局，便可發現女學生的求學必須經過一番波折才可能達成目標，卻也在爭取權利的過程中，縱使持有的理由有多正當，終究不免成為「藐視長輩、罔顧親情」的象徵。

同樣的，在秋人《鏡花後緣》中，有一位受到革命人士啟發而啟蒙、欲成為女學生的女性程小春，亦欲通過衝擊傳統體制而達成求學的目的。小說第十二回描述其與丈夫交涉的過程為：

> 我今日是要發憤盡一盡國民的責任，但是盡責任必要有些學問資歷，而今或是在外讀書，或是別處遊歷，汝既有錢，自當一應給我經費。設或不然，我便與你離異，今後無論任何舉動，你便管不得我。（1910 年 5 月 2 日）

在此回中，程小春雖然為了達成目標，運用個人較得丈夫寵愛的關係優勢而威脅丈夫徐九出資供其讀書。但這衝擊到的不單是夫妻之間的關係，尚有妻妾的尊卑之分，對於此番言論，徐九不知如何取決，也激怒了平日不受丈夫關注的正妻鄺氏，在程小春提出這些要求時，鄺氏便運用其正妻的身分維護丈夫一家之主的地位，同時展現正妻的權威性，對程小春加以訓斥阻擋，興起了一場妻妾間的權力爭鬥，最終鬧至官府前來捕捉煽動程小春的革命人士，使程小春的求學之路遭到完全阻斷。

從蕭然鬱生到秋人的小說，可以發現女性雖然意圖通過衝擊傳統父權體制、以達成求學的目的。然而小說中的女性所要對抗的，並不單純是性別上

的權力不均等，如蕭然鬱生與陳嘯廬是通過長幼尊卑的衝突以達成目標，秋人則是以婚姻關係中的妻妾關係作為衝突主因，而華琴珊雖無描述父女間的衝突，而是直接地宰制女性求知的權力。是以女性能否求學，決定權並非單純的男女間的性別差異，而是傳統父權體制的壓迫，以現代女性主義論者的角度而言，婦女為了擺脫被壓迫的身分，必須積極反抗、而非等待旁人的協助。[41]這些在小說中與父權對抗的女性，儘管大多擁有強烈的自我意識，然而在過程中，由於不合於傳統禮教與道德的規訓，縱使其持有的理由極為正當，卻仍難以逃離社會與家庭的批判，是以清末小說中的女性在追求權力時，倘若採取的是較激烈的手段，則易遭受到社會的責難、甚至難以得到同情。[42]

這些責難，即以男性為中心的權利話語，便是建構出性別間的差異與權力分際，劃分性別與親屬關係的身分霸權與禁制，作為性別權力的規訓。誠如巴特勒（Judith Bulter，1956-）所說，禁制不只建構出「身分」，也同揭露出身分的禁制並決定性的，而是持續地失敗著。[43]通過小說文本的爭鬥，可發現性別權力的消長與失落——如陳嘯廬《新鏡花緣》中，父母對於子女的妥協即是；在另外三部小說中，通過女性表達出亟欲求學的渴望，展現出女性爭取求學機會成為女學生的自主性展現，雖然過程中掌握權力的一方宰制了女性求學的可能，但是通過衝突與彼此勢力間的消長，仍然發現傳統父權的存在、以及可被挑戰的特質。因此小說中這些以男性為中心的責難，事實上仍有被推翻與顛覆的可能，而這個可能，則決定於女性是否能夠有意識地進行反抗。

（二）文明或是汙名

小說中的女性在取得求學的權力前後，往往得花費一番唇舌說服家長的

---

[41] 參見王瑞香：〈第四章、基進女性主義〉，顧燕翎編：《女性主義理論與流派》（臺北：女書文化出版社，2000年），頁125-126。

[42] 參見黃錦珠：《晚清小說中的新女性研究》，頁207-214。

[43] 參見〔美〕Judith Bulter著、林郁庭譯：《性／別惑亂：女性主義身分與顛覆》（苗栗：桂冠出版社，2008年），頁43-45。

原因即在於，當時社會對於女學堂管理不清、女學生淪落風塵之事感到不齒。如：

> 什麼！女師範生，是女學生的祖模，女師範生可以同人偷情，無怪
> 那女學生，自然也跟著學樣了。還說一個壞的，帶累大眾好的，你
> 不曉得大眾好的，只要有一個壞的，也盡夠壞得大眾到極處了。況
> 且教授同管理法又不完善，近來甚至於有做婊子的，也報了名，到
> 學堂裡去混雜不清。前天江寧學務總匯處，還有一個稟請制軍改良
> 女學校的稟子。那稟子中間有幾句道：「各學校自開辦以後，外間
> 抵隙蹈瑕，紛紛指摘，確有可憑。所收學生，更漫無稽考，有掛名
> 娼籍，而蒙混入堂者，第一所尤犯此病。」云云。（陳嘯廬，頁236）

> 男學生穿了兩耳，扮作女學生，到女學堂中去讀書，勾串私通，蜂
> 迷蝶戀，結了許多露水姻緣。繡閣名姝，不知學壞了多少，甚至配
> 了夫家，背著父母，跟了情人逃奔。且有男教習與著女學生結識私
> 情，烈火乾柴，融成一片。久而久之，境內女學堂愈設愈多，女學
> 生的風氣愈弄愈壞。……敏時回頭看那賽貂蟬時，淺淡衣裳，前流
> 海的頭髮覆額，又看那裙下的金蓮，足有七八寸長，面熟異常，似
> 曾相識。仔細想來，明明是去年崇新女學堂內的女學生，如何做了
> 娼妓來應出局？心中甚是羞憤惱怒。（華琴珊，頁744-746）

兩段小說內容，均對女學生行為不檢與學堂管理不清發出控訴，認為女學堂中有妓女附讀已屬不妥，而女學生又模仿妓女的行為，不將男女之防的規範至於眼內，致使女學堂的風氣每況愈下。而女學生的家長在聞得這些消息後，便以此做為藉口，將家中女性禁錮其行動權，已入學者則休學在家自行教授、未入學者則禁絕其入學的可能，以避免沾染學堂習氣、敗壞家風。

　　兩本小說所再現的內容，娼妓附讀並非空穴來風。據包天笑（1876-1973）

《釧影樓回憶錄》所說，在他 1906 年任教的城東女學以及上海租界裡的女學堂附近，全都是妓院，妓院中的雛妓，還會到婦女補習學校就讀；[44]學堂中的女學生，也有部分混跡妓院之中，任由客人叫局。[45]而陳嘯廬的《新鏡花緣》與華琴珊的《續鏡花緣》皆完成於上海，小說再現的內容應與包天笑所見相同。又，自明代以來，江南娼妓行業繁盛，直至晚清依然如此，上海亦是如此。[46]儘管清末的女學堂對於女學生的行為有相當的規範性，但仍時有輿論批評攻訐，要求學堂管束女學生的行徑，但效果顯然不彰。[47]至於《續鏡花緣》描述男學生扮作女裝混跡於女學堂內，筆者未見相關史料描述，極可能出自作者對於女學生自由與異性來往的想像、進而將女學堂與女學生汙名化。

而在清末廢纏足運動與興女學相聯繫，許多女學校以女學生必須放足作為放足規約，間接促使女學生的行動空間擴大，不僅只是往返於學校與家庭間，而是能夠自由行動於公共空間中、且能夠與異性互相交際，也因此女學生成為被社會窺探的對象。即如秋人寫道程小春欲上學堂前，反遭正妻出言相譏，認為程小春是欲藉著外出求學的名號，實則拋棄丈夫、成為能與異性自由交際的「自由女」，用以將女學生的「在外」與自由交際的特質與娼妓互相聯繫，以將女學生斥為不守道德規範的娼妓，藉以將文明象徵的女學生汙名化。[48]小說中為了區別女學生的出身與身分，則通過以下幾種方式加以辨別：（一）纏足與否、（二）行走在外是否有家僕跟隨。

高彥頤認為，女性足部的大小除作為一種審美標準外，同時也是「社會層級的分野」。女性作為在公共空間中被審視的對象，導致自明清以降，纏足

---

[44] 參見〔清〕包天笑：《釧影樓回憶錄》（太原：山西古籍出版社，1999 年），頁 439。

[45] 前揭書，頁 438-439。

[46] 參見蕭國亮：《中國娼妓史》，頁 89。

[47] 蘇恆毅即就清末女學堂的入學資格相關條文當中進行整理，發現多數學校要求學生需「身世清白」或得到「公正紳士的保證」，以確保女學生身分並杜絕弊端，但在當時的新聞輿論當中，仍不免出現有關女學生醜聞的相關記錄，雖未指明這些醜聞所指為何，但從這些資料中顯現，清末女學堂對於學生的行為約束很可能僅止於校園內部、而未能觸及校園外的私人行為，以致落人口實。參見蘇恆毅：〈從三本擬「鏡花緣」的小說看晚清女學生的求學情形〉，《國立臺北教育大學語文集刊》第 26 期（2014 年 10 月），頁 204-206。

[48] 參見蔡玫姿：《發現女學生：五四時期通行文本女學生角色之呈現》，頁 56-57。

除了是美感的展現，同時標示著女性的身分等級：即真正的大腳、或是不符合審美標準的小腳，均被視為下層階級的婦女；精雕細琢的小腳搭配裝飾華麗的繡鞋，則被視為上層社會的名媛閨秀。[49]小說中，華琴珊筆下既是娼妓、又是女學生賽貂蟬雙足「有七八寸長」，顯然經過放足；反觀陳嘯廬與華琴珊筆下的鄉紳之女，或出於個人自由意志、或出於家長的禁制，均未放足。[50]雖然晚清提倡放足，並以大腳為時尚，使部分女學生爭相趨時，以合於社會審美表準。但這些時下流行的女學生裝顯然未能被小說作者與作品中的名門望族全然接納，因此小說中再現的鄉紳女與娼妓的裝束與足部式樣便有所區別。

在行動自由上，雖不可否認清末提倡放足、認同男女可以自由交際，展開了女性的行動空間，使女性得以走出閨閣、步入女學堂。但是出於名門的女學生與娼妓型的女學生，在行動權上仍然有所分別。在陳嘯廬《新鏡花緣》中的十二名女學生，出入均有僕婢跟隨，行動工具則以轎子為宗，與人接觸時，則嚴守男女之防，不輕易與異性接觸。在第十三回中，通過孫夢班轉述葛淡人被登徒子調戲，差點引狼入室，使女學生無心聚會：

> （孫夢班道：）「據淡人姊姊說，他的轎子，剛出閶門半里光景，忽迎面來了一匹馬，馬上騎的那個人，……一見淡人姊姊轎子，他便在馬上欠了一欠身，可巧淡人姊姊的轎簾不曾放下，他倆就分明打了個照面，他嘴裡就不乾不淨的，說了許多不相干的話，……」
> 舜華道：「今天切不可鬧酒，一則天氣熱，二則家嚴在船上等，三則還要防備那廝，……」（頁 297-298）

---

[49] 參見高彥頤著、苗延威譯：《纏足：「金蓮崇拜」盛極而衰的演變》（臺北：左岸文化出版社，2007年），頁 272-273。

[50] 華琴珊《續鏡花緣》描述印文蘭欲模仿時下女學生流行的放腳時，即被父親禁止。而陳嘯廬《新鏡花緣》塑造黃舜華與舜英兩姊妹的形象時，均以小腳為其身分標誌，縱使知道當下有天足會，仍認為「已纏過的，再去放他開來，豈不多此一舉」。其後進入大成女學校時，亦未明確點出是否放足，又據前論，黃家兩姊妹應是未曾放足。參見〔清〕陳嘯廬：《新鏡花緣》，頁 229。〔清〕華琴珊：《續鏡花緣》，頁 747。

由此可知，陳嘯盧筆下形塑的女學生極為嚴守性別分際，絲毫不敢使自身的行為有所缺失、落人口實。[51]相較之下，前文所引華琴珊筆下的女學生毫不忌諱行為規範，可隨意與異性交遊、自由戀愛之事，以及蕭然鬱生在小說第四回中描述的愛新女士可隨意進出茶館、與人高談闊論，即可標明兩種不同的女學生類型。

以鄉紳女作為小說人物原型的女學生，大多保持原有的纏足習慣，在行動空間雖步出閨閣，但出入上則須有人相陪，且非可任意行走，多在學堂、自宅與親友家間流動，並謹守男女分際；而以「文娼」[52]作為原型的女學生，不僅跟隨時代風氣放足，且行動更為自由，可往來於各種空間中，並可隨意與人交際，與名門閨秀的生活樣貌扞然二分。造成作為新女性典型之一的女學生，在小說評價中便有所區別，認為謹守傳統規範的女學生值得稱讚、而自由與人來往的女學生則遭受批評、甚至汙名。然而在蕭然鬱生《新鏡花緣》中，也有一群女學生遊走於公共空間卻未遭受批評：「還有許多命婦、女學生、女教員這些，也坐著馬車到來，迎請呂氏、秦小春上岸，卻都有馬車伺候。」（頁 455）這些女性未受到批評，除有馬車僕人伺候，縮限了女學生的行動空間，另外極有可能是由女性長輩跟隨，且接受官員安排，迎接林之洋等人的家眷，得到了交際的正當性、方可免於輿論批判。

雖然女學生作為清末新女性的典型象徵、並肩負了改革社會的期待，因此在服飾與行為舉止上皆易被公眾凝視與審視，若稍有不合乎文明的期待想像，即會被汙名，如去裝飾化的女學生裝被視為「文明新裝」，但由於衣著剪裁的板式凸顯出了女性身體曲線，加之女學生裝成為時尚衣著而成為眾多婦女的仿效對象，造成女學生與娼妓在外觀上並無明顯區別。而在行為上，「自

---

[51] 李奇林更以陳嘯盧筆下許多描述女學生謹守男女分際之事加以批評，認為這些女學生大談救國，事實上膽小如鼠，無絲毫救國的智識與膽量，將其斥為「侈談救國的闊小姐」。參見李奇林：〈兩部「新鏡花緣」之優劣比較〉，《江蘇教育學院學報·社會科學版》1995 年第 3 期，頁 56。

[52] 「文娼」一語，出於五四時期對於女學生的批評，認為女學生由於服飾過於時髦、且可自由戀愛、社交公開，隱然與娼妓同流，遂以「文娼」稱之。參見蔡玫姿：《發現女學生：五四時期通行文本女學生角色之呈現》，頁 59。

由交際／戀愛」與「媒妁之言」成為一種對照關係，儘管行動自由、並可與他人交遊固然是對女性身體行動桎梏的解脫，也成為新文化當中的文明象徵，卻也讓父權體制對於女性身體的控制失落、且與傳統的婚戀交際觀產生衝突，因此訴求女性身體自由的主體性的文明，即是傳統文化體制當中的野蠻象徵。因此在這樣的檢視之上，造成了社會觀看女學生的兩極現象，此種現象的產生出於時代交替的過渡、且延伸至民國初年，不難看出籠罩在女學生身上以男性價值為中心作為文明或汙名的價值評斷道德枷鎖，使婦女在文明與汙名之間進退維谷、無所適從。[53]

（三）畢業後的選擇

在晚清小說中，女性的自立能力與就業權亦是相當重要的層面。在清末要求培養「國民之母」，使女性擺脫「分利之人」社會地位的聲浪中，[54]有部分女性即走入就業市場，以謀求自立的能力。蕭然鬱生與陳嘯廬筆下的職業婦女全屬學校教師、秋人《鏡花後緣》雖亦未對職業婦女進行刻畫，但小說中描述：「只就上海一帶，女子學堂也有了，女子體育會也有了，女子的報館也有了」（1910 年 3 月 7 日），即可知女性的就業市場，已有一定程度的建立。

然而清末小說中職業婦女的養成方式，仍有待於女學校的教育。如陳嘯廬在小說第四回中描述大成女學校的女教師所教授的課程除語文教育外，尚有體育、圖畫、手工等類，以培養女學生多元的能力，這些多面向的教學，小說中雖未明言其宗旨為何，但周樂詩以為，清末女學為了培養女性自立的能力，在教學上增加了女紅延伸出的手工課程，實際上已有今日職業學校的功能性。[55]此外，陳嘯廬又在小說中描述「女師範生，是女學生的祖模」（頁236），認為女師範生即是未來的教師，故其行為自然成為女學生的典範。又，

---

[53] 參見黃錦珠：《晚清小說中的新女性研究》，頁 213-214。

[54] 如梁啟超於《變法通義‧論女學》即主張傳統中國婦女「全屬分利」，因此必須興辦女學，使女性能夠偕同男性肩負起家庭教育與經濟的責任。詳參見〔清〕梁啟超：《變法通義》，《飲冰室文集》第一冊（臺北：臺灣中華書局，1970 年），頁 38-41。

[55] 參見周樂詩：《清末小說中的女性想像（1902-1911）》，頁 85-86。

女學堂的教師均由女性擔任，顯見當時女學生成為女教師的進程是「學生－師範生－教師」，最後透過所學進行學科分配。

　　不論是留在學校任教、或是在外工作，足以看見新式教育對女子工作能力的養成作用，儘管在晚清小說中，常被提起的、以及女性最終成為的職業，大多仍屬文教事業。如陳嘯廬肯定西方有「女醫士、女牧司、女師範、女律師、女新聞主筆」[56]，秋人則再現了上海女性未來可能的職場。這些工作內容，大多鎖定在文教事業，因此女性雖可工作，然範疇仍小，但也表示社會對於女性從事這些行業，已獲得相當程度的認同。[57]

　　但女性就業範疇的侷限，而不能從事與男性相同的工作，事實上仍與社會文化中的性別分工與性別期待相關。一般認為，男性適合的職業屬於需要耗費力氣與分析能力的職業，而女性則適宜養護、照顧與支持他人的工作。[58]因此晚清女性與小說中再現的婦女就業情形，縮限於文教事業的原因，除了出於職場供需的需求，更大的原因，是由於社會上的性別期待所促成。但也不可否認，清末教育肩負的職業訓練的功能，促使女性有了自立的能力，也使女性的權力地位有了翻轉的可能性，如西蒙波娃在論述婦女地位時，認為婦女地位變動的因素之一即是經濟地位的變遷。[59]雖然其承認女性地位的演變，經濟地位並非唯一因素，而是有多種層面的影響才能達成。而又基於職業訓練的養成，不單是改變了清末中國的女性地位，在此之後的五四時期「娜拉出走」，女性之所以能夠走出家庭、步入職場，並且使社會開放更多的工作機會給女性，且女性在職場上不時有傑出表現，清末女學與附帶的職業訓練，著實為中國婦女地位奠定了相當程度的基礎。[60]

---

[56] 前揭書，頁 230。

[57] 參見黃錦珠：《晚清小說中的新女性研究》，頁 112。

[58] 參見〔英〕Linda McDowell 著、徐苔玲、王志弘譯：《性別、認同與地方》（臺北：群學出版社，2006年），頁 171-172。

[59] 參見〔法〕Simone de Beauvoir 著、陶鐵柱譯：《第二性》，頁 609。

[60] 如五四時期流行的「娜拉出走」，提出婦女應「發現自己」進而「活出自己」、「獨立自主」，認為女性的地位與經濟是否獨立，即是婦女的就業權密切相關，而中國婦女在擁有知識之後，需要面對的就是就業問題，因此「娜拉出走」促使女性認識到經濟與生活獨立的重要性，甚至認為職業與女性

　　但是，不論中國或是西方世界，對於性別的期待一直存在著二元對立的
現象，即：男性屬於外在的、工作的、生產的、獨立的，女性則是內在的、
家庭的、消費的、依賴的。[61]儘管清末的興辦女學，都以塑造國民之母、希圖
女性擺脫分利之人作為社會期待，但最終仍以賢妻良母、回歸妻子與母親的
身分作為依歸，至五四時期依然如此。[62]此種現象依然表現在晚清小說中，如
陳嘯盧在《新鏡花緣》中即透過黃家長子與次子與水家與金家的聯姻，用以
傳達女性最終仍應以婚姻作為最終歸宿，期許女性應達成賢妻良母的本分：

> 女兒家怎麼不要孝順父母，怎麼不要替父母爭臉面，做個賢良媳
> 婦，使公婆疼愛，使丈夫敬重，使親戚鄉鄰，人人誇讚一聲「難得」，
> 那才不辜負父母小時候一把尿一把屎，出嫁時又一把眼淚，一把鼻
> 涕呢。（頁 255）

小說中，黃家的兩房媳婦均受過教育，卻未能如同其他的女學生一樣走入職
場，而是回歸家庭、做好傳統認知中的賢妻孝媳的本分。這場婚姻的作用，
陳嘯盧通過黃家兩老之口，說明了作者自身的觀點：

> 男大須婚，女大須嫁，這兒女們的債，也漸漸到眼面前了。舜英還
> 可以從緩，舜華近來替他作媒的雖不少，我猜他心思，他不出洋遊
> 歷過，他是絕不肯嫁的。……除非先拿兩房媳婦，娶了回來，然後
> 他們要出洋，就叫他弟兄兩個陪了去。（頁 245）

由婚姻前與婚禮進行中的兩段話即可看出，作者認為女性的生命最終仍須回

的人格、教育、社交、婚姻與政治參與等方面密切相關，因此主張女性應當求學、就業，以取得權
力。參見許慧琦：《「娜拉」在中國：新女性形象的塑造及其演變（1900s-1930s）》（臺北：國立政治
大學歷史學系，2003 年），頁 245-252。

[61] 參見〔英〕Linda McDowell 著、徐苔玲、王志弘譯：《性別、認同與地方》，頁 17。

[62] 參見羅蘇文：《女性與近代中國社會》（上海：上海人民出版社，1996 年），頁 156-164。

到婚姻中，用以報答父母的養育之恩。婚姻所欲達成的典範的作用，亦希望女兒學成之後，須以兄嫂為榜樣、回歸家庭，而非在外謀職。相似的思想內容，也表現在女學生陸紫芝身上：

> 我們做女子的，只要修明婦德，洞達物情，將來在家庭教育上，能夠逐件改良。其餘什麼天文地理數學圖畫博物物理化學手工等類，只好學得一件是一件，精得一件是一件。（頁 271）

換言之，在陳嘯廬筆下的女性，雖標榜西方婦女走入職場的特色，但面對中國時，持守的仍是女性在學校學習的內容，應以合乎家庭實用為主，其餘學科則視個人能力學習。因此陳嘯廬在面對婦女求學與走入職場的觀點上，仍屬保守，讓女學生在畢業後的職涯發展上缺少了可塑性與主體性，儘管清末社會希望婦女走入職場，但無論是男作家的個人觀點、或是產業屬性的縮限及需求量的限制，雖然女性有了走入職場的機會、但並非每個人都能夠擁有，故而導致女學生真正進入職場的人數在清末仍是少數。

　　這種觀點，依然回到男性與女性的職業與空間上的二元對立，未能打破職業或是性別分際。而小說作家所欲表達的意見，極有可能是出於女性取得工作權後得以自立自養，進而擺脫父權體制的支配、不受傳統男性意識的掌握，而作者身為男性，極可能恐懼女性如同「脫韁野馬」不受宰制，因此在小說中就算有婦女走入職場，也有以女性為主體的工作空間，卻囿限於作者的觀點，致使小說所欲傳達的內容表現出不允許女性就業的看法。[63]

---

[63] 黃錦珠分析其他晚清小說，發現小說中的女性就業受到阻礙，往往出於傳統婚姻與倫理綱常的桎梏，使受過教育的新女性在完成學業後，雖嘗試走入職場，但其生命的自主性仍不在己身，而是出於傳統禮教的束縛與壓迫，使女性難以走入職場。參見黃錦珠：《晚清小說中的新女性研究》，頁 113-116。

表 8：擬《鏡花緣》小說中的女學生一覽表

書名	人物	備註
蕭然鬱生《新鏡花緣》	愛新女士。另有女學生多名。	除愛新女士外，小說第十一回，亦描述許多女學生隨同官員女眷歡迎林之洋等人。
陳嘯廬《新鏡花緣》	黃舜華、黃舜英、王蓉裳、錢壽萱、葛淡人、柴秀娟、孫夢班、繆賽芸、陸紫芝、湯聘莘、傅岩雲、虞際唐	十二人均為鄉紳或宦門後代。
華琴珊《續鏡花緣》	黃蕊珍、陸愛娟、賽貂蟬、印文蘭、梅占魁、姬瑞芝、辛麗春、李美英	黃蕊珍、陸愛娟、印文蘭、梅占魁、姬瑞芝等人均為鄉紳之女。賽貂蟬兼有娼妓身分。辛麗春、李美英二人，於小說中未說明出身。

四、不讓鬚眉的新女性：女豪傑

在晚清小說中的女性類型中，除了與興女學相關的女學生，另有一種與民族國家、政治事件相關的女性，這類型的女性由於遭逢時代巨變，為了拯救在國族與性別雙重弱勢的現象，因此產生了一種具有男子氣概的女豪傑形象。[64]這類女性在政治場域中展現了一定作用，不論是參與對抗外侮的愛國女性、或是對抗政府的女革命家，均通過弱勢女性與民族的雙重身分進行對抗，儘管這些女性的形象，大多出於小說家的想像，卻展現出對於清末中國的性別與民族焦慮。[65]在小說中，著重談論愛國女傑的為華琴珊《續鏡花緣》、談論女革命家者則屬秋人《鏡花後緣》。雖然兩種類型的女性所與對抗的對象不

---

[64] 參見周樂詩：《清末小說中的女性想像（1902-1911）》，頁 27。

[65] 前揭書，頁 23-24。又如謝文女在觀看明清之際的英雄傳奇小說中的女將形象時，亦指出雖然在史傳上不乏具備武藝的婦女，但是在數量上極為稀少。而在文學創作中，女將的大量出現反應的國勢衰弱、寄望婦女協助完成保家衛國的責任，同時也對映出小說當中的男性角色的形象弱化，以突顯出女將在作品中的重要存在。參見謝文女：《英雄傳奇小說中的女將研究》（嘉義：國立中正大學中國文學系碩士論文，2008 年），頁 88-93。

同，但在性別表現上，均有豪氣不讓鬚眉的特質，因此可同樣歸屬為女豪傑的類型。

（一）誕生於特殊環境的新女性

　　清末中國由於政體腐敗、遭受到列強入侵，為了與強權互相對抗，因此產生大量的譴責小說，意圖通過創作揭露時弊、糾彈匡正。[66]在此背景下，小說出現與強權對抗的「武俠」類型。儘管徐斯年認為，清末小說中出現的武俠，並未繼承傳統小說中的武俠典範，而是基於情緒昂揚而變化出新的武俠類型。這些新的武俠形象，徐氏認為至少具有四種特點：（一）與抗列強相聯繫、（二）與反專制、反滿清相聯繫、（三）與重塑民族性相聯繫、（四）強調公義。[67]這四種特質，華琴珊《續鏡花緣》與秋人《鏡花後緣》中的女豪傑身上可發現三項，其中差異在於對抗強權的類型，但強調公義與民族性的特質兩者共有，且人物典型又具有陳山所稱的「表裡如一、敢作敢為」，因此小說中的女豪傑，應可視為武俠類型的延伸。

　　兩部小說對抗的強權類型，華琴珊《續鏡花緣》自第十五回至第二十八回，集中描寫女兒國與淑士國的戰爭情形。兩國交戰之因起於淑士國欲取得女兒國內的稀世珍寶：分水犀牛與夜明珠，然女兒國不肯，為逼迫女兒國就範，因此與厭火國結為聯軍率兵攻打。然此段戰爭書寫至後期，征戰的理由從奪寶轉向為意氣之爭，著重在女兒國如何抵抗淑士國的干犯，以及將士的驍勇，忽略了原初的奪寶目的。但面對外國聯軍勢力的入侵，女兒國英勇退敵、最後取得勝利，也由於戰爭，招募了許多兵士，其中有多數為生理性別為女性的「男性兵將」，若從女兒國內部的社會性別而論，亦有少數的女性將士在其中，且成為對抗外侮的將領。但不論是生理性別或社會性別的女性，

---

[66] 參見魯迅：《中國小說史略》，頁 416。

[67] 參見徐斯年：《俠的蹤跡：中國武俠小說史論》（北京：人民文學出版社，1995 年），頁 100-101。另，陳山則從中國的俠義傳統進行分析小說的人物特質，即：(1)對於社會公正的政治願望、(2)以俠義為核心的道德系統、(3)敢說敢為、表裡如一的人格精神。詳參見陳山：《中國武俠史》（上海：上海三聯書店，1992 年），頁 280-285。

女兒國對抗外侮在小說中大約有全本小說的三分之一，且對抗對象雖主要是淑士國，卻有厭火國參與其中，故可視為對抗列強的縮影，因此女兒國的女兵所要對抗的強權，則屬徐斯年分類中的第一項，進而帶出國家在存亡之際時，婦女無法脫身、而應參與其中的思想。

至於秋人《鏡花後緣》，其寫作宗旨與刊載的刊物《星洲晨報》相同，均以宣傳革命作為主軸，希圖通過小說創作，激起讀者排滿革命的意志。然其中參與革命的男性極少，小說中載有名姓的男革命家僅有小說第七回中韓自強、李克胡、于鎮國等三人，但此三人在小說中的形象，相較於其他八位女性相形單薄，甚至未見其實際參與革命運動或宣揚革命的言論。實際在小說中宣傳革命或是實行革命運動者，均為女性，足見作者對於女性參與革命的重視。再者，小說雖然以宣揚革命為主軸，又以女性占其功勞較多，出於作者發現到漢人女性受到清兵入關前後受到的壓迫勝過男性，其於小說中言：「論起亡國的慘狀，還是女子身受的多，男子只不過略曉滋味的呢！」（1910年3月7日）因此欲藉由女性參與革命運動，藉以使讀者了解女性在異族入侵時所受到的種族與性別上的雙重壓迫，故《鏡花後緣》的女革命家所欲對抗的強權類型，則屬徐斯年分類中的第二類。

又，蕭然鬱生《新鏡花緣》中提及一名女性遭到政府殺害，小說雖未指陳這位女性被殺的原因，且作為小說人物，形象並不鮮明，僅是簡單一語帶過。然李奇林從事件發生的時間與小說內容互相比對，指出光緒三十二年（1907）秋瑾與大通學堂的學生預謀起義革命，卻因為外人告密而失敗，造成秋瑾就義、學生被捕，而小說又寫在此事件之後，因此這位女性極有可能是秋瑾。[68]而秋瑾參與反清革命，其所欲對抗的強權類型亦與《鏡花後緣》相同，均為反抗滿清專制的類型。

儘管小說中的女豪傑欲對抗的對象並不一致，但她們的產生，並非偶而，乃是產生於特殊的時代背景、促使女性走入政治場域，使她們能夠有別於認

---

[68] 參見李奇林：〈並非「狗尾」、「蛇足」：寓言小說「新鏡花緣」簡論〉，《明清小說研究》1993年第1期，頁206。

同、並依附於父權的傳統婦女；或是雖為新女性、卻屬於文弱的女學生。因此對於小說中女豪傑的生成背景，需要有一定的認知，才能夠瞭解其如何以別於柔弱的性別刻版印象活躍於小說中。

（二）男性氣質的建立

　　性別的差異，往往造成掌握空間的不同。一般認為，男性的空間屬於外在、公眾的，女性的空間則屬於內在、私密的[69]，政治此一領域屬於公眾空間，自然便被劃分入男性所能掌握的空間中。然在清末的女權文本中，金天翮意欲將其擴大，認為：「顧亭林曰：『天下興亡，匹夫有責。』豈獨匹夫然哉，雖匹婦亦與有則焉。」[70]將「匹夫」與「匹婦」並舉，認為天下、或所謂的政治場域不應有性別上的區分，應為男女共有，因此女性當參與其中。但是清末女性走進政治場域，不分參與革命或是走上戰場，外觀上往往必須削減其自身的陰柔氣質，以符合性別場域中的性別期待。[71]最明顯的例子即是秋瑾（1875-1907），她並不屈從於自身的女性角色，而是走進公眾空間中參與革命，然走進此一領域的同時，她自取別號為「競雄」，從名稱上傳達出其欲與男性相競逐的特質；在外觀上，通過揚棄女性化的服裝打扮、穿著男裝，則是從外貌上表達自身的陽剛特質，也凸顯出女性的陽剛可能。[72]由此可知，清末女性若欲投入男性化的政治空間，則必須以削減男性的外觀與名號，才能獲得認同。[73]

---

[69] 參見〔英〕Linda McDowell 著、徐苔玲、王志弘譯：《性別、認同與地方》，頁16-17。

[70] 參見〔清〕愛自由者金一：《女界鐘》，轉引自中華全國婦女聯合會婦女運動研究室編：《中國近代婦女運動歷史料（1840-1918）》，頁157。

[71] 澳洲學者雷金慶（Kam Louie）提到，中國傳統對於「文武」成就的參與或獲得，僅限於男性。女性若在文武方面有卓越的表現是一種反常的現象，也基於此種反常現象，女性如欲參與其中，則須通過模仿男性，以取得正當性，同時揭示出男性權利的性別排他性。參見〔澳〕Kam Louie 著、劉婷譯：《男性特質論：中國的性別與社會》（南京：江蘇人民出版社，2012年），頁17-19。

[72] 參見顧燕翎：〈秋瑾的女性經驗與女性主義思想〉，張妙清等編：《性別學與婦女研究：華人社會的探索》（臺北：稻鄉出版社，1997年），頁221。

[73] 參見李曉蓉：〈中國近代女權特色之分析（晚清至五四）〉，《高雄師大學報‧教育與社會科學類》第33期（2012年12月），頁50-51。

在小說中，華琴珊與秋人在書寫女豪傑形象時，或通過服飾、或藉由名稱等外在表徵進行女豪傑的角色塑造，進而通過言行舉止來表達女豪傑不亞於男性的心性、以及在政治場域上的成就。藉由名稱來形塑女豪傑形象者，則屬秋人《鏡花後緣》，在角色姓名上，除了原為李汝珍《鏡花緣》中既存的唐閨臣與顏紫綃二人外，作者在小說中新增的女革命家的姓名，多為陽剛的象徵（參見表 9），僅有崔錦英一人例外。[74]且在小說中，清楚指出各姓名的背後含意：

> （唐閨臣：）「現在中國那志士的姓名，最是與他心中的宗旨大有關係的。剛纔遞次寫在黑板上的，若『尤賽夫』，便是以賽過夫君為己任，不肯屈服在男子之前了；若『吳壯魂』三字，以粵音讀之，吳者吾也，吳壯魂者，不過言吾將振女子之魂了。」（1910 年 3 月 11 日）

> （官振權：）「今日我們女子，著著務與男子並駕而馳，圖一個女權發達。鄙人也知道了，就事實而論，男子的權利是大的，女子的權利是小的。但是男子的權利為甚麼大，女子的權利為甚麼小呢？我們同胞，也須自己想想。大抵『權利』二字，雖是由自己規畫而來，然而未嘗不有大多數關於別人賜予的。別人的賜予，一方面屬於私人，一方面卻屬諸現在的政府。試看政府一旦給予男子做官的權利，那男子便立刻尊貴起來了；政府一旦給予男子開辦捐納的權利，那男子少不免從中發財起來了。及此兩端，人人都曉得是男子有了權利，為甚麼我們女子是沒有呢？唉，這都是從義務中生出因果來。不過男子能替政府當義務，所以權利發生，我們女子是不能

---

[74] 然崔錦英姓名設定例外的原因，作者並未明確指陳，可能的原因在於，小說中主要活躍於革命運動的人，僅顏紫綃與崔錦英，其他幾位均屬言論上的革命宣傳或規劃革命運動，於小說中並無其他事蹟，因此崔錦英在小說中，是通過行為來表現自身的陽剛氣質，而非男性化的姓名。

的，所以獨自向隅罷了。泰西的格言說得好：『有義務而後有權利』，
真是不易之言！然而我們女同胞，正宜因此警醒了呢！警醒為何？
是要極力與男子爭此莫大權利。」（1910 年 3 月 11 日）

兩段文字，均指出這些女性的姓名意義。尤賽夫是「勝過夫君」，吳壯魂是「壯女子之魂」，官振權則是欲通過償還國債，使女性認清自身的義務，進而使女性擁有權力。然而，官振權之名顯露出伸張女性權利的意義，但在唐閨臣眼中，此名的立意卻頗有可議之處，其云：「接連著他的貴姓讀去，卻大大不佳，官權愛振，民權便縮了，且我們中國平日，那些官權未嘗衰弱呀！野蠻殺人的事，日有所聞，為甚麼今日還要擴張起來？」（1910 年 3 月 11 日）因此官振權的名字，雖有振興女權的意義，但倘若連其姓氏觀看，卻有振興官權的涵義，而此涵義便與愛國婦人會的設立宗旨——甚至與作者的反滿意識相拮抗。然不論官振權此名的雙重象徵，其目的均是欲通過女性參與公眾事務以取得自身權利，且姓名的陽剛性並不亞於他人，因此仍有正面的象徵意義。

　　至於張振權與張展漢二人，小說並未明確指出其姓名背後的意義，但若由字面與行為內容觀之，張振權為愛國婦人會的創辦者，其用意自然是為了通過政治行動以振發女性權利；張展漢之名，則是欲通過反滿革命、以重展從前漢族的榮景，故兩人的姓名，或欲振興女權、或欲發揚民族精神，作者均以陽剛的文字作為象徵符碼，以使女性在政治場域中，擁有正當的理由。

　　華琴珊《續鏡花緣》的象徵意義則與秋人不同，其是以男性化的裝束來塑造戰場中的女性士兵。這些女兵，均出於女兒國，然而《續鏡花緣》進行續作時，沿用了李汝珍《鏡花緣》中女兒國生理性別與社會性別互相錯置的設定，因此生理女性的雲飛鳳、苗秀鴻等人，在女兒國中均為男性，因此不論是否身在戰場，本身均著男裝；至於坤蕙芳、梅鳳英、花如玉三人為生理男性，在女兒國內則為女性，因此在戰場外必然身穿女裝，但是在戰場上，則換上了陽剛的戰袍，如第十六回描述花如玉參與比武與練陣的裝束為：「身穿一領綠綾花繡戰袍，內襯桃紅小襖，腰繫大紅棉褲，外罩百蝶湘裙，腰懸

寶劍,手執鏨金槍。」(頁 628)第十八回寫花逢春的服裝為:「頭戴束髮金冠,身穿白綾戰袍,足登白底烏靴。」(頁 640)可知為在戰場上便於行動,女兵均以褲裝為主。

至於其他的兵士,不分生理性別或社會性別,小說雖未明確設定其裝束,然在戰場上,應似花如玉和花逢春一般身穿男性化的戰袍。然作者雖無明確的服裝設定,卻給了各人不同的武器:雲飛鳳的大刀、苗秀鴻的梅花槍、水碧蓮的白銀槍及流星鎚、紅賽珠的雙劍、掌中珍的畫戟、金彩文的大斧、梅鳳英的繡鸞刀、花逢春的銀鎚。[75]這些武器除標示各人運用所長,同時透過武器表徵出男性的陽剛氣質。

除了從姓名與裝束進行女豪傑的男性化塑造,亦從行為與思想形塑女豪傑陽剛化的特質。如華琴珊描述女兵在戰場退敵的英勇:

> 花如玉把鏨金槍一起,使一個月裡穿梭,直望駙馬面門刺來。駙馬怎肯懼你?把手中的金背大砍刀噹哴叮噹還轉幾刀,也來得利害。花如玉這條鏨金槍真是神出鬼沒,一槍分作八槍,八槍分作八八六十四槍,使出那驚人的手段。駙馬好不了當,梟開槍、抬開槍、撥開槍,轉動金背大砍刀,左插花、右插花、丹鳳朝陽、雙龍入海,一來一往鶯展翅,一衝一撞鳳翻身,八個馬蹄分上下,四條鐵臂賭輸贏。二人殺到四十個回合,馬打八十個照面,不分勝負。(頁 654)

這段文字書寫花如玉與淑士國駙馬對峙的情形,儘管作者對於花如玉的武術描寫極盡誇大之能事,從使槍技巧的神出鬼沒與靈動,以及兩人短兵相接時的武術招式,均可看出作者對於戰爭描寫的喜好。但從文字觀之,兩人在戰場上交手四十個回合,仍難分勝負,足見花如玉在女兒國內雖為女性,但其自身的武學素養事實上並不亞於男性。

---

[75] 參見〔清〕華琴珊:《續鏡花緣》,頁 624-625。

　　華琴珊通過戰爭的描寫彰顯女豪傑英勇的男性特質，秋人的方式亦相似，然表現層面更多元。由於《鏡花後緣》主要著重在革命思想的呈現，然革命與戰爭相同，除了需要勇力進行活動，也需要有相當智識的人進行縝密的活動規劃，因此小說通過兩組一文一武的女革命家[76]，表達出革命女傑的豪情壯志與革命活動的規劃，以及執行革命活動的行動力。對於謀劃類型的女豪傑，小說中多通過對民族的感懷憂思與革命活動的次序進行思想表述，如唐閨臣在小說第六回道：

> 保國也有次序，不容躐等的。他們意思，只知外國是能滅我，是能瓜分我，故此一題起碧眼紫髯的人，便含有一點排斥之意罷了。這些意見，雖也有點熱血在內，但猶是知其一不知其二呢！既然知道亡國為可憤恨，自然也明白現在那些情狀了。好好的我們漢種相傳的山河，今日卻盡入韃人手裡。韃人既非我們同族，他卻能篡奪我的神京，我們中國，便算亡在他的手裡了。所以我們中國的人，不言排外則已，若言排外，必先排此獸冠長尾的人。不然，祇知碧眼紫髯的可以將我瓜分，卻不曉得白山黑水的人，已經全得了我的土地，不特不相仇視，更要助他抵禦外國的人，你道下愚也不下愚呢？然而不特此碧眼紫髯的人，自然是可畏懼了，白山黑水的人，也令人無不痛恨了。但他滅我土地、殺我人民，他雖狼悍，未必朝夕可能辦到，這必有人暗中為之助力，然後他纔洞悉情形，可以行其願的。然則為之助力的，是必猶是我們中國的人。上古相傳，有一絕妙的名詞，是叫做「漢奸」兩個字。那些人士，自然是完全一個漢奸了。是故由今日而言保國，不先驅除了國內的異族，卻先想排斥國外的異族，是不行的。既知到〔道〕驅除國內的異族，然而為他

---

[76] 在小說第八回，即描述唐閨臣、顏紫綃與張展漢、崔錦英相談甚歡，並將四人進行分類。小說中寫道：「閨臣那些深沉智謀，恰好與張展漢相若；顏紫綃的勇毅，又是與崔錦英相同。」即可知唐、張兩人屬於具有智慧、在革命中進行謀畫的活動，顏、崔二人則由於具有勇力膽識，因此執行偵查與武攻等行為。參見〔清〕秋人：《鏡花後緣》，原載於《星洲晨報》1910 年 3 月 22 日。

> 助力的猶不乏人，今日殺同胞，明日應官爵，這猶是我們漢人作了
> 他的羽翼，不先除卻，後患也不勝之多。所以言保國的，是必以殺
> 漢奸為第一著；漢奸殺了，然後可以驅除國內的異族；國內的異族
> 去了，然後可以主持國家主義，出面與列國競爭。然而這些循序辦
> 法，我們中國的人，是全然不曉得的哩！（1910 年 3 月 2-3 日）

此段文字通過唐閨臣抒發中國在西方勢力入侵時，全國上下雖均有意識抵禦
外族，卻不知中國漢民族的衰亡，推究起因乃是出於清政府的入侵與腐敗、
與對漢民族的屠殺及虐待，因此雖然知道救國需要抵抗外族，卻不知拯救國
家需先從最根本的問題做起。遂認為若要救國，則需將國內壓制漢族的滿人
勢力驅逐，才能與西方列強相對抗。儘管其言談已指出對抗敵的層次與進路，
卻多停留在表面敘述、未明確規劃實際行動，但已可發現在民族思想與對抗
外侮上已有初步的認識，因此提倡從內部革命做起、進而驅逐西人。至於如
何與清政府對抗，作者則通過顏紫綃與崔錦英在面對士兵圍捕時進行抵抗進
行描述，如：

> 紫綃使了生平幾路的獨步武藝，手一起、腳一舉，登時打倒了三四
> 個人。未跌的未知利害，還尚猛進，有拔出手槍的、有舉起刀劍的，
> 那時紫綃也不徒手，拔出一對短刀來，雪花的舞了一會，早覺鮮血
> 如雨，大抵斷頭折臂的，有十數人滾在地上了。那時眾兵勇雖也有
> 舉起手鎗，向紫綃轟擊的，但一則是慌忙之際，沒有準頭；二則紫
> 綃那種靈捷，萬人中挑不出一個的，不是人避彈子，那些彈子早已
> 避著人，不知飛向何處去了。眾人見闖攻紫綃不入，便又率眾向錦
> 英闖了前來。誰知錦英也是不可犯的，戰了一會，把眾人殺的落花
> 流水。（1910 年 5 月 12 日）

此段描述徐九找來官兵圍捕顏紫綃與崔錦英時，兩人對抗多名士兵的情狀。

從兩人並不因己方勢單力薄、彼方人多勢眾且有槍械彈藥為懼，仍憤而抵抗。雖然這段描述亦將兩人能夠輕易閃避子彈、短刀一舞便輕易殺傷數人的武藝誇大，但也由於如此描寫，更凸顯出女革命家在對抗政府勢力時毫不畏懼的生命姿態，令人心生佩服與敬畏。

　　由上述內容可知，小說家在形塑女豪傑的特質時，除了從人物姓名與服飾進行仿效男性，在行為舉止與思想上，亦同時具備有男性憂國憂民、奮勇抗暴、文韜武略俱全的特質，藉以彰顯女豪傑的男子氣概，以及在社會與國族的貢獻上不亞於男性。

（三）男性觀點：對女豪傑的期待與想像

　　然而，此種性別身體的操演與模仿，在小說中大多是一種想像，意即仿男的女性軀體身上的男性角色，只是一種「扮裝」，雖然有顛覆性別的可能[77]，但此種性別角色的扮裝，是可以被穿脫的，也因此清末小說的女豪傑仍然有可能「回復」到女性身分與社會期待。[78]此種女性身分的「回復」與期待，可成兩種層面，一是認為女性守柔守貞、另一則是回歸婚姻，此兩種現象於《續鏡花緣》與《鏡花後緣》均有片段描述。

　　以守柔的層面而言，《鏡花後緣》主要表現在唐閨臣一人身上。在小說第六回，其對顏紫綃說道：

> 只可惜愚姊是個纖弱的人，武藝全無，不能幹著紅線聶隱娘的舉動，只有妹妹周身絕技，劍術又是精妙無倫，對付漢奸，自然憑著妹妹了。然而愚姊雖然不才，稍有可以為力之處，斷不敢自惜身命，只要皇天默佑，俾我兩人略償心願罷。（1910 年 3 月 3 日）

---

[77] 參見〔美〕Judith Bulter 著、林郁庭譯：《性／別惑亂：女性主義身分與顛覆》，頁 199-219。
[78] 參見劉素勳：〈通俗羅曼史裡的扮裝與性別操演／越界〉，「蕪土吾民：2012 年文化研究會議」會議論文（2012 年 1 月），頁 15。

前述《鏡花後緣》中，唐閨臣屬於智謀策畫型的革命女傑，同時也有意參與革命活動，以使漢族人民警醒，以恢復往日的榮景。但是在此處，卻認為自身武藝不佳，有意將所有的革命行動託付與顏紫綃，自己則居於後方，從旁以自身智識支持顏紫綃的所有行動。儘管其自言「不敢自惜身命」，又怯於自身柔弱本質而不敢主動行事，與前文暢談革命次序的謀劃相較，顯然減弱了陽剛的形塑、回到女性柔弱的一面，不僅是陽剛外在的脫落、同時也是角色形塑的缺失。

守貞的部分，則可從《續鏡花緣》第二十六回中，花如玉遭淑士國公主生擒時，公主知花如玉生理性別為男性，又看上花如玉的容貌，因此欲逼迫其結為夫妻，卻遭花如玉的斥責與抵死不從：「本帥生長女兒國內，是天注定的婦人。焉肯改裝，忘了根本？……若要本帥投降，除是西天出日。若要本帥與你承歡，除非東海無波。要殺便殺，何必在此曉曉！」此話激怒公主，欲將花如玉斬首時，幸得易紫菱相救。回到女兒國時，眾人得知花如欲不屈從於淑士國公主的淫威，對其大為讚揚，「沒有一個不佩服花如玉的忠貞節烈」。（頁 700-704）由於此段敘述，花如玉嚴守其女兒國內的女性身分，不欲為了苟活而毀壞自身貞潔，作者如此設定花如玉的性格，雖有不屈不撓的男子氣概，但從事件發展與言談中，可以發現花如玉對於女性身分的強烈認同，其背後的原因或出於作者認為女性應當守貞的價值觀，若有壞名節則不如一死。因此花如玉在小說中雖是一名女將，但是在男性裝束之下，仍具有傳統女性的思想模式，由此可知華琴珊筆下對於女豪傑的想像，終非連貫性地讓女豪傑操演男性身體，而是讓其回復到女性的自我認同。

至於回歸婚姻的層面，均見於華琴珊《續鏡花緣》。當女兒國與淑士國的站戰爭告終後，坤蕙芳、花如玉與梅鳳英便與國后韋麗貞、相國夫人武錦蓮與韋寶英義結金蘭，互相以姊妹相稱。在第三十三回，六人在御花園相談時，便提及尚未結親的花如玉梅鳳英的婚事，且韋麗貞、韋寶英有意撮合花、梅兩家，意圖在女兒國的女試大典結束、梅鳳英之弟梅占魁高中時，求國王賜婚，將花如玉配與梅占魁、梅鳳英配與花逢春。此話一出，說得花如玉與梅

鳳英「滿面緋紅，羞慚無地」（頁 763），足見兩人雖在沙場上馳騁、軍功彪炳，但卸下戰甲、談到婚事，卻如同尋常女子般羞澀，毫無往日的英豪之氣。

及至梅占魁連元及第，女兒國王便賜花、梅兩家聯姻。先於第三十五回描述梅鳳英與花逢春的婚禮經過、後於三十六回書寫花如玉與梅占魁的婚事，兩回的婚事內容，均極鋪排之能事，大加書寫兩場婚姻的盛況。其中值得注意的是，小說細緻描繪花如玉的出嫁容貌：「杏臉桃腮，蛾眉鳳目，濃妝艷裹，敷粉施朱，頭戴七鳳珠冠，身穿蟒服，下繫宮裙，腰圍玉帶，態度風流，蓮勾瘦削。」（頁 789）此處的描述，已可發現往日馳騁沙場的的花如玉已成為嬌豔羞澀的新嫁娘，全然不見往昔的男子氣概，換言之，擬男的扮裝在此處已完全卸除，回歸到女兒國的女性本色。[79]除此之外，兩家聯姻也牽動了官場地位，且牽動方式均非妻隨夫勢，而是「夫隨妻誥之諭。茲特加御妹夫梅占魁狀元為定遠侯，兼內閣學士，襟弟蕩寇伯花逢春為義勇侯。」（頁 790）兩家新郎均因妻子之勢得以升官進爵，可知女性地位與男性地位的連動。

此處的婚姻書寫，更標示出女豪傑在失去戰場此一伸展所長的場域後，最終的歸宿便是婚姻。且不分生理性別或社會性別，花如玉、花逢春、梅鳳英三人均走入婚姻，足以顯示女性生命的最終歸宿，且兩場婚姻均由主政者指派、並非自由戀愛成婚，事實上並沒有任何新女性的價值與意義，顯示出作者思想落於傳統窠臼；此外，由於女將軍／女豪傑的男性扮裝的脫落，更指出在沙場上的英勇終究只是一場扮演，脫離了陽剛的場域後，必然回歸到陰性的本質，是以《續鏡花緣》的男性化的女豪傑，僅能只是一種想像。

統合《續鏡花緣》與《鏡花後緣》的作者對於女性陽剛化的塑造，最終回歸到陰柔氣質的呈現，均顯示出兩部小說均從男性角度想像女豪傑的身影，也表示社會對於女性生命的期待，且在前代的英雄傳奇小說當中的女將亦有相同的現象描述，希望女豪傑可兼顧「英雄氣」與「兒女情」，故而希望

---

[79] 雷金慶即表示，中國文學中操演男性裝扮的女性角色，在回歸到女性身分時，會比在扮裝時更有女人味，且更加傳統。參見〔澳〕Kam Louie 著、劉婷譯：《男性特質論：中國的性別與社會》，頁 18。而在性別操演的模仿與回歸的雙重呈現，即表現出作者——甚或是社會對於性別身分期待及想像。

在結束此救亡圖存的特殊社會環境之後，能夠回歸到符合社會想像中依附男性的理想女性形象。因此兩部小說中的女豪傑，僅能是從扮裝的角度著眼，雖然贊同女性在政治場域的貢獻，卻難以對於父權體制有所鬆動。[80]

表 9：擬《鏡花緣》小說中的女豪傑一覽表

書名	人物	備註
蕭然鬱生《新鏡花緣》	某女子	此位被殺害的女性，李奇林認為即是秋瑾。
華琴珊《續鏡花緣》	易紫菱、坤蕙芳、雙紫雯、雲飛鳳、苗秀鴻、水碧蓮、紅賽珠、掌中珍、金彩文、藍桂馥、梅鳳英、花逢春、花如玉、一枝桃、景鐘聲、能載坤、蓋世英、席上珍、坤德厚	易紫菱為原《鏡花緣》小說人物。除易紫菱，其餘 18 人均為女兒國出身，因此社會性別與生理性別與他國有異，故在生理性別上，坤蕙芳、梅鳳英、花如玉等 3 人實為男性。
秋人《鏡花後緣》	唐閨臣、顏紫綃、張振權、尤賽夫、吳壯魂、張展漢、官振權、崔錦英	唐閨臣與顏紫綃為原《鏡花緣》小說人物。

---

[80] 參見劉素勳：〈通俗羅曼史裡的扮裝與性別操演／越界〉，頁 16-17。謝文女：《英雄傳奇小說中的女將研究》，頁 97-100。

第五章　發展之間
擬《鏡花緣》小說的時代意義

　　李汝珍《鏡花緣》一書成於清中葉，其版本內容據王瓊玲整理歷代版本
與考證內容，即認為《鏡花緣》最早的刊行本應是嘉慶二十二年（1817）刊
行之「江寧桃紅鎮坊刻本」，至道光元年（1821）時，即有許喬林與洪棣元二
人之〈序〉，與孫吉昌等十四人之〈題詞〉，且又有道光十年（1830）、十二年
（1832）、二十二年（1842）等版本多種，即可知《鏡花緣》自嘉慶以來即廣
為流行。[1]然自五四以來，研究此書的學者觀點雖有分歧，卻終不可抹滅李汝
珍通過小說創作表達自身對社會現象的關注。

　　此書之流傳，自清中葉以降，經晚清、五四至現當代，已有近二百年的
時間，現代讀者對於《鏡花緣》的觀點甚夥，其定位或為炫耀才學、或探討
女權、或反映民族氣節，均是奠基於五四以來的研究者觀點，亦可發現觀看
者閱讀視角差異。然此書既流傳兩世紀，卻未知讀者觀點在五四以前的變化
與異同，因此欲了解各時期的讀者觀點，以將《鏡花緣》之歷史地位加以重
新建構，則必須從五四以前的讀者或擬作者的角度進行分析，是以清末四部
擬作《鏡花緣》的小說，乃是觀察晚清讀者與創作者閱讀《鏡花緣》的重要
依據。[2]

---

[1] 對於《鏡花緣》一書之版本考證與各本差異，可參見王瓊玲：《清代四大才學小說》（臺北：臺灣商
務印書館，1997年），〈丁篇、「鏡花緣」研究・第壹章、作者與版本〉，頁372-378。

[2] 在此之前，對於清中葉以來的讀者閱讀鏡花緣的角度，已有李仁淵之〈重訪「女兒國」：清中葉以來
關於「鏡花緣」的性別論述〉與魏愛蓮之〈女性讀者眼中的「鏡花緣」〉二文。李仁淵整理了清中葉
至五四以後的資料進行闡述，觀察各時期讀者閱讀《鏡花緣》態度之差異；魏愛蓮則著重於女性讀
者的閱讀觀點，進行分析男性讀者與女性讀者的視角差異因素。二文詳見李仁淵：〈重訪「女兒國」：

本章的寫作目的，除了以晚清小說創作者觀點重新建構《鏡花緣》的傳承與屬性，亦從擬作者如何重現與批判處於新舊浪潮交替時期的清末社會，進而分析這四部清末小說對社會的反應，以及這四部小說與重現的婦女運動可能對於五四時期的影響，同時重估五四以來研究《鏡花緣》的地位。因此本章分為兩小節，用以說明《鏡花緣》與擬《鏡花緣》小說之間的文學史及婦女史地位的影響與轉變，藉以了解在傳統與新思潮交替的晚清時期，擬《鏡花緣》小說對於前作思想延伸、對當時環境的反應與後世文學史地位與婦女運動的評價與影響力。

一、《鏡花緣》讀者群的觀點流衍

四部擬《鏡花緣》小說成於晚清，距《鏡花緣》成書約有百年，期間的讀者觀點變化究竟如何，僅能從《鏡花緣》之書序與題詞進行了解。然最早版本的江寧桃紅鎮坊刻本已軼，筆者所見之較早版本為道光十二年之芥子園刻本，[3]此本除有道光元年之序與題詞外，另有麥大鵬與謝葉梅為《鏡花緣繡像》所作之序，俱為今日了解《鏡花緣》清中葉之讀者觀點較完善之版本。

在清末時，除四部擬《鏡花緣》小說傳達了創作者對於《鏡花緣》的看法外，晚清報刊《月月小說》與《新小說》均載有片段《鏡花緣》述評，是以分析晚清的讀者觀點轉向，必通過以上之資料，方能有較深入的理解，進而了解四名小說家的思想脈絡與詮釋方向在一百年間的轉化。而從以上的發展脈絡，才能更進一步了解五四以來的《鏡花緣》研究者身為小說閱讀者的觀點，以及擬作位居時代之間的意義。

清中葉以來關於「鏡花緣」的性別論述〉，《臺大歷史學報》第 28 期（2001 年 12 月），頁 127-156。
〔美〕Ellen Widmer 著、劉瓊云譯：〈女性讀者眼中的「鏡花緣」〉（*Jinghua yuan through Its Women Readers' Eyes*），王璦玲、胡曉真編：《經典轉化與明清敘事文學》（臺北：聯經出版社，2009 年），頁 229-240。

[3] 此本題為《鏡花緣繡像》，為麥大鵬與謝葉梅所作。本文所用的版本為上海古籍出版社印行之《續修四庫全書》所收錄之《鏡花緣》芥子園刻本。

（一）清中葉的閱讀者觀點：溢美與共感

　　清中葉的讀者觀點，可從兩類型的文獻觀察，一是序文、二是題詞。在許喬林〈鏡花緣序〉中，其肯定的是李汝珍「無一字拾他人牙慧，無一處落前人窠臼。枕經葄史，子秀集華，兼貫九流，旁涉百戲」，[4] 洪棣元〈鏡花緣序〉則稱《鏡花緣》「繁徵博引，包括靡遺，自始至終，新奇獨造」（頁 471），均肯定作者在創作上博覽群書、但在藝術上卻又能不落俗套的特色。而麥大鵬〈鏡花緣繡像序〉則在此許喬林與洪棣元的評論基礎上，肯定《鏡花緣》的藝術價值、思想性與娛樂性：「忠孝節烈，文詞典雅，百戲九流，聰明穎悟。閨秀團聚，談笑詼諧，足見一斑」（頁 472），謝葉梅亦與麥大鵬相似，其〈鏡花緣繡像序〉稱「忠孝節義，詩賦品藝，閨閣風流，咸歸於正」（頁 475），亦肯定《鏡花緣》在推獎「忠孝節義」的思想價值。值得注意的是，麥大鵬與謝葉梅二人之序雖晚於十四家題詞，但由於是繡像的創作者，而《鏡花緣》在小說當中的人物比例，以女性為多數，雖然女性人物的形象多數並不明顯，但卻因為文才名列泣紅亭碑，因此在繪圖時難以忽視這百名才女的存在，故而稱讚閨閣之內的才學風流。

　　以上四名書序作者有三人為廣東人、一人為浙江人，[5] 而芥子園書坊又設於金陵（今江蘇南京），即可知地緣關係均為靠海城市，以及《鏡花緣》從江南與廣東均有流通。又，陳俊啟據羅友枝（Evelyn Rawski）的研究指出，1830年代的廣東男性識字人口約有八成、上海地區亦有將近一半，儘管此數據陳俊啟認為偏高，但當時廣東與江南一帶均有相當多的刻書坊與書肆，且流通書籍大多為小說，足知當時小說讀者的增加除了與識字率相關，書肆行業的興起亦有相當的因素，冉玫鑠（Mary Backus Rankin）亦對此種社會現象持相

---

[4] 參見〔清〕李汝珍：《鏡花緣》芥子園刻本，《續修四庫全書》第 1795 冊（上海：上海古籍出版社，2002 年），頁 470。以下所引芥子園本之題詞與序文，均於引文後標示頁碼，不另作注。

[5] 據《鏡花緣》芥子園刻本所示，四篇書序作者之籍貫字號為：梅州許喬林（石華）、武林洪棣元（靜荷）、順德麥大鵬（摶雲子）、四會謝葉梅（靈山氏）。梅州即今廣東省梅州市、武林即今浙江省杭州市、順德即今廣東省佛山市、四會即今廣東省四會市。

同看法，且認為此種現象延伸至十九世紀末到二十世紀初。[6]四篇書序作者、乃至於以下所說的十四家題詞作者，均是社會地位較接近的文人讀者群，因此在閱讀觀點上，大多以「寓懲戒」的面相著眼，期望通過菁英式的文本解讀，以達成小說的教化功用。[7]

　　與四名書序作者相較，十四家[8]題詞的觀點則趨於多元，有從作意新奇的藝術層面加以稱讚者，亦有表述小說內忠孝節義、佛道脫俗等思想內容，或是關注小說中的女性悲劇等。從藝術層面稱許者，如孫吉昌云：「此編二十卷，一覽無參差。不拾人唾餘，疊疊抽秘思」（頁 537），又稱《鏡花緣》的內容特色如古訓詁、古謠詠、如《山海經》、如職方誌等書，在藝術又有尊崇之概、瀟灑之致、變幻不測、奇偉悲壯等特質，全面性地稱許李汝珍的藝術文采。又如蕭榮修言：「一筆縱橫隨意掃，萬花璀璨向人開」（頁 538），稱李汝珍之才華洋溢、文采恣肆；許祥齡則謂：「上超往古下超今，創格奇文意趣深」（頁 540），肯定《鏡花緣》旨趣古今難見。

　　寓意上，陳瑜表示：「個中奧旨誰參透？須識《南華》有寓言」（頁 539），認為《鏡花緣》一書具有如同《莊子》一般的精深奧旨。此意旨究竟為何？或可從胡大鈞題詞之自注窺見一斑：「此書以忠孝二字為修仙根本，以打破四關為入道功夫」[9]，認為《鏡花緣》之書以宣揚忠孝為求仙之根本，而成仙的方法則為打破酒色財氣等俗世執著為為功夫，是以《鏡花緣》之寓意則為表彰忠孝節烈、擺脫利慾之迷染。

---

[6] 參見陳俊啟：〈晚清報刊雜誌中小說讀者群體概念的形塑和消解〉，《漢學研究》第 28 卷第 4 期（2010 年 12 月），頁 211-212。〔美〕Mary Backus Rankin 著、牛貫杰譯：〈驚世危機與誘人機會：19 世紀晚期中國政治及文化變遷〉（*Alarming Crises/ Enticing Possibilities: Political and Cultural Changes in Late Nineteenth-Century China*），國家清史編纂委員會編譯組：《清史譯叢》第 9 輯（杭州：浙江古籍出版社，2010 年），頁 96-97。

[7] 參見陳俊啟：〈晚清報刊雜誌中小說讀者群體概念的形塑和消解〉，頁 210。

[8] 鏡花緣題詞凡十四家，生平今多不詳。據《鏡花緣》之題詞上所列舉之人名字號，依序為：訒齋孫吉昌、菊如蕭榮修、蔬菴許祥齡、利齋范博文、鴛湖女士朱玫（紫香）、又衡胡大鈞、吉人邱祥生、香徑金翀、修寧女士金若蘭（者香）、情田浦承恩、虞山女士錢守璞（蓮因）、古虞朱照、燕山女士徐玉如（月仙）、春泉陳瑜。

[9] 前揭書，頁 539。

　　從關注女性的角度言，金翀與浦承恩兩人均稱《鏡花緣》為「百美圖」[10]，是最早以百美圖稱呼此書者，足見兩人已觀察到《鏡花緣》中百位才女的存在，兩人之作又早於麥大鵬與謝葉梅，雖然二人對於女性形象的關注描述甚少，卻是早期讀者中，較早關注到《鏡花緣》才女存在者。除此之外，又有四位女性讀者對《鏡花緣》中的女性悲劇進行關照：

朱玟：「十年未醒《紅樓夢》，又結花飛鏡裏緣。」（頁 538）
錢守璞：「名記泣紅亭上女，大都薄命為聰明。……笑他未醒《紅樓夢》，止寫尋常兒女癡。」（頁 539）
徐玉如：「泣紅我亦淚餘痕，薄命徒嗟往事存。」（頁 539）
金若蘭：「不上泣紅亭，群花夢已醒。」（頁 539）

　　四人之作均標示百位才女的紅顏薄命，又將《鏡花緣》與《紅樓夢》對照，其原因或出於兩本小說均感嘆才女紅顏薄命，[11]使女性讀者將自身性命投射於小說人物以自傷性命。除此之外，由於《鏡花緣》中的女性大抵仍有一展文才的機會，使其得以參加女試、名列榜上（即小蓬萊預示的泣紅亭碑），甚或是赴外在政治上運用才學，然而對於朱玟等人而言，在現實生活中缺少了這樣的機會與環境，令她們縱有才氣、卻僅能在日常生活當中作詩自娛，而沒有讓她們有在大眾之下展現的空間，只能在短暫的生命當中感嘆「小說如夢」，且此夢已醒的遺憾。

---

[10] 金翀言：「綵筆描成百美圖。」浦成恩言：「須知百美圖中景，不用丹青筆寫生。」二詩參見〔清〕李汝珍：《鏡花緣》芥子園刻本，頁 539。
[11] 有關《鏡花緣》與《紅樓夢》的關係，毛忠賢認為《鏡花緣》在藝術構思上借鑒了《紅樓夢》，但《紅樓夢》是表達女性的悲劇，而《鏡花緣》則寫出才女的堅強意志，突破了對女性形象的塑造。馮保善則認為兩部小說均以女性悲劇為核心，如《紅樓夢》在「金陵十二釵」之判詞與「紅樓夢十二曲」中，標示了女性的悲劇命運；《鏡花緣》則有「泣紅亭碑記」標示作者為才女悲劇之泣，在含意與意象上均有相似之處，因此清中葉將兩部小說對舉，原因或出於此。參見毛忠賢：〈《鏡花緣》對「紅樓夢」的繼承與突破：兼論明清小說中女性形象的演變〉，《人文雜志》1990 年第 2 期，頁 116-117。馮保善：〈相同的題材、別樣的書寫：論「鏡花緣」與「紅樓夢」不同的女性審美與塑造〉，《連雲港師範高等專科學校學報》2010 年第 3 期，頁 1-4。

　　未在《鏡花緣》芥子園刻本中的清中葉讀者，尚有陸以恬（1802-1865）
與沈善寶（1808-1862）二人。陸以恬於其《冷廬雜識》中稱：「《鏡花緣》說
部徵引浩博，所載單方，以之治病輒效。表弟周蓮史太史士炳為余言之，因
錄其方以備用。」[12]表明《鏡花緣》中載錄了藥方多種，且用於及患多可見效，
因此作者時常翻閱書中所載藥方以施用於親友之身。由是觀之，陸以恬認為
《鏡花緣》除展現了作者的學問淵博外，亦可將之視為醫書。沈善寶則為一
名女性詞人，其著有一詞為〈風入松・讀鏡花緣作〉，詞之下闋曰：「蜃樓海
市幻中因，意蕊艷翻新。胸中塊壘消全盡，羨蛾眉、有志俱伸。千古蘭閨吐
氣，一枝筠管通神。」[13]表示《鏡花緣》中的才女能夠運用才學，在學術與政
治場域上伸展其志，儘管小說內容如夢似幻，但沈善寶作為一名女性讀者，
對於小說內的女性能夠施展才學深表欣羨，亦使自身有才難伸的鬱悶得以舒
展。

　　由以上可知，在清中葉的讀者群中，在觀看《鏡花緣》時，角度已趨多
向。儘管男性讀者多關注的是作者自身的才華展現與小說內容的寓意，女性
讀者則多關注小說內的才女命運與才學，進而將自身命運投射於人物上，舒
展個人心志。然而清中葉的讀者反映，則又必須關注的是閱讀者與創作者之
間的關係。如為《鏡花緣》作序的許喬林與洪棣元，以及作題詞的十四位文
人，由於均與李汝珍有所交遊，因此並不能視為一般讀者的普遍感受，而應
視作親友之間的讚譽，也難免有溢美之嫌、難以抒發作品當中的藝術缺失。[14]
但現今對於其他清中葉《鏡花緣》的讀者感受已難以溯及，因此僅能就這些

---

[12] 參見〔清〕陸以恬：《冷廬雜識》，轉引自蔣瑞藻：《小說考證》（臺北：河洛圖書出版社，1979 年），
頁 306。

[13] 參見〔清〕沈善寶：《鴻雪樓詞》，轉引自鄧紅梅：《女性詞史》（濟南：山東教育出版社，2000 年），
頁 392。

[14] 王瓊玲即就「個人才學」與「文學創作」兩大層面評價《鏡花緣》的貢獻與缺失。在貢獻上，保存
了許多學術、民俗、社會資料，雖難免有駁雜之失，但是對於學術研究上，仍有其價值意義。而在
文學創作上，由於個人才學的展示，有時難以顧及文學藝術性，致使情節旁枝蔓衍、缺乏趣味，又
如百名才女的人物形象單薄、百人一面，並無各自的特殊性，也是小說創作應避免的問題。詳細參
見王瓊玲：《清代四大才學小說》，頁 600-605。因此序文與題詞受限於情誼而僅有讚譽、而難以抒
發可能存在的藝術缺失，因此不應當視為普遍讀者的感受。

　　吉光片羽窺豹，或略可得知與李汝珍同時期文人對於《鏡花緣》的閱讀感受。

　　至於在這些隻字片語當中，可以發現到男女閱讀者著重之處有極大的觀點差異。造成此種不同性別視域下的觀看角度差異之因，魏愛蓮（Ellen Widmer）認為可能是出於男性讀者多與李汝珍交好，因此著重在作者的才華展現與作品本身的哲學問題，女性讀者則多從小說女性人物的角度思考，進而自傷身世。[15]李仁淵則認為，《鏡花緣》原是文人休閒傳閱之作，之所以有女性讀者閱讀，除由於小說本身對才女的描述外，又因清中葉時已有相當數量的女性識字，且有許多文學作品盛讚女子才德，造就《鏡花緣》的讀者群的擴大。[16]因此《鏡花緣》閱讀者的觀點差異，或出於親友之間的讚譽、又或是出於性別視域下的生命感受，不論理由為何，在晚清以前，已有部分讀者開始關注《鏡花緣》的女性身影。

（二）晚清的讀者觀點：試圖歸類小說性質

　　相較於清中葉讀者從小說的藝術性進行思考，晚清時的讀者則從內容著眼，並將《鏡花緣》進行屬性上的分類。如俠人認為「《鏡花緣》、《蕩寇志》之備載異文，《西遊記》之暗證醫理，亦不可謂非科學小說也。特惜《鏡花緣》、《蕩寇志》去實用太遠」，[17]認為《鏡花緣》載錄許多知識，尚可歸入西方之科學小說一類，但這些知識難以切合實際用途，是其不足之處。浴血生則從女權的觀點著眼，認為「中國女權，卑弱至極，志士痛之。近頃著書以提倡女權為言者充棟，故前數十年，誰敢先此發難？而《鏡花緣》獨能決突藩籬，為女子一吐鬱勃」，[18]將《鏡花緣》視為中國中提倡女權的先聲，在男尊女卑的社會中，獨樹一幟地提出女性權利。定一亦云：

---

[15] 參見〔美〕Ellen Widmer 著、劉瓊云譯：〈女性讀者眼中的「鏡花緣」〉，頁 240。
[16] 參見李仁淵：〈重訪「女兒國」：清中葉以來關於「鏡花緣」的性別論述〉，頁 133。
[17] 參見〔清〕俠人：〈小說叢話〉，《新小說》第 13 號（1905 年 1 月），頁 167。
[18] 參見〔清〕浴血生：〈小說叢話〉，《新小說》第 14 號（1905 年 2 月），頁 166。

> 中國無科學小說，惟《鏡花緣》足以當之。其中所載醫方，皆發人
> 之所未發，屢試屢效，……小說有醫方，自《鏡花緣》始。以小說
> 之醫方施人而足見效，尤為亙古所未有也。雖然，著者豈僅精於醫
> 理而已爾，且能除誨盜誨淫之習慣性，則又不啻足為中國之科學小
> 說，且實中國一切小說之錚錚者也。……其述當時才女，字字飛躍
> 紙上，使後世女子，可以聞雞起舞，提倡女權，不遺餘力。[19]

此段文字認為《鏡花緣》在提倡女權有極大貢獻外，所載錄的醫方，可使該
書列入科學小說；然不論是女權或是科學，定一認為均不足以涵蓋《鏡花緣》
的特性，由於此書所統攝之內容多元，且具有教化風俗的作用，因此可視為
中國一切小說最傑出者。

吳趼人的觀點與浴血生相似，認為《鏡花緣》難以分類，因此於《月月
小說·說小說·雜說》中言：

> 《鏡花緣》一書，可謂之理想小說，亦可謂之科學小說。其所敘海
> 外各國，皆依據《山海經》，無異為《山海經》加一注疏，而其諷
> 世理想、科學等，遂藉以寓於其中。吾最喜其女兒國王強迫林之洋
> 為妃，與之纏足一段，其意若曰：「汝等男子，每以女子之小足為
> 玩具，盍一返躬為之，而親其痛苦哉？」全書所載各種藝術，又皆
> 分配於個人，尤為得體。[20]

由此段敘述可以發現，吳趼人認為《鏡花緣》除可歸類為「理想小說」與「科
學小說」兩類外，又由於小說含有諷喻性，似可列入寓言小說；加之其喜好
女兒國纏足一段，認為男性應當親自體會纏足之痛苦，反思女性在陋習下的

---

19 參見〔清〕定一：〈小說叢話〉，《新小說》第 15 號（1905 年 3 月）頁 167-168。
20 參見〔清〕吳趼人：〈說小說·雜說〉，原載於《月月小說》第 8 號（1906 年 4 月），頁 208。底線為
　筆者所加。

摧殘，更可見《鏡花緣》在女子權利的前瞻性，因此吳趼人對於《鏡花緣》
所描述的中國婦女處境亦相當重視。

　　由以上敘述可知，清中葉至晚清時，讀者對於《鏡花緣》的觀點已從藝
術性擴及到內容思想性，且更加看重小說中的婦女活動，因此晚清的評論者
試圖將小說以更精確的方式加以歸類，在這一百年間，《鏡花緣》屬於「女界
小說」、「寓言小說」、「理想小說」、「科學小說」的分類已稍具雛形，[21]但正如
定一和吳趼人面對小說多樣的內容而遇到分類時的困境，晚清小說評論家對
於《鏡花緣》仍有觀點上的分歧，但已可見此間小說讀者與評論者的努力。
同時，亦可發現清末提倡之「小說界革命」對於文學改良運動時，提出了小
說對社會改良的地位與作用，同時將舊有的古典小說家以類比，以發現古典
小說中可資運用的「新」時代意義。[22]在此文學運動的推廣下，《鏡花緣》的
新觀點便被著眼於其中的科學性及提倡女權。

　　當清末小說論者大加賦予古典小說的新意義時，小說創作者——蕭然鬱
生、陳嘯廬、華琴珊與秋人——等四人身為讀者，亦難以跳脫此種時代氛圍，
因此在讀畢《鏡花緣》、進而提筆著作時，則採取《鏡花緣》中某一部份的新
思想加以延伸，以宣揚《鏡花緣》的思想前瞻性。四部小說中最早問世的蕭
然鬱生《新鏡花緣》於《月月小說》刊行時，標為「寓言小說」，內容主要諷
刺清末維新運動時的諸多弊端，因此通過《鏡花緣》中原有的人物林之洋與

---

[21] 然筆者所見晚清時的《鏡花緣》評論內容，雖有關注到《鏡花緣》中有女權的部分，卻未有直言其
為「女權小說」者。再觀當時的小說分類法，梁啟超於〈論小說與群治的關係〉中粗略地將小說分
為「理想派小說」與「寫實派小說」兩類，寅半生於〈小說閒評〉評述各類小說時，更細部地分作
「冒險小說」、「科學小說」、「偵探小說」、「豔情小說」、「遊記小說」、「寫情小說」、「家庭小說」等
目，而未見「女權小說」一類。縱如俞佩蘭於〈女獄花敘〉中言「講女權、女學之小說，亦有碩果
晨星之嘆。甚矣作小說之難也，作女界小說之尤難也」，雖非歸類出「女權小說」之體，而用「女界
小說」作廣義地概括，因此晚清對於描述女權的小說，或許未精確地用「女權小說」進行分類，僅
是從意義上以「女界小說」稱之。參見〔清〕梁啟超：《飲冰室文集》第十冊（臺北：臺灣中華書局，
1970 年），頁 7。〔清〕俞佩蘭：〈女獄花敘〉，轉引自梁啟超等撰：《晚清文學叢鈔・小說戲曲研究卷》，
頁 191。〔清〕寅半生：〈小說閒評〉，轉引自梁啟超等撰：《晚清文學叢鈔・小說戲曲研究卷》，頁
467-507。

[22] 參見葉朗：《中國小說美學》（臺北：里仁書局，1987 年），頁 304-308。

多九公等人的重新出遊，藉由遊歷「維新國」，觀察維新國內各種現象，諷刺維新國的維新內容僅重視表面事物，而非從根本內在精神進行革新。最明確提出此種現象的段落，即小說第四回通過一名老者之口描述：

> 立意維新，國名也取維新，店號也取作新、起新等字，人民也取知新、新民等號，服飾也新，文字也新，語言也新，稱呼也新，禮節也新，器用也新，食品也新，無論何物，無一不新。……唉！維新，維新，那裡教你們在這些上新？要新的是精神，新魄力。精神新，魄力新，在新教育，新政治，新風俗。至於現今新之新，那是可新可不新的新。你想，可新可不新的到都新了，那一定要新的到都沒新，新其末而不新其本，雖新煞也仍是沒新一樣。（頁408）

由這段文字，即可知作者對於清末新政推行的方向為本末倒置，認為若要推行維新運動，應當從精神、教育、風俗等根本層面進行，而非從名稱器用等表象推動，致使維新運動時時出現弊端。從此段內容隱約可知蕭然鬱生創作小說之用意，並非全盤反對維新，而是應將維新運動的主旨關注在根本問題上，才能免於流弊。小說雖未深入關照清末女權運動，僅將女權運動視為清末新政的其中一個環節、片段地描述女學生的求學困境。因此對蕭然鬱生而言，《鏡花緣》給予的啟示並非女權，而是以寓言形式描述晚清的社會政治與個人理想。

與蕭然鬱生相較，陳嘯廬則精準地說出「女界小說惟《鏡花緣》一書」（〈作意述略〉，頁215），為清中葉至晚清的《鏡花緣》讀者中，清楚地道出《鏡花緣》關懷並書寫女性的層面。縱使陳嘯廬認為《鏡花緣》談論女權「太嫌鑿空，太無結果，究不能為女界實實放一異彩」，遂作《新鏡花緣》「以別於舊有之《鏡花緣》」（〈作意述略〉，頁215）。而綜觀其小說，談論清末女權與女學為最多，雖然其於女權相關思想中主張中體西用、而非全盤西化，致使後

世論者認為其為「反女性主義」,[23]但就陳嘯廬對於《鏡花緣》的認識,並有意針對女權思想加以改良的部分而言,陳嘯廬實認為《鏡花緣》為提倡女權的女界小說。

至於華琴珊《續鏡花緣》在其自序中,稱《鏡花緣》「雖曰無稽之談,亦寓勸懲之意」(頁495),贊同《鏡花緣》於教化上的用途,然又感於《鏡花緣》未完,遂仿效前人、著筆續之。至於從何接續,其友胡宗埼表示「從前書卷尾『再開女試』一言入手,而以『才女盧紫萱輔佐女兒國王為賢君』數語作主腦」(胡〈序〉,頁 493-494),此雖是李汝珍創作時未完成的部分,但由此處加以延伸,即表示華琴珊對於《鏡花緣》的關注,仍較多的在女子可參政、可入學的層面。儘管在《續鏡花緣》中,對於女性的關懷與李汝珍大相逕庭,且與時代浪潮相反,全盤否定新學,[24]但從華琴珊選擇「再開女試」作為下筆的起點推斷,其觀看《鏡花緣》最有興趣的,仍是有關其中的女權論述。

四位小說作者中,寫作時間較晚的秋人在觀看《鏡花緣》時則著重兩種層面,其於小說第一回表示:

> 外國風俗,最是尊榮女輩;中國風俗,最是壓抑女子。所以女子有了特別的舉動,中國的人,便加以種種不堪的名目了。我們唐朝的時候,豈不是有位武則天麼?他的本事,可以推倒李氏君主、自為皇帝。女子的特別舉動,算是他一人為最了。然而傳至今日,已經千百餘年,試問有一人敢說這位武則天是好人的麼?世人說他不好,那《鏡花緣》則說武則天是好,所以處處替他張揚,便是《鏡花緣》的第一件特色。異族入關,把我滿堂漢種,或誅或滅。有志

---

[23] 如魏文哲與李奇林兩位學者均認為陳嘯廬的女權思想充滿矛盾,甚至近於保守派,對於西方女權毫無認識,遂認為《新鏡花緣》不可視為女權主義文本讀之。參見李奇林:〈兩部「新鏡花緣」之優劣比較〉,《江蘇教育學院學報・社會科學版》1995 年第 3 期,頁 55-56。魏文哲:〈「新鏡花緣」:反女權主義文本〉,《明清小說研究》2004 年第 2 期(2004 年 6 月),頁 162-169。

[24] 參見王瓊玲:〈妄續新篇愧昔賢:「續鏡花緣」研究〉,《古典小說縱論》(臺北:臺灣學生書局,2002 年),頁 167-172。

之士，難有不泣血椎心呵！憤無可洩，不得不寄意筆墨。然而縱情
直達，則又禍患易生，故不能不略為隱括。唉，須知《鏡花緣》中
所說軒轅國，就指中國了。其中朱草呈祥一事，又是有明的事情了。
手揮五絃，目送歸鴻，俱有不即不離之妙。民族主義，可知他未嘗
晦昧呢！這是他第二件的特色。（1910 年 1 月 10 日）

其認為《鏡花緣》有意為武則天翻案，認同女性主理政事，為開女子參政權
的先河；又從海外諸國均需至軒轅國朝貢、以及小說內「朱草」的意象，認
為是反清復明、恢復漢族政權主體的特質。而據此兩種內容，即認為《鏡花
緣》乃是發中國古典小說中女權主義與民族主義的先聲，「女權民族，近十餘
年來，人人都視為最新的議論，誰知前百餘年，已經有人發為言論，著為小
說的哩」（1910 年 1 月 8 日）。其後進行續寫時，也多針對女權與民族主義兩
大面向進行書寫。因此秋人觀看《鏡花緣》的角度，除有李汝珍對女性的關
懷以外，尚有民族氣節。

　　由此可知，四位小說家關注《鏡花緣》，則多是從政治與女性問題上著眼，
亦從清中葉以來的讀者觀點可以發現，論述《鏡花緣》的角度則從藝術層次、
延展到思想內容，在從思想內容中的寓意性、科學性與關懷婦女等諸多層面，
收束至政治性與關懷婦女。是以四位小說閱讀《鏡花緣》、並進行續寫時，最
感興趣的仍是其中的婦女議題與政治議題，也同時看出清中葉至晚清時期，
《鏡花緣》讀者思考模式的轉向。

（三）五四以來的《鏡花緣》讀者與研究觀點：歸結前代之見

　　誠如王瓊玲所言，五四以來的近代學者研究《鏡花緣》，認為此書之創作
目的眾說紛紜，有從炫耀才學申論者、有認為是宣揚民族精神者、亦有以為
是提倡女權者。[25] 然而究竟以何種說法為佳、或可諸說並存。為了解《鏡花緣》

---

[25] 參見王瓊玲：《清代四大才學小說》，頁 384。

之創作目的，一般讀者的閱讀觀點雖難以進行有效的整合，但若將研究者視為讀者群中的一類，這類學術研究者／讀者的觀點自不容忽視，因此參酌五四以降的讀者與研究者著眼的觀點轉向，方可使《鏡花緣》的定位能更精準地確立。

　　前輩學者論述《鏡花緣》為炫耀才學者，最早的當屬魯迅（1881-1936）。其《中國小說史略》將《鏡花緣》歸入「清之以小說見才學者」，乃根據小說「羅列古典才藝，亦殊繁多，……學術之匯流，文藝之列肆，然亦與《萬寶全書》為鄰比矣。」[26]認為小說中列舉出了多樣才藝，展現作者己身學識淵博，因此當為才學小說。夏志清則認為《鏡花緣》是站在傳統的道德立場謀篇布局，造成「李汝珍雖然富於才情和機趣，畢竟對傳統文化全盤接受」，因此雖有諷刺之名、卻無諷刺之責，僅能通過小說大力宣揚傳統文化的理想和樂趣。[27]王瓊玲則從兩位學者的觀點加以延伸，精細地分析《鏡花緣》展現的各種技藝、醫方、遊戲、學識與文采等多種才藝，故稱展現才學為李汝珍創作《鏡花緣》之最大宗旨。[28]

　　認為《鏡花緣》為討論女權之書者，在胡適之前，已有張中行（1909-2006）於《負暄絮語》中稱《鏡花緣》之女學女科「隱然有男女平權之意味」，[29]為近代最早提出《鏡花緣》有性別平權用意者。及至胡適（1891-1962）提出「鏡花緣是一部討論婦女問題的書」，將婦女議題視為社會問題中的一環，深入分析與批判《鏡花緣》中女兒國內對於女子的「矯揉造作」的梳妝打扮，以及讚揚小說內提倡的女學與女權、批判守貞的雙重標準等多種面向，認為《鏡花緣》「在中國女權史上佔一個很光榮的位置」，並稱女兒國的描述當是「世界女權史上一篇永永不朽的的大文」，即知胡適對《鏡花緣》婦女議題的重視。[30]

---

[26] 參見魯迅：《中國小說史略》（臺北：五南出版社，2009 年），頁 375。

[27] 參見夏志清著、黃維樑譯：〈文人小說家和中國文化：「鏡花緣」研究〉，夏志清等著：《中國古典小說論集》（臺北：幼獅文化出版社，1988 年），頁 265-266。

[28] 參見王瓊玲：《清代四大才學小說》丁篇第貳、參章之〈《鏡花緣》的創作目的〉，頁 384-528、571-595。

[29] 參見張中行：《負暄絮語》，轉引自蔣瑞藻：《小說考證》，頁 306。

[30] 參見胡適：〈「鏡花緣」的引論〉，《胡適文存》第二集（臺北：遠東出版社，1961 年），頁 412-433。

陳東原與鮑家麟提出的論點亦與胡適相似，認同《鏡花緣》批判傳統男性化的社會文化施於女子身上的矯揉造作與雙重標準，並主張女子的智慧與男性相等、且可參與政治，因此對於《鏡花緣》提出的種種性別平等議題是相當大膽、前所未見的。[31]此種觀點極受今日的《鏡花緣》閱讀者接納，形成了《鏡花緣》是討論女權之書的閱讀與研究典範，且難以被打破。

但此種以性別觀點作為主體的閱讀典範，並非無人挑戰。夏志清從小說後半部，才女在討伐武周政權時，有數人殉節守貞；又從纏足一事發現，李汝珍雖有意提出纏足對於女體的殘害，但小說中的才女卻全都是小腳、且原是天足的女兒國王儲陰若花在進入中國後，仍必須服膺於中國纏足之俗，因此這種「前瞻性」的寓言，僅能停留在想像層面而未能實行，且同時傳達出作者擁護傳統的一面。[32]李玉馨則從李汝珍「擁傳統」與「反傳統」的兩種面向探討，發現李汝珍受限於時代背景、文化體制與個人性別，造成擁傳統的傾向強過反傳統，使《鏡花緣》的女權主張在父權社會中難有伸展的空間，也因此打破了胡適以來的《鏡花緣》女權論述的前瞻想像。[33]

認為《鏡花緣》為宣揚民族氣節的觀點則較晚出，如李辰冬（1907-1983）從小說書寫的歷史背景進行剖析，認為清朝對於文人的態度是懷柔與壓迫兼施，又從小說內部武則天無道之事、以及對武則天的稱呼是用「太后」而非「天子」，認為有意貶抑武則天；再將小說首回對百獸群舞的批評是為官場腐敗的影射，與小說中百位才女中姓名與處境的比附，認為作者心懷古史、而無意趨附於當朝，至於小說中有意提出女權，李辰冬認為《鏡花緣》提出「女清男濁」的觀點與清代文人如《紅樓夢》之「男人是泥作的，女人是水做的」並無太大差異，因此不能說李汝珍是有意提倡女權，僅是一種時代風氣的展

---

[31] 參見陳東原：《中國婦女生活史》（上海：上海書店出版社，1984 年），頁 250-257。鮑家麟：〈李汝珍的男女平等思想〉，《中國婦女史論集》（臺北：稻鄉出版社，1979 年），頁 221-235。

[32] 參見夏志清著、黃維樑譯：〈文人小說家和中國文化：「鏡花緣」研究〉，頁 275-276、298-299。

[33] 參見李玉馨：〈反傳統與擁傳統：論「鏡花緣」中的女權思想〉，《中外文學》第 22 卷第 6 期（1993 年 11 月），頁 109-119。

現，遂認為《鏡花緣》乃是展現作者個人民族氣節的小說。[34]尤信雄雖不否認
《鏡花緣》中有作者展現才學與關懷女性的內容，但認為小說最主要的內容，
則是由於李汝珍選擇了「武則天臨朝僭號、義士恢復唐室」的歷史，提醒讀
者清廷的暴政與文人受到壓迫的處境，其中的才女故事則是掩人耳目、避免
遭到清廷的猜忌與構陷，因此整本《鏡花緣》最主要的宗旨仍是「推翻偽朝、
暴政，並對清廷作精神上的抗暴」。[35]

　　以上整理五四以來的《鏡花緣》論述，可以發現《鏡花緣》在現代讀者
眼中的觀點歧異。正如李仁淵所述，五四以來對於《鏡花緣》的女權論述多
因襲五四時期胡適等人所立下的典範，致使近代以來論述《鏡花緣》中的婦
女議題汗牛充棟，而小說中關於才女應試與女兒國的性別文化課題也成為通
俗讀者眼中備受注目的對象，因此《鏡花緣》與女性的連結性在研究者即通
俗讀者的言中自是不言可喻。雖然近代已有學者如李辰冬與尤信雄試圖以政
治與民族意識的層面著眼，以打破五四以來的典範再現，造成《鏡花緣》的
女權論述與國族論述在時代的變遷中產生拉鋸。但這場論爭與翻轉的成效似
乎不如兩位學者預期的強，因為現今在閱讀《鏡花緣》時，多數的讀者仍不
免受到五四以來的觀看角度影響，使這本小說成為中國第一部談論婦女議
題、且主張女子權利的小說，也可見得五四以來的《鏡花緣》性別論述的典
範是難以被打破的。[36]

　　但這些論述原是學者們本於李汝珍《鏡花緣》的原始文本的閱讀與分析
的結果，雖不可抹消前輩學者試圖解析出《鏡花緣》的創作宗旨與研究成果，
但是這些觀點，或可參照清末讀者觀點、以及晚清四部擬《鏡花緣》小說進
行觀看，以合理地得出《鏡花緣》究竟應被歸類在何種價值地位上。

　　首先，四部小說產生於清末維新運動中，而清末女權論述最重要的「塑
造國民之母」之論，雖然意圖通過興女學與廢纏足兩大層面以促進女性權利，

---

[34] 參見李辰冬：〈鏡花緣的價值〉，《李辰冬古典小說研究論集》（北京：中華書局，2006 年），頁 331-337。

[35] 參見尤信雄：〈「鏡花緣」的主旨及其成就〉，《國文學報》第 8 期（1979 年 6 月），頁 113-116。

[36] 參見李仁淵：〈重訪「女兒國」：清中葉以來關於「鏡花緣」的性別論述〉，頁 144-145。

但是提升女性權利的最終目的，仍是以成為國民之母、將所學施於家庭教育中，使女性誕育的下一代能夠身強體健、具有充足的知識，因此誠如黃錦珠所言，晚清的性別論述是不斷地以「女學－女權－國權」的架構，撐起整體女權論述，也就形成清末的性別政治「收編」於加國政治下、成為仍是家國政治的一環、甚或是基礎，使小說中的女性主體其實是曖昧模糊的。[37]雖然不可否認這些女子權利的提倡仍有助於傳統婦女走出閨閣、參與公共事務，也使女性的生命有了光輝，但在處理家國政治與婦女議題間的問題是，女權論述雖然在家國政治中得以被重視，由於最終仍是以家國為依歸，因此女性仍然是依附在陽剛化的男性、父權體制中，若缺少了家國論述，則婦女議題則難以被提出討論，形同另一種層面的性別壓迫。[38]雖然女權是建立在國權的論述架構下，卻也同時正視了女性為社會中的一份子，換言之，不管是何種時代，女性雖然處於被父權壓迫的社會，但仍不可否定男女生活在共同社會中的不可分割性，因此女性的地位得以在國族的架構中被重視，意即：談論中國婦女議題時，仍不可忽視其背後的整體社會，論述《鏡花緣》時亦是。

以蕭然鬱生《新鏡花緣》為例，其所欲談論的本非女性議題、而是諷刺維新運動所帶來的弊端，在續寫觀點上，也未延續《鏡花緣》關懷女性的議題，而是從政治諷諭作為續寫主體，顯見蕭然鬱生對於《鏡花緣》的關注乃在政治性、而非性別關照。但是其小說創作討論女學生、甚或是革命女傑時，卻又不能將之排除於整體維新運動的架構之下。縱使是介於傳統婦女與新女性之間的娼妓，在政治場域中，對於清廷官員的職位升遷仍有一定影響力，因此作者本身雖無意談論婦女議題，卻不能排除女性在社會中的地位。又如四部小說中對於女性觀點為最保守的華琴珊，雖反對女子求學與放足、否定女學生型的新女性；但如胡宗埼在〈續鏡花緣全編序〉中表示華琴珊選擇接續《鏡花緣》的起點為女性在政治場域中的成就。再者，小說中著墨最多的

---

[37] 參見黃錦珠：〈晚清小說中的性別、主體與困境〉，王璦玲編：《明清文學與思想中之主體意識與社會‧文學篇》（臺北：中央研究院中國文哲研究所，2004 年），頁 695-701。

[38] 參見洪曉惠：《晚清女性政治文本的性別與家國》（新竹：國立清華大學中國文學系碩士論文，1997年，頁 128-130。

女性類型為女兵：即女豪傑型的新女性。這些女兵不分生理性別或社會性別，
在戰場上均有彪炳的戰績，足見女性在對抗外侮時，仍有其不可抹滅的貢獻。
此外，華琴珊在創作時又模仿李汝珍在小說中展現才學、在文中大量使用自
身創作以表達科舉未第的失落感與個人政治報復，儘管這些創作，王瓊玲認
為藝術與思想上不如李汝珍優秀，[39]但作為「才學小說」的遺緒，與小說具有
展現作者個人文彩的功用而言，華琴珊於小說中炫耀個人才學，似乎是無可
厚非。[40]

　　陳嘯廬《新鏡花緣》雖認為李汝珍談論女權「太嫌鑿空」，因此才作「新
鏡花緣」以別前書。又在首回即表示中國在列強瓜分的局勢下，希圖「在這
二十世紀競爭劇烈世代，替中國多生幾位巾幗鬚眉，洗一洗二萬萬男子含垢
忍辱，做人奴隸、做人牛馬的羞恥。」（頁 220）而巾幗鬚眉的產生，則有賴
於新式女學的建立，即可知陳嘯廬在觀看《鏡花緣》與清末女權議題時，仍
重視女性與家國存亡間的聯繫。至若秋人《鏡花後緣》談論《鏡花緣》時，
清楚地標舉出《鏡花緣》談論女權主義與民族主義是前代小說中所未有，且
創作時不斷指出革命女傑在反滿革命此一政治場域的貢獻，是以《鏡花緣》
的屬性歸類，並非單一類型所能夠容納，而是可以兼具各種不同的屬性。

　　因此自清中葉以來，《鏡花緣》屬性歸類大約可分為三家：才學小說、女
界小說與政治小說，且論者之間有所拉鋸或排斥，並意圖以己說推翻他說。
但就晚清四部擬《鏡花緣》小說的閱讀與創作觀點及五四以來的相關研究看
來，此三種屬性並非能夠精準劃分，也造成現當代閱讀者在評述《鏡花緣》
時，難以切割其中的思想特質。[41]而三個時期之間的觀點形成與延續，雖未必
皆是受到前代的影響、而是經由個人的閱讀理解進行歸納，但仍能夠從眾多

---

[39] 參見王瓊玲：〈妄續新篇愧昔賢：「續鏡花緣」研究〉，頁 167。

[40] 參見王瓊玲：〈古典小說文備眾體的形成原因〉，《古典小說縱論》，頁 82。

[41] 如胡毅就將《鏡花緣》與英國小說家強納森（Jonathan Swift, 1667-1745）的《格列佛遊記》（Gulliver's Travels）進行對照，認為兩部小說皆是經由海外各國的異文化體驗進行當時社會的諷刺，因此兩部小說兼具了個人識見的呈現、以及社會批判的政治意義，由此可知，《鏡花緣》兼融了各種思想類型，因此難以對於其創作類型斷然分立歸類。參見胡毅：〈鏡花緣與葛利佛遊記〉，《廣播週報》第 8 期（1946 年 10 月），頁 12-14。

的個人感受當中找出其共通性。而清末的四部作品居於時代之間，可以發現
四位創作者身兼閱讀者的觀點雖試圖將《鏡花緣》進行分類，但也未全然屏
除其他小說類型的創作模式，因此造成一文兼含多體的現象。是故研究《鏡
花緣》的思想類型與創作宗旨時，應以兼容並蓄的角度觀看，才能夠準確地
統整李汝珍的思想模式並非只泥於一端。

二、對婦女運動的重現、評論及開展

擬舊小說的產生，李忠昌認為與時代因素脫離不了關係。不論是從正面
鼓吹維新強國之論，或是從反面嘲諷批評維新運動，擬舊小說的作者之所以
襲用舊有小說的名號與人物，使這些傳統人物在小說中參與新政的種種活
動，令讀者在閱讀這些作品時有荒誕無稽的感受，其最終目的除了有藉著名
著的聲望、便於讀者引起閱讀興趣外，還有表露作家自身居於時代浪潮中的
心聲。[42]因此在這些小說中，均可以看到清末社會現象，同時夾雜作者對這些
現象的感慨與心境，以表達對時政的觀點或見解。[43]雖然清末的女權論述是置
於國族的框架之下，使女權與國權的關係難以二分，然就四部擬《鏡花緣》
小說在論述國權與女權時，對於女性在其中的地位與作用、以及小說中所再
現的女權主張對五四婦女運動的發展，仍可梳理出中國婦女運動史的發展脈
絡。

（一）小說如何反映婦女運動與活動空間

由於四部擬《鏡花緣》小說再現的場景均為清末上海，上海作為通商口
埠、又為外國租界，因此整體城市氛圍充斥著與傳統中國文化相異的西式文
化，除造就了各種類型的新女性，亦形成了具有新的性別色彩的城市空間。[44]

---

[42] 參見李忠昌：《古代小說續書漫話》（瀋陽：遼寧教育出版社，1993 年），頁 70-76。
[43] 參見高玉海：《明清小說續書研究》（北京：中國社會科學出版社，2004 年），頁 120-137。
[44] 此種城市空間，林冠瑩又分為兩種類型：一為馬路、公園、電車、茶樓等實質存在的、物理性的、

然四部小說反映清末婦女運動與性別空間的手法各有不同，其差異性取決於小說家的創作觀點，有從《鏡花緣》寓言式的諷刺意象進行書寫者、亦有改變舊有的書寫模式，以直接描述的手法進行重現。以下即就兩種不同的寫作手法進行論述。

　　以寓言象徵式的手法進行描摹的，即蕭然鬱生《新鏡花緣》與華琴珊《續鏡花緣》。蕭然鬱生通過林之洋等人重新出遊、到訪正在進行維新運動的「維新國」進行描述。雖然此部小說的最大宗旨並非描述婦女運動，而是表述整體社會在進行文化革新時所產生的問題，然而，在進行文化革新時，卻不能否認當時的社會環境產生了新女性與新的性別空間。在文化變革的當下，小說中描述的是女性時尚裝束的變化、以及活動空間的擴展。在小說第四回與第十二回，均描述到女學生與娼妓以男性化的裝束為主。在活動空間上，小說中可以發現到不論是新女性或是官員家眷均遊走於公共空間中，而這些活動空間，又可細部劃分為茶樓、餐館、馬路與遊樂場所，這些空間在清末上海已非專屬於男性，女性亦可在其中談論事情或是進行娛樂活動。如第四回即描述愛新女士與兩名少年在「新雨茶樓」談論學校之保守風氣、同時抱怨母親禁止女兒進入學堂的心情，已可見茶館在當時已成為女性談天說地的場所。第十一、十二回則描述「許多命婦、女學生、女教員這些，也坐著馬車到來」迎接林之洋等人參加商會總辦的聚會，在聚會當中，又可發現身著女學生裝的娼妓在餐館中對客人勸酒。此外，第十二回中又可看見娼妓偕同官員出席賽船活動，以增加官員在娛樂場所中增添趣味性。

　　華琴珊的續寫手法與蕭然鬱生相似，是以原有《鏡花緣》的架構與國家設定進行書寫，因此小說的海外諸國所反映的現象均是中國的縮影。小說中最值得注意婦女運動即是女兒國徵募女兵抵禦外侮、與白民國建設女子學堂招募女學生。徵募女兵之事，本論文第肆章已描述極有可能是作者基於對抗

生活的公共空間；一為屬於藉由報刊、閱讀與討論所構成的無法被觸摸的虛擬空間。參見林冠瑩：《晚清公共空間中的上海婦女：以晚清上海婦女報刊為研究中心》（臺中：東海大學中國文學系碩士論文，2006年），頁4。

八國聯軍、並揉合前代文學作品中的女豪傑所產生的想像，雖現今已無法了
解華琴珊設計如此大量的女性走上戰場的真實用意為何，或可猜測作者乃是
有意讓女性走上戰場，使女性能夠有別於傳統文弱性質的性別框架想像，進
一步認同女性在戰場上的可能貢獻，也同時讓女性活躍於另一種公共空
間——即陽剛化的戰場，此空間已一定程度排除了弱質女性的存在，只保留
具有「仿男」陽剛特質的女豪傑。這群女豪傑在小說中的描述大多是正面且
英勇的，因此對作者而言，女性為了守護家國走上戰場是可被允許的。至於
白民國內興辦女學的現象，則是清末中國興女學風潮的展現。小說描述由於
興辦女學，促使女性放足、穿上男裝，進而步出閨閣，成為符合時代風氣的
新女性，儘管這些新女性在華琴珊的筆下被塑造成「金玉其外，敗絮其中」
的「淫奔蕩女」，但不可否認，縱使華琴珊無法接受新時代的浪潮而加以批評，
這些現象依然存在於社會中、進而映現於小說內——儘管是負面形象。之所
以會是負面形象，除了女學生的外觀與娼妓無異，行為上更與娼妓同流、隨
意與異性往來，甚至流連娼館，使女學生在社會中成為可被汙名的對象，因
此女學生在小說中被形塑成是在公共空間中游移的新女性、但行為舉止卻不
合傳統規範，以此重現了清末興女學運動中被保守人士批評的對象。

至於直接重現、而非通過《鏡花緣》舊有異國框架呈現中國女權運動的
則是陳嘯廬《新鏡花緣》與秋人《鏡花後緣》。兩書之所以被歸類為同為直接
描寫中國景況的理由在於，陳嘯廬首回即稱：「這故事長著呢，江蘇省也有，
浙江省也有，到後來連各省都有」（頁221），秋人亦於小說首回，描述顏紫綃
與唐閨臣正在收拾行李、準備回國的對話中直稱：

> 我還記得在這裡走到了大人國，從大人國乘了船，就可以直駛到我
> 們中國了。……我們離了中國這般久，那國中情勢也不知怎樣了。
> 據我看來，那一種錦繡的山河，繁眾的人民，富麗的物產，最是動
> 人感情，不能去懷的。就是我們曾到過的地方，那勝跡也不算希少。
> 你看二十四橋的風景，那秦淮一帶的畫舫蕭歌，虎邱的燈影，往日

尚且熱鬧到無言可說。（1910 年 1 月 14 日）

雖然前半部仍沿用《鏡花緣》內的一國遊歷架構。但是對於故鄉非直稱「唐」
或「中原」，而稱「中國」。其後對於故國的懷想，全然描述唐代以後的江南
秦淮一帶風光。而小說人物從上海一路遊歷至福州、廣東，即知作者是以舊
有的古代小說人物、參與現代社會環境，使這些人物全然賦予了新的面孔。[45]
但不論是陳嘯廬或是秋人，均是直接書寫晚清中國維新運動的種種面貌。

　　陳嘯廬重現的婦女運動以興辦女學為主軸，申論中國興辦女學的風潮，
以及女學生在自由風氣中露醜出乖的現象，意圖以較保守的觀點約束女學生
行為。因此小說中的女學生，均未跟隨時代潮流放足，甚至認為放足是多此
一舉。在興女學上，作者除在小說首回簡單描述中國興辦女學的浪潮，亦讓
小說的兩位女主角──黃舜華與黃舜英和家人爭取入學的機會，點出當時女
性要進入新式學堂讀書或出國留學，大多需得到家人的認可。至於女學生在
學校所學習的內容則是中學與西學並進，點出清末女學潮流並非一味趨時、
而須顧及傳統家庭的觀感。活動空間上，陳嘯廬所創造的公共空間則較單純，
僅學堂與馬路兩種，且馬路上需乘坐轎輦、或友朋僕婢跟隨，並非全然自由
地行走於公共空間。[46]此種現象的原因即在於：上學雖為女性走出家庭的正當
理由、也是女學生步出閨門的契機，但是在社會中仍認為異性之間在交往上
應嚴守性別分際，為保護涉世未深的女學生免於遭到男性的調戲，因此學生
在外行動須有同伴跟隨，是以清末的女學生在公共空間中，並非全然地以自
由的姿態出現。[47]

---

[45] 此種現象，其他小說中亦存在。如同屬《鏡花緣》擬作的蕭然鬱生《新鏡花緣》即是通過原有的小
說人物，觀看維新運動。但直接參與其中的，李忠昌指出有陸士諤《新三國》寫諸葛亮造飛艇、司
馬昭開辦銀行；南武野蠻《新石頭記》則寫賈寶玉在二十世紀的上海發表維新演說等。此種現象，
即是「舊瓶裝新酒」，讓原有的小說人物參與當代社會活動，給予讀者一種新鮮滑稽的感受。參見李
忠昌：《古代小說續書漫話》，頁 74-76。
[46] 如小說第八回即寫黃家邀請女學生前來聚會時，乃是派遣家僕指揮五乘轎子前往渡頭迎接。參見〔
清〕陳嘯廬：《新鏡花緣》，頁 266。
[47] 參見林冠瑩：《晚清公共空間中的上海婦女：以晚清上海婦女報刊為研究中心》，頁 71-72。

　　秋人所重現的婦女運動則從參與革命為主、兼及於革命會場中宣揚女權，意圖通過較激烈的方式顛覆性別不平等的社會現象。最主要的革命運動內容，則在於小說第七回愛國婦人會開會討論革命事宜與宣揚女權，與第八回以降之顏紫綃與崔錦英兩人前往福州刺探徐九底細、兼對徐九小妾程小春宣揚民族情懷，因此秋人的觀點是，性別與國族無法全然區分，需要共同努力才能夠達成救國救民的最高目標。在公共空間中，秋人筆下的人物也是四本小說中最自由的，不論是從外國乘船回中國，又或是回國之後可以隨意居住旅店、行走於旅店與愛國婦人會的集會場所之間、甚至一路從上海前往福州與廣州等地，此外，小說雖未描述職業婦女的就業情形，卻描述到上海一帶有女子學堂、女子體育會及報館等專屬於女性的求學與就職場所[48]，足見在當時已有部分的女性成為職業婦女，均見女性在小說中可自由穿梭在各種公私空間中。且交通方式與經費亦是四部小說中最明確的，小說中描述顏紫綃等人乘坐的交通工具有汽船、馬車、人力車與轎子，以便於在各種空間中穿梭，亦顯示出交通工具的多元性。而在交通上所需的經費上，從外國乘船回中國，頭等艙一人為四百八十銀元，又另有二等與三等的票價，然小說未述；從上海乘船至福州，約需五十銀元以內；廣東的人力車以鐘點計價，一個鐘點為五銀元，[49]詳細地指出清末中國在交通上所需的開銷，可見得作者對於社會觀察相當仔細，亦側面點出中國在經濟與交通發展的情景。

　　由此可知，清末的女權運動除宣揚女性自身應有的權利，連帶打開女性的活動空間，從傳統的茶樓、娼館，到政治性的戰場與革命集會場所，甚至還有各類型的交通工具充斥其中，以便於女性往來。在這些公共空間中，均可發現到女性的身影，因此四部小說重現上海的女權運動，除了傳統所認為的興女學與廢纏足，亦點出各種新興的婦女活動空間。縱使四本小說中的女性在活動空間的自由度並不一致，但已可發現在女權運動的推行下，女性無

---

[48] 參見〔清〕秋人：《鏡花後緣》，原載於《星洲晨報》1910 年 3 月 7 日。

[49] 以上所述之交通花費相關內容，依序參見〔清〕秋人：《鏡花後緣》，原載於《星洲晨報》1910 年 1 月 21 日、3 月 24 日、6 月 9 日。

分階級,均有走出閨門之外的機會。

(二)對婦女運動的觀點:贊同或批評

　　小說中雖然再現了新政與女權運動的推行,使婦女有機會走出私人領域的閨閣、進入公共空間,但是小說家在面對這些現象時,所持的態度並不一致。四部小說中,有積極贊成的、亦有積極反對的,使擬《鏡花緣》小說在反映婦女運動的觀點產生分歧。四部小說中,較無法得知作者立場的僅為蕭然鬱生《新鏡花緣》,由於其創作宗旨在於諷刺新政的弊病、而非關注婦女運動,因此婦女運動的描寫在小說中僅視為清末新政的一環,在談論時也僅有隻字片語。然倘若將婦女運動視為新政的一部分,則或可從小說中對於新政的觀點窺知一二。由於在小說第四回,通過一名老者敘述清末維新僅停留於表面的器物名號、而未從較深層的精神、教育等方面進行改革,造成新政推行時產生學、官、商三界勾結的情形。又由於未從知識精神面改革,使全國上下雖處於亡國之際,卻仍未有亡國之感,反而醉生夢死、侈談維新。[50]若從此觀點探索婦女運動的推行,蕭然鬱生或許並未反對婦女運動,但亦應從精神與制度層面的角度進行革新,而非在服飾名號等外在表象,否則便與新政一般流弊橫生。因此蕭然鬱生在一定程度上是肯定新政與婦女運動,且認同的是從精神層面進行深度的改革,才能免於未能從根本的問題改革與可能的流弊。是以蕭然鬱生雖未在小說中明確表達對婦女運動的觀點,但一定程度上,蕭然鬱生仍肯定維新與婦女運動對於社會進步的動力,僅是改革著重的面向與手法上有輕重緩急之分,才能使所有的改革產生決定性的效果。

　　陳嘯廬《新鏡花緣》對於婦女運動的觀點則稍嫌矛盾,其矛盾之處可從小說第一回與〈新鏡花緣作意述略〉中的文字可以發現。在〈新鏡花緣作意述略〉中,對於女性在接受新思潮後便誤認文明,「甘犯天下之大不韙,……

---

[50] 參見李奇林:〈並非「狗尾」、「蛇足」:寓言小說「新鏡花緣」簡論〉,《明清小說研究》1993 年第 1 期,頁 215-218。

因求達目的，往往橫施其鬼蜮技倆、陰險手段」（頁 215），使人詬病。且小說第一回又表明其認為的平等與當時提倡的平等不同，便是由於作者認為中國婦女在衣著、飲食、且又有人服侍等層面認為中國女權極為發達，遂認為中國的男女地位平等已極，實不需再從此種生活層面的因素進行革新，因此必須從「立志」與「政治種族」上著眼，才是真正地替女權發達著想。且其後又表達中國在亡國之際，男性在改革上無所助力，僅能企求多生幾位巾幗鬚眉、同時遍立女學，使女性亦能夠在參與國家事務上發揮所能，方能使救國維新有所助益。

又觀察《新鏡花緣》中，陳嘯廬所要談論的婦女運動著眼於女學與女權、國權之間的關係，同時討論中學與西學中對於女權問題的運用與取捨。然在小說中，作者呈現了中國女學的弊病，擔心女性入學讀書後誤認野蠻為文明、沾染學堂習氣，遂禁止女主角入學。儘管兩名女主角最後成功入學，但是在進入學堂後，思想層面並未完全改變成清末當時全面西化的改革聲浪，而是企圖中體西用、調和中西學術內容，因此作者雖能一定程度地接受新學，但在運用上，卻又不斷主張維護國粹、並宣揚傳統婦德價值：如媒妁婚姻、女性守柔守貞、成為賢妻良母、嚴守男女之防等，造成作者雖認同西方婦女運動思潮，但出於國情與傳統價值的衝突，並不支持全盤改革，使小說中對於婦女運動的觀點產生矛盾。此種矛盾，魏文哲便認為是出於作者思想的守舊鄙陋所致，因此陳嘯廬《新鏡花緣》對於女權的改革並無助益。[51]然細究全書的內容，作者對於女學與女權運動雖有矛盾性，但此種矛盾或可解釋為傳統文人對於文化衝擊所產生的危機感，故無法全面性地接受新思潮，造成小說雖可接受女性求學，卻又無法全然拋棄傳統對女性的束縛——儘管作者自身並不認為那是一種父權體制對於女性的桎梏——使女性處境未能夠全盤改革。因此雖可推定陳嘯廬的思想固然有其傳統守舊的一面，卻又只能順從時代潮流，讓女性入學求知，儘管所學的內容又要極力調和中西思想內容，造

---

[51] 參見魏文哲：〈「新鏡花緣」：反女權主義文本〉，《明清小說研究》2004 年第 2 期（2004 年 6 月），頁 164-169

成讀者閱讀《新鏡花緣》時察覺作者觀點的矛盾。因此或可認為，陳嘯廬對於全盤改革地女權運動有所抨擊、且對女學亂象不滿，倘若在某些層面上能夠符合傳統社會價值對於女性的規範，使女學生免於「誤認野蠻文明」，作者仍然能夠接受、並贊同女性求學。儘管觀點稍嫌保守，但若站在傳統文人對文化衝突的角度觀之，陳嘯廬對於女權運動雖然矛盾，卻又有褒有貶，仍不能抹消作者倡導女學的貢獻及成就。

華琴珊《續鏡花緣》對於女權運動的觀點與陳嘯廬相較，更趨近於保守一派。其保守的層面可從以下三點觀察：（一）興女學、（二）廢纏足、（三）走上戰場。從興女學的層面言，小說於第三十一回著重描述女學生的男性化裝束「不倫不類」，且又從男女自由交際與自由戀愛、學堂管理紊亂、女學生成為娼妓與出入游藝空間等事進行批評，認為在興女學的風氣下，「婦女忘廉喪恥十有二三，種種壞處，筆難盡述」（頁 743-744），視西方女學為毀壞舊有傳統之物，故不欲女性出外求學。在廢纏足上，雖然小說中設計了武錦蓮等人為出逃女兒國而改扮女裝、並以速成手法略將天足纏裹成小腳的情節，但小說中，卻同時不斷嘲弄天足、兼及描述男性對女性小腳的愛戀，造成武錦蓮出逃、帶動女兒國的略纏之法僅是一種權宜之計，實際上對於傳統小腳的觀看與賞玩，仍停留在男性視女性身體為閨房情趣的觀點，故作者對於廢纏足一事亦不支持。又，晚清興女學與廢纏足兩事又互相關聯，華琴珊對於推動此兩事的人，則批評為「巧黠漁利之徒」、「利口捷舌之輩」（頁 742），形塑為負面形象，更可發現華琴珊對於興女學與廢纏足的觀點處於時代風氣之外的保守心理與排斥感。

在走入戰場一事上，華琴珊塑造了許多女兵女將保家衛國，且在戰場上之功勳並不亞於男性，或可視為華琴珊對於女性走入戰場的支持。然當女性走上戰場、兩軍交戰時，這些女兵即遭敵營斥為露醜出乖的惡婦，認為女性應當守在家中、而非改穿男裝走入戰場，否則即為不知羞恥的行為。由是可知，女性走上戰場亦未得到華琴珊的全面認可，故華琴珊對於女權、以及女性遊走於公共空間一事，是以極傳統的角度觀看，對所有可能改變傳統性別

規範的主張均以負面形象塑造,即知作者並不支持清末維新思潮下的女權運動。

秋人的《鏡花後緣》則是四部小說中全盤贊同婦女運動與女權革新者。小說中不僅一再宣揚女權革命論,企圖改變女性在家庭與社會上的地位,同時形塑女性參與革命時的種種積極效益與正面形象,已足見作者對於婦女運動的支持。造成作者如此支持婦女運動的原因或出於個人見識,亦有可能是出於《星洲晨報》宣揚革命的刊物屬性,或是基於認為《鏡花緣》主張女權,遂在續作時亦以類似的精神相擬仿,以效法前人對於女性的關懷。[52]然不論何種理由,足見秋人藉由創作《鏡花後緣》以支持各類型女性運動的目的。儘管支持的同時,對於傳統婦女維護傳統價值的行為進行批判,未能站在不同人物對於接受新事物的接受度的差異性而進行關懷,此點是其缺失。然由其個人順應時代風氣、宣揚女權不遺餘力之事進行觀察,其對傳統價值的批判則不能以瑕掩瑜,仍必須正視秋人透過創作小說表達對婦女運動的支持及對女性的關懷,此點即是《鏡花後緣》的價值所在。

由是可知,四位小說作者所處的時代相近,作品刊行的時間相距亦不超過三年,然造成四人的觀點差異,最大的可能性便是作者對於新思潮與婦女運動的承受度不同。然四位作者生平今已未可知,無法得知各人思想背景的建構歷程,僅能認為其中的觀點歧異是出於個人識見的不同,此種差異性亦可發現社會對於新舊思潮的觀點的多種樣態,並非全然支持西化或頑固守舊,故從四部擬《鏡花緣》小說的創作觀點與對婦女運動的支持與否,即可發現社會中對於文化激盪與改革的多種聲浪,以及婦女運動在推廣下的困難性。

關於《鏡花緣》對後世婦女運動的傳承,賴芳伶認為除了刺激女權小說的興起外,清末民初論述婦女運動的學者如嚴復、康有為、梁啟超、胡適等人或許有讀過《鏡花緣》,遂認為清末至五四以來的女權運動勃興,除了由於

---

[52] 詳細參見本論文第貳章第四節有關秋人《鏡花後緣》的創作動機的論述。

時代浪潮的激盪外，《鏡花緣》亦有可能是原因之一。[53]鮑家麟亦認為清末的女權運動者金天翮與秋瑾的鼓吹性別平等與女性參與革命均是受到李汝珍的影響。[54]但誠如李仁淵所說，《鏡花緣》是否啟發了清末以來的女權運動，又或是女權運動發現了《鏡花緣》，是以《鏡花緣》與後世的女權運動間的關聯性並不明確，[55]賴芳伶與鮑家麟兩位學者如此推斷《鏡花緣》的影響力，稍有過譽之嫌。

　　同樣的，四部擬《鏡花緣》小說是否影響清末以降的婦女運動，其關聯性亦未可知。若將四部小說的作者主觀批判意識抽離，著重在小說自身重現推行女權運動的新女性形象，通過小說中的女性在生命中的衝突與抉擇，亦可觀察出清末與五四時的女權運動異同，是以雖不能確定四部晚清擬舊小說對於五四時期的婦女運動的直接貢獻，但從女性形象進行分析，四部小說仍有其價值性。

　　有關晚清至五四以來新女性形象的塑造與演變，許慧琦於《「娜拉」在中國：新女性形象的塑造及其演變（1900s-1930s）》詳細地整理了中國婦女運動與新女性形象的轉化。五四運動時，論述新女性形象有別於晚清「國民之母」的形塑，而以「娜拉」作為新女性的象徵。與強調女性「母職」與「妻職」以強國強種的國民之母相較，初期「中國娜拉」形象的塑造是基於易卜生《魁儡之家》的女主角抗婚出走、並思索女性如何「成為一個人」的自我覺醒。在形塑娜拉的過程中，並非將女性視為女性，而是在發一個人主義精神上將女性「去性化」，認為女性是一個人、認同女性與男性一般有著相同的地位。[56]因此晚清與五四的婦女運動與意圖塑造的新女性的不同在於，晚清新女性是希望藉由新學、使「女性成為女性、成為賢妻良母」，而五四新女性則是意圖將「女性成為一個人」。

---

[53] 參見賴芳伶：〈晚清女權小說的淵源及其影響〉，《文史學報》第 19 期（1989 年 3 月），頁 56-57。

[54] 參見鮑家麟：〈李汝珍的男女平等思想〉，頁 235。

[55] 參見李仁淵：〈重訪「女兒國」：清中葉以來關於「鏡花緣」的性別論述〉，頁 134。

[56] 參見許慧琦：《「娜拉」在中國：新女性形象的塑造及其演變（1900s-1930s）》（臺北：國立政治大學歷史學系，2003 年），頁 115-123。

但是 1910 至 1930 年代間，娜拉的形象並非全然一致的維持「出走」的樣態。在 1910 年代末期，娜拉離開家庭的束縛，走入職場、走向自由婚戀，全都標誌著女性在生命中的個人自主性。但是此種激進的、反傳統的出走風潮，卻也時常遭到保守人士攻擊，希冀女性「回家」、做好賢妻良母的身分，且這種情形在 1930 年代最為明顯。[57]造成此種現象的原因，或源於西方在第一次世界大戰時，將西方婦女推上了公共領域、從事男性的職業，也培養出了婦女獨立的人格。但在戰爭結束後的經濟大恐慌，則將女性召喚回家，要求婦女成為賢妻良母，以補足戰爭中損失的人力，此種風潮傳入中國，即要求女性回歸家庭。又或出於中國推行新生活運動，認為五四運動造成舊文化的破壞，因此希圖在新生活運動中推獎傳統母性的典範，形成一股復古的風潮，促使「娜拉回家」。[58]故娜拉——新女性的形象在不同時期，著實有不同的典範象徵。

但民國以來的女性形象轉換大約有前後期之別，而在晚清時期，「娜拉」的兩種形象是同時並現、且互相包容又衝突的。即以蕭然鬱生《新鏡花緣》為例，愛新女士為了追求個人能夠入學的自由，遂發起家庭革命，意圖使生命得到自主性，而非拘束於家中做針線女紅，培養成具有傳統婦德的賢妻良母，此種形象已稍具五四的新女性出走形象。同樣是女學生，陳嘯廬《新鏡花緣》的舜華與舜英兩姊妹，為了走出家門、獲得求學的認同，不惜與長輩發生衝突。進入學堂後，亦學習各類課程，以培養成新式的女學生。但在進入學堂後，卻又轉向認同「學也要有次序，男學有男學的次序，女學有女學的次序，若沒有次序，徒然講些皮毛，一絲一毫不切實用，這有何益？」此種實用的此序，作者又藉陸紫芝之口表述：

> 我們做女子的，只要修明婦德，洞達物情，將來在家庭教育上，能夠逐件改良。其餘什麼天文地理數學圖畫博物物理化學手工等類，

[57] 前揭書，頁 150。
[58] 前揭書，頁 288-313。

只好學得一件是一件，精得一件是一件。惟手工系初等小學當中，
一件隨意科目，但要開人實業思想，養成好勤耐勞的好習慣，倒不
可不大家注意。體育重在飲食起居上，能夠飲食起居，曉得隨時謹
慎，就是衛生學的要素。（頁 271）

此段文字即表舉出了女性在求學之後的最終目標：即成為賢妻良母。為了成
為賢妻良母，所學則必須合於家庭使用，否則便是不切實際的無益之學。換
言之，這些出外求學、取得生命自由的女學生，入學讀書是準備將來成為妻
子與母親，而非得到生命的完全自立。[59]因此在陳嘯廬《新鏡花緣》中，女學
生有學習手工等有助於謀生的課程，秋人在《鏡花後緣》中亦寫出清末上海
已具備各種就業空間，但是女性完成學業後的選擇仍非走入職場、而是回歸
家庭，即出於傳統賢妻良母的社會期待。

　　相同的情形亦表現在女豪傑——女兵身上。在華琴珊《續鏡花緣》描述
女兒國與淑士國間的戰爭告終後，其中最具象徵意義的將領花如玉、花逢春、
梅鳳英三人均走入婚姻，[60]小說雖未描述三人婚後生活究竟如何，但在婚禮自
開始至結束，不斷描述新婦嬌羞、夫妻和諧的情景，即表徵著女性的生命非
以公共場域為施展抱負的場所，而是應回歸到家庭生活中。

　　儘管四部小說中，秋人在《鏡花後緣》內形塑了一名受到新女性知識啟
蒙的傳統婦女：程小春。當她在接收到家庭與國族革命思想後，便與丈夫抗
爭，意圖取得生命的自由：

我今日是要發憤盡一盡國民的責任，但是盡責任必要有些學問資
歷，而今或是在外讀書，或是別處遊歷，汝既有錢，自當一應給我

---

[59] 有關女性的自立，Betty Friedan 認為職業婦女作為家庭主婦的新女性理想，是由於她們能夠跨出家
門，以充滿自信、快樂的樣態展現出獨立、有勇氣與決心，且能夠主動追求自己所需要的生活的精
神性格。因此職業婦女的生命與家庭主婦相較，有更高度的自主性。參見〔美〕Betty Friedan 著、
李令儀譯：《女性迷思：女性自覺大躍進》（臺北：月旦出版社，1995 年），頁 63-65。

[60] 事見第三十五、三十六回。參見〔清〕華琴珊：《續鏡花緣》，頁 782-790。

　　經費。設或不然，我便與你離異，今後無論任何舉動，你便管不得
　　我。（1910 年 5 月 2 日）

在該段文字中，程小春為了取得求學的資格，不惜與丈夫相對抗。但由於本
身為傳統家庭婦女、尚未有經濟獨立的能力，因此求學時仍需丈夫家產的資
助。但是不論其是否真正能夠做到經濟上的獨立自主，在感情上，為了達成
求學的目的，不惜以離婚相逼，只求完成走出家庭的願望。儘管小說未完、
且作者亦對程小春未來的生活毫無著墨，難以了解衝突後是否真正走出家
庭、成為出走的娜拉，但情感上卻已具備五四時期新女性「自由離婚」的情
感自主的特質。

　　因此四部小說中，作者雖賦予了晚清新女性的自由意識、亦給予能夠施
展所長的公眾空間，卻沒有一名女性能夠真正地擺脫傳統思維、成為「一個
人」，僅是在接受新思潮、同時對傳統美德兼容並蓄，停留在清末「成為一個
女人」的新女性塑造。[61]但四部小說中的晚清新女性形象，卻同時具備了五四
新女性的兩種特質，一是追求獨立自主的「出走娜拉」，如要求外出求學的愛
新女士、黃舜華與舜英、程小春或投身戰場的女兵屬之；另一則是回歸期的
「娜拉回家」，即主張女學應切合家庭實用的女學生群與實際走入婚姻的女兵
女將。

　　儘管沒有明確的資料顯示晚清四部擬《鏡花緣》小說對後來五四婦女運
動的關係，但是在小說中，兩種五四新女性類型同時出現在小說中，甚至一
人就兼備了兩種特質，造成同時並現的原因，許慧琦認為是當時的思想模式
是新舊思潮互相激盪，興女學與廢纏足的浪潮開啟了女性擁有知識與就業的
可能性，以不成為丈夫或國家的累贅為目標，而婦女走入公眾空間參與政治

---

[61] 有關晚清至五四的新女性的含意與塑造事實上相當多元，從國民母、娜拉、賢妻良母到摩登女性，
均有可能是新女性，其中的差別僅是社會指派女性角色的工作與想像不同。而在冰心的小說〈兩個
家庭〉中，又反映出了一種接受新式教育與兼具傳統美德的折衷式的女性理想。參見蔡玫姿、林秀
青：〈淪陷區女作家蘇青的「新女性」踐履之途〉，《高雄師大學報・人文藝術類》第 36 期（2014 年
6 月），頁 35。

事務也促進了女性成為公民的契機，但不論何者，受限於清末的社會環境中是新舊浪潮互相拉鋸的情勢，使女性雖然有走出家門的機會與能力，但也不鼓勵女子像娜拉一樣走出家庭[62]，使清末的新女性形象藉於後來娜拉的兩種形象之間。但是晚清小說中的新女性形象，確實使女性擁有自我生命的契機，而兩種面向的映現，又可互相對照出後來女性運動所產生的娜拉樣態。因此雖然無充足的資料可以證明四部擬《鏡花緣》小說對五四運動的新女性塑造有影響，但小說所呈現的晚清婦女運動確實是革新與保守兩大勢力互相爭衡，仍為後來新潮的「娜拉出走」與復古的「娜拉回家」奠定了相當基礎，足見晚清婦女運動對整體婦女運動史的重要性。

　　因此若拋棄小說作者自身觀點對婦女運動的贊同或批判，而從小說再現晚清運女運動史的兩種社會期待論，四部小說的價值即在於可以看出女性在被社會期待與想像的各種可能性，以及介於兩種思潮中進退維谷的矛盾感。

---

[62] 參見許慧琦：《「娜拉」在中國：新女性形象的塑造及其演變（1900s-1930s）》，頁 27-28。

第六章　結論

　　本論文以研究晚清四部擬《鏡花緣》小說中的婦女議題為主，通過對文本的解讀、參以史料的對照與女性主義研究論述，探究四部擬《鏡花緣》小說作者處於清末新政所提出的女權運動的時代氛圍下，如何因應與自處，並將所見到女權運動現象與成果再現於小說中，進而了解四位作者如何形塑筆下各類型的婦女形象。最後再由文學史觀點討論四部擬作如何延續或影響《鏡花緣》在小說中的屬性歸類，以及對《鏡花緣》中討論女權的部分，如何在擬作中有何種延續性。

　　綜觀本論文的研究成果，基於前人對四部擬《鏡花緣》小說的探討付之闕如，形成本論文在研究上有其困難性，但若根據這些既有的研究成果，並深入了解四部擬作的文本內容，仍可了解四部擬作的創作原因與創作宗旨，進而得知四名作者對於新政與婦女運動的觀點。以下茲分點敘述本論文對四部擬《鏡花緣》小說的研究成果：

　　其一，分析與整理四部擬《鏡花緣》小說的作者與版本考證、續作緣由、宗旨與續作觀點，了解四為小說作者在閱讀《鏡花緣》後，以何種視角解讀前人之作、並且加以續寫，進而了解其中的思想差異。值得注意的是，與其他古典小說相較，清末以《鏡花緣》為主體的擬作數量明顯較少，或出於在社會上未被重視而未能廣泛流通，致使四位作者均認為自己所作為第一部續作。這些小說雖在今日均成為孤本，但從四位小說家的創作觀點而言，《鏡花緣》的女性與家國的關係密不可分，因此在處理政治議題與性別議題時亦難以斷然二分，故可推定四部擬《鏡花緣》小說是基於政治性需求出發，又從

家國的概念中發現女性的存在，儘管四部小說在文學史當中並不被重視，但在對於承續《鏡花緣》對女性的探討、以及重現清末婦女運動的情景時，仍然有其價值性。

其二，對照四部小說與歷史文本之間的異同，以了解四位作者如何再現清末婦女運動與婦女生活面貌。本文統合四部小說所反映的婦女運動而論，可分為以下幾種面向：從陰陽學說顛覆性別關係、提倡女學、提倡放足、參與革命與參與戰事五類。五種類型看似分立卻又緊密相依，而四位作者在呈現上，均述及女學生的求學處境，而參與戰事一項僅華琴珊以想像的方式呈現在小說中，可見清末女權運動中，女學生最易受到關注、其他類型的婦女則罕於被提及，此種現象的成因，極有可能是在清末興女學、廢纏足的呼聲之下，讓女學生能夠有較多的機會行動於公開的社會空間中，也使得女學生成為男性、甚至是整體社會觀看的客體。至於各部小說的關照面向，以華琴珊《續鏡花緣》為最多，共計書寫四大面向的婦女議題，僅參與革命一項未描述；蕭然鬱生《新鏡花緣》為最少，只簡單地關注女學生與革命女傑兩種新女性類型的社會處境。造成此種現象的原因，是基於四位作者觀察社會的角度不同，造成小說對於女權的展現便有多寡與輕重之別，進而造成對婦女運動的評價差異。雖然四部小說所關注的層面與立場由於作者的角度不一，但若將四部小說所呈現的某一面向加以統整，可以發現晚清新舊思潮衝擊下的婦女運動進行模式，以及理論到實踐過程中的發展與可能遭受到的阻礙與批評，因此四部小說對於婦女運動或無立場、或立場相悖，均可將小說作者視為社會中對於婦女運動的接受度的不同某種類型的人，因此每位作家均是一種價值觀的展現，同時可以發現中國女性在男性角度期待與想像中得到支持或遭受挫折，並在不同聲浪中尋求拓展的可能。

其三，整理了四部擬《鏡花緣》小說再現的女性角色。四部小說並非只著重接受新思潮的女性，未因時代風氣而改變的傳統婦女亦在作家的關照範圍內。雖然對於各類型的女性形象塑造或褒或貶，均以男性的角度透露對各類型女性的想像與期待，進而得知四人作者對於新舊文化接受度的差異。然

不論作家持何種觀點形塑角色，通過四部小說所呈現的面向加以對照，即可發現各類型的女性在不同的觀點中可能受到的正面與負面評價，藉以顯示各種女性類型在社會中均是毀譽參半——且評價者，或來自男性、亦有可能來自女性之間的互相攻訐，是以無分傳統女性或新女性，均在時代交替的浪潮中進退維谷的兩難處境。

其四，對四部擬《鏡花緣》小說的文學史與婦女運動史的價值重新定位。四部小說成書時代介於兩個世紀之交，可用以觀察《鏡花緣》讀者觀點自清以來的發展與演變，在研究上，又能打破五四以來對於《鏡花緣》研究上的觀點分歧，使這些研究觀點得到兼容並蓄的可能性。通過擬《鏡花緣》小說補足時代間的空缺，串聯這些讀者與研究者的觀點，可以發現到擬《鏡花緣》小說對於《鏡花緣》從藝術性的關注進而推展、定型至屬於關懷女性的「女權／女界小說」、或是從民族性觀點而言的「政治小說」與展現作者才華的「才學小說」的三種歸屬的發展進程有一定的效果。從描述清末婦女運動的層面言，四部小說作為中國第一本提倡女性權利小說的續衍作品，在重現清末婦女生活與婦女運動，雖未必能夠順應時代潮流表達對女性的關懷，但小說作為觀看歷史的某一角度而論，四部小說確實表述了婦女運動在推行時可能遭遇到的兩極化評價及婦女運動推行的兩難。

再者，四部小說中的新女性多身具「出走／回家」的雙重特性，表現了社會對女性的期待與想像，也為五四以來的婦女運動推行產生了可能的影響力，同時表現出女性處於時代浪潮交替的兩種不同聲浪中的矛盾感。因此四部小說居於兩世紀的新舊時代與思潮交替之間，對於《鏡花緣》閱讀與研究觀點、以及對婦女關懷的承襲、映現當下與未來開展的可能成果，均有不可忽視的地位。因此擬舊小說長久以來雖在藝術上往往被視為無物，但是在思想與表現社會情境的功能上，確實有其應該存在的價值。

由上述內容已可了解四部擬《鏡花緣》小說討論婦女運動的價值，然而，本論文以婦女運動作為切入核心進行探討，難免忽略四部小說在藝術上、思想上等各種領域的特色，為本論文不及之處。本論文作為研究四部擬《鏡花

緣》比較研究的開端，期望未來的研究者能夠從其他層面著眼，使擬《鏡花
緣》研究成果趨於完整。

參考書目

一、傳統文獻

〔後晉〕劉昫等撰：《舊唐書》，臺北：藝文印書館，1958 年

〔宋〕歐陽修等撰：《唐書》，臺北：藝文印書館，1958 年

〔明〕施耐庵：《水滸傳》，臺北：桂冠出版社，1994 年

〔清〕嵇璜等撰：《欽定皇朝通志》，《景印文淵閣四庫全書》第 645 冊，臺北：臺灣
　　　商務印書館，1983 年

〔清〕劉廷璣：《在園雜志》，臺北：文海出版社，1969 年

〔清〕如蓮居士：《異說後唐傳三集薛丁山征西樊梨花全傳》，上海：上海古籍出版社，
　　　1991 年

〔清〕李汝珍：《鏡花緣》芥子園刻本，《續修四庫全書》第 1795 冊，上海：上海古
　　　籍出版社，2002 年

〔清〕李汝珍：《鏡花緣》，臺北：臺灣古籍出版社，2006 年

〔清〕錢守璞：《繡佛樓詩稿》，方秀潔、伊維德編：《美國哈佛大學哈佛燕京圖書館
　　　藏明清婦女著述彙刊》第二卷，桂林：廣西師範大學出版社，2009 年

〔清〕徐　珂：《清稗類鈔》，臺北：臺灣商務印書館，1983 年

〔清〕鄭觀應：《盛世危言增訂新編》，臺北：臺灣學生書局，1965 年

〔清〕康有為：《戊戌奏稿》，臺北：文海出版社，1969 年

〔清〕康有為：《康南海自訂年譜》，臺北：文海出版社，1966 年

〔清〕梁啟超：《飲冰室文集》，臺北：臺灣中華書局，1970 年

〔清〕梁啟勳：《曼殊室隨筆》，臺北：正中書局，1948 年

〔清〕包天笑：《釧影樓回憶錄》，太原：山西古籍出版社，1999 年

〔清〕蕭然鬱生：《烏托邦遊記》，《中國近代小說大系》卷 26，南昌：百花洲文藝出
　　版社，1996 年

〔清〕蕭然鬱生：《新鏡花緣》，《中國近代小說大系》卷 53，南昌：百花洲文藝出版
　　社，1996 年

〔清〕陳嘯廬：《新鏡花緣》，《中國近代小說大系》卷 58，南昌：百花洲文藝出版社，
　　1996 年

〔清〕華琴珊：《續鏡花緣》，北京：書目文獻出版社，1992 年

〔清〕華琴珊：《續鏡花緣》，《中國古代珍稀本小說》卷 8，瀋陽：春風文藝出版社，
　　1994 年

〔清〕華琴珊：《續鏡花緣》，《揚善半月刊》第 1 卷第 5 期（1933 年 9 月 1 日）至第
　　2 卷第 15 期（1935 年 2 月 1 日）刊行

〔清〕秋　人：《鏡花後緣》，新加坡國立大學藏《星洲晨報》微縮影印本

戍我：〈新鏡花緣〉，《論語半月刊》第 50 期（1934 年 10 月），頁 106-107

秋翁：〈第一〇一回鏡花緣〉，《萬象》第 2 年第 1 期（1942 年 5 月），頁 43-52

二、專書

〔美〕Betty Friedan 著；李令儀譯：《女性迷思：女性自覺大躍進》，臺北：月旦出版
　　社，1995 年

〔美〕Betty Friedan 著；謝瑤玲譯：《第二階段：追求兩性真平等》，臺北：月旦出版
　　社，1995 年

〔美〕Edward J. M. Rhoads 著；王琴等譯：《滿與漢：清末民初的族群關係與政治權力
　　（1861-1928）》，北京：中國人民大學出版社，2010 年

〔英〕Elaine Showalter 著；陳曉蘭、楊劍峰譯：《婦女、瘋狂、英國文化（1830-1980）》，
　　蘭州：蘭州大學出版社，1998 年

〔美〕Frederic Evans Wakeman Jr.著、梁禾等譯：《講述中國歷史》，北京：人民出版社，
　　2013 年

〔美〕Gail B. Hershatter 著；韓敏中、盛寧譯：《危險的愉悅：20 世紀上海的娼妓問題
　　與現代性》，南京：江蘇人民出版社，2003 年

〔英〕Jennifer Harding 著；林秀麗譯：《性與身體的解構》，臺北：韋伯文化出版社，2000 年

〔美〕John King Fairbank 著；張理京譯：《美國與中國》，臺北：左岸文化出版社，2003 年

〔美〕John King Fairbank 著；賴尚爾等譯：《中國：傳統與變革》，南京：江蘇人民出版社，2011 年

〔澳〕Kam Louie 著；劉婷譯：《男性特質論：中國的性別與社會》，南京：江蘇人民出版社，2012 年

〔荷〕Kathy Davis 著；張君玫譯：《重塑女體：美容手術的兩難》，臺北：巨流圖書公司，1997 年

〔美〕Judith Bulter 著；林郁庭譯：《性／別惑亂：女性主義身分與顛覆》，苗栗：桂冠出版社，2008 年

〔法〕JuliaKristeva 著；彭仁郁譯：《恐怖的力量》，臺北：桂冠出版社，2003 年

〔法〕JuliaKristeva 著；林惠玲譯：《黑太陽》，臺北：遠流出版社，2008 年

〔英〕Linda McDowell 著；徐苔玲、王志弘譯：《性別、認同與地方》，臺北：群學出版社，2006 年

〔美〕Paul A. Cohen 著；林同奇譯：《在中國發現歷史：中國中心觀在美國的興起》，臺北：稻鄉出版社，1991 年

〔法〕Roland Barthes 著；董學文、王葵譯《符號學美學》，臺北：商鼎出版社，1992 年

〔法〕Roland Barthes 著；李幼蒸譯：《寫作的零度：結構主義文學理論文選》，臺北：久大文化出版社，1991 年

〔英〕Rosemarie Tong；刁筱華譯：《女性主義思潮》，臺北：時報文化出版社，1996 年

〔法〕Simone de Beauvior 著；陶鐵柱譯：《第二性》，臺北：貓頭鷹出版社，1999 年

〔法〕Tiphaine Samovault 著；邵煒譯：《互文性研究》，天津：天津人民出版社，2003 年

〔日〕大木康著；辛如意譯：《風月秦淮：中國游里空間》，臺北：聯經出版社，2007 年

〔日〕小野川秀美著；林明德、黃福慶譯：《晚清政治思想研究》，臺北：時報出版社，
　　　　1982

子宛玉編：《風起雲湧的女性主義批評‧臺灣篇》，臺北：谷風出版社，1988年

中華全國婦女聯合會婦女運動歷史研究室編：《中國近代婦女運動歷史資料
　　　　（1840-1918）》，北京：中國婦女出版社，1991年

孔另境：《中國小說史料》，臺北：臺灣中華書局，1982年

王旭川：《中國小說續書研究》，上海：學林出版社，2004年

王書奴：《娼妓史》，臺北：代表作國際圖書出版社，2006年

王爾敏：《晚清政治思想史論》，臺北：臺灣商務印書館，1995年

王德威著；宋偉杰譯：《被壓抑的現代性：晚清小說新論》，臺北：麥田出版社，2003
　　　　年

王璦玲、胡曉真編：《經典轉化與明清敘事文學》，臺北：聯經出版社，2009年

王瓊玲：《清代四大才學小說》，臺北：臺灣商務印書館，1997年

王瓊玲：《古典小說綜論》，臺北：臺灣學生書局，2002年

江蘇省社會科學院明清小說研究中心、文學研究所編：《中國通俗小說總目提要》，北
　　　　京：中國文聯出版社，1990年

何春蕤編：《性工作：妓權觀點》，臺北：巨流圖書公司，2000年

呂芳上：《民國史論》，臺北：臺灣商務印書館，2013年

李又寧、張玉法編：《近代中國女權運動史料（1842-1911）》，臺北：傳記文學出版社，
　　　　1975年

李孝悌：《中國的城市生活》，臺北：聯經出版社，2005年

李辰冬：《李辰冬古典小說研究論集》，北京：中華書局，2006年

李忠昌：《古代小說續書漫話》，瀋陽：遼寧教育出版社，1992年

李瑞騰：《晚清文學思想論》，臺北：漢光文化出版社，1992年

杜學元：《中國女子教育通史》，貴陽：貴州教育出版社，1996年

周樂詩：《清末小說中的女性想像：1902-1911》，上海：復旦大學出版社，2012年

林依璇：《無才可補天：「紅樓夢」續書研究》，臺北：文津出版社，1999年

林鳳姞：《自強運動時期保守言論之研究（1861-1894)》，臺北：復文圖書出版社，1993

年

金鑫榮：《明清諷刺小說研究》，南京：鳳凰出版社，2007 年

阿　英：《晚清小說史》，香港：太平書局，1966 年

阿　英：《晚清戲曲小說目》，《阿英全集》卷 6，合肥：安徽教育出版社，2003 年

胡　適：《胡適文存》，臺北：遠東出版社，1961 年

胡纓著；龍瑜宬、彭珊珊譯：《翻譯的傳說：中國新女性的形成（1898-1918）》，南京：
　　　江蘇人民出版社，2009 年

夏曉虹：《晚清女性與近代中國》，北京：北京大學出版社，2004 年

夏曉虹著；呂文翠編：《晚清報刊、性別與文化轉型：夏曉虹選集》，臺北：人間出版
　　　社，2013 年

孫康宜：《古典與現代的女性闡釋》，臺北：聯合文學出版社，1998 年

徐斯年：《俠的蹤跡：中國武俠小說史論》，北京：人民文學出版社，1995 年

時　萌：《晚清小說》，臺北：萬卷樓出版社，1989 年

高玉海：《古代小說續書序跋釋論》，北京：中國社會科學出版社，2007 年

高玉海：《明清小說續書研究》，北京：中國社會科學出版社，2004 年

高彥頤著；李志生譯：《閨塾師：明末清初江南的才女文化》，南京：江蘇人民出版社，
　　　2005 年

高彥頤著；苗延威譯：《纏足：「金蓮崇拜」盛極而衰的演變》，臺北：左岸文化出版
　　　社，2007 年

康來新：《晚清小說理論研究》，臺北：大安出版社，1986 年

張小虹編：《性／別研究讀本》，臺北：麥田出版社，1998 年

張小虹：《時尚現代性》，臺北：聯經出版社，2016 年

張妙清等編：《性別學與婦女研究：華人社會的探索》，臺北：稻鄉出版社，1997 年

曹　莉：《史碧娃克》，臺北：生智出版社，1999 年

梁啟超等撰；阿英編：《晚清文學叢鈔‧小說戲曲研究卷》，臺北：新文豐出版社，1989
　　　年

梁淑安編：《中國文學家大辭典‧近代卷》，北京：中華書局，1997 年

畢恆達：《空間就是性別》，臺北：心靈工坊文化出版社，2013 年

習　斌：《晚清稀見小說經眼錄》，上海：上海遠東出版社，2012 年

許慧琦：《「娜拉」在中國：新女性形象的塑造及其演變（1900s-1930s）》，臺北：國立
　　　　政治大學歷史學系，2003 年

郭松義：《中國婦女通史・清代卷》，杭州：杭州出版社，2010 年

陳　山：《中國武俠史》，上海：上海三聯書店，1992 年

陳三井：《近代中國婦女運動史》，臺北：近代中國出版社，2000 年

陳平原：《中國小說敘事模式的轉變》，臺北：久大文化出版社，1990 年

陳平原等編：《晚明與晚清：歷史傳承與文化創新》，武漢：湖北教育出版社，2001 年

陳平原：《中國現代小說的起點：清末民初小說研究》，北京：北京大學出版社，2005
　　　　年

陳永國：《理論的逃逸：解構主義與人文精神》，臺北：秀威資訊出版社，2014 年

陳東原：《中國婦女生活史》，上海：上海書店出版社，1984 年

陳啟天：《最近三十年中國教育史》，臺北：文星書店，1962 年

閔家胤編：《陽剛與陰柔的變奏：兩性關係與社會模式》，北京：中國社會科學出版社，
　　　　1995 年

黃盈盈：《身體・性・性感：對中國城市年輕女性的日常生活研究》，北京：社會科學
　　　　文獻出版社，2008 年

黃錦珠：《晚清時期小說觀念之轉變》，臺北：文史哲出版社，1995 年

黃錦珠：《晚清小說中的新女性研究》，臺北：文津出版社，2005 年

楊國明：《晚清小說與社會經濟轉型》，上海：東方出版中心，2005 年

楊聯芬：《晚清至五四：中國文學現代性的發生》，北京：北京大學出版社，2003 年

葉　朗：《中國小說美學》，臺北：里仁書局，1987 年

葛永海：《古代小說與城市文化研究》，上海：復旦大學出版社，2004 年

詹靜怡：《鏡花緣針砭現實之意義及其思想性研究》，臺北：花木蘭出版社，2012 年

雷夢水等編：《中華竹枝詞》，北京：北京古籍出版社，1996 年

熊賢君：《中國女子教育史》，太原：山西教育出版社，2006 年

趙建忠：《「紅樓夢」續書研究》，天津：天津古籍出版社，1997 年

齊裕焜、陳惠琴：《鏡與劍：中國諷刺小說史略》，臺北：文津出版社，1995 年

劉大杰:《中國文學發展史》,臺北:華正書局,2008 年

劉詠聰:《女性與歷史:中國傳統觀念新探》,香港:香港教育圖書公司,1993 年

劉詠聰:《德、才、色、權:論中國古代女性》,臺北:麥田出版社,1998 年

劉詠聰編:《性別視野中的中國歷史新貌》,北京:社會科學文獻出版社,2012 年

劉鳳雲、劉文鵬編:《清朝的國家認同:「新清史」研究與爭鳴》,北京:中國人民大
　　學出版社,2010 年

蔣瑞藻:《小說考證》,臺北:河洛圖書出版社,1979 年

鄧紅梅:《女性詞史》,濟南:山東教育出版社,2000 年

鄭麗麗:《風雨「中國夢」:清末新小說中的「救國」想像》,北京:中國社會科學出
　　版社,2014 年

魯　迅:《中國小說史略》,臺北:五南出版社,2009 年

盧燕貞:《中國近代女子教育史(1895-1945)》,臺北:文史哲出版社,1989 年

蕭國亮:《中國娼妓史》,臺北:文津出版社,1996 年

賴芳伶:《清末小說與社會政治變遷》,臺北:大安出版社,1994 年

謝玉娥:《性別·習俗·文化:轉型期有關性別考察的備案》,鄭州:河南大學出版社,
　　2011 年

羅　婷:《克里斯多娃》,臺北:生智出版社,2002 年

羅蘇文:《女性與近代中國社會》,上海:上海人民出版社,1996 年

顧燕翎編:《女性主義理論與流派》,臺北:女書文化出版社,2003 年

三、單篇論文

〔美〕Mary Backus Rankin 著、牛貫杰譯:〈驚世危機與誘人機會:19 世紀晚期中國
　　政治及文化變遷〉,國家清史編纂委員會編譯組:《清史譯叢》第 9 輯,杭州:
　　浙江古籍出版社,2010 年,頁 79-102

尤信雄:〈「鏡花緣」的主旨及其成就〉,《國文學報》第 8 期(1979 年 6 月),頁 113-120

毛忠賢:〈「鏡花緣」對「紅樓夢」的繼承與突破:兼論明清小說中女性形象的演變〉,
　　《人文雜志》1990 年第 2 期,頁 116-121

王　韜：〈「鏡花緣」的隱晦意願：從文本分析李汝珍的創作心理〉,《明清小說研究》
　　　2009年第3期,頁

王奇生：〈教會大學與中國女子高等教育〉,《近代婦女史研究》第4期（1996年8月）,
　　　135-166

王鴻泰：〈青樓名妓與情藝生活：明清間的妓女與文人〉,游鑑明編：《中國婦女史論
　　　集》第九集,臺北：稻鄉出版社,2011年,頁165-216

古　楳：〈婦女界之覺醒〉,李又寧、張玉法編：《中國婦女史論文集》第一輯,臺北：
　　　臺灣商務印書館,1981年,頁277-318

朱秀梅：〈「小說界革命」與晚清短篇小說的崛起〉,《南陽師範學院學報‧社會科學版》
　　　2006年第5期,頁98-101

吳澤泉〈晚清翻新小說創作情況考證〉,《中國文學研究》第14輯（2009年12月）,
　　　頁288-310

吳燕娜：〈從一本晚清小說管窺清末纏足運動和論述〉,吳燕娜編：《中國婦女與文學
　　　論集》第二集,臺北：稻鄉出版社,2001年,頁153-192

呂士朋：〈辛亥前十餘年間女學的倡導〉,鮑家麟編：《中國婦女史論集》第三集,臺
　　　北：稻鄉出版社,1993年,頁247-261

李又寧：〈中國新女界雜誌的創刊及內涵：中國新女界雜誌重刊序〉,李又寧、張玉法
　　　編：《中國婦女史論文集》第一輯,臺北：臺灣商務印書館,1981年,頁179-241

李又寧：〈傳統對於近代中國婦女的影響〉,中華文化復興運動推行委員會編：《中國
　　　近代現代史論集‧第十八編‧近代思潮》,臺北：臺灣商務印書館,1986年,
　　　頁919-934

李仁淵：〈重訪「女兒國」：清中葉以來關於「鏡花緣」的性別論述〉,《臺大歷史學報》
　　　第28期（2001年12月）,頁127-156

李玉馨：〈反傳統與擁傳統：論「鏡花緣」中的女權思想〉,《中外文學》第22卷第6
　　　期,頁108-120

李奇林：〈並非「狗尾」、「蛇足」：寓言小說「新鏡花緣」簡論〉,《明清小說研究》1993
　　　年第1期,頁201-218

李奇林：〈兩部「新鏡花緣」之優劣比較〉,《江蘇教育學院學報‧社會科學版》1995
　　　年第3期,頁54-57

李曉蓉：〈中國近代女權特色之分析（晚清至五四）〉,《高雄師大學報‧教育與社會科

學類》第 33 期（2012 年 12 月），頁 43-59

李豐楙：〈罪罰與解救：「鏡花緣」的謫仙結構〉，《中國文哲研究集刊》第 7 期（1995
　　年 9 月），頁 107-156

林美玫：〈美國聖公會女傳教士在華活動：以上海聖瑪利亞女學為例（1881-1907）〉，
　　羅久蓉、呂妙芬編：《無聲之聲（三）近代中國的婦女與文化（1600-1950）》，
　　臺北：中央研究院近代史研究所，2003 年，頁 177-214

林美玫：〈以性別空間概念探討十九世紀美國聖公會在華女傳教士之研究〉，鮑家麟
　　編：《中國婦女史論集》第七集，臺北：稻鄉出版社，2006 年，頁 163-198

林維紅：〈同盟會時代女革命志士的活動（1905-1912）〉，中華文化復興運動推行委員
　　會編：《中國近代現代史論集·第十七編·辛亥革命》，臺北：臺灣商務印書
　　館，1986 年，頁 325-359。

林維紅：〈清季的婦女不纏足運動（1894-1911）〉，鮑家麟編：《中國婦女史論集》第三
　　集，臺北：稻鄉出版社，1993 年，頁 183-246

林維紅：〈婦道的養成：以晚清湘鄉曾氏為例的探討〉，鮑家麟編：《中國婦女史論集》
　　第六集，臺北：稻鄉出版社，2004 年，頁 245-265

邱海珍：〈「鏡花緣」對「山海經」的發展〉，《中州大學學報》第 25 卷第 5 期（2008
　　年 10 月），頁 57-59

胡　毅：〈鏡花緣與葛利佛遊記〉，《廣播週報》第 8 期（1946 年 10 月），頁 12-14。

胡全章：〈1909：晚清翻新小說的狂歡年〉，《新鄉師範高等專科學校學報》，第 21 卷
　　第 3 期（2007 年 5 月），頁 81-83

胡全章：〈作為小說類型的晚清翻新小說〉，《南陽師範學院學報·社會科學版》2006
　　年第 5 期，頁 94-97

胡曉真：〈杏壇與文壇：清末民初女性在傳統與現代抉擇情境下的教育與文學志業〉，
　　《近代中國婦女史研究》第 15 期（2007 年 12 月），頁 35-75

夏志清著、黃維樑譯：〈文人小說家和中國文化：「鏡花緣」研究〉，夏志清等著：《中
　　國古典小說論集》，臺北：幼獅文化出版社，1988 年，頁 265-303

夏曉虹：〈「英雌女傑勤揣摩」：晚清女性的人格理想〉，吳燕娜編：《中國婦女與文學
　　論集》第一集，臺北：稻鄉出版社，1999 年，頁 137-158

戚世皓：〈辛亥革命與知識婦女〉，李又寧、張玉法編：《中國婦女史論文集》第二輯，
　　臺北：臺灣商務印書館，1988 年，頁 551-576

陳東原：〈中國的女子教育：過去的歷史與現在的缺點〉，鮑家麟編：《中國婦女史論集》第二集，臺北：稻鄉出版社，1991 年，頁 241-257

陳青鳳：〈義和團中的婦女組織「紅燈照」的考察〉，《國立政治大學歷史學報》第 7 期（1990 年 1 月），頁 143-159

陳俊啟：〈晚清報刊雜誌中小說讀者群體概念的形塑和消解〉，《漢學研究》第 28 卷第 4 期（2010 年 12 月），頁 201-232

單有方：〈「鏡花緣」引用「山海經」神話手法淺析〉，《殷都學刊》2002 年第 2 期，頁 71-73

曾美雲：〈雅俗之間：傳統蒙書之「女子才性觀」探析〉，「2008 年漢學研究國際學術研討會」會議論文（2008 年 10 月），頁 1-19

游鑑明：〈近代中國女子體育觀初探〉，鮑家麟編：《中國婦女史論集》第五集，臺北：稻鄉出版社，2001 年，頁 257-304

辜美高：〈「鏡花後緣」的發現、比較與詮釋〉，《連雲港師範高等學校學報》2010 年第 4 期，頁 7-11

馮保善：〈相同的題材、別樣的書寫：論「鏡花緣」與「紅樓夢」不同的女性審美與塑造〉，《連雲港師範高等專科學校學報》2010 年第 3 期，頁 1-7

黃嫣梨：〈中國婦女教育之今昔〉，鮑家麟編：《中國婦女史論集》第二集，臺北：稻鄉出版社，1991 年，頁 259-285

黃嫣梨：〈呂碧城與清末民初婦女教育〉，鮑家麟編：《中國婦女史論集》第五集，臺北：稻鄉出版社，2001 年，頁 235-256

黃錦珠：〈晚清「擬舊小說」新論〉，樽本照雄編：《清末小說》第 24 期，滋賀：清末小說研究會，2001 年，頁 160-169

黃錦珠：〈晚清小說的女學論述〉，《國立中正大學中文學術年刊》第 5 期（2003 年 12 月），頁 61-79

黃錦珠：〈晚清小說中的性別、主體與困境〉，王璦玲編：《明清文學與思想中之主體意識與社會‧文學篇》，臺北：中央研究院中國文哲研究所，2004 年，頁 673-703

廖秀真：〈清末女學在學制上的演進及女子小學教育的發展（1897-1911）〉，李又寧、張玉法編：《中國婦女史論文集》第二輯，臺北：臺灣商務印書館，1988 年，頁 203-255

劉素勳：〈通俗羅曼史裡的扮裝與性別操演／越界〉，「蕪土吾民：2012 年文化研究會

議」會議論文（2012 年 1 月），頁 1-21

劉驥、楊雅璨：〈奇特的想像，絕妙的諷刺：「格列佛遊記」和「鏡花緣」諷刺手法之
　　比較〉，《東北農業大學學報‧社會科學版》第 7 卷第 1 期（2009 年 2 月），
　　頁 90-92

蔡玫姿：〈五四作家之跨國互文考察：以林徽因與吳爾夫，凌叔華與契訶夫、曼殊菲
　　爾為例〉，《應華學報》第 6 期（2010 年 1 月），頁 83-138

蔡玫姿、林秀青：〈淪陷區女作家蘇青的「新女性」踐履之途〉，《高雄師大學報‧人
　　文藝術類》第 36 期（2014 年 6 月），頁 31-48

賴芳伶：〈晚清女權小說的淵源及其影響〉，《文史學報》第 19 期（1989 年 3 月），頁
　　55-72

鮑家麟：〈李汝珍的男女平等思想〉，鮑家麟編：《中國婦女史論集》第一集，臺北：
　　稻鄉出版社，1979 年，頁 221-238

鮑家麟：〈民初的婦女思想（1911-1923）〉，中華文化復興運動推行委員會編：《中國近
　　代現代史論集‧第十八編‧近代思潮》，臺北：臺灣商務印書館，1986 年，
　　頁 965-996

鮑家麟：〈辛亥革命時期的婦女思潮（1898-1911）〉，中華文化復興運動推行委員會編：
　　《中國近代現代史論集‧第十八編‧近代思潮》，臺北：臺灣商務印書館，
　　1986 年，頁 935-963

鮑家麟：〈秋瑾與清末婦女運動〉，中華文化復興運動推行委員會編：《中國近代現代
　　史論集‧第十七編‧辛亥革命》，臺北：臺灣商務印書館，1986 年，頁 299-323

鮑家麟：〈宋恕的婦女思想〉，鮑家麟編：《中國婦女史論集》第三集，臺北：稻鄉出
　　版社，1993 年，頁 163-182

謝長法：〈清末的留日女學生及其活動與影響〉，《近代婦女史研究》第 4 期 （1996 年
　　8 月），頁 63-86

魏文哲：〈「新鏡花緣」：反女權主義文本〉，《明清小說研究》2004 年第 2 期 　（2004
　　年 6 月），頁 162-169

羅蘇文：〈論清末上海都市女裝的演變（1880-1910）〉，游鑑明編：《無聲之聲（二）近
　　代中國的婦女與文化（1600-1950）》，臺北：中央研究院近代史研究所，2003
　　年，頁 109-140

蘇恆毅：〈從三本擬「鏡花緣」的小說看晚清女學生的求學情形〉，《國立臺北教育大

學語文集刊》第 26 期（2014 年 10 月），頁 181-213

蘇雲峯：〈近代中國教育思想之演變〉，中華文化復興運動推行委員會編：《中國近代現代史論集・第十八編・近代思潮》，臺北：臺灣商務印書館，1986 年，頁 873-918

四、學位論文

王尹姿：《趣味／道德／覺世：「月月小說」研究》，臺北：國立政治大學中國文學研究所碩士論文，2009 年

王惠姬：《清末民初的女子留學教育》，臺北：國立政治大學歷史研究所碩士論文，1980 年

李宛芝：《「西遊記」續書之經典轉化：以明末清初和清末民初為主》，臺北：國立政治大學中國文學系碩士論文，2016 年

林冠瑩：《晚清公共空間中的上海婦女：以晚清上海婦女報刊為研究中心》，臺中：東海大學中國文學系碩士論文，2006 年

柯惠鈴：《性別與政治：近代中國革命運動中的婦女（1900s-1920s）》，臺北：國立政治大學歷史研究所博士論文，2004 年

洪曉惠：《晚清女性政治文本的性別與家國》，新竹：國立清華大學中國文學研究所碩士論文，1996 年

高資晴：《清末民初男女平等教育研究》，花蓮：國立東華大學教育研究所碩士論文，2008 年

戚心怡：《晚清小說中女性處境之研究》，臺北：淡江大學中國文學系碩士論文，1994 年

陳秀容：《晚清中長篇小說中女性人物塑造之研究（1895-1911）》，臺中：逢甲大學中國文學系碩士論文，1999 年

曾淑貞：《晚清小說中婦女地位的研究：從鴉片戰爭到辛亥革命》，臺北：中國文化大學中國文學系碩士論文，2003 年

黃琦雯：《清末女學研究》，臺北：淡江大學歷史學系碩士論文，2005 年

楊蕙瑜：《遊戲、狂歡、掙扎：晚清擬舊小說研究》，臺北：國立臺灣範大學國文學系

碩士論文，2010 年

劉思潔：《論海派男性作家小說中的女性形象：1912-1949》，臺北：中國文化大學中國
　　文學系碩士論文，2008 年

劉德戎：《清末民初的女權運動：以反纏足與興女學為中心》，臺北：國立臺北教育大
　　學社會科教育學系碩士論文，2007 年

蔡玫姿：《發現女學生：五四時期通行文本女學生角色之呈現》，新竹：國立清華大學
　　中國文學系碩士論文，1998 年

謝文女：《英雄傳奇小說中的女將研究》，嘉義：國立中正大學中國文學系碩士論文，
　　2008 年

五、網路資料

大成老舊刊全文數據庫：http://laokan.dachengdata.com/

海德堡大學「清末民初婦女報刊資料庫」（Chinese Women's Magazines in the Late Qing
　　and Early Republican Period）：http://womag.uni-hd.de/index. php

教育部「教育雲教育百科」：https://pedia.cloud.edu.tw/home/index

新加坡國立大學藏《星洲晨報》微縮影印本：http://libapps2.nus.edu.sg/sea_chinese/
　　documents/sun%20poo/sun%20poo.html

附錄
秋人《鏡花後緣》校點

◎校對體例：

1. 為求小說原貌，文字內容均以原《星洲晨報》刊載之內容為基準，不另行更改。

2. 小說之標點，均改以今日標點符號標記。為求閱讀方便，亦以通順之斷句與段落方式排版。

3. 小說中凡脫字與字跡無法辨識者，以□表示；文字有誤者，在原字旁以〔 〕標示正字；為使文字流暢、筆者增補之文字以【 】標示。

第一回、以訛傳訛書生續筆　將計就計俠女回家

小子一夜緩步珠江長堤，但覺物卓民蓄，繁華無比，不覺歎道：噯呵！廣東今日不比往時了。為甚麼呢？往日那河邊一帶，最是不乾淨的。人屎鳥糞與及拉圾磚瓦等類，堆積滿路，晚上行過，都是黑越越的。正合著廣東一句俗話：「伸手唔見掌。」而今卻大大不然了，馬路也築成了，電燈也設著了，轆轆的東洋車聲，轟著耳鼓，讓人也不致跑的腳痛了。就表面看來，也漸漸成一文明氣象。只是由根本一想，卻又令人痛恨不過。唉，我廣東的人，日日趕著裝飾門面，都是為他人作嫁衣的哩！土地尚非我有，任你實力整頓，我雖不見勞苦，人也不必以是為功。所以小子想到這裡，不禁笑我廣東人的痴愚。

　　正擬向長堤逛遊一遍，也覺得懶於舉步了。然而已經跑了到來，雖不再遊，也要仍舊跑了回去呀！難道不進不退，在此河旁，守著長夜不成？小子心裡想到這裡，於是回身而走。走了一回，覺得前頭柳樹之下，有幾個老者燃著如豆之燈，在這裡吸著旱煙。一面吸，一面談天說地。小子心裡暗道：我心中這般苦楚，他們心中卻這般快樂。但是各人自有各人的心腸，奉昔哲學家所謂「有心境無物境」彼此一較，大概也恍然了。然而他們品談雄辯的是甚麼，也不妨研究研究下。想罷便順路走了過去。

　　唉，看官。你只道他們說甚麼呢？原來是大家談論著我們中國昔日的小說，有說是《三國演義》好的，有說是《水滸》好的，有說是《聊齋》好的，甚至《夜談隨錄》、《封神演義》等類，說好的也大有其人。眾人說完了，只聽得最後的一個人說道：「我平日心裡頭，最喜歡的是《鏡花緣》的。」

　　此言一出，便遭眾人圍著，都說道：「你說這書好，究竟有什麼理由？論筆墨之團結，不如《三國》；論出筆之豪快，不如《水滸》；論議論之雋妙，不如《聊齋》。而偏說平日最喜歡他，真是井蛙之見了！」

　　於是那人被眾人詆排了一頓，不覺啞口無聲，然而心中卻大大不服。然又不能辯駁了出來，面中紅一會、白一會，著實難過。維時小子看見了，也不禁代他不平。因上前說道：「諸君，你們說《鏡花緣》不好，其實那些好處，可實在不曾夢見哩！而今且問一問了諸君的意見，是維新的呢？抑或守舊的呢？自然說是維新的了。維新二字，包括的實繁有徒。但有兩種問題，一定是不可少的。這是什麼問題呢？一是女權振興，一是民族主義。任你走遍地球，誰人敢出一言反對的？唉，女權民族，近十餘年來，人人都視為最新的議論，誰知前百餘年，已經有人發為言論，著為小說的哩！」小子說到這裡，那一班老者不覺連連咋舌，說道：「這說你又從何得來？」

　　小子說道：「不必他求。你們說《鏡花緣》不好，誰知道這些議論，都是從《鏡花緣》得來了。為甚麼呢？大抵外國風俗，最是尊榮女輩；中國風俗，最是壓抑女子。所以女子有了特別的舉動，中國的人，便加以種種不堪的名目了。我們唐朝的時候，豈不是有位武則天麼？他的本事，可以推倒李氏君

主、自為皇帝。女子的特別舉動，算是他一人為最了。然而傳至今日，已經千百餘年，試問有一人敢說這位武則天是好人的麼？世人說他不好，那《鏡花緣》則說武則天是好，所以處處替他張揚，便是《鏡花緣》的第一件特色。異族入關，把我滿堂漢種，或誅或滅。有志之士，難有不泣血椎心呵！憤無可洩，不得不寄意筆墨。然而縱情直達，則又禍患易生，故不能不略為隱括。唉，須知《鏡花緣》中所說軒轅國，就指中國了。其中朱草呈祥一事，又是有明的事情了。手揮五絃，目送歸鴻，俱有不即不離之妙。民族主義，可知他未嘗晦昧呢！這是他第二件的特色。有此兩件特色，其第二件直與施耐菴、蒲留仙之主義同。又按施耐菴之作《水滸》推獎綠林，所以為權覆胡元地也。又蒲留仙之《聊齋》，所謂狐者乃胡之託詞，力寫狐之種種舉動，皆晦描異族之醜態而已。若夫其第一特色，吾恐找遍中國古昔小說界，實在沒有其比哩！」

小子說到這裡，眾老者鼓掌說道：「妙！妙！然而有此特色，社會上的人，為甚麼不愛觀看呢？」

小子說道：「社會上的人不愛觀看，大抵因他著筆太湊，羅羅清疏，粗枝大葉，不能入細罷！這是他的短處了。若是由我布局，則又不然。寫情宜趣妙，格局宜謹嚴，用筆宜豔爛，這是作小說的唯一妙偈。作《鏡花緣》的，當日不講求此法，所以用意雖妙，竟沒人知道了。」

眾老者聽道：「據你所見，何不將舊日的改換了，用自己的意見，再做了一部？或是再續一書出來，俾我們大眾可以拜讀拜讀？」

小子道：「不敢。前人著作，何敢以私意塗改呢？只是改則不改，續則何難？各位老丈如不嫌棄，若我續成了，異日再捎來請教罷！」說罷，老者含笑點頭，小子也走了。正是：

大言不慚驚長老，寸心自喜作書生。

小子自別了眾長老回家後，日日都以續《鏡花緣》為心中唯一無二的事情，不住的把這書看了又想，想了又看。「續《鏡花緣》、續《鏡花緣》」，這四個

字日夕念在唇邊。但是要續《鏡花緣》，究竟從何處下手呢？我想書中的主人翁，就是唐閨臣。那唐閨臣又入了蓬萊山、飛昇去了。畢竟「升仙」兩個字，是有的、還是沒有的，在那野蠻的人，一定說神仙是有的。若是開明的人，與他說起「神仙」那兩個字，才要被他罵了起來。因此想到這裡，是狠叫人為難的。單就小子說當日聽著師友開導，也早將「鬼」、「神仙」二字勘破。但有時見著不識字的人扶乩，往往能弄出文字來；不曉武藝的人，一用起幻術，就嗆拿槍使棒。小子見著，就生了疑了。後來見了高識見的朋友，問了他這緣故。他說這種學問，不特中國有，就是外國也狠注重的。不特互相誇示，更有人設著學校，專門討論這事的哩！

那時小子聽了，不覺詫異，只道外國天天說中國人迷信神權，誰知他自己卻崇信起來。這種舉動，是最服不得人的。一面細詰了那朋友，後來他就老老實實的對我說知：「這種古怪東西，原來就叫做催眠術。這種道理，世有寫為雜誌、以相討論的。在法國則有《催眠術評論》，德國則有《催眠術雜誌》，意大利則有《磁氣術與催眠術雜誌》，日本亦有《催眠學術報》，俱發達的了不得。還有那催眠術的大家有英國的胡荔德，法國的沙哥，皆能出入奇幻，像鬼神一樣的，又稱可以有求必應，這不是扶乩等一流麼！但所差的，不過中國有的是不規則的；外國有的，卻從義理上研究而來，所差就是這點。」

因此小子的疑團也被他打破了，便說唐閨臣當日鍊仙，畢竟是學催眠術。後來他升了仙，不過是催眠術的功用罷了。據那研究催眠術的人說，這術都可以移形換性的。故此閨臣、紫綃二人，能夠長命起來，正是：

　　無奇不備，有跡可尋。

話說閨臣、紫綃駐在蓬萊山中，那父親唐敖，因修鍊之故，累得閨臣尋了若干年，畢竟一絲兒也尋不著。他心中懶了許多了，他心中想著：「只結龕住在這裡，或者踏破鐵鞋無覓處，得來全不費工夫。稍加時日，便可如志相償。」誰知日等一日，年等一年，積了無限的時光，漸漸把年歲也忘了。

況且山中無人，日中只與紫綃相對，取些果蓏充飢。恰好紫綃是最好動的，也不肯常吃清素，便要拿弓箭出去射些飛鳥回來，嘔得閨臣氣的了不得。初時罵他兩句，他還住了手，後漸漸相習以慣，便罵也罵他不應了。

一日閨臣正坐在龕中，忽見紫綃拿著弓箭，喘吁吁的跑了進來，大聲叫道：「怪事怪事！姐姐何不往外頭一看呢！」閨臣聽了，也覺得他舉止失措，便有些驚訝起來。一連問了他幾句，都不作聲，只在這裡呆想。

看官，你道這是什麼原因呢？原來紫綃這人，最是好動不好靜的。一到天亮，就跑在外頭，不是採花摘草，就是蒐禽獵獸。這朝正拿著弓箭去射天邊的雁，忽抬頭看時，合著小說家一句，正是：

不看時萬事干休，看了時心寒膽震。

你道是何故呢？原來半天上懸有一個東西，似蓋非蓋，似傘非傘的，只顧憑風蕩漾。不一會，又見他降低了許多，差不多只千餘米突的高。裡面卻載了五六個人，但卻不能認真是男是女，只見他裝束十分靈捷。不一會，那物又降了百十米突了。只聽上面的人道：「不好了！風越沒有了，空氣越來的小了！如何是好呢？」又聽一人道：「現在還不怕，快將沉重的東西投下就可以昇上了。」說罷，就有許多粗重的物件一起跌了下來，那東西便漸漸昇上。這時恰來了狂風一陣，忽聞人說得一聲好，那東西就飄然一陣，不知向那裡去了。

那時紫綃見了，不覺目瞪口呆。好半日纔將跌下的東西撿過，卻有些是乾糧，有些是衣服，也沒有甚麼奇異的。忽左右一顧，見相離數十步還剩下一件東西，雪白不過的。一頭尖銳不過，一頭卻鑲著精緻的木，與那木相連的處，卻橫閂著小小的機關，可以隨意出入的。紫綃看的心花大放，只顧七上八下的用手來按。誰知按不上三四下，忽轟的一聲，早吐出了一點火花，向樹林中射去，那樹枝卻紛紛簇簇的壞了幾枝，不覺把紫綃嚇了一驚，早把那東西拋往地上，便沒命的跑了回去。一見了閨臣，只說的一聲奇怪，就不再說了。是時閨臣忙穿了衣服，出門看時，卻也驚駭不小。

　　但想著紫綃方纔的冒失，就不敢動手。便低著頭一會，因歎道：「畢竟世上也有許多奇罕的事，不過我們沒有看見罷。」紫綃道：「可是呢！照此來看，終是我們瞞生一世。想當時伯伯入了山，姐姐就立意要尋，及尋了一會子卻連踪跡也不能見一見。那時姐姐本該死心塌地、快回家了。誰知姐姐又說些長生不死、甚麼赤松黃老的秘術，逼著妹妹也要隨緣。但是我想，世人欲要長命，是因捨不得許多倖福，故此纔不憚攷察不老的方法，以至快樂的時候，有如浮雲過眼，水流花放，令人想起要傷心的。所以古來的皇帝，如秦始、漢武帝輩，日日想去修鍊，就是這個意思。誰知後來的人，卻不曉這個緣故，只說絕了嗜欲，便可去飛昇。誰知人生的快樂，原因有了嗜欲來縈繫住了，纔不至空生人世，自形艱苦。若一但絕了嗜欲了，一定把與生俱來的性質，硬加壓制，不但學仙不成，自見其苦。就是仙也學會了、丹術也成了，卻天天把心中無限的慾望、無限的倖福，來換些山巔水涯、猿朋鶴友的風味，寸步不出塵寰。縱使學著龜松的壽有千齡，究竟無一好處，這是何苦呢？今日我們好不是入了這個魔窟了。」

　　闔臣聽了一會，只不作聲。紫綃看他心中早已活動了，便扯東雜西的說了一大套話，直把闔臣的心勾引的不自在起來。原來闔臣守道的心，本是不穩固的，只因一向沒被人挑動，故此能夠沉靜起來。誰知今日紫綃說了一篇的話，細細想去，頗也有些道理。又見著剛纔跌下的東西，心中估量道：「現是我們出家了這般久，不知那世界也變成了甚麼了？只無意中跌下的東西，尚且如此奇異。倘若走了回去，真不知奇怪到甚麼田地？一定如山陰道上，應接不暇的呢！」

　　想罷，心中越是烘動，便對紫綃道：「在你看來，也要認真下山的麼？」

　　紫綃笑道：「瞽者不忘視，跛者不忘履，是人間應有的理。況且見了奇異的事物，就要向下文去尋，那種好奇的性質，也是人間的特色！故此小妹今日拾了這個東西，雖轟了一聲，沒人要緊，卻惹起了許多興致出來。若姐姐甘守寒山，小妹也不來阻擋，但是小妹那身，原是自己所有的，不要被別人牽扯。姐姐縱然不去，小妹也不能相待，要撇了姐姐獨走了。」

　　閨臣道：「這是何苦呢？來的時候，儼然是姊妹同行，豈有回去時，卻只妹妹一人自走？若是妹妹去時，愚姐自當相陪便是。只是出家這般久，回去的路途也記不清楚了，到底先從那一條路行去呢？」

　　紫綃道：「路途一節，是不必憂的。我還記得在這裡走到了大人國，從大人國乘了船，就可以直駛到我們中國了。據此看來，也最稱便捷的。」閨臣道：「這個也使得，但何時起程，也須預先擬定，可收拾行李。」紫綃道：「我現在等的不耐煩，不如就明天起程罷」閨臣道：「【太】快些。」紫綃道：「那便後日。」閨臣還嫌太快，只是紫綃一定要快走，閨臣扭他不過，只得允了。

　　就中紫綃一一收拾行李，整備起程，一面向閨臣說道：「我們離了中國這般久，那國中情勢也不知怎樣了。據我看來，那一種錦繡的山河，繁眾的人民，富麗的物產，最是動人感情，不能去懷的。就是我們曾到過的地方，那勝跡也不算希少。你看二十四橋的風景，那秦淮一帶的畫舫簫歌，虎邱的燈影，往日尚且熱鬧到無言可說。何況隔了許久，就是我們出產的嶺南，那粵秀山的清奇、珠江的秀媚，也是一時無兩。我想我們中國，是算天下最美滿的，人又多，物產又眾，風景又美，真是極樂世界一般。恰是天地間特特的圈出一塊大地，送與我們安享的。設若被人搶了去，我便率齊那些兄弟姊妹，與他拼命相爭，總不至辜負天公一場作愛呢！明日我們起了程，將來歸了國，見著那些親戚朋友，也要他實實在在的把別後的光景與我說之，我們也把在外的光景說了出來，大家談論談論，豈不是好？單有一篇，彼此別了若干年，一但執上道故，也不知歡喜到甚麼田地。」紫綃說罷，閨臣也笑了。於是二人收拾了龕內的東西。及晚，一宿無話。

　　次日，閨臣攜著紫綃向山上四處遊玩去了。原來閨臣生平，最愛的【是】奇山佳水，今日在蓬萊山上住了若干年，一旦別去，最是捨不得的。因此心中想著：「此中一別，後會正沒有時期。倒不若索性走到平日最歡喜的所在，與他一見。一來與他作為話別的意思，二來撫松據石，平日相對，也不算少，意欲題些詩詞，做一個紀念，使後人來到這裡，也曉得從前有人遊過。」

　　於是二人到了蓬萊山絕頂的處，坐了一回，然後撿著了一塊精緻的石，

閨臣吟詩，紫綃執筆，便歪歪斜斜的寫了出來，是：

天公憐我落拓不得志，故教猿鶴相隨侍。

天公憐我孤高絕俗無朋儔，故遣青山突兀蕩春愁。

吟箋撼盡江湖秋，層巒疊嶂空悠悠。

巨靈驚起頭頓地，講我奇才浩瀚光巖陬。

曉獻梅花一萬斛，願訂為朋相隨逐。

朝歌過斷嶺中雲，暮來還奏陽春曲。

豈知山人有奇性，翻然便欲辭幽靜。

雙眸看盡世紛罥，螳螂黃雀相爭競。

閒來呼出嗺嶙峋，道是明日抽吟身。

昔何情密今分手，別矣一去夫何犟。

山靈聞詩心悲切，自古黯然惟決別。

恨絕綺席別看行，看取青峰送車轍。

明日山人就道行，黃鶯為我作鸝唱。

一鞭指斷青山曲，儼見汪倫送白情。

第二回、詢老夫備聆奴隸痛　見寶石忽見炎涼情

　　且說閨臣紫綃在蓬萊山頭題了詩後，再過一宿，便攜了乾糧，一同下山。一氣走了若干路程，見外國的風景，也差不多來時的情狀。到了大人國，二人遂操了外國的話，向路人問：「駛往中國的船，是在那裡停泊？」誰知一連問了數人，都沒一個知到「中國」兩字是什麼的，只眼光光的看了二人一看，就走了。

　　紫綃不覺氣憤道：「他們想是呆子！難道我們堂堂的中國，都不知到了？平時雖沒到過來觀中國的光，也該聽人說過的！為什麼眼睜睜的只顧弄出這呆狀來！」閨臣道：「他們年紀太小，或者見聞有限，自然不及知的。不若再

找老成的一問就知道了。」

　　話未說完，果見一老者，遠遠而來。二人大喜，遂迎了前去，問他中國的船。誰知老者見問，面上是呆了一呆，復把二人看了又看，比剛纔幾個人，那種情形，更加駭異。二人正欲再說，忽見老者喉中露出一種淒涼的聲音，向二人問道：「姑娘，你是大韃國的人麼？」

　　紫綃急搶道：「怎麼叫大韃國？我從出世到了今日，從沒有聽過這個名詞的！況且那『韃』一個字，也不是好的！據平日書中所載，那韃是北方的賤胡，與犬戎、羝、羌同類，今一旦說了出來，不獨言者污口，就是聽的也要洗耳哩！」於是對老者說道：「我不是大韃國人，是堂堂的中國【人】哩！」那老者道：「中國就變了大韃國。大韃國就是中國了，二位還沒知到麼？」

　　紫綃聽了這一句，是大驚失色，頓足道：「怎麼我們好好的中國，卻變了這兩個字呢？」老者道：「姑娘想是生於外國的，不知其中究竟，所以疑惑起來。貴國當初叫做中國，這是人人知道的，真是山巒廣大、人物耀華，說不盡的琉璃世界，珠寶乾坤。那時間大韃國，也不敢小覷，都要重訪來朝，為求保命，一聞了『中國』二字，便舌頭吐了出來，無不過去。誰知到了那一年，中國的運命也衰了，卻激起了內亂，鬧的波翻雲湧，民不聊生起來。那時與貴國相連的，就是韃國。因涎著貴國內亂，可以乘機摕奪，便率著了一些蝦兵蟹將，殺進去了。那時貴國的人，雖也拒戰了無數次，但怎敵他的長槍巨箭的生力軍，況且貴國的人，經了幾時內亂，傷殘了一大半，還有甚麼力來拒他？只由得他把宗廟焚燬、妻妾淫毒、兄弟屠剝、父子鞭笞，都沒敢與他做對了。」

　　紫綃道：「中國的人，經了內亂，死亡是盡有的，但是偌大的國民，未必盡死於兄弟爭殺。敵來的時候，還可一鼓作氣，與他拚命一戰的，為甚麼要降服起來？須知『降服』這兩字，比著身死還慘的！怎麼我國的人，竟出了這個下策來？」

　　老者說道：「就陣勢看來，貴國的人，盡可以拒住韃國的。只就人民而論，韃國的人，只及貴國十分之一，要廝殺起來，便以十人對付著一個，還有不

勝的道理麼？無如貴國的人，很有畏怯卑賤的性質。講起『廝殺』兩個字，便要遠遠的逃走了。敵人來時，情願把室家子女奉獻與他也不愛惜的，只求留著自己一命。縱使用牛馬鞭笞的法子來去待他，也不嫌棄，只要免著廝殺就夠了。因此外國的人，叫貴國做『奴國』，因全國的人，都有奴隸性質的，故有如此的徽號。若是普通的名詞，也不叫做中國，只叫大韃國，那中國舊有的人，都叫做韃國的民了。」

老者還未說完，紫綃不禁叫罵道：「這般情事，不顧自己堂堂的中國，不特土地人民都已全無，連名譽也沒有了！但這要我們同胞如何承受呢！」老者急忙再道：「姑娘且等一等，還有呢！那個韃國吞併了中國後，若只守著逆取保守的主義去做，也不至天怒人怨。雖然韃國的君主，一味去小覷貴國原有的人民，如不服從，便要身首異處。甚至連親戚五族，也不能保的。彼此聚談，若說的忘神了，把韃政府的舉動也牽連入去，或無意中做了批評，便有人串知政府，立刻差人前來，把說話的人拿了斬首去了。甚至家中藏有寶貨，或是妻妾子女有姿色的，偶被韃人看見，便立刻拿了前去，任他如何處置，都沒敢抗的。若有平分的□□，不特自己不保，連一家大小，也要罹難哩！」紫綃聽到這裡，不禁大哭起來，閨臣也哭了。

老者又道：「『中國』二字，姑娘到了貴國的時候，千萬不要提。只因韃人併了貴國，最嚴防是一種革命黨來與他併〔拚〕命。若一開了風聲，便立刻派人前來剿滅了，所以連『中國』二字都禁人題起。若題起了，只說是思念祖先，要與韃政府為敵，便強入了『革命黨』三個字，那時不怕人頭不嚕落地。且更有一事，姑娘也要知到的。那韃國的人，只因自己的祖宗出處的不大名譽，所以禁人談論他的歷史，便立下了刑律，凡有向他肆口談論，便坐著大逆不道的罪，要來加去了。便是連那『韃』一個字，也禁人談起，若是無意中談了出來，那大的卻要斬首，小的也要處罰哩！」

紫綃二人聽了，不覺舌頭伸了出來，縮不進去。閨臣因向紫綃說道：「據此看來，我中國弄成這樣田地，縱欲回去，也沒甚麼味道的，不如仍住在這裡，憑那山元養性，縱然清寂了些，也勝似作了亡國的奴，被他家魚肉。縱

然明哲自保，但看胡塵滿目，宮殿遭殃，那種淒涼景況，實是使人難受的。又況同胞那種悲涼情狀，教人不忍觀看。直是柔腸百轉，不知從何處訴說的。」

紫綃卻道：「姐姐的話，也說錯了。古人說的是孺子入井，惻者往救，何況全國瘡痍，偏要脫身事外呢？更兼我們的祖父叔伯，雖然死去，還有哥哥兄弟、姪兒姪女，都還生在世上，受過韃人的苦。那死去的定是受著長槍巨箭、淫喪身亡；就是現在生存的，也還受著被鞭笞的苦。據此看來，也不獨已死的冤慘，連祖宗骨肉，也受了慘酷的情形。此仇不報，還要袖手旁觀，作一個隔河觀火，這還成個人麼！」言著，便號哭起來。

閩臣也不禁傷心了，便與紫綃哭作一團。幸有老者在旁相勸，纔把二人勸住。因而說道：「我們外國的人，都以貴國是沒得救的，因貴國的人，都沒了血性，故做了亡國的隸，也都不為恥了，所以別的已亡之國，都尚有光復的，只有中國，還沒有挽救，卻是這個原故。誰知人言無憑，卻無可以一幫的大眾。今日偏是與姑娘相遇，又見得姑娘這等愛國、這等熱心，實在令人佩服。我們外國，那救國的婦人，正多得狠哩！將來姑娘回去了，索性把熱血傳播起來，一人傳十，十人傳百，把已死的人心救醒回來。那時眾志成城，也不怕韃人握著大權，也要把他驅逐出去，纔顯得貴國數千年來，人民不是甘為奴僕的。那地球各國，還要馨香頂祝哩！」

二人聽到這裡，心中也有些活動，比不著剛纔的淒慘，便問了老者搭船的所在。老者指著一個地方道：「姑娘若要回國，須要在這裡買船票呢！先買過船票，然後看著汽船的表，按時下船，便沒有錯的了。姑娘若要陪伴時，待老漢同姑娘走一遭，也可以的。」二人聽了，不禁喜出望外，便叫老者先行，自己隨後跟來。三人走了三四里，遠遠卻望見一所地方，蓋的房子也十分寬廠〔敞〕。一會子，已經到了門前，老者便入去打聽。等了一會，纔見他走了出來，說道：「往韃國的船，今晚便要開行。乘船的人，差不多滿額了，那船票一備，姑娘還要從這購買為是。」閩臣聽了，便把手從衣袋中摸進去。誰知目中一呆，嚇的說不出話來。

原來閩臣起程的時候，萬事都整備了，只欠了錢銀一層。看官，須知在

外走動，那財幣是最不可少的。今閨臣二人在山上住了這般久，莫說上山的時候，沒有整備這個，就是有了，都已陳舊的不堪，那種款式，未必可以四處通行，交易得去。這不是空走一遭的麼？這一急，早把二人氣的面如土色，那老者也露出失望的形容，便向二人道：「姑娘既然沒錢，為什麼不早說呢？也連累老漢跟著空走一遭。」說罷，便有悻悻的色。閨臣因陪笑說道：「我們因不仔細，累足下一行，也是我們失錯的。但既到了這裡，也沒得說，便請足下回去，由得我兩人在此丐饋乞食，有了機會再回去罷。只是足下的恩，卻不敢忘。」說著，便與老者見了一禮。

那老者沒有說話，只眼睜睜的看著紫綃。原來紫綃因沒有錢去買船票，正背立在這裡出神呢。及見閨臣向老者陪禮，便回過身來，恰好與老者打了一個照臉，心中便有些不自在。正要發作，忽見老者一驚，直起身來，大聲說道：「有了有了！船費也妥當了！姑娘也可以回國了！好在放著這些寶貨，不但可以前往軒國，就是把地球都遊上數十轉，坐著最上等的船，那費用也不怕不能敷衍的哩！」說罷笑了又笑。紫綃見他這些神情，疑是瘋癲，便急急的問時。老者笑道：「現在姑娘身上，放著這般寶貨，還要捉弄老漢不成？」因便指著紫綃的鈕子說道：「這是甚麼？這不是鑽石麼！我想這般大的鑽石，只一粒至少也值三四萬元。看那七八粒的鈕子，統共算來，還怕沒有二三十萬麼？」

那時紫綃暗想道：「我不值這些東西，卻可以換錢的，真不曉得竟是這般貴重！若當值的，我可不怕窮了。但可惜在山上的時候，不多帶些回來，將來幹起事來，也可仗他做個費用哩！」

原來紫綃的性質，【是】一味好頑的。他在蓬萊山的時候，天天往各處逛去，一日卻走至一處地方，竟把那種鑽石，找了出來。初時也不知到是個寶貨，因愛他晶瑩的好看，遂磨了幾粒作鈕子，繼又磨了數十粒，用紅線穿著作鈕子，繫在臂上，那鑽石的粗細，大約也有廣東的荔奴〔枝〕一般。當時也曾將數粒送與閨臣，【但】閨臣是不好這頑意兒的，只採了兩粒最好看的來做耳環的墜子，至今還帶在耳上哩！

紫綃因聽見老者說那鑽石有用，遂將臂上的鈕子脫了下來，對老者說道：「這個還使得麼？」老者看見，慌忙的陪下臉來，恭恭敬敬的接在手上，看一回，贊一回，道：「這比著作鈕子的還大，大約每粒也值七八萬元了！我看姑娘身上的寶物，帶向地球逛去，恐怕那些甚麼鐵鋼大王、煤油大王，那資產都比姑娘不上，還要叫姑娘作鑽石大王呢！但不知這種東西，究竟出在甚麼地方？若是老漢遇著時，一定連石皮也要抬了回來，不怕沒有用處。好姑娘，當真是從何處得來的？肯告訴我麼？」紫綃笑道：「一言難盡。我們先去買了票，再談罷。」於是將衣上的鈕子，從領上解了一粒下來，繳與老者道：「煩足下拿去，代買頭等的船票罷。」老者接了，便教閨臣二人簽了姓名，一路上含笑去了。

二人等了一會，只見老者仍舊回來了，笑嘻嘻的道：「船票也買上了，銀也找回了，請姑娘過目罷！」說完就把船票遞上。閨臣展開看時，內面生蛇活蚓的畫滿一紙，只有姓名三字，是用漢文的。幸虧閨臣平日看的書頗多，知道外國素有橫行斜止的字，因此便不大詫異，卻不曉得這般通行，心中不由的不納悶。正欲開言，老者又向紫綃道：「那鑽石換了三萬銀子，除買頭等船票二張，每張是四百八十元，二四如八，二八一十六，共是九百六十元。除支該款外，尚存銀二萬九千零四十元，請姑娘察收罷。」說著，一面將一捲紙遞了上去。紫綃接著道：「這便是銀子麼？」老者道：「這是各國通行的銀幣，因現銀沉重，所以用著這個，出入攜帶，也最輕便的。」

紫綃打開看時，內中的號碼，雖然也有漢文，但其餘都是用著外國的文字，心中便知是外國的貨幣了，因向老者問道：「我們既是回中國，就換了中國的貨幣，也使得的。為甚麼要換外國的呢？」老者聽罷，便搖頭道：「姑娘還未懂得的麼？幣政一層，貴國是沒有的，雖然也有一二銀元，但都循行故事，不加整頓的。我想世界的國，自己的國民，無不用著自己國有的銀幣，別國不能攙入的，一旦混了進來，不是全行抵制，就要減水。唯有貴國的銀幣，是專用外國的，卻反將自己的抵制起來，與外國卻成了反比例。甚至甲省所出的銅元，乙省便不能流通的。據此看來，若與姑娘換了貴國的銀幣，

不特二三萬元的多，在外國沒有，就是有了，也適行不便，故此不能不因時制宜的。」

那一篇說話，又惹得二人煩悶起來，但是急欲歸國，不便多問。那船又不久便開行，於是送了老者五千元，拜託他顧一套車，載往碼頭上。老者道：「此處馬車甚便，想姑娘也可用的。」紫綃點頭。只見老者把手一招，便轆轆聲的一輛馬車跑來，那形式也與中國所有的大同小異。老者遂出了價，告知他往何處，車夫馬上答應了。是故二人向老者道別，老者便歡天喜地的說了一番好話，比不得初見時的景項〔象〕了，想是那五千銀的作怪。於是二人跨上了馬車，聽馬夫顛正了馬頭、舉起鞭，抖的一聲，那馬便狂奔起來，一直奔了去哩。

看看地方也繁盛了，人也漸多了，那馬車便一直駛向人叢中去。一會停了車，向闓臣二人道：「碼頭已經到了，請下車罷。」於是紫綃付了車錢，跨了下來。急抬頭一看，卻不見得甚麼碼頭，海也不見，船也沒見。向前的所在，只有大大的一所精緻房子，擋在前頭，卻頗寬廣。闓臣不禁納悶道：「我們下船，他卻叫我入屋了。」心中正沒有主意，忽見那房子的門前，紛紛的卻進了許多人，有的攜著行李，只顧低著頭的走；有的一男一女，相攜著手，一頭行一頭笑，都走了入去。闓臣心中想道：「世界更變，萬事都改了形式了。船的碼頭，想這裡便是，不如姑且進去，跟著他人行事，斷沒有錯的。」於是忙忙的攜了行李，回頭去叫紫綃。原來紫綃見了這個情形，正自呆想呢！不提防闓臣一叫，早嚇的跳起來。

第三回、驅賭博札頭人耀武揚威　遭鞭笞長尾漢驚心喪膽

原來那時紫綃因見著這個情形，心中正自呆想，忽然鼓掌大笑道：「是了！我中國舊日原是有這個的！」正說時，忽被闓臣猛然一叫，便把言也嚇止了，忙忙回過頭來。闓臣問他說的甚麼，紫綃道：「昔隋朝的煬帝，人說他陸地行舟，我初時原不信，道是好好的實地，為甚麼可以乘船駕槳起來。可巧今日

走到這個地方，又見了這樣的奇事。姐姐，汝看他既然以屋作船，一定是拿陸地當海了，難道是在波浪上遊行的慢，但不知去的怎麼快？好姐姐，我們快入去罷。」當紫綃說話時，閨臣還瞪大眼聽，及至說完，不覺笑道：「妹妹，是很嚒有趣。我看這個東西，一定是用著機器開行，去的很快。你不信，聽一聽那裡軋軋的聲音，豈不是機器麼？」

二人一面說，一面入去時，剛一腳跨在鐵網上，忽聞內面嗚嗚的響了兩聲，登時那屋震動起來，閨臣二人，卻一驚非小，便倒退了幾步。及凝神一想，也料得是開行的原故，遂忙忙走了進去。只見裡面的人，也前來招呼，因按著船票，同二人覓了坐位。這時響聲越發大了，波浪的聲也有了，閨臣舉頭一望，卻見浩浩蕩蕩的洪濤，一望無際，方纔曉得所坐的不是屋，是上船。只因進來的時候，那船卻緊緊的泊在碼頭上，將側面的海波剛剛好遮住，碼頭與屋，是大同小異的，恰好那船又結構得寬廠〔敞〕非常，竟與岸上的屋無異。湊著平時閨臣二人，卻又沒有見過，所以終弄出這個笑話。後來船上放了汽笛，竟駛動起來，一連顛播了幾番，二人纔始認得了。

就中閨臣對著紫綃道：「我們自出門以來，甚麼事情也見過的，獨未曾見過這般船。那些巧妙的事，卻偏偏出在外國，豈不令人欽敬！」紫綃道：「姐姐且勿少見多怪。那製造的奇巧，我們中國也算經過的，汝看周公作的指南針、公輸子作的木鳶、孔明作的木牛流馬，皆是神工鬼斧的。照此看來，現在這船也不算奇異。但是我們中國，這種學問，卻沒人承繼，遂至一日喪似一日，外國的人，卻日益考究，漸漸的擴充起來，所以愈加精妙了。據此看來，我中國人日漸墜落，也最可惜的。」說罷，二人遂歸了坐位。

原來閨臣二人，卻是同住一房的，鋪陳亦極華麗。那時僕役前來，已把行李安頓停當。幸虧閨臣二人，自出了一回門，周遊了好幾國，那列國普通的言語，也研究過了，因此遇著外國的人，都不甚困難，只管拿話去對答。恰好暮烟蒼藹，紅日西沉了，閨臣正靠在艐上，望著海上的晚景，忽聽船上的鐘，鐺鐺的響了數十聲，二人聽著，知是晚餐到了，便立刻起身進去。

看官，這句話實在講得古怪。想他二人從未坐過汽船，自然不曉得船上

的例，怎麼一聞鐘聲，就知到晚餐呢？原來閨臣紫綃，賦性最是聰明不過的。
他下船的時候，見是初次經歷，便一一問了侍役，叫他逐一說知，故此不十
分困難，免至如日本紳士隱先生啞旅行一般。這也休說，當時閨臣二人，入
了餐室，忙把眼來看時，擺列的十分華麗，那中間放著兩張桌子，上面那刀
兒叉兒，都一一分列著。那椅子上，已衣冠成簇，坐著深目高鼻，蜂腰肥乳
的人。二人遂按著坐位，挨了進去。

　　閨臣深沉，因心中想著前見老者所說的話，不知是真是假，究竟利害相
關，倒要先觀為快。眼見得餐室中堆著百數十人，大約中國的儘有一二人在
內，或偶然相會，問一問我中國的形狀何如，也可稍慰渴想，因遂告知紫綃，
一同盼望。誰知也奇，望來望去，都是外國的人，不是金髯碧眼，就是面目
黎黑，因此十分著急，想道：「不可了！中國想是沒有了，都被韃人屠殺盡了。
我往日聞人說，天下包涵的地方由海至陸，無處沒有中國人的足跡，所以舟
車出入，搭著的大多是中國的人。誰不知今日這船上，除了我二人是中國人
種，其餘的連踪跡也找不出一個。這個原故，也不問而知了。」紫綃想時，
眼眶中不覺濕了，但恐當著眾人哭了出來，恐怕被人竊笑，只把那一滴一滴
的淚強制，從胸口流下去了。這箇時候，卻望著閨臣也是同自己一樣，沒精
打采的想，心中也橫著這個惡感。

　　誰想二人呆想的時節，那侍役早拿了餐來。看看旁邊的人，正是虎吞狼
咽，唯有自己的端端正正，還擺在面前。正欲不食，又恐出了醜；欲要食時，
心中又是煩悶、咽不下去。且平日也不慣食這個東西，不是燒的，就是薑粉
和的，兼之飯也沒有，只有一兩枚麵做的東西，一定是不可口的，因此也懶
得吃了，只喝了兩口湯，還吃些生果，就散去了。

　　當時同室的人，卻不知閨臣二人是中國人種，見他舉動嫻雅，衣服又不
是韃人裝束，況且身上的鑽石，更映著燈火，作作有芒，令人眼昏目眩，因
此便都生出了愛敬的心來，漸漸也有獻殷勤兒的來攀談了。閨臣二人便操著
外國的話，今日說這國，明日說那國，更引得眾人非常歡喜，便不論男女都
要來交結二人，竟有非二人坐著，滿座為之不歡的意思。又見紫綃鑽石多了，

便叫他做「鑽石大王」，不上幾日，便叫的流行了，船中上下自賤，一題起了「鑽石大王」四字，無不肅然生敬。因此紫綃閨臣二人，日日與眾人周旋，便把愁思暫時放下。

一日，閨臣對紫綃說道：「我們中國的人是最多的，縱使滅他滅不盡，畢竟可以找倒〔到〕一個。那沒有坐著頭等位的原故，或者因船費太昂，我國的人，因不能拿出鉅貲，遂坐了二等三等也是有的。不若我們索性往別處一看，就知道了。」紫綃急急答應，遂同閨臣出了房門，忙向甲板上行來。誰知踏破鐵鞋無覓處，卻剛剛撞著一個中國人。紫綃忙把眼看時，見那人生的身長三尺、八字鬍、年紀約四十歲左右，身上披著灰色的長袍，領圓袖闊，頭上帶著氈笠，正在甲板上行來行去哩。紫綃見了，不禁喜出望外道：「有了有了！找著中國的人了！」遂忙忙的向前詢問姓名。誰知一連問了數句，那人只說出「能爹事」一句，紫綃不懂，正欲再問時，那人只搖了幾搖頭，便慌慌張張的去了。紫綃見不對，只得離開，心中卻想道：「他明明是中國的人，那面貌也像，穿的衣服也是大漢衣冠，怎麼那言語會變了詰屈聱牙的？難道一出了洋，便裝些外國話來欺傲同胞不成？」於是急急去找閨臣，恰好閨臣也走了出來，紫綃遂一一告知，閨臣也覺詫異，二人立在甲板上，估量了一回。

忽聞人聲嘈雜，像毆打的聲音，二人靜耳細聽，卻出自船艙裡。於是二人渡過了甲板，那聲音越發大了，艙縫中也透出燈光來。紫綃心急，一眼從艙縫中看去，正是不見時猶可，一見了，卻覺得眼簾鼻孔耳鼓心坎，一齊的不自然起來。你道甚麼緣故呢？原來當時紫綃來到了艙縫外，已覺得一種不乾淨的氣息，鑽進鼻來，及把臉貼在艙縫外，那氣息越加猛烈，有像是屎尿氣的，有像是腐醋氣的，也有像日本那魚肆中，經了那十餘日的死魚，發出一種腥臭的氣的。紫綃只得把鼻掩住，又把那地方看時，那艙裡也不十分看的清楚，只見暗暗的點著一盞火水燈，內中睡的床也沒有，桌子也沒有，椅子也沒有，而只鋪著數十張爛爛的草蓆，那攕扱裡堆積起來，艙內的人，卻橫身緊密的躺在攕扱上，有張著嘴，像唱著歌曲的，有二人喁喁，像說話的，

也有像睡著的。但見燈光迷離，穢物充斥，卻像將老春蠶，臥在食罷的桑葉上。

那嘈雜的聲，卻僻在另一隅。紫綃忙轉眼一看，卻見黑暗中站著七八個人影，那嘈雜的聲，趣〔越〕鬧越兇，也見有舉手相向的，知是械鬥起來了。當時紫綃正自凝神窺看，不覺甲板上也來了數人，把紫綃輕輕一推，口中咭咭呱呱的不知說著甚麼話，氣的紫綃大怒。待返過身來，向他發作，卻猛然一看，不禁大驚，只道是野鬼出現。原來推他的人，形像甚為兇惡，只見身長丈二、腰大十圍，面似火薰太歲，臉下一部鬍鬚，濃眉巨眼，頭上卻束著一條巨布，有紅的、有白的、有黃的、也有黑白紅黃四色相兼的，趕了過來，正欲把艙板揭開進去。於是紫綃忙躲過一邊，去知會閨臣。原來閨臣卻立在十步以外，靜靜的打探消息哩。紫綃遂把所見的事情，與他說知。

那時形容古怪的大漢，已經下去了。誰知也奇，那人一入了去，不特剛纔的械鬥聲全無，就是平常嘈雜的聲也止住了。紫綃覺得詫異，再欲窺看，只見艙口開處，裡面擁出一群人來，為首的就是狀貌兇惡、巨布束頭的幾條大漢，後面卻拖了一群似人非人、似獸非獸的東西，面目黧黑，步履艱澀，身上卻穿著齷齪不過的衣服，頭上也古怪，卻生了一條長尾，那尾卻有三四尺的長。只見以布束頭的大漢，急把他的尾拿住，喝了一聲，那物便蹌蹌踉踉的跟著去了。

紫綃心中甚為驚訝道：「據我看來，這也是人類的一種，但為甚麼變著這等形相？想他聚族所居的國，一定是弄的衰弱不過，所以被人凌辱到這樣田地。但不知他究竟是甚麼國的人？若要是中國，我便立刻死去，也不願看這個形狀。」想罷，正要找人問去，誰知剛剛遇著船中一個侍役，紫綃因迎上前問道：「剛纔所拘的是甚麼？」侍役答道：「是人。」紫綃道：「是甚麼國的？」侍役道：「是亡國的奴隸，所以逢人皆可向他虐待的。姑娘難道不認得腦後垂有一條長尾的中國人麼？現今是韃人把他的國滅了，日日把那中國的人種殘殺，而且開著新例，凡外人將這些人種殘害，韃政府不復過問，故此我們纔敢把他拘捉的。若是別國的人，我們還敢如此相待麼？」

那一派說話，早入了紫綃心坎，不覺頭暈目眩，說不出話來。停了一會，便大叫一聲：「好苦也！」早走至船傍，便要向波皺皺碧澄澄、與天相接的水投身下去，嚇得與他說話的侍役，一手將他扶住，便大聲疾呼道：「不好了！鑽石大王要跳下水去了！」一連呼了幾聲，閨臣忙走了前來，叫侍役扶了紫綃入房，安息去了。

那時船中的人，一聞得鑽石大王要投水，便一齊從房中走了出來，三言四語的談論，有說鑽石大王得了精神的病，不論甚麼，隨時都可發作的；有說鑽石大王心種也很慈善的，眼見得船上的人，將那一群韃國的人凌辱，心中悲憫不過，欲救無策，纔出此下計的。內中勢利的人，也說道：「他若果然死了，身上那些鑽石，一定要獻龍宮去，這不是人世痛失此鉅寶麼？」也有少年好色的人說道：「那鑽石大王，不特多財，而且美貌呢！看他的光景，似還沒配著人，他若死去，那沉魚落雁的容，奄然物化，也是可惜。」諸如此類，紛紛的議論不一，但都不能道著紫綃的孔竅，都是隔靴爬癢罷了。

且說紫綃入到房時，便嗚咽著向閨臣說道：「那侍役的說話，姐姐也聽見麼？想我中國當日，仗著地廣民眾，不論東夷北狄，都尊敬我的。縱不是納款服屬，也要玉帛相贈，卻沒有懷著一點傲慢的心志前來。雖我們入了幾年山，那世界也變了，中國往日的威名，也一掃盡了。剩下的人民，都受人凌辱起來，我想人世間最卑賤的不過奴隸，但奴隸都有一定的主人，縱然鞭笞，也都有限。又說最賤的是牛馬，但牛馬都沒有不拘甚麼都要鞭撻的。我想中國的人，都沒甚麼像的，只像路上的沙塵，不論甚麼人等，都可隨意蹴踏，也沒人來相管的。唉，你道誰人的咎呢？」說罷，便淚如泉湧的哭了出來。

閨臣聽了，便也含淚說道：「目擊這情形，還不傷心，一定不是人類的。但是傷心了，卻要切切實實的去拯救纔是，卻不要楚囚相對，只顧痛哭；也不要學從井就人，自己先捐起生來。今日妹妹要縱身入海，免見同胞受辱，那種心事，那種血性，是令人佩服的。但作事雖要往後一想，即如今日，妹妹雖懷著憤恨，要蹈海去了，那一死雖然了事，但那後來的事，卻交與誰人呢？況那受辱的人，又可因著妹妹一死，使他輕災禍沒有呢？為今之計，莫

如把性子按納下來，待歸了國，看他怎樣舉動，然後插手進去，或者先祖有靈，竟把已去的國，恢復轉來，纔是我們的責任。便是他日死在地下，也可以向先人告無罪的。」這一派話，早把紫綃的心說轉了，便高高興興的，與闔臣談論了一番。停了一會，外面吃餐的鐘又響了。紫綃因不想吃甚麼，便自己躺在床上，讓闔臣自去。

闔臣吃罷，正欲歸房時，恰與剛纔同紫綃談論的侍役相遇。闔臣便叫他來到身旁，問了方纔拘拿的人，為甚麼緣故，犯了甚麼罪案。侍役答道：「沒有犯著甚麼，不過是因賭博相毆。船主因他亡國的事，平日也覺得可恥，今又犯了錯例，所以特地派人拿去，警戒警戒是有的。」

闔臣道：「到底他是甚麼國的人？」侍役道：「也確是中國的人，沒看錯的。」闔臣道：「胡說！中國的人，我自然是曉得的。大抵女子的是高髻長服，男子的是紗帽圓領，卻不嚕扮出這等古怪的形狀來。若就體魄而論，中國的人也夠出眾的，你睇閩粵人的活潑，燕趙人的慷慨，湘楚人的沉毅，皆是歷史上有名譽的，怎麼往日的威風，銷向何處去了？這個是中國人，我卻不信！」

侍役著急道：「姑娘有所不知，那中國未亡的時候，萬事都不落人後的。一自被韃國滅了，便一日一日的衰弱起來了。一是強依了韃人的裝束，腦後垂了一條尾，若與人爭鬥時，只要一手拿住，他就沒有法子逃脫出來了。除此之外，那中國人種衰弱的緣故，也有數層。姑娘若不嫌耐煩，待小的說與姑娘知道便了。」

第四回、野心勃勃誤逢外國姑娘　勇氣蓬蓬且逞中朝技擊

且說那侍役對闔臣說：「韃國雖弱，政策還有數種哩！」闔臣忙追問時，侍役道：「好好的腳兒，卻要包纏的纖纖玉筍。好好的身材兒，卻要吃了鴉片，弄成猿腰鶴背，面目黧黑。好好的心性兒腦兒，卻要天天去作文章、考科舉，伏案三年，便成了頭等廢人。這不是弱種的政策麼？雖然這些也有不自韃人始的，但一到了韃政府，更覺興盛起來，豈不是他故意推波助瀾的麼？」闔

臣聽了這話，自不免加了悲傷。因思聽他說盡半會，也都無益，便急急的回房來，與紫綃作伴去了。

次日紫綃因被闖臣開解了許多，便不似從前的煩悶，到了吃餐的時候，便同闖臣走入餐室來。那船中各人，一見紫綃，便都高興起來道：「好了好了！鑽石大王無恙了！餐也來吃了！」便一齊擁了上來，問好的問好，說笑的說笑，把紫綃又弄得忽忙起來。飯後闖臣拖著紫綃，便向四處遊去。忽在甲板上逢著了一個人，因見闖臣二人說話，便從旁兜答起來。闖臣看他時，年紀約在三十歲左右。那面目也狠像中國的人，但穿著衣服，卻與外國人無異。闖臣見他說著中國的話，便與他應酬了一番，他自己也說是中國的人，是剛纔在外國讀書，因有事回來的。闖臣聽著知他也是同國的人，便觸起了同胞的情，心平氣和的與他說話，又問他中國近日的情形。

那人道：「中國自歸韃政府以後，那政治自然腐敗的。但近日幸虧出了一位聖主，那聖主的聰明才力，都是絕好的，又肯體恤中國的人。近來還聞他說要仿外國的制度，要立憲去了，說是韃漢一體，上下一致。唉，若是他夠實實在在的照這樣行來，吾輩也十分願意的。細想吾輩今日的希望，第一是要我國強了轉來，不受外人凌辱；第二是就要韃漢一體，不要受政府異視就夠了。若是有了這兩種權利，我輩也不惜將數千年的中國，永遠歸他管束也願意的。兩位試思，今日救中國的良策，第一就是立憲，是個有一無二的法子，任說甚麼革命、甚麼排滿，都是不中用的，還恐怕因此生出外國瓜分的禍來，所以一提起『革命』二字，兄弟是絕對不贊成的。現在我們連絡著同志，還要立著一念，單要研究立憲的政策呢！」

闖臣聽到這裡，已經耐煩的了不得，心中想道：「那位先生，這一篇議論，為甚麼這般離奇？照此看來，中國的人民，一定是長為亡國的人，沒有恢復一日了。最不通的是一立了憲，就情願任他永久的握有政治權一語，既然如此，他欲享立憲的倖福，現在外面的立憲國正多呢，何不舉中國奉送了他？想他的憲法又完全、又妥善，豈不勝似韃政府的抄襲成文，有了這樣，便忘了那樣的。但只怕種種不同，莫說立憲，就是甚麼完善的政治，好似天堂一

般，都恐怕主人翁自己獨享，輪不到各等奴隸哩！況且那祖宗的鉅仇，寔在要緊，若照他說來，豈不是賣國忘仇，連狗彘還不若麼！中國的人若盡是他的心腸，那中國還有救麼！」想罷便灰了心、嘆了氣，不與他說了。

誰知他見閨臣不與他兜答，便一眼射向紫綃去。見紫綃身上這些鑽石，作作有芒，便懷著了大大的希望，把話去勾搭紫綃。誰知紫綃那性情，是剛的不過的，早上聽了他的話，便知他是個沒見識沒廉恥的人，一心只要拒絕他，面上也露了不喜歡的形容，便走開了。誰知那人還不知意，仍一路上涎著臉，咭咭呱呱的來問，紫綃卻他不過，只得淡淡的答應他兩句。誰知有了這一答，那人一得了甜頭了，說話愈多，聲兒也愈大，並漸漸說到紫綃身上來。看著紫綃的衣服，便問：「姑娘的衣服，在那裡做的？多少錢？怎麼這般好看？」一會，又看著紫綃的耳環道：「姑娘那鑽石，像著銀杏的大粒，若估起價來，恐怕至少也要一萬數千的銀子呢！」正說話時，一眼早看往紫綃手上，他大聲說道：「噯呀！姑娘來有這般大這般多的鑽石鈕子，真正難得的！」一面說，一面把紫綃的手上捏過去。

紫綃雖然惱了，但因他是同國的人，不好把性兒發作，便悄悄的答道：「放尊重些，免被別人看見笑話。」那人道：「怕甚麼？他們外國的人，男女交際，豈不是都純任自然的？握手兒、接吻兒、攬腰兒，都不以為褻，還要當著眾人，纔算得愛的真摯哩！」紫綃見他如此說，心裡又是氣，又是笑，因想道：「他從外國讀書回來，見聞廣些，也算有一點見識。為甚麼偏弄出這等言辭舉動來？」遂向那人辭了一聲，自己回房去了。

紫綃回去的時候，那人還要胡纏，因又要與紫綃握手，紫綃不肯，隨又問紫綃住在哪一間房，隨時還要前來領教哩！紫綃因急欲脫身，便隨便指了一間與他知道，即便行了。歸到房中，見閨臣正坐在床上看書，便遂把剛纔的事情，向閨臣說知。閨臣道：「《四書》有一句，叫做『國家將亡，必有妖孽』，那妖孽兩個字，不是應著石泣山走的一路，就是應著他們的一群人呢！」紫綃聽了，不覺笑了出來，道：「姐姐這一句話，甚是尖刻，不似千言萬語，把人唾罵的！」於是二人調笑了一番，也都沒甚可記。

　　誰知這一天晚上，船上卻鬧出一些笑話來哩。原來那晚十二點鐘時候，閨臣二人也已經歇息去了。忽一陣嘈聲，把二人在夢中驚醒，側耳聽時，忽聞隔房的一位外國的姑娘，手中似纏著一人，一面大聲的喊捉賊。那被捉的人，因走不脫身，也操了外國的話，向那人討饒。閨臣聽時，卻像日間與他說話那留學生的聲音的。因對紫綃說道：「妹妹聽聽，那人又弄出事故來了。」於是往下聽去，那時船上的人也都齊集了，上自船主，下至侍役，黑鴉鴉的擠滿一房。那外國的姑娘道：「我正在睡覺，忽然有人走了入來，向身亂摸，一定以為是竊盜無疑了，所以將他拿住的！」那學生道：「我是因找一位朋友說話，不提防走錯了路，實是一時冒失。至若偷竊一層，卻沒有如此敗行的！」二人正在爭辯，閨臣因說道：「找誰呢？難道找我二人不成？」紫綃聽了，便含著笑，把日間臨別時的情形，向閨臣說知。閨臣不覺鼓掌稱快道：「是了！」便又往下聽去。

　　原來那學生自與紫綃談論後，心中拾分妄想道：「眼前放著這般多財、這般美貌的人，不去運動運動，真是枉生一世了！」因想著紫綃臨別的時候，還指示他所住的房子，早立著了心，要去紫綃這裡拜謁。只是向日間人來人往，十分嘈雜，是不便說話的。於是立了主意，只等到夜深人靜，便悄悄走進去。那一日已等得不耐煩了，心中埋怨道：「那太陽總是拿我來頑耍，所以走得這般遲。」及一到了晚上，那學生要來動身了，忽又被同船的人扯住，橫三豎四的談論。好容易談了一回，那時已是夜深人靜了，於是急急穿了一套新鮮的學生衣裳，忙向頭等艙走了進去，心中想道：「他住的房，我日間已經認得的，不怕走錯了路。」便放著膽，走到那房時，見門上只虛掩著，心中一發得了意，便道是虛掩房門，以待佳客，因此更不遲疑，即便推門入去。只見一個女子，臥在床上，身上覆了一張五色斑爛的被，側著身，在這裡睡覺哩。那學生便上前細細的叫了幾聲姑娘，誰知聲細了，都叫不應，若要大聲時，卻又恐被人聽見，反為不美。正在沒有法子，忽心中想道：「有了有了，不若用手將他推醒，也沒防碍的。雖是男女授受不親，但我行的是外國的禮，況且日間與他說話，都是和氣可親的，斷不至一日把無名的火，向我發作。」

想時遲，那時快，於是忙走到他床上，沒命的把他推了兩推。那人驚醒了，急把臉上翻了過來，把那學生一看，恰好四眼相視，嚇得那學生大驚失色。原來船上睡的不是日間談論的人，卻是黃髮碧眼一個美貌的外國女子，知是自己把房子弄錯了，急翻了身，正欲走時，那手臂早緊緊被那女子握住，死手的不放，一面又喊起賊來。那學生雖沒命的掙扎，但畢竟是書生弱質，氣力有限，怎當那女子的體魄強壯，氣力無窮，只一隻手，早將那學生牢牢的拿住了。

後來船主走了前來，將他審問一過。他說是因訪友走錯的，船主問他找的何人？誰知那學生也不曉的是紫綃名姓，只記得他身上許多鑽石，當下因急生計，便道：「那人的姓名也不用說的，但那身上滿滿戴著許多鑽石的便是。」眾人聽著，都知道是鑽石大王了，便忙忙的請了紫綃出來。紫綃因憐他是同國的人，便說與他原是認得的。眾人又問那女子，到底失了什麼貴重東西。女子道：「東西是沒有失的，」□□□□□□□□□□□□□□□□□□□□□□□
□□□□□□□□□□□□□□□□□□□□□□□□□□□□□□□□
□□□□□□□□□□□□□□□□□□□□□□□□□□□□□□□□
□□□□□□□□□□□□□□□□□□□□□□□□□□□□□□□□
□□□□□□□□□□□□□□□□□□□□□□□□□□□□□□□□
□□□□□□□□□□□□□□□□□□□□□□□□□□□□□□□□
□□□□□□□□□□□□□□□□□□□□□□□□□□□□□□□□
□□□□□□□□□□□□□□□□□□□□□□□□□□□□□□□□
□□□□□□□□□□□□□□□□□□□□□□□□□□□□□□□□
□□□□□□□□□□□□□□□□□□□□□□□□□□□□□□□□
□□□□□□□□□□□□□□□□□□□□□□□□□□□□□□□□
□□□□□□□□□□□□□□□□□□□□□□□□□□□□□□□□
□□□□□□□【紫綃想：】「【奇】怪的形狀，斷沒能脫離的了，但不知他們視這東西，有甚麼關係，可也是割棄不得的。」心下一面想時，即便生

了一計，於是不動聲色的，也不告知閨臣，便向衣袋中取出了一張小刀，潛潛的溜進一個人背後來，便用著螳螂捕蟬的勢，忙將左手向他那尾一拿，右手一刀，早將那尾割下了。

原來剛縷下來的一群人，是在岸上作咕哩的。凡船隻埋泊，便下來搬運雜物，一向都是如此。紫綃因要試試那尾的關繫〔係〕，便撿了最大條尾這一人，用刀割去。那人正在這裡兜攬生意哩，猛然覺得腦後沉沉重重東西，當時跌了下來，腦上覺得清涼無比，知道不好了，一定被人攬弄了。忙把手來一摸，見光光的那物不翼而飛，只蓬蓬然剩了一頭短髮，心上不由大怒，便回過了身，一拳向紫綃打來，紫綃急把手一格，正欲分辯時，背後那幾個咕哩，見著同業的人，被人割下了尾，也生了氣，便也磨拳擦掌，向紫綃闖了前來。

誰知那紫綃是精通武藝的，那《鏡花緣》裡頭，已經說過。今見眾人來的太兇，便不敢怠慢，待他擁進來時，便使了生平的三分氣力，早將三四個人推倒，都跌得頭穿目腫。維時那一群人還不收手，都道：「這個洋人，把我同胞打倒，一定要去報仇的！」便又闖進了許多。那時紫綃聽了，心中又好氣、又好笑：「怎麼他倒叫起我作洋人呢！」正自欲賣演手段，那船上的工人，也知到了，便一齊上前喊道：「鑽石大王被人毆打了！」這一聲，船上的當差人等，及那坐客，都沒有不知，一齊走出來觀看。鬧了一會，然後眾人將一群咕哩趕散，救出了紫綃。這時還有幾個潑皮的不肯據散，還要前來廝殺，誰知被幾個碧眼紫鬍的人拿起棍來，將他打了一頓，縷憤憤去了。

眾人問候了紫綃一回，因紫綃武藝精上，卻沒有被傷，眾人愈加欽敬，都道：「像姑娘這般武藝，恐怕環球中也找不出幾個的。」內中有一人說道：「諸君還不知到，中國人的武藝，是最出色的呢！只可惜沒人提倡，所以百人中曉這個的卻不得一人，像那姑娘力敵數十人更覺稀罕。若是認真提倡時，那些甚麼柔術太和魂，都比得上他麼！」

那時紫綃也說的高興了，便將自己的本領，說了出來，如何的力斃猛虎，如何的仗著一劍，教數百人也都近不得他。眾人聽說，也越發趨附起來。紫

綃心中，卻明知眾人的褒獎，不是真正的，無非因著自己的鑽石，故能得眾人趨附。但既自己說了大話，決定演些手段，與他看看，纔不至有大言不慚的毛病，也可叫他們心悅誠服的。因一面講，一面帶笑的說道：「現在小妹的說話，也不是虛言的。諸君若不信時，不論男的女的，只管前來試試。想決鬥的事情，外國也儘有的。」因又指著那襟前鑽石說道：「如有決鬥的勝了，情願以此物相贈。但須立下了決鬥狀，如有死傷情形，都是自己情願，不能歸咎他人的。」

那時眾人聽了，也都面面相覷，斷不想紫綃有這大本領。然而眾人一面哄動，卻引起紫綃的敵手了。原來，船中有一力士，原是在外國有名的，生得身長八尺，腰大十圍。聞說他平時專向各國遊歷，都是仗著一身氣力，演藝度日。聞他一臂，可倒懸二三千斤重的東西，因此眾人無不知到他的名字。這回與紫綃同船，也是想到中國遊行，兼恃著一身武力，要嚇嚇中國人的意思。那時見紫綃口出大言，便氣的按納不住，急的走到紫綃身旁，指天畫地的說自己英雄，要與紫綃決鬥。紫綃道：「既然如此，須立下了決鬥狀纔好。」那力士聽得，也寫了。於是二人約定，在艙上那夾板決鬥。紫綃訂明，若是戰敗，情願將衣上那鑽石相贈，那力士也拿出一萬元的銀幣相抵。二人相約定了，那在旁邊的眾人，無不替紫綃捏了一把汗道：「一個是千金的閨秀，一個是江湖的武夫。男女之間，已是不敵的。」又看見紫綃這般纖小身材，差不多遇了狂風，還要顛跌，何況與人角鬥哩！又見那力士氣的眼都光了，他的形容，恨不得只一拳要將紫綃打死，纔洩心中的氣。因此眾人愈慌了，就是閨臣平日雖曉紫綃有些武藝，當時見了這個情形，也不能不驚心吊膽。正欲阻勸，誰知都立了決鬥的書，無可如何了。

第五回、豺狼當道有意張羅　口舌招尤無辜入網

紫綃自與那人立了決鬥的書，便立刻裝束起來，那人也預先整備。眾人中雖都是替紫綃捏一把汗，但到了這時候，知是無可如何，只得由他罷了。

這裡二人，裝束都已告竣，便走到一間大的夾板上。眾人看看紫綃，又看看那人，只見紫綃還是心平和氣，了無矜張的氣；只有那人卻氣的急如猛虎、走動如猿猴一般，想他的意思，一定要立刻把紫綃打了一個粉碎，纔洩他心中的憤。亦不知本事如何，可能了得心願沒有呢？

當下兩下說了一聲，那人便趁勢撲將進來。這一撲真有猛虎擒羊的力量，若被他攔住了，莫說是個肉體，就是銅鑄的金人，也要顛跌的。唉，紫綃這般嬌弱，一定喪在他手裡了。誰知紫綃靈捷，見他來的兇猛，且不與他對撲，便虛閃了一閃。早見那人撲了一個空，眼中一花，腳中少不免錯踏了幾步，不覺撲通一聲，便跌在夾板上，差不多把那數千噸的船，也都要震的搖動起來。那兩傍觀看的，都拍手大笑，【有】說那人確實勇猛的，有說紫綃靈捷、千人中執不出一個的。眾人正自議論，誰知那人見撲紫綃不中，心中也急了，便急急的抓了起來，舉起沙煲〔包〕大的拳頭，向紫綃衝去。那時紫綃性發了，也使出了一個門面，讓那人進來。

二人一來一往，約莫有數十交手，畢竟紫綃力少，敵不住那人，便思用暗計算了他，因側過了一邊身，露出要逃走的形像。那人只道他要敗了，一發要制他的死命，便緊緊的趕了上來。紫綃不慌不忙，卻把腳尖往夾板上輕輕一縱，便跳起了七八尺高，說聲「著」，只見那人面上早受他一腳了。那腳也利害，那人被踢時，眼中早覺得火星亂迸，耳中鐘兒磬兒的聲都有了，那口中更不用說，竟像酸甜苦辣，都雜在一處亂嚼的。只說得一聲噯唷，便如栽根蔥一般，向下倒了。那兩便〔邊〕看的，都大聲喝起彩來。紫綃還欲很很的踢他兩腳，但見他沒有扎掙，也都罷了。那時船上的人，也儘有與那人相好的，於是急急的命人扶他入房中，自去安息。然後紫綃慢慢取了一萬元，又贏得好些名譽。

閑話不題，且說那船一到了碼頭，便有無數的客棧夥伴，前來接攬生意。紫綃閨臣二人也隨便指了一間，叫夥伴抬了行李，自己也叫了一駕馬車，瀝瀝碌碌的一路向那客棧去了。一到了店門前，下了車，正把車費支結完時，忽抬頭一望，只見無數人在店門口站著，看著一幅字兒哩。紫綃心急，便三

步作兩的走了前去。拿眼看時，上面卻高高的帖著告示一道，上寫著：

署兩江總督部堂峕，為亂黨披猖，懸紅購緝事。照得近有無知匪徒，
造為革命獨立等謠，結黨拜盟，隨處皆是，所至或投身學界，或洇
跡商場。若始終姑息養癰，必至後悔無及。查上海一埠，為各省總
匯之地，匪徒麕集，紛至沓來。本署督自蒞任以來，凡聚眾舉事者，
不下數起，雖幸大軍一到，小醜悉平。但恐死灰復燃，不難逆謀再
發。近據各縣迭稱，有大幫匪徒，匿跡滬上租界，再圖不軌。似此
叛逆橫行，亦復成何事體，為此示諭。爾等軍民人等知悉，如有查
出匪徒情形，應即稟請地方官飭差捉拿。倘嚴訊得實，自應酌給獎
賞。其有窩藏逆黨，匿不投報者，一經查出，定必嚴究。其凜遵毋
違。特示。

紫綃看罷，心中想道：「處著異族橫虐的時代，那『革命』二字，一定是不能
廢的。非因乘機煽亂、搜搶財物，俱都因救同胞，脫卻羈縻起見，自然是人
人曉得、人人知道的。想那峕制府也是我們同胞的一分子，怎麼就不顧自己
同胞受苦，偏要禁起人革命來？雖然他現在做了官，境地是好好的，但保不
住子子孫孫都要受他的榮祿，日久終當作起民來。若一旦同著一輩子受戮，
真可算自作自受，都是他祖宗因禁著同胞革命，要去保全異族山河的功。孟
子說的好：『名之曰幽厲，雖孝子慈孫，百世不能改』哩！又況畢竟顯受其禍
的哩！」

　　且說闈臣在紫綃後面，跟了前來，見他獨自一人，在這裡站著發獃，不
禁上前叫他。叫了一回，他卻不答應，只自言自語的道：「是了是了！他一定
不是我們的同胞，是韃政府用著自己的種族，派到這裡，要彈壓我們同胞的！
不然，若是我同胞的人，雖偶然做了一個官，終當還留著一點良心兒，斷不
會慷了他人的慨，要滅自己威風的！」一面說，一面見著闈臣，口中還是唧
唧噥噥的，一會纔向客棧去了。

那裡一班小廝，已將房門打開，把二人的行李一件一件的搬進裡面。忽忙了一會，早將器物整頓完時，小廝且往別處幫忙去了。這裡二人虛掩著房門，歇息了一回，沒兩點鐘時候，便有人來開飯了。那飯菜都是惡劣不過的，吃不下咽。紫綃生氣，便叫小廝到來，正要另買些酒菜，誰知一疊聲叫去，總沒一個人答應。原來這一般服役的人，因開了飯，只道沒有事，早呼朋喚友的，走到一個僻靜的所在，喝酒賭博去了。

紫綃叫了一回，見沒人答應，便要走出房門去叫，誰知一舉起腳欲出門時，早見一個扮著外國裝束的中國男子，站在這裡，他正把紫綃住的房內，左右張盼哩。一見了紫綃出來，便有些不好意思，連忙的跑離十餘步地方，站住了。紫綃見他來的古怪，知是歹人無疑，因且不動聲息，連小廝也不使喚，仍舊返入房時，依然把房門虛閉著。只索性把桌上擺著飯菜，勉強吃了。不一會，小廝到來，把食具搬了出去。

紫綃因有事，要出房走走，誰知劈頭迎著，又是剛纔在這裡張望的一個人。紫綃因籌度道：「是了，他一定疑我等是革命黨，故此不住著觀看，這人一定是官場的偵探無疑了。但是作官場奴隸的人，一定要守著韃國的裝束，怎麼他卻扮起外國人的模樣來？」因此心中不禁納悶。忽又自己想道：「是了，凡外國當偵探的人，都是假扮著面目，斷不叫人認得的。甚至有一日之間，演出幾副模樣來，那人想就是這個緣故了。然而古人有一句俗諺，叫做：『知人知面不知心。』他扮了這個形狀，卻狠像是維新的志士，自然是有一班趨時的人來與他親近，一定要把時事談論起來。設一旦忘了神，說得激烈了些，把民族問題略略混在內面，這就不行了。雖說話的人或者沒有這種心，但作偵探的聽在耳裡，一定又要拿人了。只因在外面觀看，倒像他是一個大志士，所以任意說話無妨，誰知偏要入他牢裡哩！」因又想著：「那人既是偵探，一定剛纔在船上遇見的人，也同他一流的了。怪道他說話舉動，都是閃閃礫礫〔爍爍〕的。」

紫綃正在這裡尋思，忽見那人也去了，方轉過一個灣〔彎〕，只見一個人跟著他，向門外去哩。紫綃看時，後面的人，卻甚面善，然而一時不能想出

是在那裡見過的。但是他既然去了，也不必在這裡觀看，只得入了房中，將事情一一對閨臣說知。閨臣道：「可是呢！我們今後切不可妄與人親近了。」當時紫綃一時省悟，纔曉得同那偵探出門的人，就是在船上混鬧，被船主罰過棍子的。因又告知閨臣。閨臣道：「這個我倒放心。論起偵探的學問手段，自然要靈變活潑纏可的，怎好在外邊亂作亂為起來？現在韃政府的一班偵探大哥，我雖然未曾盡地的一一見過，但一有了標識，雖見了一人，就不啻全體在目。汝看剛纔在船上胡鬧的人，何嘗有一點偵探的程度的？直是一個亂子。若天天憑著他去偵察人，那真的革命黨未必被他識出，只好將別的擋塞罷了。」

當時二人談了一回，因雇了一駕馬車，往外邊逛了一回。及到歸時，已經差不多入夜了。於是二人吃過晚飯，紫綃因吃了幾杯酒，便躺在床上，沉沉的睡去了。只有閨臣一人，獨在這裡挑燈看書。看到眼倦時，將時表拿來一看，卻恰恰的交了十二時了。正打點上床安歇，忽聽外面有些嘈雜，因把耳聽時，卻有些么喝聲，還有喊救的音雜在裡面。閨臣想道：「難道黑夜中在這裡拿人不成？」因急急呼醒了紫綃聽時，外面的嘈聲愈發大了。

紫綃心急，便要開門去看。閨臣忙忙禁止道：「這個使不得！那一班狼差虎役，是惹他不得的！一有縫兒，便要打蛇隨棍上了！況現在『革命黨』三個字，汝道何人不夠誣陷呢？不論男的女的，一有人攻陷，便立刻要拿捉。況且那韃國政府，是最不辯〔辨〕黑白的。他開著網兒，慮的是沒有人幫趁；一有人拘到了，他既不重憑證，又不問口供，若是真實的革命黨，被嚇著供了出來，那大逆謀反的幾個字眼，便逃不出去，一捉著重刑，倒不必說了。只有那沒有實事、沒有口供的人，他又不便誅戮，只發了一個狼心，說是謠言太重，不便輕放，便一起的提回獄中，著行永遠監禁。這真是三字獄成，神號鬼哭。這等議論，並非我們初回國的可以道得出來，只因那日在船上與外國人談到韃政府的謀略，就不禁一氣的說了出來了。好妹妹，怎不要避他一避呢？」紫綃聽罷，真個連門也不開了，只在門內打聽。

不一會，只聽得嘈聲漸遠，還聞一群人的足聲，像是從客棧裡走出去了。

當下闓臣知眾人已去，便叫紫綃開門。及開門看時，棧內人聲寂然，連棧主人也不知去向。於是闓臣背著手，只同紫綃在房外站著。忽見一個老者從外面走了進來，望著紫綃二人，便迎面走了前來，慌的闓臣二人手【足】無措。及至走的近時，那老者始向著闓臣對面的那一間房走了去，二人心中始定，纔知到他也是借宿的旅客。這裡紫綃急欲打聽剛纔的事情，便去同老者招呼。原來那老者姓周名子安，是河南的一個商人，因辦運貨物，纔來到這裡的。剛纔嘈鬧的時候，那老者也出來觀看。

二人聽他說時：「原來前數日間，那棧裡卻來了兩個少年，都是外國裝束的，他向人說道，是從東洋留學回來，要向閩粵一走。這也罷了，誰知那兩位少年，最是好談國事的，一談起來，便去數革命種族等字眼攙在裡面，外面的人，竟聽的慌了。恰好那日卻來了官場的偵探二人，那二人又是外國的打扮，像從志士叢中跳出來的。因此那兩位留學生，便只道是一流的新學家了，日夜裡夾七夾八的與他說。他說一句，那偵探應一句，末後卻咭咭呱呱的演出一大堆議論來，甚麼要恢復己有的土地，甚麼要驅逐韃人，一個不准留在這裡。那偵探外面雖故作贊成的形容，心中早得了主意，預備拿人了。原來那兩個偵探，是奉了上官的命，來滬上拿人的。但那真實的革命黨，是時時防備著，莫說滬上這般寬闊，就是三里五里的城，走了革命黨在裡面，若叫人去查時，恐怕連晚上也不睡覺，去幹這個勾當，也不能得手的。因此那偵探在滬上盤問了三數日，連革命黨的影兒也都不曾看見一個，心中正自著急，究竟承了上台的命，他又指定了地方姓名的，一旦空著雙手回去，何以能銷這個差呢？因此心中著了急，便日夜不歇的走到各處客棧，不論甚麼人，都要扳談起來。他的意思，原望得些風聲，可以從中入手，誰知那在上海混慣的人，那一個不曉他的勾當？便索性不大與他兜答。那偵探也沒可如何，卻奈何人不得的。誰知過了幾日，那偵探卻機會到了，只一碰卻碰到那留學生這裡，領教了一番，心中大喜，便通知了巡捕，將那二人拿了回去，因此纔鬧出這等嘈雜的。」說罷，歎息了一番。

闓臣道：「我們見識有限，那些國際法是不曉得的。但而今歸了國，也樂

得買幾部書看看，內中有說國事的犯人，各國都有保護的責任，因他想替一國謀公益，纔肯與政府作對。若事敗的時候，逃走了出來，卻沒別國為之保護，一任該國政府拿了回去。自今以後，那腐敗國的人民，可不敢輕舉妄動；那惡劣的政府，一發為所欲為了。文明國設了這種法律，原是誘導人民進化的。但是今日呢，那滬上已圈出外國的租界，凡一切行政等權，都是歸外人管豁〔轄〕。若照著法律，那原日的地主，儘可以參與一切。但是我最不解的，遇有了權利的事件，我國的人，稍稍侵了租界的些小便宜，那外人便生氣的了不得，怎麼一到了轄政府拿捕革命黨的時節，卻由得他蹂躪起來？難道別樣都妨著侵了法律的權限，碍著租界的治安，此種是不怕的？這也還要請教的。」

周子安道：「這也有個緣故。大抵轄政府對待那一班革命黨，是如獅子搏兔，出盡全力的，故凡與外國交涉，萬事都可以將就，唯有捕拿革命黨一節，他就不能了。而且明知道理不能說服人，還要仗著運動的力，運動成了，他便不論甚麼利權，有人討了，便一字手的送了與人，只要罪人斯得，他就心中安樂了。所以連年在上海捕獲黨人，都是轄政府與外人打過話的，雖然有些不合法律的處，但外人的意思，都是不甚注意，橫豎是轄國的政府將百姓為難，與自己又無干涉，且又得了種種利益，因此便由他亂幹了。」

閨臣道：「剛纔拿去的人，倒怕是個血性的男子，教他入了牢籠，便覺可惜得很。」周子安道：「可不是的。近日的志士，我也看的透了，都是有名無實的。他天天去說的是革命，如果有心行了出來，何嘗不是格林威爾瑪志尼的後輩？殊不知他今日說了革命，明日還要說保皇的呢！」

說到這裡，只見有人來找子安。子安因對閨臣說道：「姑娘且慢一點，過一會再談罷。」

閨臣聽著，便同紫綃步回房中，睡覺去了。

第六回、扶弱國勉為時世裝　賃民家聊作鋪排樣

　　這晚閨臣因記掛著這一件事，只在床上翻騰了一夜，不曾睡著。及到了五更時候，眼裏有些朦朧，只得閉上了。一會，那天色早發亮，因想起周子安昨晚的說話，還沒有講完，便忙忙梳洗過了，獨自一個去找子安。只見子安纔起身梳洗完哩，一見了閨臣，便道：「姑娘昨晚聽著老漢的話入了神了，可是這般早起來尋尾兒的？」閨臣說道：「老丈說那志士一節還沒有完，心中實是記掛得很，還求老丈再講講罷。」

　　子安道：「志士呢，我國是儘有的，只是不敢逞頭弄角的。只有那些贋貨，卻天天拿著假招牌去騙人。姑娘試思，那國運凌夷時節，儘有飢溺之民，盼一個豪傑出來，建些功業、救救眾生的，因此聞了『志士』二字，便歡喜的了不得，請吃請喝，都是小事，還要拿錢與他使。他一有了銀子，可不去做志士了，嫖飲賭博，都視為分內事。若有人問他時，還說那身是拚將為國犧牲的，將來辦事的時日正多，那時就不便取樂了，所以預先樂樂，纔不至丟棄人類的幸福。這一種人，汝道可見羞不見呢！」

　　閨臣道：「這可荒謬已極！若果自己拿的穩，將來一定可以建功立業，也不好拿著他人的錢財來去化使，何況自己還沒有把握呢！據此看來，不過也是馬扁的小影，算來騙子即是志士，志士即是騙子罷了。但不知外面的人，可是天天給他用的？若果如是，這纔算有眼無珠呢！」子安道：「在內地些小騙幾個錢也倒罷了，還有巨大的光棍，在外埠一騙就騙著幾百萬，這纔了得呢！」

　　閨臣聽到這裡，不禁大驚失色，因問在外行騙的是何人。子安道：「說來那話也很長，那騙子卻曾中過進士，在北京還做過官兒的呢！只因觸著輦政府的暴怒，他三步變兩的逃了出來了。他逃出來的時候，還帶著曾中過舉人的一位門徒，來去各處遊歷。在表面上呢，那遊歷最是正經的事，不可置議的。誰知道這位官場志士，卻不去考察甚麼風俗政治，倒揀著同胞眾多的商埠，逐一去碰。他是進士，又是曾當過差的人，想我國同胞的性質，最是迷

信科舉功名的，今見了煌煌的大人物，正是往日欲一望見顏色而不可得的。今一日翩然來到，因此心中早有些愛敬的意思，今日那一家請喝酒，明日就有這家請吃飯，早把那進士忽忙個不了。誰知他早立定了主意，待到各商人與他拉攏，他就咭咭呱呱的說了一大派說話，怎麼得罪了皇太后，怎麼奉了衣帶詔出來，怎麼要招羅黨羽，待到太后身死，便有聖主重用，那尚書宰甫，也少著我不行的。這一番說話，早談得天花亂墜，把大眾商民，引得神飛色舞起來。有的說道：『先生要去救主，到底要早日集事纔好。』他便歎了一聲，流淚說道：『那聖主相待，算是推心置腹的，只可惜小臣力薄，便不能報答萬一了。你看舉辦大事，誰一起不仗著銀子的？沒有銀子時，任是蘇張復生，也不能代籌一策。然而那一筆銀子，究是從何處挪借呢？』說罷，便歎息了一聲，早拿眼看著那殷富的商人。內中有一二人道：『先生若等銀子用時，我們也可代籌一二，但須給我們將來風光風光纔好，切不要有了好處，便把我們丟在腦後，過了河兒就拆橋。』那人道：『這一段沒良心的說話，我是可以自信沒有這樣的。只要各同胞成全成全，不要推託便是了。』說罷，因又奉了幾個揖，差不多要跪了下來。那時嚇得眾商人還禮不迭，然後憑著他立了一個保皇會，是保著他的皇帝，好好的登了大寶，永無災禍的意思。

那時各人還不知他的壞處，只見他說得娓娓可聽，橫豎自己倒有些少錢在手上的，怕甚麼拿幾個去見識見識，因此一人捐了幾十元，十人就捐了幾百元，一百人就有幾千元，一千人就有幾萬元，待到幾萬人就有幾萬元了！看看外埠，大約也有幾百萬人，運動著幾萬人大會，不過是百分中之一，還不算希奇。尚有那富厚的商人，借貸一節，還沒計呢！因此看來，他弄在手上的銀子，最少也有百數十萬，若是拿著那些銀子去幹事，真是震動全球的了！誰知他卻不然，銀子一到了手，便把往日所說的辦法，拋在九霄雲外。門生朋友女兒，都撈著他一大份去花散，剩了一半，他倒不介意了。飲花酒、嫖相公，都視為當行出色的事業。他那一年到了上海，還有人見他鎮日匿在四馬路那些妓館流連忘返呢！因此不上幾年，那些銀子早花去大半了。眾人見他沒事去幹，都曉得他的破綻。一日有一人向他說道：『先生，你們日日言

保皇,究竟好好的皇帝,為甚麼要汝保呢?』那人道:『汝只道我真是保皇麼?我是暗行革命的!不過因保皇二字好聽,借著他去混人耳目罷了!』一人又說道:『我看先生這種情形,不是革命,也不是保皇,卻是保黃!不過想保住那些黃金長在囊裡,不要被人拿去罷了!』當時那志士被他一頂,卻無以回答,只索性著走開了。在旁觀的人,只道他果有些羞恥,倒可望他回心轉意、痛改前非。誰知不過幾日,他又到別處去騙了,想是再沒有改過的。你道可歎不可歎呢?」

閨臣道:「那世上騙子,都是妨碍社會治安的行貨,儘可向公庭控告他的。況那一起人,都住在外國,那法律是最公平的,為甚麼不把這件事去著實的辦一辦?雖是費神,也勝過被人魚肉、啞口無言的。」

子安道:「那裡的人,也是這麼想。但從頭一想,控告他的法子,也可沒有端緒的。若說他冒名棍騙呢,他發給了大大的一張執照,卻明明白白的寫著保皇會,這還說冒名的不成?若告他取了錢,沒有事去辦,他執照內面,卻又不說如何辦法、幾時開手的。他閒佬一年不得閑了,便一年不辦;十年不得閑了,便十年不辦;百年不得閑了,便一百年不辦。難道到了這個時候,還有人去向他理論沒有?那時錢也使盡,連保皇會的人,都已在地下討生活,只留著閻王老子,在地下再判罷了。」

閨臣方欲答時,只見外面走進一人,向子安說道:「昨晚拿去的人,已在上海縣納下了口供,他還說是當今的革命首領,派他到南京行刺常制台的。同黨的在上海地面,還多很多呢!」子安道:「到底在他身搜出了憑據沒有?」那人道:「沒有呢!他身上不過有的是幾塊洋錢、幾封書信,那信又不是革命黨的書函,不過平常來往的信札,空空洞洞,一些兒實事都沒有的。」子安道:「可是呢!這就可見得政治的野蠻了。大抵文明國的裁判,最重的是個証據,證據有了,便立刻可完了罪案。那口供一節,是不相干的。只因凡人一遇了事,便容易弄出昏亂的性子來,那用刑相逼的,更不必說了。若是奮激的人呢,他想想入了牢籠,橫豎都沒了出來的日子,不若索性向最大罪名的去認,倒覺得輝輝煌煌,身死之後,或者還有人來歎惜崇拜。因此一存了這

個心，那口供自然爽快起來了。那裁判的人，便歡喜的了不得，只道真犯已獲，誰知內裡的冤情正多哩！」闈臣在旁聽他一派議論，不覺點首。那人又道：「現聞上海縣已稟准大吏，向租借交涉，凡一般革命黨，都不算是國事犯，不准外人干涉。各國洋官，已經允肯，只到明日便要將犯人解往江甯重辦哩！」

闈臣聽到這裡，一發噯聲歎氣，索性連子安同著那人的說話也不再聽了。回到房中，便與紫綃計較道：「似此如之奈何？現在全國有點血性的，無不天天侈言保國，但是保國也有次序，不容躐等的。他們意思，只知外國是能滅我，是能瓜分我，故此一題起碧眼紫髯的人，便含有一點排斥之意罷了。這些意見，雖也有點熱血在內，但猶是知其一不知其二呢！既然知道亡國為可憤恨，自然也明白現在那些情狀了。好好的我們漢種相傳的山河，今日卻盡入韃人手裡。韃人既非我們同族，他卻能篡奪我的神京，我們中國，便算亡在他的手裡了。所以我們中國的人，不言排外則已，若言排外，必先排此獸冠長尾的人。不然，祇知碧眼紫髯的可以將我瓜分，卻不曉得白山黑水的人，已經全得了我的土地，不特不相仇視，更要助他抵禦外國的人，你道下愚也不下愚呢？然而不特此碧眼紫髯的人，自然是可畏懼了，白山黑水的人，也令人無不痛恨了。但他滅我土地、殺我人民，他雖狼悍，未必朝夕可能辦到，這必有人暗中為之助力，然後他纔洞悉情形，可以行其願。然則為之助力的，是必猶是我們中國的人。上古相傳，有一絕妙的名詞，是叫做『漢奸』兩個字。那些人士，自然是完全一個漢奸了。是故由今日而言保國，不先驅除了國內的異族，卻先想排斥國外的異族，是不行的。既知到驅除國內的異族，然而為他助力的猶不乏人，今日殺同胞，明日應官爵，這猶是我們漢人作了他的羽翼，不先除卻，後患也不勝之多。所以言保國的，是必以殺漢奸為第一著；漢奸殺了，然後可以驅除國內的異族；國內的異族去了，然後可以主持國家主義，出面與列國競爭。然而這些循序辦法，我們中國的人，是全然不曉得的哩！」

紫綃道：「這些問題，本甚單簡，又不深奧，略一說起，甚至街童巷嫗也識得了。舉國懷著這個辦法的，諒不乏人，還要逐一物色呢！」闈臣道：「虧

你是性急的人。欲要物色，究竟從何處說起？不特遷延時日，並且打著燈籠，也不曉得那裡有一可以靠得住的志士哩。我的意見，仍以一面幹事，一面物色英雄，然後不至虛糜時日。況且真正的志士，自不肯因著片言隻字便來相就，其中必有一二過人舉動，然後能夠引他出來，這便除著實行必不為功。唉，妹妹，我與汝同是中國的人，一旦歸國，見了這種氣象，心裡正不知感慨何為。但是既經做了中國的人，自然要替中國義務。禍福利害，都不是計，此身便算斷賣與中國了。但是而今呢，我卻有一個辦法，辦法若何，是不能不先從第一級著手。漢奸之面，自然濺到我們身上了。只可惜愚姊是個纖弱的人，武藝全無，不能幹著紅線聶隱娘的舉動，只有妹妹周身絕技，劍術又是精妙無倫，對付漢奸，自然憑著妹妹了。然而愚姊雖然不才，稍有可以為力之處，斷不敢自惜身命，只要皇天默佑，俾我兩人略償心願罷。」

紫綃道：「可是呢。然而姐姐也不容自餒，姐姐雖然沒有武藝，但平日看書甚多，甚麼孫臏吳起的兵法，也看過了。又是智識過人，若一旦做起事來，妹妹自然是女中馬孟起，就是姐姐也不失為南陽諸葛孔明，想來文武相全，缺一不得。姐姐以為何如呢？」

閨臣道：「何嘗不然？然而我們救國，就以今日為始了。但是我們只著舊日唐代的服式，究竟有些不便，莫若索性蠲棄了，效著世俗那些裝束，而今最趨時的是上海裝，我們也不妨穿著半長短的衫，人人額上都覆了前留海，我們也不妨剪短了腦前一撮頭髮。其餘足下所穿的是革履，眼前戴的便是水晶眼鏡，近人最好講究首飾，就是女志士也爭好鋪排，這個更是容易了。我們在蓬萊山所拾那些鑽石，估起價來，祇一粒也值幾萬銀子，一旦拈了出來，豈不把人嚇死哩。只怕社會上混賬東西太多，有了剪綹，藏在裡面，把我們那些東西偷去，就無可如何了。」

紫綃道：「這個姐姐也不必慌，妹妹是有武藝的，那些小竊，若敢前來干犯，包管拿住了他，教站街那些巡警鎖著他去。至若姐姐文弱，也有一個法子，莫若將那些贗貨來沖。現在那些男志士女志士，也多拿著偽貨來頂架的。手上黃澄澄的鐲子，七八對的一上一下，令人見著，也艷羨了，原來卻是銅

質電鍍的；指上帶著那些約指，那鑽是比著銀杏還大，世人見著，無不贊羨不遑，及至略一細看，原來是個玻璃做成的。不過世上這些志士好排塲，就拿著這個去頑罷。」

閨臣道：「可是呢。現在那些男女志士，不特穿戴的東西是偽，就是那些性情學問，也無一不偽。你不看見麼？近日韃政府別開生面，忽然有考試留學生的事了，我想好好飽受文明教育的留學生，何故偏要入他的陷阱？況且他在他國留學的時候，那些言論，又不算不發達的。今日說要推倒異族專制的政府，明日就說要建設中國民族的國家，就言論上去看，豈不儼然個馬志尼格林威爾麼？誰轉一轉眼，今日是激昂慷慨的人，明日就變作卑行苟賤的人了，韃人的裝束也學著了，韃人的禮儀也學著了，手也會打了，頭也會叩了，膝也會跪了，不知他的面目，誰是真、誰是假？然而大約論之，諂媚異族，算是他的真學問。往者好為大言，都不過趨時駭眾，博一個虛名罷了。」

紫綃道：「這個我知到了。但是我們做事，須得了一個住足的地，天天住著客棧，是不成事的。」閨臣道：「這個自然。我們女子，最好是租一民家居住，出入也靈便，外人也不思疑，起不甚著麼？」

二人斟酌妥了，吃過朝飯，閨臣偕著紫綃，便出門向各處逛了一回。忽然經過一間宅子，門前貼著租賃字樣，不覺大喜。閨臣道：「真是有求必應！而今且入去看看罷。」說著，便同紫綃敲門。敲了一會，內面有人答應了。呀的一聲，開了門，原來是一個蓬頭纏足的老嫗。見了閨臣二人，問道：「姑娘你們到來做甚麼？是租屋的麼？」閨臣道：「不錯。而今你且帶我進去看過，若合式時，再與你議價罷。」

老嫗聽得，便說聲請進，於是慢慢的走了起身，這是神廳、這是臥房、這是廚房，一一指點過了。閨臣一一看過，說道：「式是合式的，但不知是要多少銀子一個月？」老嫗道：「你合式便好了。你是從外洋回來的，身上黃的是金，白的是銀，焉有不肯出高價的道理？只慌著我自己沒有這般福氣，能夠把屋子租給與有錢的人罷了。」

閨臣道：「雖然如此，也要擬一個價值呀。你不好便宜了自己，也不宜便

宜了我，且請明白說出罷。」老嫗道：「既然如此，就請每個月給我二十元的租罷。一切傢私，這裡是現成的，所以不免多要一點。」

閨臣聽了，略略點頭，又道：「我住在這裡，還要請兩個女僕，你也可以介紹麼？」老嫗道：「我有一個外孫女兒，而今只有二十多歲，好一副娉婷婀娜的身材，一張又白又俏的臉面，更兼字也曉識的，繡也曉做的。只可憐丈夫昨年去世，沒有家財留下，只得出來覓食了。他平日那些好處，第一是能曉得士人的脾氣，第二便梳得獨一無二趨時合世的頭髻，有他在身邊服侍，萬事都覺妥當了。」

閨臣點了一點頭，問道：「還有呢？」老嫗道：「服侍身邊的人既有，其餘那一個不過做些粗重的功夫、幹著砍柴煮飯的事罷了。這個也不關緊要，隨便替你找一個罷。」閨臣道：「如此甚妙。而今我且給你一點定，待明日便搬來罷。」說著，便向身上取出了兩塊洋錢，遞給老嫗，便偕紫綃出門去了。

正回得客棧時，忽見外頭傳進了一封信來，外面寫著「唐顏二位先生開拆」。閨臣一手接了，看一看道：「奇了，我剛纔回了國，正找不著一個親戚朋友，為甚麼偏有這封信呢？」一面看，又問了問紫綃。紫綃道：「我也是同著姐姐一樣，不曾認識著一個人，然而這信上面明明寫著我二人的姓，一定有些來歷，且拆開一看罷。」於是一手向閨臣手中接了過來，拆開一看，原來是一條紅紙束。上面寫道：

敝會謹擬禮拜六日開幕，屆期敢邀台駕貴臨，切盼之至。愛國婦人
會張振權等謹啟。

顏紫綃看完了，便遞與閨臣道：「姐姐，你休得小覷中國，而今婦人也知道愛國了。但不知他為甚麼曉得我們二人，卻下這束子來請，這不能不思疑的呢。」說罷，只管呆呆的出神。閨臣道：「你休得呆想。欲知這個究竟，也不大難，只將來問一問店主就知道了。」於是把束子看了一回。看完了，獨自一個去找店主。誰知這位店主，正坐在櫃面上呢，一見了閨臣到來，便起身讓坐。

閨臣道：「無事不敢相攪，只因剛纔接了一封信，是愛國婦人會寄來的。上面寫著該會開幕的日期，相邀貢會也罷了。但是鄙人正從外國回來，不曾會著一個親戚朋友，我不認得人，人家卻曉得我了，這便不能無疑的。」

　　店主道：「原來這個。我不說明，怪不得姑娘疑惑呢。原來現在我們國勢，是有一點不妙的處了。今日有人說瓜分了我的國家，明日也有人說吞佔我的權利，甚至奴隸待我，犬馬畜我，都是將來意中所有的。我國的人，一切無知無識，蒼天跌了下來，便當作蓋了被。這一般人，是不必說了。其餘稍有一點熱血，識得一點利害的，便沒一個不痛心疾首。初時不過一兩個愛國的男子，出來運動運動罷了。浸假那些女界，也激昂起來，說道：『我們也是中國的一份子，男子曉得愛國，難道我們便不曉了？論起亡國的慘狀，還是女子身受的多，男子只不過略曉滋味的呢！』激昂了一會，女子社會中，興起的也日益多眾。而今只就上海一帶，女子學堂也有了，女子體育會也有了，女子的報館也有了，然而不過是各為團體。而今這位張振權先生，特發起一種議論，謂女子團體雖然有了，但猶是零星小影，不成積成浩蕩之勢。故此次愛國會建立，是有意聯合全國的女子，上自貴族婦人，下至於貧嫗妓女，無一不能預會。甚且特命能幹的人，四處運動，具有負盛名饒學問的，真是三徵五聘，也要他前來入會呢！這位張振權先生可算得是女中的豪傑了！然而邀請姑娘入會一節，我今還未說明。原來舍姪女屏柔女士，也是愛國婦人會的會員。昨日到來，與我說了一會，他的意思，以為我等開設著這個客棧，人客來往，實繁有徒，其中定有女中豪傑勾留其中的。所以特來問我，我想女子住在這裡的雖然甚多，但一一看去，不是綾羅隊裡的人，便是倚門賣笑之輩，那些本領自是有限，所以我便不向他介紹了。只有姑娘兩個人，那些舉動兒、說話兒，實在不知不覺令人拜服。況且又是剛纔在外國回來的，一定是飽吸文明空氣，受了文明的教育了。所以特特將姑娘二人那些名姓告知了他，所以他纔下帖來請哩。」

　　閨臣聽了，心中纔始明白，便問了愛國婦人會的住址，與及開會日期。店主一一告知，原來就是明後日了。

閨臣回至房中，便一一轉告了紫綃。紫綃道：「如何？這個大會，不可不略一參觀，且喜後日纔是開會日期，明日卻就遷屋了，恰好摒擋一定，便可略親女志士的顏色。我們須要振刷精神，不要被人恥笑纔好哩！」

第七回、婦人會攪出惡風潮　奇女家飽看慘現狀

且說愛國婦人會開幕之期，便是閨臣紫綃二人遷居之第二日。室中陳設已定，閨臣入對紫綃說道：「妹妹，而今我們是第一次與社會交接，凡事都要小心纔好，切不好太過率直，又要貽笑外人了。」紫綃道：「而今我們衣服是要整齊的，言語是要修飾的。」

一面說，看看壁上所掛的時晨鐘，已經到了上午十時了，紫綃心急，便催閨臣啟程。二人收拾了一會，出了門，叫了兩架人力車，轆轆轆轆的奔向愛國婦人會會所來。一到了門前，那些堂皇熱鬧，真是沒有倫比的哩。但見外面排列著無數人力車馬車，好似古時臨陣的一樣。入內一看，那到會的人山人海，更不必言了。有男的、有女的、有穿西裝的、有穿本國的衣裳的，一個個精神活潑，雄糾糾、氣騰騰。閨臣同著紫綃二人，也不便逐一招呼，只得循位坐著。心中想道：「我們雖然今日算是與社會交接的第一次，但看一看他們舉動，都有一點真血性含在裡面。那些體魄，更異常壯健，不與昔日佳人弱質相同。我素日聞得西人有兩句說話，道『中國人沒愛國的性質』的，又道『病夫的中國』，據此看來，都有一點說得過火，大抵都不曉得我們中國那些真正內容罷。」

閨臣一人正在那裡想，只聽一聲鈴響，開幕的時間到了，眾人都屏聲靜坐。閨臣同著紫綃，那些眼光更專注不離。等了一會，只見得一個穿西裝的女子，登台宣讀了祝詞。閨臣紫綃二人聽時，那些祝詞，也沒十分警句，不過循例祝頌同胞愛國心，與及本會的發達罷了。

穿西裝的女子下去了，繼著又是一個女子走了上來，眾人掌聲雷動，閨臣二人便只道他是一個著名的大演說家，故此人樂得歡迎，及至細細聽去，

原來是會長張振權，宣布愛國婦人會的宗旨及章程的，也是循例的事。閨臣二人，不覺索然。

及至等了一會，眾人掌聲又發，這回真是有人登台演說了。閨臣紫綃二人看去，卻是一位十七八歲、穿本國裝的女子，上台站了一會，待掌聲歇了，他且不開言，慢慢拿起粉筆，在黑板上寫著「尤賽夫」三個字。寫完了，然後慢慢啟著嚨喉說道：「今日是本會開幕的好日子，鄙人意中想著，凡我國四萬萬的同胞，如果沒有感覺也罷了。如有感覺，斷沒有不贊成此事，為之歡欣起舞的。但是泛言愛國，不過是一個普通的名詞，不足表見我們女子的才力。為今呢，救國的宗旨既已人人所同，那救國的入手辦法，便不能不細細研究。鄙人的意見，以為欲要救國，必先人人能夠獨立始，能夠獨立了，一身既有自治之能力，合之積成莫大的團體，然後可以超出國際奴隸的範圍。但是一言『獨立』二字，我國男子尚還易易，若言女子社會，真是不堪設想。為甚麼呢？男子不曾馴服於女子威下，那些女子，卻沒一個不為那些不仁不義的男子箝制著了。鄙人入世雖不敢說較他人為多，但平日見著那男子壓制女子的舉動，卻是不少。有的想要入學堂讀書，那些父兄恐妨他入了自由女一派，便用著莫大的勢力，到來壓制了。有的因講求衛生，立意放腳，那些丈夫，以為他朵朵金蓮放開了不大好看，家庭中沒有意味，便無意中起了雷霆之威，前來干涉了。雖然內中也有強毅的女同胞，不致為他所懾，但其中妄被摧殘的也不少。所以今日由鄙人看來，我們女同胞卻不言愛國也罷了，一言愛國，必自排擊男子的勢力，力求獨立始。父兄用著野蠻手段，我還用著野蠻手段相對待；丈夫若有意壓制，待他還沒發作了，先逞了一個下馬之威，使他無所措手。且此等舉動，不必單為己謀，姊妹朋友有被男子苛待的，我們同志便要替他著想，且更替他經營。如此辦法，以我們愛國的團體，合力與男子競爭，想必勝了，更合力幹那強國的事業，外國必然畏懼了。愛國入手辦法，就是如此。鄙人見識薄弱，還求諸君指教罷。」說完，大踏步下去了。

眾人聽罷，無不大鼓掌。閨臣當時，心中卻躊躇說道：「難得這位年輕的

女子，卻有這等議論。抵抗男子的壓力，自然是第一個辦法了，但不知他是主張和平的抵抗呢，還是激烈的抵抗？他卻沒有說明，那利害也不能令人推測。算了他罷。」

闈臣正在這裡想，誰知掌聲又起，一位女子又上台了。闈臣一眼看去，但見那人也有二十多歲，身上穿的雖然是中國裝，但見得一舉一動，卻矯捷非常。登了台，也寫了姓名在黑板上，原來是「吳壯魂」三個字哩。寫完了，向眾人點首點首，說道：「剛纔尤先生那些言論，鄙人絕對贊成的。但是鄙人平日聞得外國的教育家說，有所謂德育智育體育三派。那體育一派，初時不過只施之男子一部分罷了，誰知到了今日，那些女子也日益講求起來。鄙人往日在外國的足跡，雖然也不多，但是也略到過三五處，看見外國的女子，講求體育，實是不遺餘力，往往建設操場、結隊操演呢！但可惜他沒有教演軍隊戰陣的法，想是國勢已強，縱然有事行陣，也用不著女子，故此從闕。然而中國今日卻不然了，中國今日想要圖強，不特男子講求體育，就是女子也不可缺，然且尤要講究軍隊戰陣的法。【為】甚麼呢？中國今日處著大局岌岌的時代，列國視綫，皆都集在一處，想要瓜分我呢。瓜分了，自然有一場血戰。我國男子雖然也有二萬萬眾，不算為少，但是外人是合著無數的強國而來，我國的男子雖眾，便只如將曉晨星，疏疏落落的哩。全恃男子，是無濟了。然而我們女子，難道是由他殺敗、由他把國獻在他人手上，自己不去干涉不成？況且我不干涉他，那外國的兵士，是最喢侮辱中國的女子的哩。如此看來，真是不堪設想的了。所以鄙人今日，最提倡是體育一事，於軍隊教練之外，更能講求古昔相傳，技藝之術更佳，這便是我們愛國的實際了。」說罷，也下台而去。那時眾人雖然也不住的鼓掌，只是神氣似不甚屬，唯有紫綃是平日最好武藝的人，一聞得吳壯魂那些議論，大表同情，於是沒命的鼓了一回掌。

掌聲纔歇，一個女子又登台了。看他寫在黑板的是「張展漢」三個字，年紀也是很輕的。開口說道：「諸君呵。諸君那些意思，說救國了只注重外國一路，甚麼抵禦列強的瓜分，甚麼超出國際的奴隸範圍，言論雖未嘗不是，

只有『惜全』是第二層方法，把第一層忘了。為甚麼呢？使這中國現在是完全為我們漢人所有，衰弱哩，又是漢人自己弄到這個田地，除著瓜分以外，便沒有別一層可憂慮的處，自然是以對待外人為不二法門了。然而今日卻大大不然，諸君只知我們中國將來是要被人瓜分，卻不知道我們中國現在已完完全全被人盜去，只知將來瓜分的時候，我們女子不免受苦，卻不知當日亡國之際，我們遠代的太祖太妣，被人侮辱的已不可言傳。為什麼第一次的亡國尚不知補救，卻要談及第二次的亡國、作那不關痛癢之談呢？但是鄙人的第一層方法是甚麼？鄙人現在也不便在這裡說話，但能夠使我們同胞曉得這中國是誰人所有的，急急設法補救就沒事了。」說完，也下了演說台。場中鼓掌的聲，這一會真是響澈屋瓦，而尤以閨臣紫綃二人為尤甚。

眾人鼓了一回掌，仍舊寂然，那時演說的人又來了。登了塲，把姓名書了，是「官振權」三個大字。眾人座裡，閨臣一眼看見了，不覺大驚失色，口中吐了舌頭出來，許久伸不進去。想道：「現在中國那志士的姓名，最是與他心中的宗旨大有關係的。剛纔遞次寫在黑板上的，若『尤賽夫』，便是以賽過夫君為己任，不肯屈服在男子之前了；若『吳壯魂』三字，以粵音讀之，吳者吾也，吳壯魂者，不過言吾將振女子之魂了。至若現在這人，卻有可異的處，他的名是『振權』二字也罷了，但接連著他的貴姓讀去，卻大大不佳，官權愛振，民權便縮了，且我們中國平日，那些官權未嘗衰弱呀！野蠻殺人的事，日有所聞，為甚麼今日還要擴張起來？我們國民，真是沒有噍類了。」

閨臣想到這裡，不禁獨自出神，口中只默念著官振權、官振權那三個字。誰知閨臣一面想，那官振權早已張著嘴，說出可駭的說話了。他演說的詞道：「諸君呵。今日我們女子，著著務與男子並駕而馳，圖一個女權發達。鄙人也知道了，就事實而論，男子的權利是大的，女子的權利是小的。但是男子的權利為甚麼大，女子的權利為甚麼小呢？我們同胞，也須自己想想。大抵『權利』二字，雖是由自己規畫而來，然而未嘗不有大多數關於別人賜予的。別人的賜予，一方面屬於私人，一方面卻屬諸現在的政府。試看政府一旦給予男子做官的權利，那男子便立刻尊貴起來了；政府一旦給予男子開辦捐納

的權利，那男子少不免從中發財起來了。及此兩端，人人都曉得是男子有了權利，為甚麼我們女子是沒有呢？唉，這都是從義務中生出因果來。不過男子能替政府當義務，所以權利發生，我們女子是不能的，所以獨自向隅罷了。泰西的格言說得好：『有義務而後有權利』，真是不易之言！然而我們女同胞，正宜因此警醒了呢！警醒為何？是要極力與男子爭此莫大權利。然而權利斷沒自然而來，卻必要向服從義務、巴結政府入手。而今現在我國男子，方且有籌還國債之舉呢，此舉一行，一定迎合了政府的心，義務增加，權利一定澎脹。為今之計，若我們女子也出面擔任此事，合計我國欠人的款，大約是十萬萬左右，這十萬萬銀子的籌還，男子當任其多，我們女子也當助他其半，以二萬萬的女同胞，面籌此五萬萬的銀子，豈有不能成事的道理？事成了，一般男子便不能自置其能，能得政府的歡心。□□□□□□，而且能抵禦外國派人監管，□□瓜分，□，自然沒有。此正□□□□□□□□□□□□□□□□□□□□□□□□□□□□□□□□□□□□□。」

到了這裏，那掌聲響起了，□□□□只管又與□□的議論，有說道：「那官振權一定是保皇黨的，希突運動運動，教我們一定照政府設下的生活罷了。」有的道：「那人不是保皇黨，卻是政界中的人哩。看他那些說話舉動，大約是一位官太太哩。」眾人汝一言，我一說，鬧成一片。就中顏紫綃也更覺激昂起來，按納不住，正要上前去談，誰知自己還沒動身，只見一個人走上演說台，拿起□鐘，搖了一搖，宣告散會了。顏紫綃見沒有發言的處，只得同著闈臣走了出去。誰知一到了門前，只見外頭一片叫動，有□□□□□的人，衝了入去哩。眾人見了，都覺得詫異。□□□□□□□□□□□，問了一回，□□□□□□□□，紫綃著急，□□□□□□□□□□□□□□□，□□究。

　　然而女子便說：「□□□□□□無益，而今看來□□□□□□□□。」說完下了演說台，□□□□□□，叫把那些與會的，都一一趕出了街前，待到會所全沒一個人，然後帶隊走了。當時這些女子，雖然被人趕了出去，但是都是痛恨到極的，有的說道：「可恨我手下現在沒有炸彈，不然至少殺了一個，看那些民賊，還在□□□說沒有！」有的說道：「但在□□此次壓制，可見得□□□□□□□□□□體育一項，□□□□□□□□□□□□□□，□□，若是心中有不甘時，將來的時候正多，不妨來到敝處一聚。敝處所住的，便是強權里第一號門牌，諸君記著罷。」當時那人說了幾句話，眾聲真覺寂然。

　　闓臣舉眼一看，原來不是別人，卻是張展漢，因悄悄的向紫綃說道：「你且看看，張先生又試出來了。但他請人到他寓處一敘，不知有甚麼見解？我看他那些舉止、那些行動，也不是等閑之人，吾欲訪他一訪。妹妹也表同情麼？」紫綃道：「贊成之至！只今夜便去訪他便是。」說著，二人仍舊走回家來。維時將近日落，家中女僕早已預備晚飯了。歇息了一會，闓臣因向紫綃道：「妹妹，今日之會，汝也有甚麼見解？我國的女子相會，汝道何如呢？」

　　紫綃說道：「程度雖然不齊，然也是蒸蒸日上。正在進行之時，只望眾人中當時有了張展漢那些議論，向眾人鼓動鼓動就夠了。至若政界闖蕩一層，我料得臨時有人向他運動，或是愛國婦人會的反對黨希圖破壞，所以出了此手段的。再不然，那些官振權所說的言論，見沒人贊賞，因羞成怒，恃著官太太的勢力，從而破屋洩憤就是的。然而我們女子，今後益發沒有伸氣的一日了。」說罷，僕婦早已將晚飯搬了出來，二人各自吃了。

　　闓臣意倦，一時不能去找張展漢，便叫紫綃獨去。紫綃允肯，正出得門時，天色早一陣陣昏黑了。然而紫綃平日於江湖上是慣走的，因此也不以為怯，一面行，一面看見電燈高燦，然而通街大路，自然是光如白日的。一走到幽靜的道路，便覺得黑暗了，恰好強權里一帶是人跡罕到的路，那些黑暗

更不必言。紫綃一面行，便細細把墻壁觀看，意欲尋出號數，張展漢的住址便有了。誰知尋了一會，只因天色黑暗，沒有街燈之故，那些號數竟是渺不可得。因想到：「但此也不是事，不若找著一個人，向他問一問罷。」

一面想，舉頭四處看了一回，不特人影全無，就是人聲也不曾聽見一些。紫綃心中想道：「奇怪奇怪，豈有眾人怕著『強權』二字，便裹足不敢向這裡走動麼？」心中正自躊躇，忽見得前頭一丈之遙，黑暗中一個影兒在那裡一閃，像是有人走動，然而卻聽不出有腳步聲。紫綃此時纔心中驚悟道：「是了！張展漢是個奇異的人，所以住的地方也令人不能輕易到。如有在這裡走動時，也斷不是尋常之輩了。目前就姑且一路上跟著他，看他舉動如何，那人或者與張展漢有些關係也未定。」想罷，腳步越發放得輕，道路越發走的快。一路上依牆附木，閃閃爍爍跟了前來。誰知前頭那人，早有些知覺了，連忙站住了腳步，說了兩句隱語，紫綃不應，然而那人越發見得清楚了，但見他是一個四十以來的男子漢，生得滿臉髭鬚，黑衣黑褲，舉動十分兇悍。發了隱語，見紫綃不應，覺得有些不妙，衣中取出了短刀，騰身便來。

紫綃見得清楚，忙忙閃過一邊，說一聲：「且住！你是誰人，敢在這裡行兇？」那漢聽了，也問道：「你是誰？卻在這裡走動？」紫綃聽了，頗有著腦〔惱〕的意思，說道：「既不肯說，你我行止自由罷。」一面說，一面暗裡取出平日慣用的匕首來，卻預備與那人廝殺。誰知那人見紫綃如此說，真個聳身再來了。紫綃見他來得勇猛，便想道：「世間有此也是可用之人，且不知是否與張展漢有關係？且不要出著平生手段，饒了他罷。然而不給他嘗嘗利害，也不知道我女界還有能人呢！」想罷，舉起劍，待他用刀砍來時，只一格，便將那人所用的利器，削去了大半截。那人著急，知道不能制勝，便捨身走了。

紫綃見他去了，意欲窮索了他的窟穴，便捨不得前去追趕。走了一回，遠遠望見一間東歪西倒的屋，門前卻點了一盞明亮亮的燈，隔著一箭之地，一棵枯樹之下，又繫著了兩頭劣馬。紫綃追到這裏，便知道有人在這裏聚著，不好造次了。因此且不追趕，把身子藏在一排短壁上，誰知那漢子一到了這門前，把指頭向門上敲了幾敲，早見有人開門，那漢便身入了去哩。

　　紫綃那時心中想道：「不好了！這裡所住的，一定無數奇異的人，入了報告，一定群來攻我了！這便如何是好哩？」想到這裏，心中未免沒了主意。既而想道：「這又何妨？他們既是歹人，索性殺他一個根株淨盡，設或不敵，便當自怨自己沒有本領，幾個歹人尚不能抵敵，何況出而再謀天下事呢！雖然死去，也不為枉了。」想到這裏，膽氣為之一壯，便索性走出了短牆來。誰知屋裏一班人，已經拿了器械，撲了出來了。兩三個男子在前，後面是一個女子，紫綃眼利，覺得那女子像是日間所見的張展漢，黑暗中雖然看不清楚，那些模樣大約有八九分。紫綃那時方曉得那一班人不是歹類，便大聲說道：「來者也有張展漢先生其人麼？」眾人聞了，不禁錯愕。

　　那女子聽得，急急走了上前，說道：「我在此。然而你又何來？可把詳細說了？」紫綃道：「這裏不是說話之所，如不疑了，莫若到府上再說。若有疑時，即便糾齊眾人前來，與我決戰。方纔戰勝了一個莽男子，然而不算奇異，汝們且一攏上前罷！」

　　那時張展漢聽得了，不禁展嘴一笑，說道：「世上而今也有這等爽直的女志士，像著李逵、魯智深一般。且請釋怒，偕到敝舍一談罷。」說完，便讓紫綃來到屋裡。燈火之下，眾人見了紫綃，那些人物不禁欽仰無既，便一一向紫綃問了姓名。紫綃回問，原來屋裡所有的，除著張展漢之外，便是三個人。一個體壯鬍鬚的大漢，是剛纔被紫綃削去手中的刀的，名叫韓自強。還有兩個年紀只在二十歲左右的，一個名李克胡、一個名于鎮國，都是精神活潑的。

　　紫綃當下述了來意，因問日間那些風潮，現在是怎麼了？張展漢見問，不禁愁容滿面，長歎了一聲，說道：「汝要知悉日間那些情事麼？唉，好惜汝居住中國的時候尚少，若多住了一年半載，目覩這些慘象，那腦根激憤，正不知凡幾哩！今日所演這一次活劇，尚是小微的事罷。」

　　紫綃見說，不禁大驚失色，連聲問道：「還有什麼可憤的事？也請說了出來！彼此均是同志，不必隱諱。」張展漢道：「汝想知悉麼？這也不難，且拿出一覽表，俾你一看，也勝似口講的多多了。」說罷，起身走入房去。一會，

拿了一本冊子出來。紫綃接來一看，上面寫「慘現狀」三個大字，紫綃斯時，便覺毛髮森然了。再打開一看，只見裡面寫道：

江甯獄現在被陷的十六人。

重慶獄現在被陷的八人。

武昌獄現在被陷的二十二人。

廣州獄現在被陷的二十三人。

紫綃看到這裡，不禁心痛眼酸，大聲說道：「各處同胞，被陷如此之多！我們是要怎樣？可有法子打救沒有了？」說罷，淚隨聲下。

看官，紫綃那些血性，是千人中不能覓一個的。然而我今暫且不表，下回再述罷。

第八回、運動富翁早備幾番巧計　哀憐老婦又聆一番奇談

且說顏紫綃當日見了一覽表，內中臚列被陷的實繁有徒，不禁淒然道：「如此看來，可有甚麼妙法，將他們打救麼？」張展漢道：「打救是有法子的。只是單救著區區數十人，也不算事。還要打救將來被陷的，使不致妄入牢籠纔好呀！唉，顏先生，汝但知道身在牢中的纔是受苦，殊不知國中一切顛連無告之民，寒不得衣、飢不得食，那些情狀更是可憫。不過牢中受苦的是有形，局外受苦的是無形罷了。其寔一般也要拯救的，然而欲要拯救，除著『民族』二字，卻是無從了。」

紫綃道：「同是民族主義，其中辦法也各有不同，不知足下所主張的是平和的？抑是激烈的？」

張展漢聽了，長歎了一聲道：「現在呢，普通的人民表面上似覺開通了一點，誰不說將來做事，便易一層了。而孰知其實人民一面進化，那狡險心腸也越更複雜。即就顛覆政府一事而論，歷代所有的，如張良之一椎，項籍有

八千之眾，一舉事了，眾人無不齊心合力的。即極而至於勢敗力絀，死亡之勢，間不容髮。然而甚少屈膝人前，以一個降奴自命，這就可見得前代樸實的人心。但而今卻不然了。一面相與謀民族的前途，卻一面自己想著將來取富貴、保妻子的計策，事方成了，即有驕矜之色，患雖未至，已先籌著倒戈降敵之行為。就內容而論，那一種人，血性自然是薄弱的。就外局而論，他縱說出了甚麼慷慨激昂之論，也都是信口浮言，無一可靠。有了機會，只不過會陷害了幾個同志，反而串敵，以博他一粒頂子，幾級奴銜罷了。若夫以區區女子，出而圖謀國家大事，那些地位，卻比男子為難，為甚麼呢？使男子果肯而舉事，我們女子，斷不敢出而干涉的；縱不贊成，也不必出而排擊。若夫女子做事，那些男子卻不然了，小則誹謗橫生，大則野蠻手段大至。所以我自識曉了人事，至今十有多年，從未見過有女子將男子陷害，大率都是男子陷害女子的。先生汝不見麼？前年浙江秋瑾女士之獄，都是被那些無廉恥、無血性的男子貴福弄成了。其餘似秋瑾一類的正多呢！所以我們女子出面舉事，第一是要首先提防男子的排激力，他們動說婦人好為讒言，殊不知男子那些讒言，其勢力更比婦人重大十倍。婦人行讒，不過施之私室之中，屬於個人私事罷了；若夫男子行讒，竟不憚施之大廷廣眾之中，其慘狀實是不堪略宣諸口。讒一個人革命，那人就受著無上的毒刑了；讒一個人有民族思想，那人的身家性命，便可不保了。唉，顏先生，世上的男人，不必提防女子，那女子卻不能不防避男人。大局如此，所說女子舉事，比男子較難一點，也可信麼！」

張展漢說完，又指著韓自強幾個人，對紫綃說道：「顏先生，而今我們中國，那有名的志士，都不足靠，他們鎮日招搖棍騙，是最在行。所稱真實可靠的，只不過這幾個罷了。然而猶幸天祚中國，一般靠不住的男子頹落了，卻有我們一班熱血方勝的女子振興起來。不瞞汝說，而今東南西北，全國中都徧佈了我們黨羽，只待乘機發作。先生有意，且請拭目一看罷。」紫綃方欲答言，只聽得張展漢接著又說道：「先生方纔觀汝黑暗中那些行為，大約技擊之術，自然精曉的。飛簷走壁，也不待言。現在我們同志最是講究此道的，

但不知先生最擅長的是甚麼？也能指教指教麼？」

顏紫綃道：「不敢。鄙人所曉的是一口劍。然而今日要我試演，也覺甚難，只因我的能力，是沒有限量的，隨著敵人的本事而見。設如敵人有八分的本事，我自己便有十分了；設若敵人加足了十分，我便是有了十二分了。照此看來，我的本事便是因人而顯。若是自己獨自示演，也覺得平平無奇的。」紫綃說到這裡，忽覺得頂上一片毫光，颯然而至，不覺大驚失色，便知到是劍光無疑了。忙在肘後也拔出了自己平日所用的劍，向上一撩，那劍光早沒有了。正要向張展漢詰責，只見瓦面上早躍下了一個人來，大聲說道：「恕罪恕罪，方纔有冒尊顏了。」

紫綃定睛一看，原來也是一位年輕美貌的女子。張展漢見了，便忙忙上前替二人介紹。原來那女子是姓崔名錦英，平日是以偵探敵人秘密事情自命的，劍術也不算低下，只因平日不曾逢過敵手，適纔從外頭歸來，聽得紫綃如此大言，便不禁用著生平的手段相試。誰知紫綃倒不懼，拔出劍，上前擋住了，且舉動更比自己鎮靜了許多，因此心中不禁生出愛慕之情，連忙上前相見。

談論之間，曉得紫綃又是同志，不覺大喜，說道：「而今可有了膀臂，敵人勢大，也不懼了！」紫綃笑道：「你休自負！天下英雄，斗量車載，恐為敵人所用的正多哩！你且防著罷。」

張展漢也說道：「顏先生之言正是。你天天說要往福建幹那一宗正事，而今請趁此銳氣，勾結完了。」崔錦英道：「我非不欲去幹，只是那人的志向，是在兩可之間，欲遊說他，是不容易。欲要把他試劍，也未免有些魯莽，遷延不決，就是這個。」顏紫綃聽了，忙問道：「甚麼事情？難道江甯重慶等慘現象之外，又添了福建一路了？」

張展漢道：「不然不然。現在我們做事，第一層便是資財。資財若缺，任你說甚麼眾志成城，也都無效的。資財若是有了，真是一舉了手，立刻把我漢族拔之九幽之地。古人說得好：『雖有智慧，不如乘勢。』又曰：『鑴金石者雖為功，摧枯朽者易為力。』想我們有了錢財，那排斥異族政府，真是有

摧枯拉朽之慨哩！然而運動資財一節，我見得頗甚艱難。太少數呢，自是不夠做一件事；若求多數，那些資本家一聞得了，便要愁眉不展，所以我們最躊躇的就是這個。然而近日也得了一個好消息，就是指著那福建這件事。祇因閩粵一帶，平日都是出洋貿易的居多，與外人交易，那些錢財自然覓得易了。就中有一個新從外國回來的商人，是居住著福州城裡，那商人姓徐，乳名叫一個九字，他雖有個表字，是叫做輔仁，但他在外國時候，人人都叫他做徐九，所以徐九兩個字，便傳布遠近皆知；若提起輔仁兩字，人人倒覺晦昧起來。及至到了近日，那徐九兩個字之外，又是增多一個徽號了。只因徐九那些資財，這般雄厚，傳的婦孺皆知，只是沒有人探悉他的實數，就中便有一個好管閑事的人，乘機向徐九問道：『足下那些資財，雄厚的實是人人皆知了。只是像石崇一般的人家，也當有個實數。足下所有的，究竟是若干呢？』那時徐九聽得了，只管微微的笑，慢慢說道：『若叫我同著美洲那些煤油大王比較，我也不敢。然而若論中國的富商，我也不肯落著第三名以下。我的資財，多不是、少不是。以意計之，大約也有一千萬有奇了。』當時那人聽了，不覺舌頭伸出來，縮不進去，忖道：『他的資財，竟有一千萬！大約是我國難得的人物了！』因此走了出來，逢人便道，轟震了眾人耳鼓。所以徐九兩個字之外，又得了『徐千萬』的名了。

然而徐千萬這個人，平日那些性質似是開通的，又似是頑固的。若說他不開通，他居住了外國幾十年，外人種種文明舉動，是見慣的，及至歸了中國，也天天向人說：『我們中國原是漢人做皇帝的，而今卻不然了。』又說道：『那韃政府天天待我們如此殘暴，終當有革命流血的一日。』據此看來，那人豈是不曉得種族大勢的麼？曉得種種大勢，自然當助我們一臂之力了。然而他卻又不然，韃政府要興海軍，他卻踴躍報效；韃政府欲償還國債，他又十萬八萬的拿了出來。所以他的頭銜，已經得了個侍郎，那頂戴已經是頭品了。若是有心人，豈肯為此麼？所以由我們看來，覺得他那些舉動實是奇怪，頻頻使人前去探聽，也不能得了確實消息，所以心中不免為難。但不知顏先生也有甚麼妙法？」

　　顏紫綃聽了，沉吟了一回，說道：「可惜我於福州一帶，那些情形不能熟悉。不然前去偵探了一回，探出了他的真實心事，斬釘截鐵，也易為了。」張展漢聽得紫綃如此說，不禁大喜，搶著說道：「這個不難。顏先生若肯去時，便有一個妥當的人相伴。」因即指著崔錦英對紫綃說道：「這位同志，雖不是福州的人，但他一切情形，甚為熟悉，連次探聽，都是他一人前去。橫豎福州那裡也有同志，可以暗中助力的。先生若肯抽身，大約是沒有一點妨碍的。」

　　當時崔錦英也接著說道：「顏先生若去，真是妥當的。不特大局有幸，即鄙人也得了一個扶助的人。只不知能於何時啟程？還請見告。」紫綃說道：「足下也隨時皆可抽身的麼？」崔錦英道：「隨時皆可。然畢竟以早為妙。」顏紫綃道：「既然如此，待我且回去，與我們闈臣姐姐商量商量。主意定了，便來相告罷。」

　　當下張崔二人首肯，談了一回，紫綃便辭了出來。回至家中，闈臣已經歇息了。紫綃性急，便撥開了羅帳，將他搖醒，將尋訪張展漢那些情形，一一告知，末後欲與崔錦英往福州偵探徐千萬一節，也說了出出。闈臣聽了就道：「汝肯如此，也是我輩當盡的義務。但不知他們那些心術，究竟若何？現在世界花花，究竟作偽的人太多，未必可以盡信。然而我也有一個鑑別真偽的見解，只能夠與他會面一次，聆悉了種種言語，便可察見得八九分。雖不中，不遠矣。」

　　紫綃道：「既然如此，明日且攜姐姐前去，與他們一見罷。」闈臣道：「這個自然。必如此，然後我在這裡也可以放心汝前去助力，也不至入了刀背鋼。既然如此，宗旨定了，不必多談。夜深了，且歇息罷。」紫綃答應，一宿無話。

　　到了次日，紫綃竟偕了闈臣，走到強權里來。維時張展漢也在家，只有崔錦英相伴，幾個大漢若韓自強等一班人，都不知去向了。四人相敘，又是說了一番女子救國的問題。闈臣那些深沉智謀，恰好與張展漢相若；顏紫綃的勇毅，又是與崔錦英相同。一旦相見了，都覺得相得益彰，那些暢快，不必言了。

　　就中闔臣因對紫綃說道：「張崔二位先生，都是近世熱血的豪傑。福建之行，你且陪著一走罷。只是凡事都要小心一點，你平日是個粗爽的人，精細二字，是汝一生所短。而今可戒著了？」紫綃道：「愚妹一旦去了，姐姐行止，又將若何？」闔臣道：「這個何妨？我們出來舉事的人，最不是以別離為苦的。況且這裡又有張展漢一班同志相照料，客中也覺無妨。然而也說不定，如果有了開會時，我也當勉力一行，以盡國民的義務，不肯雌伏蟄處，辜負了有用時光的。」

　　二人說了一回，因又向崔錦英商定了，明日即抽身，向福建進發。紫綃便偕著闔臣，立刻回家收拾行李起來。二人探悉了輪船開行時期，船票也買著了，好容易待至明日，顏紫綃別著了唐闔臣，崔錦英也別著了張展漢，登了輪船，竟開行了。原來紫綃同著錦英，二人性質，都是好動不好靜的，人家住著船上，波浪翻湧，只顧伏在一隅，只有紫綃二人，卻不住的走動，船頭走至船尾，船尾復又走至船頭。有人與他相遇的，只顧攀談起來，沒有攀談的，只顧望著碧水澄澄，也能站立的一二個時分。如此的走了一兩日船，眾人見得慣了，都道：「好一對活潑不羈的女子，但不知他是甚麼人家出身，能夠有如此本事呢？」紫綃二人聽了，只得暗中竊笑。

　　走了一回船，已經遠遠望見福州頭了。船人客人無不色喜相告。無男無女，一齊都走出船上觀望。內中只有一位老嫗卻不然，一聞船將抵岸，不禁觸動他的愁懷，大哭起來。紫綃同著錦英，都覺得駭異，便問道：「老伯母，你今日所哭的為甚麼？難道人人都巴不得一聲立刻登岸，你卻以回到家鄉為苦了。」老嫗聽了，只管拿眼看了紫綃二人幾看，見得都有一種慈善之狀，便嗚咽說道：「姑娘，你二位有所不知，我並不是以抵著家鄉為苦。只是一到了家鄉，愈更觸起我的愁況，比著離鄉背井的更艱難百倍呢！」

　　紫綃說道：「為甚麼呢？」老嫗說道：「老身姓林，夫家便是馬姓。屈指一計，老身的丈夫，已經去世十有多年了。生下一子一女，雖然貧窮，也可度日。怎想到了去年，兒子不肖，學的烟賭兩癖，家資散盡，隻身逃往別處去了。有的說道：『他去的不大遙遠，是走到上海去了的。要與他相會時，只

管往上海，把他平日那些親友，問一問便知道了。』唉，姑娘，老身雖然如此想，但盤費一節，也不容易。錢銀二字，我平日使的一文沒有，還能夠籌措往上海【的】那些船費麼？後來幸得各位鄰鄉憐著我，勉力相助，船費也有了，老身欣然起行。誰知跑到上海，卻是走一個空，不特不能尋得兒子一點著落，並且得了一病，足足辛苦了一月有餘，幸虧各鄉親請醫救治，纔得痊了。他們說道：『汝的兒子，我們連影兒也不曾見過一次，一定不在這裡，大約是走去南洋一帶罷。』老身見得如此，只得走了。這一次歸來，那些船費，又是各鄉親施捨的。兒子找不著，又要病一場，經一回舟車來往的辛苦，今日歸來，少不免又要在憂愁裡討生活了。你道可哭不可哭哩！」

紫綃笑道：「這個何憂之有？人世最難的事，有了銀子，便可解決。汝的兒子走去南洋，更不必掛心。現在福建的人，在南洋發財正多哩。過了十年八年，你兒子發了財，滿載而歸，好叫你享快活的日子，償償今日那些愁況。等著罷！」老嫗說道：「姑娘說此話來，也覺好笑。我不禁說一句衝撞的話，姑娘那些說話，都是孩子之見，真是不通世務的哩！世間最難的事，雖然是有的銀子便可解決了，只是銀子是一件甚麼物？可以容易得來的麼？現在叫我回去，日中覓得一錢半分，可為柴米之用，也覺為難。如果【有】錢財活動時，雖然沒有了兒子近在身邊，也覺得沒有甚麼關係了。」

紫綃道：「汝老人家今日也說得可憐。既然如此，我們便給你幾十兩銀子，俾回家時，有了使用，不致天天淚痕洗面何如？」老嫗聽了，惓惓的看了紫綃一會，說道：「好姑娘，你休得拿我開心兒！我活了六十多歲，從不曾見過世上有如此慷慨的人。如果有了，便是觀世音菩薩的化身，前來超度了。」

紫綃聽了，覺得好笑：「我不是賺你取笑的，也不是觀世音變化。銀子我是有的。」一面說，一面取出一帙銀紙來，數了一數，將一張五十元拿著，其餘仍舊藏好了，將那一張遞給老嫗道：「這個你認得麼？」

老嫗見了，不禁眉開眼笑，說道：「豈有不認得道理！這是銀紙，我們隔壁那位黃奶奶這裡很多哩！他丈夫也是從外洋貿易的，時常也將這些東西寄回，我是時常看見的，只好惜平日沒有弄到手上罷了。我平常還對人說：『我

們中國的人，實是呆子，好好的把貨物賣與外人，得了這些一束厚紙便算事了。又沒有聲，放在手上也不沉重，其實說破了，連一個錢也不值哩！』不過我們中國的人，專好崇拜外國，連他一張紙也視為寶貨罷了。」

紫綃道：「這豈特外人？韃政府也有這個的。」老嫗道：「韃政府更不必言。他所出的銀紙，十元廿元，印的五光十色。其實沒有一點的現銀預備著，不過是自己想做騙子，拿這些東西引誘國民入他殼中罷。汝不信時，便看看外國。那外國的人，沒一個肯用韃政府所出的銀幣的。這個不恍然明白麼？」紫綃道：「既然如此，你也不必要。」老嫗道：「這又分別而言。中國的人，都已被他愚惑著了。我一個人，從之也何益？不從也何損？倒是自己的經濟問題要緊哩。」說著，笑嘻嘻的向紫綃手中接了過來，念了一聲阿彌陀佛，老著臉，收入衣袋中去了。

紫綃見他說話有趣，便要與他扳話，可引出笑話來，便對他說道：「汝老人家閱歷了幾十年世界，那眼光自然是闊的。今更到了一回上海，見識一發超妙了。只不知近日有甚麼掛記沒有？」

那時這老嫗得了一張五十元的銀紙，心中著實歡喜，且又感激著紫綃二人不盡，心中沒得說的，也要向二人扳談了，何況是紫綃詢問哩。當下笑吟吟的說道：「姑娘，你休得問我。我今跑到了上海一次，不特沒逢著了快樂的事，倒聽見了無數可憂可憤的消息來，這消息傳入了耳裡，不特是像我的一般人，就是西方的如來佛聽見了，也要怒從心上起的。」

紫綃道：「據汝所說，大約又是因著汝這兒子的事情罷了。」老嫗聽了，搖頭道：「不然不然。如果只是我兒子的，便算是一人的私事，何苦大驚小怪起來？況且我的兒子，而今已把他丟在腦後，任是甚麼事情，也不經心了，何必向姑娘說及呢？」

紫綃道：「既然不是因著汝的兒子，便是為誰？」老嫗聽了，嘆息了一回，說道：「姑娘，你不知麼？現在韃政府那橫征暴斂的舉動，實是沒有天理了。從前我們住的屋也有捐了，食的肉也有捐了，那些國民，已經心中有點不服起來。而今且不特此，據上海那些人說，現在有所謂飯鑊捐，家中有一鑊，

便要捐出若干銀子，兩隻便是雙倍，三隻便是三倍，以此遞加。也有所謂牀鋪捐，家有一張牀，便要捐出銀子若干，兩張了，雙倍便是若干，遞加的法，大約是與飯鑊捐的相同。既然如此，我們還有安樂之日麼？所以我說轄政府那些舉動，實在異想天開，牀鋪也捐到了，浸假我們婦人坐的馬桶，也要捐了；男子那些便壺，也要捐了，不特污穢已極，還成甚麼政體呢！所以我平日對人說：『現今時世，人人都說要長命。其實命不長了也罷了，日日見著那些慘狀，食不得飽、衣不得暖、睡不得寧，縱使活到一百多歲，好似彭祖公一般，有何益呢？不過老了一年，便且看一年艱難世界，心中越發驚惕不寧，眼中越發多滴幾點老淚便了。』」

紫綃問道：「如此艱難，你也曉得誰人之過麼？」老嫗道：「不必言，自是做皇帝的過了。所以我們平日聚著說話，如此艱難，都是皇帝不好所致的。怎能夠把這糊塗的皇帝趕去了，另外建立過一個新的也好。」紫綃道：「這皇帝你們嫌他不好，也知到他是甚麼人麼？」老嫗道：「豈有不知？他是天子，自然是上天打發他下來的了。然而欲要趕他，也覺得甚難，除非問准了天，玉皇大帝也說他不好了，另行委著一個真主前來接任纔可以衛國救民的。我們一班婦人，都是如此著想，所以每月中到了初一十五那兩日，我們一班婦人，便敬敬誠誠的，蠟燭元寶，向神前拜跪起來。第一是保著自己家內安寧，第二便是籲懇皇天早生真主。真主出了，那人民自然是好的，穀米不似從前這般騰貴。」

老嫗說到這裡，忽聽得船上轆轆轆轆的車輪聲，船早停了。眾人喧嘈了一陣，卻把三人那些說話，打斷了後頭，正是：

聆他說到艱難處，縱不全通也動人。

欲知後文如何，且待下回再述了。

第九回、搬行李苦力說真情　　露腌臢貧婆有特色

　　且說三人當時正說得高興，忽聽得船上的搭客喊道：「好了好了，船已停了！」說著，便各自紛紛檢點行李。三人也不暇細談，就中那位林嫗因對紫綃說道：「姑娘，你二位到福州，是探親？抑是投店的？如若不是探親，投店一節，也不必言了。老身雖窮，屋子也有一間，可以供二位姑娘下榻的。家中又沒別人，只有一位女兒作伴。老身承二位姑娘厚惠，作牛作馬，都不能酬報的，只要二位肯略一光臨，便是老身心中略慰一點。」

　　紫綃聽罷，且不應允，便悄悄的拉了崔錦英到僻靜的處說道：「我們到福州，究竟沒有了東道主人，辦事自然棘手。雖有同志，他們也竟屬行止無定。我看那位老嫗，雖然鄙俚，但心地尚還朴實，可以靠得住，不如暫且同到他家，見機行事。若不妥時，立刻走開也容易的。」錦英道：「既然如此，且允了他罷。」

　　紫綃聽得，便仍舊走到老嫗跟前說道：「承你老人家不棄，我們真個來打擾了。但你老人家千萬不可花費，如果需銀支用時，只管向我領取，我們縱使投店，也要交納店租食用的，望你不要客氣為是。」

　　老嫗聽了，笑口吟吟的說道：「老身曉得了。二位姑娘實是色色周到，怪不得穿州過府，都是沒有阻礙的。像這等年少老成的人，焉得不令人愛敬？」老嫗說這話時，恰好崔錦英也來到，便說道：「媽媽，你休得多言。現在船上客人，已經大半登了岸了，我們只管在這裡呆說做甚麼？不如快叫些人搬運行李，一塊兒去罷！橫豎談天說地的日子正多呢！」

　　錦英正說到這裡，只見一個勞力工人前來兜攬生意，說道：「你三位客人登岸，是到那裡去的？行李是交給了我，斷無妨事。」錦英聽了，便對老嫗說道：「府上是在那裡？好說與他知，叫他拿著一齊走罷。」老嫗道：「不必說了，橫豎是在福州城，他的腳步是走熟的，且跟著我跑罷。」崔錦英見老嫗沒頭沒腦，不覺好笑，因對苦力說道：「你只管拿著行李，跟著我們前去，工價一節，視路遠近給你，你可肯麼？」

苦力聽得，看了一看錦英，又看一看老嫗，說道：「工價一節，不知是你姑娘發給的？抑是這位老婆子發給的？若是姑娘發給我，是不必議價；若這位老婆子，便不行了。」錦英道：「奇了。你不過所求的是錢，所費的是力。若要議價，也當眾人一體。今卻有所輕重，我卻不明白的。」苦力道：「姑娘你有所不知，世間那些老婆子，是最足討人厭的。他每每求全責備，又是慳吝錢財。一路行時，慢走了，他定要說太慢；快走了，他定要說太快，弄得我進退失據，也不必言了。及至地方到了，計起工價來，應該給一塊銀子時，他只給三角四角便算了事，若問他再要，他一定說你走得太遲，使我趕不及事；走得太快，使我跑的兩腳酸痛。並且有時發出了沒良心的說話，說弄壞了他的東西呢！」

錦英笑道：「你所慌的是如此。老婆子是做慣的，難道像我們少年的人，是沒有此事了麼？」苦力道：「不瞞你說，你們將來也是如此的，不過現今還沒弄到這般糊塗境地，便是我們做苦力的造化。不然，隨處盡是年老的婦人，我情願拚棄著這生涯不去幹了。」

錦英聽了，便對老嫗說道：「媽媽，你且聽聽，他偏排你呢！」老嫗道：「休要理他。這不過是市男的故態，糊言亂語，像得了大熱症一般，譫語間作的！」苦力聽了，便對錦英道：「姑娘，你聽見麼？他一開口便要罵起我來了。」錦英道：「不必多說，工錢是我給的。你願意，只管跟挑了行李前去；如不願意時，只管走開了，不要多說，看自然也有人替我搬運的。」苦力聽了，只得應允。挪擋了一回，三人登岸。誰知也奇，在苦力的意思，以為老嫗一定走得太慢了，誰知卻大大不然。放開腳步，任是尋常壯健的女子，也恐追他不上。

走了一回，轉過了幾個彎兒，老嫗的家早到了。紫綃錦英二人看時，見是矮矮的一間房子，關著門，沒有人在內哩。噯啊！他的雙腳，又是令人發驚的啊！大抵中國平日那些婦人，是有纏足一派，錦英也是知道的。然而均是纏足，斷沒有那位婦人這般特別的。想他不是上海裝，也不是廣東式，人家纏足，那弓鞋是起花刺繡的，只那婦人尚知樸儉，用烏布裹著，外面穿著

一雙木屐，便算事了。木屐之外，尚有許多附屬品哩。有些深黑的，自然是火煤之類；有些淺綠的，自然是沾著幾點蒼苔。然而不算為奇，好好的一團亂頭髮，不知因著甚麼，都寄身在他木屐上了。碎拉扱、碎泥沙不必言，也沾連著了，前一堆、後一排，行路時，那兩腳便如兩隻火船，後面那些拉扱兒、亂頭髮兒，便似幾隻貨艇，都靠火船拖帶去哩！

然而不特此，那婦人的鞋子，有一方面是染著淺黃色的，錦英屈指一算，黃色的東西，地下是少有的，若在他處自然流不到他的鞋子上。想了一回，不覺醒悟道：「是了！是了！他鞋上黃色的，大約是街上小孩子所遺的屎！那位奶奶不慎，被他沾染著罷！然而不知剛纔所聞那種氣味，是由他身上發出來的哩？抑或在他腳上發出來的哩？唉，他今日尚還要請我們到他家裡，其實看見他這些衣履，已經令人退避三舍，若到他家時，真不知叫人怎麼難受哩！」

錦英想到此處，便悄悄的拉了紫綃一把，叫開了他，細聲說道：「姐姐看見麼？跟他進去，是不行了。」紫綃道：「雖然不進去，然而也不好當面奚落。我們作客，不比平時，處處也要謹慎的。」錦英道：「據此看來，這位林老嫗家裡，也是一般腌臢不能住的，不若索性走吧？尋一所潔淨的客棧，尚還可以安身。若跟他時，真覺比往九泉地獄，尚還辛苦了！」紫綃道：「既然如此，好趁林嫗還沒走開，快告訴她罷。」

錦英只得走了上前，對林嫗說道：「汝不必找女兒，我們不在這裡居住，到客棧去了。」林嫗聽了，不禁愕然，說道：「又是甚麼原故？難道因我女兒不在家，便疑到我有些簡慢，故此賭氣走了？然而我的女兒不在家，尚還有幾位敝鄰來相款待呀！他的家中，是很方便的。姑娘要坐便坐、要躺便躺，都沒甚麼拘束，又有人陪著說話談笑，有何不好？省得在客棧裡這般寂寞。姑娘卻不肯留，真是有點費解了。」

錦英道：「媽媽休得疑心，我們今日不是有一點嫌氣的。只因媽媽今日見不著女兒，自然要跑去尋他了。媽媽是年老的人，又是纔坐了幾天船，身體一定是困倦的。今又因著我們，快跑去尋女兒來，如此奔波，都是因著我們

的，我們覺有一點過意不去了。」林嫗道：「可不是！我的女兒，縱使二位姑娘不來光臨，也要找他去的。我年老的人，放了一回洋，好容易回得家來，今他為女兒的，像沒事一般，走往他人家裡快樂，也不成事呀！」

錦英道：「既然如此，我們且等你女兒回來，吃一杯茶再走罷。若要天天住在這裡，是不行的。」林嫗聽了，說道：「姑娘說得是。然而我女兒回來，一定不肯放姑娘的。且等著罷！」說著，笑嘻嘻的走了。

林嫗纔去了，剛纔那位腌臢的婦人又來了，說道：「姑娘，他去了。請到我家裡歇息歇息罷。」錦英斯時，見沒好回答，便向紫綃遞一個眼色。紫綃靈變，便對那婦人說道：「奶奶這些盛意，我二人是很感激的。只是我們剛纔在船上被困了幾天，沒得散步，精神是困倦的。好容易登了岸來，而今我們二人決意四處閑遊了一回，一則好吸些空氣，二則可以運動筋骨，三則也可以查看貴處風土人情、見識見識的。」那婦人答道：「兩位姑娘是外省的人，一切言語舉動，都與我們這裡不同。只第一句，我便不曉了，而且我還怪姑娘唐突哩！」

紫綃聽了，不覺驚訝道：「他說我有些唐突，一定是不滿意了。然而我所說的並沒甚麼，難道我們說話中略帶土音，他又聽錯，故此誤會的？然而也當向他問個明白。」因說道：「奶奶說我唐突，我也不敢辯駁。只是奶奶說不曉我第一句說話，我那第一句是很淺白的，大約奶奶是不曉得『空氣』這兩個字罷了。」

那婦人聽了，連忙啐了一口，說道：「姑娘休得說了！一句還不足，還要多說麼？那『凶氣』二字，我並不是不曉得，只是這等不吉利的話，我們福州城裏，是沒一個人敢說。為說了出來，一定受人詬罵了！今日姑娘說要吸凶氣，難道我們福州城裡，是很多凶氣佈滿，所以你隨處可吸麼？我說姑娘唐突，是沒有錯！姑娘細細一想，自然也知到的！」

紫綃聽了，纔知道「空氣」二字，那婦人卻誤作「凶氣」，心中因歎道：「即此一事，可見得我們中國女子的見識。說話之間，尚且如此，他輩迷信的性質正多哩！此等人，教之不能、罵之不服，只祝他早日受天演淘汰，或

者女子社會，庶有改良的一日。不然，循此不變，一任他們腐氣瀰漫，我們中國，便不可收拾了。」紫綃想罷，便對那婦人說道：「奶奶說得是。到底我們是外省人，言語間有些錯了，望奶奶不要見責纔可。」

那婦人正欲答言，然而還沒出口，只聽得自己屋裡一個人奔了出來，大聲喊道：「二媽不好了！汝的兒子在牀上跌了下來，哭的不醒人事了！」那婦人聽得，便棄了紫綃二人，飛奔的走了入去。紫綃說道：「跌的不知若何？我們也該去看看的。」錦英道：「看他則甚？這般腌臢的人，屋子裡也是腌臢的，仔細連身子也被他薰壞了！我們且到外頭逛逛去罷。」

二人正舉起腳時，誰知剛纔那位腌臢婦人，早跑了出來了。見紫綃二人走了，便放開了腳步，沒命的來趕，一面跑、一面喊道：「汝這兩個鶴神衰鬼，說了不吉利的話，今日卻應在我的兒子身上！頭顱也磕穿了幾個窟窿了！今日要走到那裡去？不要跑！且吃我老娘一把掌！」說著，又是沒命的趕來。紫綃二人，遠遠的聽著，又是好笑，又是好惱。錦英道：「我們不要走，看他到來是甚麼舉動。」說著，便只慢慢的行。

誰知那婦人望見紫綃二人走的愈慢，他趕上的心越發切了。當時一路上有幾個人挑水，把地上濺得濕濕的，那婦人所穿的木屐，齒痕甚滑，走了一回，不提防，撲通一聲，跌倒在地上。紫綃二人遠遠望著，不禁鼓掌大笑。那婦人因兒子跌破了頭顱，本來只有三四分惱意，及至跑了一回，雙腳有些痛楚，還追二人不上，那三四分的惱意，早變成了五六分了。今又跌了一下，紫綃二人又是鼓掌大笑，不禁由五六分，變成了八九分，更由八九分，變成了十二分起來。一面扒起了身，咬牙切齒，沒命的「潑婦、瘟神」等亂罵。

維時一路上眾人見那婆子鬧得兇，便都出來勸道：「汝也覺得太過放蠻了！人家說了句話，與汝沒甚相干，那『空氣』二字，不過是現在科學中的新名詞，與災凶的『凶』字，大相判別。不特非不吉利的話，就是不吉利了，也斷斷對汝的兒子沒有關係的。汝如不信時，且想想汝平日將人毒罵，卻有一個人應著汝的惡言沒有？即如汝一路趕來，口中喃喃的也頗咒罵不少。難道人家有了意外，也要向汝圖賴麼？圖賴了你，你也甘心麼？」

婦人道：「高鄰不是這等說！我們福州的人，咒人是沒有靈驗的，只有那外省的人是不然！無男無女若能夠穿州過府，身上都是有了妖術的！汝不聽見麼？前兒我的大姑子家裡，銀包裡是放著幾十元銀紙的，忽然門前來了幾個演猴戲的外省人，鬼混了一會，那幾十元銀紙便不翼而飛了！又前兒我的娘家，來了一外省遊方的道士，說嚕看相算命，臉上也很和氣的。忽然有個人與他因小故口角起來，那道士發了很心，喃喃的咒了一回，那人便回家嘔血死了。因此我時常刻刻留心，此次林奶奶引了他二人回來，我見他外面甚是華麗，疑不到他是嚕使妖術的。誰知他卻是遊方道士一流人！如果我的兒子不得這個意外，自然沒有人將他看破，將來還不知遺害多少哩！」

眾人見他不可理喻，便對紫綃二人說道：「姑娘，你看他那些說話，實在好笑。倒像一個瘋人了！你二位是明白的人，不同他一般見識，且不要理他，走罷。」那時紫綃聽了，便正色說道：「我是過路的人，他家裡有甚麼事情，我也不當預聞的。況且這位奶奶，剛纔將我一番毒罵，更不好向他撩撥了。只是惻隱之心，人皆有的，剛纔這位小孩子，不知被跌的若何？如果跌得深傷了，我身中正懷著好些跌打妙藥，縱甚深重，【也】可以醫治的。」

眾人聽了，便轉問那位婦人。那婦人說道：「剛纔我跑出來時，他還是嚎哭不止呢！他的頭顱是磕破了兩三處，流了好些膿血，一時也止不來了。這位外省的姑娘，如有妙藥，便請快些到我家裡，遲慢也不及事，恐怕他要暈了去了！」

紫綃說道：「藥是有的，傷也醫得好的。只是你剛纔疑我的心，可也要轉了？設若不然，我雖醫好了你的兒子，若有甚麼意外事時，又要向我圖賴，我不特是不似觀音菩薩的法術高強、有求必應，縱然有時，我身上是許多重要的事趕著要辦的。擺脫不清，我也要受惱的。」

那婦人聽了，說道：「好姑娘！我不敢了！剛纔我這幾句說話，不過是急極而言的，並沒別意。汝如醫好了我的兒子時，我便點著了名香寶燭，請汝上座，三跪九叩的拜汝。」紫綃道：「如此辦法，又是疑到我是野道一流了。須知我今日是有妙藥，不是有甚麼妖法。汝心腸一日不轉，我也不好將汝兒

子醫治哩！」那時旁觀的人，上前說道：「姑娘，你是明見的，又是慈善的人，分不著同他計較這點。你的心事，我們大眾是曉得的。他雖含血噴人，橫豎有我們見証，望汝以人命為重，前去救了他罷。」紫綃聽了，真個在身上掏出了一個小盒來，取了一包藥末便走。

看官，須知紫綃等走慣江湖的人，身上都預備著救急之物、以防意外的。藥物一種，是最【重】要了。那些藥物，都是名醫製造，紫綃不惜重資，購了回來。那婦人的兒子，碰在他手上，最是有用的。

閑話不贅，且說當時那位腌臢婦人一路上引了紫綃錦英二人，走到他家裡來。一時聞動多人，便有好幾個跟了進去。走了幾十步，那婦人的屋子也到了。紫綃同著錦英，是各各留心的。一腳正踏著他的臺階，已經一陣惡心起來，左右一看，原來他的天階，是擱著一隻大拉扱籮的，籮中所有，都是世上污穢不堪的品，其中又以小孩子的糞料為多。紫綃二人已經掩鼻了，及至一到了他的神廳時，正面是設著無數奇形怪狀的神像，神像之前，便是一張神檯，香爐燭臺，是陳列著的。其中燃的蠟燭，好似廚房煮飯一般。神檯之下，便有一位青年的女子跪著，一面叩頭、一面喃喃的不知念些甚麼。以意度之，大抵這女子是這婦人的女兒，因他兄弟跌傷，求神保護了。

紫綃此時，也無心觀看，便問那婦人道：「你的兒子在那裡？快給我一看為是。」婦女聽了，連忙走到他自己的臥房來，向紫綃招手。紫綃無奈，也跟了入去。

唉，那婦人的臥房，你【道】像是個甚麼？人世間那些豕圈馬廄，自然是最腌臢的了。但是那婦人的臥房，比豕圈馬廄還腌臢了十倍。紫綃一進了房，覺得足下所踏的不是塔磚，又不是坭地，放重了腳步，也不聞聲的。紫綃惴道：「奇了！難道他是鋪著了地毡麼？」把眼一看，不禁大驚起來。他臥房地下的不是地毡，原來是日積月累，那些拉扱踐踏太多，自然是變成一塊，貼在地上，不能移動了。但可惜他的臥房，黑暗異常，不能看得清楚那些拉扱所積是若干厚。

紫綃正在難受的時節，只聽得一聲「噯啊」，有人在榻上呻吟起來。紫綃

拿眼去看，但見牀上那副帳子，已經攔起了，看不清楚是腌臢的、抑乾淨的。牀中堆著了無數什物，衣服襟被不算事的，小兒頑耍的東西、與及食物等類都有，甚至筷箸碗碟，也有許多擺在這裡的。不知那位腌臢的奶奶，是甚麼意思？想他或者放在廚房，恐防盜賊竊去，所以放在牀上的。再不然，是預備睡醒消夜之用了。

什物堆中，紫綃知到那位小兒臥在這裡了，便仔仔細細的走上前，意欲看了傷口，可以敷藥。誰知一手按著牀上，不覺把紫綃嚇的大驚起來，說道：「不好了！不好了！」連忙倒退了幾步。看官，你道紫綃是因著甚麼？而今且不先言，待看官猜猜一回，我再說了。

第十回、迷信神權志士誤為菩薩　傷懷國勢妖姬即是英雄

且說顏紫綃當時一手觸按著牀沿上，「嚘啊」一聲，不禁跳起了來。看官，須知顏紫綃為人最不好大驚小怪的，今日如此，一定是碰著奇怪的物無疑了。然而那奇怪的物是甚麼哩？只因那婦人身上，固是腌臢，那一張牀上，更是污穢不了。紫綃所觸著的，並不是甚麼，原來是小孩子遺下的一灘屎水。看官，試問你們一旦被這東西沾在手上，還要張皇不張皇哩？顏紫綃當時，心中自思道：「這一次真是自投羅網，沒人可憐的。使我不應承他來救傷，他也不肯前來相凂。今若此，可算我瞎了眼睛罷。」

紫綃想到這裡，正要走了出來，不醫了。然而細細一想，又似有些過意不去。蓋腌臢的不過是下等社會的習慣，他並不是有意凂我的。而且社會上像這種人正多哩！他因著疾病，還是小事，今日大眾，卻已做了他人的奴隸了。設因他有點腌臢，遂將不替他謀自由的幸福，一任永淪奴籍，這不但還是負了天地好生之德。自己問一問心，實在有愧的哩！紫綃想到這裡，因又按納著心中煩惱的氣，走開了，向那婦人要了一條布，拭了一回手，然後躡手躡足的再復走到牀前，那小孩子的頭也摸著了，傷痕也見了，於是向一個玻璃罐內，倒出了一撮藥末，潘在他的傷痕上。不一會，血也沒了，痛也止

了，那小孩子眼淚完了，不覺笑了起來，向那腌臢的婦人說道：「阿媽，這位姑娘的藥散，實在靈妙無比。而今我的頭上也不痛了，可以走出門外逛逛去了。」說著，便要扒起身來。那時這位婦人大喜，連忙止住自己的兒子，一面笑吟吟的向紫綃說道：「姑娘不是凡間的人，是一位仙姑無疑了！不然，斷沒如此靈效的！只可惜我剛纔觸犯了你，然而也不必見怪，我剛纔無心的哩！」說完，便撲的一聲，雙膝跪下了，連忙磕頭，有如搗蒜。

紫綃連忙止住道：「不要如此！太過糾纏，我是不依的！」那婦人聽了，也不答，連忙扒起了身，又跪在崔錦英面前說道：「汝也是一位仙姑降凡的！今日光臨，有失迎接！」說著，又試叩頭不迭。崔錦英斯時也不阻止他，自己只顧微笑。

誰知混了一回，外頭的人，已經有些風聲了，便都一擁前來，要找仙姑看看。初時也不過來了幾個婦女，漸漸連男子也有了，更有妙想天開的說道：「他是神仙，與凡人正自不同。欲見他時，都要備下香花蠟燭纔誠敬的，不然，倒叫仙姑責怪哩！」眾人聽得了，便道：「是是！虧你想得周到！我們入廟拜神，當還要點些寶燭，何況今日，那仙姑有聲可聽，有貌可辨的哩！」一面說，便都散了。紫綃錦英二人心中明知道他們散了，一定要備辦清香寶燭來的，因此心中頗覺焦煩，便相約道：「在這裡被他們褻瀆夠了，快走罷！」說著，舉起腳便行。

那時有幾十個村婦未有散去的，一聞得紫綃二人要走，便都急的冷汗直淋。有的說道：「二位仙姑休得嫌棄！我們備了清香寶燭，不久便來了！仙姑略留一步，也可以表表我們誠心的！」紫綃二人聽了，也不答應，只顧走。二人走多一步，那些村婦越發跑急一點。有的不憚冒昧，竟要牽起二人的衣袂起來，牽扯不已，更是大聲喊叫，說道：「不好了！仙姑要拋著我們去了！如何是好哩！」有的說道：「大約他見我們沒有香烟供奉，所以懷著惱意，索然而去是有的。」眾人道：「既然如此，也是容易，竟多多的點了好些香燭，補補剛纔的缺憾便了。」說話時，剛纔出去找息香覓蠟燭的已經忽忙而至。眾人見了，便用手招他說道：「快些來！我們正等著這些東西要用！不然，仙

姑是要走了的哩！」那時手拈香燭的人聽得了，便都一擁而上，取了火，清香寶燭都是燃著了，爭向紫綃二人圍了前來。

那時二人心上那些怒氣是不能忍的了。他以為我們中國這般腐敗，事事不克改良，大率坐著迷信神權之故。初時以為婦女迷信，都是有點來由的，誰知捕風捉影，也竟張大其事，於是不由分說，把眾人插地上那些香燭，都用腳踐踏熄了。就中崔錦英尤覺惱怒，碰著手持香燭的，逢人便打，打的眾人呼號起來，說道：「這兩位女菩薩，我只道他是很和氣的，誰知竟是如此狂暴！二郎神、孫悟空也還追不上他哩！」有的說道：「他或者嫌這香燭惡劣不中使，所以煩惱一點是有的。」

那時紫綃見他愚的可憐，忍不住便對他們說道：「你們聽著！世界上是沒有甚麼神仙菩薩的！就是有了，也不以此為意，且并惱怒哩！你如不信，便自己裝著菩薩試試，自己呆呆的坐在神案之上，卻叫無數的人，把香烟蠟燭闐繞著汝，那烏烟薰的雙眼流淚，與及火氣烘的肌膚欲裂，試問也可以抵得沒有？人且如此，何況菩薩哩！所以我勸你們嗣後不要如此了！」眾人聽了，只顧呆呆的舉著頭，沒有答應。

維時林老嫗也走了回來了，後面是他的女兒跟著。一見眾人把紫綃錦英二人闐住，便急上前喊道：「你們做甚麼！欺他是外來的人，便如此作踐了！」眾人聽了，連忙說道：「不敢不敢！我們是有所謂的！」說罷，便將紫綃醫病一節，向林嫗說知。林嫗說道：「既有今日，何必當初？他兩位心中猶是怪你剛纏一場慢罵哩！」那時這一位腌臢婦人聽了，又是大驚失色，連忙伏在地上，叩頭不迭。紫綃笑道：「且請起來罷。」於是這位腌臢婦人始敢起來。

維時天色將漸黑了，紫綃二人沒有停足之處，林嫗叫在他家裡住下，二人不肯，於是內中有知道他的意思的，說道：「在此是不方便的，住家裡頭，到底不清潔、不乾淨。這二位是雅淨的人，豈肯置身這裡的？你們如有心請他時，請擇了一所幽靜的廳堂，他還可勉強住足。」眾人聽了，都道：「既然如此，我們是沒有這個的。還當細細一想罷。」

話未說完，只聽得人群中一個婦人說道：「你們不要躊躇。我們舍下雖然

僻陋，然而廳事〔室〕頗多，平時沒有腌臢人住過，大約也可以款待二位的。如不見棄，且請一到我家便了。」眾人聽了，不覺大喜，都說道：「難得姨娘如此好心，我們這裡，那些房屋，除著你徐府外，實在沒有一間好的。姨娘若肯出來款接，不特二位姑娘得所，便是我們也感激萬分了。」

紫綃二人見眾人如此說，便拿眼把那婦人看了一看，見他年紀只在二十左右，舉動溫柔，顏容嬌冶，便知道是一位大家的眷屬無疑了。於是乘間向眾人問道：「這是何人？你們如此歡迎的。」眾人見問，便都道：「你二位有所不知，這是我們福建最有名譽、最有錢的徐九老爺的姨太太。只因他路經此處，聽得二位如此靈應，故此挨了進來。誰知他也心悅誠服，請二位到他家招待了。」

紫綃同著錦英二人聽得了，心中十分滿意，想道：「我們此來實是因著徐姓的，誰知也不費力，如此湊巧，真是天假之緣。」於是連忙迎了上前，與徐姨太見禮。徐姨太也大方落落，竟與紫綃二人通起姓名來。原來這位徐姨太，是姓程的，名是小春兩字。福州那些婦人，識字是很少的，只有這位程小春，吐談十分清雅，當時因對紫綃二人說道：「此處不是談話之處，且請同到寒舍再敘罷。」說完了，回頭便叫跟來的人，快叫三頂轎子到來。這話一出口，只見得幾個轎夫忙忙走來兜攬。程小春當時也曉得二人的意思，是愛乾淨、怕腌臢的，因細意的擇了兩頂最新的轎子，讓紫綃錦英坐下，然後自己也坐了一頂，跟在後面。那些路徑，大約那些轎夫是知道的，不必費小春指引。

紫綃坐在轎裡，覺得四處都是很乾淨的，沒有壞處。只是也奇，轎裡雖然乾淨，但是一路上都有一種穢氣，衝入了鼻端裡的，紫綃覺得奇怪，不禁把手帕掩著鼻。初時以為地上那些溝渠，一種穢氣透了出來，所以如此的。誰知行了一回，至到沒有溝渠的處，也是如此。那時紫綃的心中有點省悟了，連忙睜開了眼，把那轎夫一看。誰知不看時萬事俱休，一看了，不禁令紫綃心頭突突的跳。

看官，汝道是甚麼哩？原來當時那轎夫的脖子是端端正正擺在轎前的，

脖子之上便是頸，頸上便是腦袋，腦袋之後，卻有大大的一團東西。噯唷！汝說是像甚麼？冷眼看去，像市上所賣的一札鹹菜，又像田邊農夫棄下的一塊牛屎，然而那些氣息，卻比牛屎還甚。這都是中國人最尊敬的辮子了，但是辮子為甚麼弄的這般腌臢哩？原來辮子雖然為中國人所尊重，但是論起理來，是最妨事不中用的。那轎夫見得太過阻礙舉動了，當替人抬轎時，便把這辮子札了起來，實實的好像市上賣的正粢一般。他是天天有事的人，札起了，一二天沒有鬆了下來不定，四五天沒有鬆了下來也不定，為日漸久，那一札辮子，已經臢亂不堪，更兼天天隨處走跑，那些泥沙兒、塵埃兒，是容易吹到頂上的，更且天天出了幾回汗，那汗氣是餿的不堪的，更兼為日漸久，積上了幾十層，又懶於洗淨，那些氣味，不問而知了。

當時顏紫綃受了那些穢味，不見他的辮子時，尚還不大噁心，及至見了，肚裡十分作悶，打了幾回噯氣，差不多要嘔了出來。忍無可忍，正欲說道：「你休要抬我，讓我步行罷了。」誰知紫綃還沒說出口，那轎子已經停著哩。說道：「好了！徐府已經到了！」紫綃聽得，心中大喜，忙忙的走出轎來，望一望的徐府門前，鋪排的十分華麗。正中是一所門樓，闊的約莫也有二丈左右，上面懸著一扁〔匾〕，是寫著「榮祿第」三個大字。此處是正門，然而是閉著的，門前所有，無非是兩個大燈籠、幾對高腳牌之類。牌上所書的，甚麼「奉天誥命」、「欽加侍郎銜」、「頭品頂戴」等等。顏紫綃不禁點首微笑道：「原來如此，難怪他俯仰自豪、樂而忘返了。」

那時正門是關閉著的，只由側邊一條青雲巷出入，轉了兩個彎，便是一所大廳，廳內沒有個人，只金碧輝煌，令人看去也覺亂目。紫綃錦英都是文雅的人，便不以此為意，只揀著他壁上掛的字畫看看。噯唷，那廳事布設既俗，至於所掛的字畫，也覺令人生厭的哩。而今且為看官略略說了出來，他署的下款，有的寫道是「北洋大臣直隸總督弟袁世凱敬書」的，有寫是「協辦大學士軍機大臣戴鴻慈拜題」的，甚至湖南的統制張彪，平日是不嘗搦筆的，而今也替他寫上一聯了。乳口小兒，一味好嫖好賭的滿人載振，也替他寫一橫額了。其餘從科舉出身的，若狀元黃思永、張謇，探花朱汝珍等類，

都是有筆跡寄在他的廳內，所題的上款，不是「輔仁誼兄大人雅正」、便是「輔仁通家大人命書」、「輔仁姻兄大人雅屬」，諸如此類，正不能屈指數，紫綃錦英也見得討厭了，也不觀看，只忙忙的站著。程小春知意，便向二人道：「這是男子坐立的地方，於我們無與的。我們且走到內面坐坐罷。」

　　說著，便引了二人轉過一渡屏風，屏風之內，便是他的正間了。紫綃二人抬頭一看，只見那些金碧輝煌，正與廳事〔室〕相等，但是正中多設著一個神樓，那神樓之高，卻恰恰頂到瓦面，又高又大，真是平日未嘗見過的。正中是供著一尊古瓷白身的觀音小像，小像之後，更貼著無數神位，有寫著「北方真武玄天上帝」的、有寫著「金花普主惠福夫人」的、有寫著「都天至富財帛星君」的、有寫是「降生司馬高大元帥」的，其餘種種色色，都記不清楚了。二人正要窮其勝境，只聽得小春說道：「二位走了一回，想也困倦了，且到我們房裡坐坐罷。」說著，便又引著紫綃二人到他臥房來。

　　噯唷，那臥房更是雅麗無比的呵！未入房時，先看他一張門簾，那簾子的質地是大紅縐紗的，上面用金線繡著一株松樹，一雙鹿兒蹲在地上，松杪立著一雙小鳥，作噍嗃欲鳴之狀，杪下便是一隻猴兒，猴兒不知因著甚麼，卻有一群蜂將他闌繞住的，紫綃二人便知道他的命意，是個「爵祿封侯」無疑了。小春把簾子撥開了，當頭是一架大大的穿衣鏡，三人全身都映入鏡來。那時紫綃閱歷還淺，便贊道：「好一架鏡子！這是那一省出產的？」小春笑道：「姑娘為甚麼這般沒有分別？這鏡莫說中國沒有，並且亞洲也沒有這般製造哩！這是大英國的東西，他們特特的託人在外國寄了回來的，聽說也花了五百多塊銀子了。」

　　一面說，便引紫綃二人坐下，紫綃便揀了一張貴妃床坐著。誰知也奇，一坐下了，那張貴妃床卻噲震動起來，竟要塌了下去。顏紫綃是沒有經歷過這個的，不禁大驚起來，連忙站起身說道：「你這炕子是不牢固的呵！」小春聽了，說道：「姑娘，這不是不牢固，這是外國來的東西，叫做『彈弓床』，坐了下去，是要顛動的，這般纔覺令人暢快。」紫綃道：「原來如此。但是我覺得有點不能舒暢。如果嫌木製的椅子硬時，自然也可以鋪墊著褥子的，何

必定要這個？況且那價錢量他不廉的。」小春道：「可是呢！我初時也覺得不大舒服，後來卻坐慣了，而今連木製的椅子也不能久坐，硬的不能耐煩哩！」

紫綃聽了，便對錦英說道：「凡事以相習便相忘，況他們是富的人，日日受轄政府的恩惠，卻不知覺，就是如此了。」說罷，便又把房間的物，一一細視。但見一整屋的是五色斑斕的裝飾，壁上掛的是幾幅字畫，正面一張繡床，床上掛著一張百蝶穿花的絲綢蚊帳，旁邊衣架上，掛著無數衣服，有男子的，也有婦人的，都是綾羅綢緞、五色輝煌，但其中還有一事，最是令人心曠神怡的。房中桌上擺列著無數香水罇，那些香水，想小春是天天搽在衣上的，而今方纔可以香風四溢，令人筋骨欲酥。紫綃到了此時，不禁點首太息。小春說道：「二位姑娘想也渴了，而今且先喝一杯洋酒可好呢？」一面說，便有一個佣人拿了一罇洋酒遞給小春，那時一個鴉頭，卻拿了三隻玻璃杯上來。小春當時一忙忙將罇開了，從裡面倒了些洋酒來。紫綃當時，那酒色是黃澄澄的，望去極為可愛，更且氣息芳烈，到了鼻孔，直令人神氣忽然清越起來。紫綃當時心中想道：「到底那些洋酒，十分了得，一見面，就令人可愛了。但不知那些味兒是怎樣的？」一面想時，誰知小春已經將一杯洋酒遞到了。

紫綃見那顏色可愛，氣味又是清烈，便不留意，巨鯨一吸的，成杯酒都灌入喉內了。誰知那些酒性，實覺平凡，一入喉中，便似灌進了許多滾水一樣，又辣又熱，那些心肝五臟，差不多要被他燒的焦了。那時紫綃十分著急，不覺把身子跳了起來，說：「這東西是做甚麼？這等利害！使我不能防避！然而了不得，我的腸胃大約已經受了傷了，還有什麼法子能救沒有？」

小春聽了，不禁笑說道：「不妨不妨。這酒力雖然猛烈，但橫豎是沒妨事的。我只因不曉得姑娘是不噲飲酒的，又見姑娘喜歡，所以倒出了一杯來，沒有用冷水攪勻，所以姑娘略略抵敵不住。然而也不相干，若果醉時，這裡床鋪是現成的，可以隨便睡睡，便沒妨事了。」紫綃說道：「我現在不醉，但我心中還是納悶，中國的人，平日是不常吃這個的，為甚麼這東西一到，便無限歡迎哩？然而若在男子，也姑不論，可惜他竟一天一天的流入閨閣來，

致使若干閨閣，都變了酒仙了。」

崔錦英聽了，答道：「論起那些風俗，我也實在可為中國前途痛哭！大抵外國婦女，於烟酒二字是很怕的，所以社會上男女同到的地方，英輪船、火車等類，都特特設下了吃烟室，以免令人討厭。論起理來，婦人不吃烟酒的好處，衛生是第一層，省費是第二層，所以人人都以不吃烟酒為終身的戒律。至若我國那些婦女卻大大不然，與外國的婦人適成反比例，酒也吃了，烟也吸了。吸旱烟還是小事，還有天天吃鴉片烟的哩！況且那些烟酒，大約是由外國載來的。中國人多消一罈酒，便是外國多得一罈酒之利；中國人多吃了一包烟，便是外國多得一包烟的財。姐姐，你知道麼？據近日最近的調查，每年中上海一埠，中國人吃洋酒的費，已經達於十五萬元有奇的哩！廣東一省，吃外國捲烟的費用，已經達於十一二萬元了！一年中使各人不吃烟酒，將這鉅款拿來辦件實事，豈不甚好？然而舉世夢夢，這真是令人痛心。」

說著，因問這洋酒是多少銀子一罈了。程小春道：「我也不大知道，大約是四五塊銀子一罈哩。」錦英道：「可是哩！一罈四五塊，十罈便是四五十塊，一百罈便是四五百塊了！這些數目，是可以計得出來的。歷此不變，外國的人還笑我太過愚笨哩！」程小春答道：「這洋酒呢，我是不喜歡吃的，即我們那個，也不大愛吃。無奈所交遊的朋友太多，每日到來，是必要開一兩罈洋酒相待的。設或不然，那平日相熟的，便要索飲；那不相熟的，倒說我們慳吝，要生氣了，這是如何是好哩？」錦英道：「這些習俗如此，我也難怪。但是我們婦人，今後再不要學成這種款派了。」說著，便把這盃洋酒放下，連眼尾不看一看。

那時程小春一時也感動起來，說道：「姑娘如此番言論，實在開人心智不少。而今我也不吃這個了！」說著，便叫鴉環到來，「把這些東西拋往別處，今後不必拿了出來。」鴉頭聽命，真今收拾去了。那時程小春見沒有消遣，便與紫綃二人說道：「酒既不吃，我們且叫人泡了一壺茶，大家談心可好麼？」紫綃說道：「極妙極妙！我們竟可品茗談心了！」小春聽了，不禁大喜，於是吩咐了鴉頭，竟把那茶器都拿出了。

　　三人閑談了一會，就中程小春因對二人說道：「你二位是外省的人，到此是因著何故？大抵是來探親的，然而親戚是在那裡，可能對我說知麼？」紫綃聽了，先歎了一口氣，說道：「姐姐，你不知了。我們今日，實是痛苦異常。今日到此，不特沒有親戚可探，縱然有了親戚，也不久將要死絕的哩！」小春聽了，不禁變色說道：「這是何故？你二位不好如此咒人！」紫綃道：「不特是我的親戚，連姐姐也不能免的哩！汝如不信，等一會就知道了。」

　　小春聽了，一發驚訝，說道：「這是何故？說來我有點不解。」紫綃道：「正唯汝們不解，所以有今日的禍患。若人人早已覺得，便無此次災殃了。汝如不信，我且告訴了汝。但是先要問汝一句，外國的人，汝也曾見過的麼？」小春道：「見過了。他的眼睛是碧色的，他的髮是黃色的，他的鬚是帶些紫色，茸茸然令人生怕的，真是醜看煞人！」

　　紫綃笑道：「唉，汝今日話他不可看，是有一點憎惡他的意思。但是今日憎他，明日便要做他的老婆了！雖然不做他的老婆，也可以的。但是若要自免，除非出去一死。」紫綃說到這裡，小春的氣色早不同了，臉上露出十分悽慘的形容，說道：「姑娘的言，可是真的？抑是哄我的？」紫綃道：「豈有哄汝的理？哄汝時，立刻呼我嘴上生了個惡瘡！」

　　小春見紫綃發起誓來，知是千真萬確無疑了。心中一痛，不禁發了幾點佳人的淚。紫綃正要上前相勸，只聽得小春說道：「姑娘，汝不要阻我，待我先先死在這裡，以免受外人污辱罷！」說著，便躍然而起，把頭撞向壁上來。正是：

　　　　拚將碧血埋荒草，會使芳魂化紫烟。

諸君欲知後事如何，下回再說了。

第十一回、讀歷史種族惹餘哀　毀真容家庭興活劇

　　且說程小春當日聞得國破家亡，自己且不免為外人所殘辱之說，心中不禁萬分悽楚，便把頭向壁上撞來，慌得紫綃錦英二人連忙上前扶住，說道：「姐姐休得如此！你莫只道中國不可救藥，有的熱心之人出來，便萬事皆可維持的。你不聽得前人有一句古諺麼？說道：『世上無難事，人心自不堅。』我們心既堅了，不但可以抵禦外人，便連我舊日國家，也要整頓得興盛起來哩！」

　　小春聽到這裡，只得住了哭，復又說道：「二位姑娘今日到了這裡，實是皇天特特前來的要闖發人家愚夢！只因我平日住的地方又幽雅，衣服是美麗的，飲食是甘脆的。呼奴喝婢，心曠神怡，不意世間再沒有憂愁的事給我受了。誰知不明不白，今卻有國破家亡、喪權辱身的事生到我們這裡乾淨的處。不過是外人佔了去做馬牛；我們美麗的衣服，不過借外人的貨寶；我們整脂抹粉，千嬌百媚的身，不過只是外人的淫慾；那些奴僕小婢，就給外人朝夕做侍役、捧茶遞水罷了。那些事情，你道可恨不可恨哩！」

　　紫綃道：「果然可恨了！但所以至此之故，你也曉得麼？」小春道：「這便不用多疑。外人野心，前來擄掠我，便是外人無理了！」紫綃聽了，忙道：「不然不然！你也錯疑了！那外人雖然野心，但沒有機會，斷不肯來。這必有佞面引他的，是叫做為虎作倀的，你道可恨不可恨呢？」小春道：「可恨極了！但不知竟是誰人？若一旦遇著他時，我一定要與他拚命的！」

　　紫綃笑道：「你今日如此說，但恐見了他時，你不但不敢作惡，還要叩首不迭的哩！」小春道：「奇了！他引了外人到來，把我們大眾殘辱，便是我的仇人。豈有仇人相見，還要跪他的？」紫綃道：「你有所不知，只因這個仇人，那勢力是極大的，那地位是甚尊的，那威名是了不得的。所以人人見著了，不但是個女子，就是許多男子漢，一見了也當匍伏不起，何況是你？」小春道：「既然如此，也當快些給我說知，不可隱諱，俾得知道是甚麼人。」

　　紫綃道：「給汝說知也易，然而不要著急纔好。汝道為外人作虎倀的是誰？原來就是韃政府！只因我們堂堂中國，今日雖然歸著的勢下，但平日是漢人

所有，不是他本來之物的。凡物來得容易，自不懂隨意饋贈他人。姐姐，而今我們中國，還有青海、臺灣、膠州、威海衛等處，都全讓給外人了！而其官誰一非轃政府甘心獻納、以博外人歡心的。朝割一域、夕割一邑，我們中國便災禍千百餘年了。所以我們今日人手第一著，便以破壞轃政府為唯一方法。轃政府除了，絕了外人虎倀，外人雖不免有些惱怒，但是我不是顯然干犯他，他斷不敢無理取鬧。如此，便可能言恢復了完全的自由國，可以救回我們四萬萬同胞，不然，也無法了。」

小春道：「轃政府的罪狀我也曉得了。可是當日為甚麼能佔據起我中國來？是他自己來的哩？抑或我們漢人招他來的哩？」紫綃道：「這個說來也話長，大抵都是虎倀之輩的作用。就今日而論，轃政府固然作了外人的虎倀了。誰知我們漢人，當時也有許多作了轃政府的虎倀。那作轃人虎倀的，事成之後，雖然也受了轃人許多的爵祿，祇是山河自此斷送、同胞自此受虐了。姐姐是識字的人，自然曉得看書的。《明季稗史》裡頭所載《揚州十日記》、《嘉定屠城記》等等，也嘗寓目麼？一旦披覽，自然曉得那些事情，我所說話是沒有一點虛浮的。」

小春道：「可是麼！世間竟猶有這等書可以借我們研究，但是我平日未嘗閱過。不瞞二位說，我平日雖然識得幾個字，但所閱看的，不過是幾部小說曲本，甚麼《天雨花》、《陰陽扇》、《梅開二度》等類，初時以為快樂極了。由今觀之，不特看這等書，不覺得可樂，還是覺得可惜！為甚麼呢？使我果有閑暇時日，拿一簿有用的書看看，大則可以研究中國亡國的情形，小則也可以知道社會現在的情狀，豈有不好的？今卻迷頭迷腦，全副精神貫注於淫曲小說之中。回頭一想，我也實在見得抱怳。」紫綃道：「既然如此，恰好行李中卻有《明季稗史》一套，我便揀了出來，送給姐姐看了，腦中自然感激萬分，越發曉得轃政府那些暴虐了哩！」

三人正說的高興時，忽有丫頭前來向小春說道：「晚飯預備著了，幾時纔用呢？」小春道：「是晚飯時候了麼？」丫頭道：「是了。現在時辰已是五點六個半字了。姨太想是談的暢快，忘了時刻的。」小春道：「既然如此，快些

開飯罷。二位忽忙了一日，肚子是餓的，剛纔也沒有甚麼吃，我心中覺得有點過不去。而今且到外頭坐罷。」說著，便起身引了紫綃二人，來到臥房之外一間精緻的小廳來。

維時一切肴饌都已陳列著了，程小春請紫綃二人入座，二人也坐著了。舉眼一看，案上所有的，無非是磁杯象箸、美酒大肉擺列一切。紫綃二人平日也不大喜歡肥膿之物的，只略略吃了一點，便走開了。

飯後，彼此偕手遊行，小春因對二人，指著一間小室道：「二位姑娘，今晚暫屈此處。一切事情，我已著人備辦停當了。」紫綃聽得，便隨步走了入去，但見內面椅桌十分精潔，自己那些行李也已經搬在這裡。天色已黑，底下的人便掌上了燈來。

紫綃因猛憶剛纔有贈一套《明季稗史》與小春閱看之說，便忙向行李中取了出來，交給程小春，說道：「剛才許口給你的書，就是這個了。這書內容，都是詳列著我們亡國時的事實的，其中最淒慘、最可痛的，尤在《揚州十日記》、《嘉定屠城記》二冊，姐姐閱完了，自然曉得當日那些慘狀，愛國主義便容易勃了起來，請收著罷。」

小春聽了，喜得一面想笑，連忙上前捧著這書，看了又看。紫綃道：「姐姐勿心急，在這裡是看不出意味來的。姐姐如欲一觀書裡究竟，不如先回臥房裡。我們奔走了一日，也當早歇了。」小春聽罷，也不客氣，說道：「既然如此，二位姑娘請便，明早再見了。」說著，又囑咐了底下的人要好好服侍，遂持了書，回臥房去了。

崔錦英說道：「我們今日，實是偶然。正要運動徐九，無意中便遇著了徐九的妾。覺得奇了，這位程姨娘，他平日是不曾受過教育，素鮮智識的，今日聽了我們一夕話，也自熱血勃發起來。據此看來，我們中國那些婦人不是全沒用處的，只恨不能因才利用。如果激勸有法，那作事的深沉，恐怕比男子還好的哩！」二人談了一會，都覺得有點倦容，那時鴉頭已經將臥榻整齊了，樂得安頭分寢。

不提，且說程小春當日拿了一套《明季稗史》走回臥房來，燈下披閱了

一會，自想道：「這書現在那麼多，若逐本看去，一定太費時日的。不若且擇其中最關緊要的閱閱，其餘待有得閑的時候，再看也不遲。但是書中緊要的，究以何者為最哩？」想了一回道：「好了，剛纔二位姑娘對我說《揚州十日》、《嘉定屠城》這兩冊書是最悽慘的，我今且先看了此二種，其餘且待後日罷。」心中想著，便一面把書來翻。翻了一回，已經將《揚州十日記》找著了，那時心中十分得意，一路上從頭看了下來，其中有云：

> 諸婦女長索繫頸，纍纍如貫珠，一步一跌，遍身泥土。滿地皆嬰兒，或襯馬蹄、或藉人足，肝腦塗地，泣聲盈野。行過一溝一地，堆尸貯積，手足相枕，血入水碧赭，化為五色，塘為之平。

小春讀至此，不覺歎道：「殺戮之慘，固如是也，然而婦孺遭此尤苦，嗚呼！世人皆以生子為能，而不知生當亂世，有子愈覺多累，亦為此時增益慘劇之資料耳！韃人之威酷殘！」自言自語的一回，復又看去，其中又云：

> 乃委迤達前戶，出街復至一宅，為西商喬承望之室，即三卒巢穴也。入門，已有一卒拘數美婦，揀拾箱筐，綵緞如山。見三卒至，大笑，即趨予輩數十人至後廳，留諸婦至旁室。中列二方几、三衣匠、一中年婦人製衣。婦本郡人，濃抹麗妝，鮮衣華飾，指揮言笑，欣然有得色。每遇好物，即向卒乞取，曲盡媚態，不以為恥。卒嘗謂人曰：「我輩征高麗，擄婦女數萬人，中無一失節者。何堂堂中國，無恥至此？」嗚呼！此中國之所以亂也！三卒將婦女解盡濕衣，自表至裡，自頂至踵，并令製衣婦人相修短、量寬容，易以新衣。而諸婦女因威逼不已，遂至裸體不能掩蓋，羞澀欲死。換衣畢，乃擁諸婦女飲酒食肉，無所不為。

小春讀至此，不禁蹙起雙蛾眉，恨恨的說道：「韃人舉動，可謂目無天日了！

婦女被淫之慘，可謂蔑以加矣！雖然替韃人製衣之婦人，又何心也？諸般慘象，自己盡見，而猶樂為效力，真無血性、無血汗！苟欲此人，吾當嚙其肉，至死而後已！」小春一面罵，復一面看，不一會，把《揚州十日記》看完了，復又把《嘉定屠城記》揀了過來，其中最慘酷的云：

韃兵乘勝而前，走者不知所為，相蹈藉而死，抉眼流腸，不計其數。前阻大河，欲退無路，殘兵競投戈赴水。時正酷暑，數暴雨，河水驟漲，尸骸亂下，一望無際。成棟大陳兵仗，跟鄉兵所架高臺，麾兵入鎮肆行屠戮，共殺一千七十三人，擄去婦女無算。選美婦、室女數十人，置宣氏宅，慮有逃逸，悉去衣裙，淫蠱毒虐不可名狀。城之被破，在東關之偏第一鋪，成棟尚在東關外小武當廟中。辰刻，乃開門入，下令屠城。約聞一砲，兵丁遂得肆其殺戮。家至戶到，小街僻巷，無不窮搜。亂葦叢棘，必用槍亂攪，知無人然後已。兵丁每遇一人，輒呼蠻子獻寶。其人悉取腰纏奉之，意滿方釋。遇他兵，脅取如前。所獻不多，輒砍三刀，至物盡而殺。故僵尸滿路，皆傷痕遍體，此屢砍使然，非一人所致也。予鄰人偶匿叢筱中得免，親見殺人情狀。初砍一刀，大呼都爺饒命；至第二刀，其聲漸微，已後雖亂砍，寂然不動。刀聲割然遍于遠近，乞命之聲嘈雜如市。所殺不可數記，其懸梁者、投井者、斷肢者、血面者、被砍未死手足猶動者，骨肉狼藉，彌望皆是。投河死者，亦不下數千人。三日後，自西關至葛隆鎮，腐胔滿河，舟行無下篙處，白膏浮於水面，岔起數分。婦女寢陋者，一見輒殺。大家閨秀及民間婦女有美色者，皆白晝於街坊當眾姦淫，恬不知愧。有不從者，用長釘釘其兩手于板，仍逼淫之。

小春看到此處，實已憤氣填胸，忍無可忍。猛然抬頭，見壁上掛著一幅韃親王圖像，更憤憤的指著道：「你祖父殺了我無數漢人，今日站在這裡，是想甚

麼！」說著，便伸手把這幅圖畫扯了下來，棄在地上，舉起足，只管亂踏。踏了一會，復又用手拾了起來，撕開幾十片，此時心中纔覺略略出一點氣。正在得意無言之際，忽然聽得房門一響，一個人走了入來，說道：「此刻已敲三鼓了，不睡覺要做甚麼？」

小春斯時聽得那種聲音，知道是他的丈夫徐九無疑了。連忙說道：「汝別管我，我是要看書的哩。」徐九道：「汝又來了！女子讀書究竟有了甚麼用處？又不能做文章去論說、中一名舉人進士回來的。至於現在更不必言。讀書識字的，倒不若不讀書不識字之為愈哩。」

小春道：「汝道甚麼原故呢？」徐九道：「說來也很容易，只因前日在蘇州巡撫拿著了一個女革命黨，那女子是很通文墨的，問他怎麼曉得這個，想必有人引誘了。那女子道：『不然不然！你們那些罪狀，何時不載於書報上？我有時見了，心中怎不憤恨！因憤恨之故，遂不能不生出革命思想來！』那時承審的人，見他說得有理，遂把此事宣諸韃政府。韃政府道：『然則我們天天提倡女學，實是藉寇兵而資盜糧的了，不特無益，又加害焉。然則今日何必復提倡此舉呢？竟禁了他罷！』此言一出，大為韃王所書。於是女子讀書，今日復禁了。當時也有提倡連漢族男子亦不進塾讀書，凡識字的，是當國之韃人，部分之中有人說道：『他們漢族男子，便是我們的奴隸，要為我做事的。若他識了字，到底得不出甚麼事來。不若提倡他們讀書罷，只因他們漢人的書是漢字，能不加禁絕？如果有了革命謀反的書籍流入，閱者間加懲害，賣者更不能逃出牢籠的。』這不是韃政府平日最深沉的謀略，你們女子讀書識字，不但無益，而又被政府所拘麼？」

小春聽了，正覺著興起了一把無明火，便悻悻然說道：「照此看來，韃政府對我們不特不及奴隸，□□□為何？其實革命亦不過最當然、最平常的事。前兒某國侵占了東三省地方，韃政府為此事，也想與他決裂哩。□□□□□□□□□□□□□□□□□□□□□□□□

□□□□□□□□□□□□□□□□。」

徐九聽了，不覺駭然，說道：「據你此說，心中是不滿意韃政府的。你這些思想，又是何自而來？斷不是自己可以想得出的。難道也有革命黨人來煽動麼？」一面說，一面望一望壁上，不覺駭然道：「怎麼好好的一張親王照像，如今放到那裡去了？」小春道：「怎麼叫做親王照像？我沒有看見。」徐九道：「豈有此理！閨房內地，除著你我，更有誰人可到？一切姊妹，更不敢如此大膽的！」

小春笑道：「一張照片，也值得如此大驚小怪。真個失了，明日拿幾個錢出去，再買一張就是了。」徐九道：「不是如此說。我老實對汝說，這一張照片，乃是當日在南洋時，這位親王抵埠，盤旋數日，沒有甚麼可作紀念，可以纏給我的。我自得了這個，真是有如拱璧，不肯輕易示人，就是大堂也不肯張掛，恐防人多混雜，容易失了，所以特懸於此。誰知事機不密，一旦失了大大的紀念，設一旦王爺再到，問起我這張照片，沒有回答，且不能拿了出來，豈不令王爺見怪？說我不知珍重，有褻天潢，我的罪名，便不可逭。彼一旦發了雷霆之怒，我便萬死一生了。」

小春道：「你休當真。王爺給你照片，你只道他與你交厚了麼？其實不然。你是粗莽的人，豈能入得王爺的眼？不過這一次汝肯拿出幾千塊銀子給王爺使用，王爺便略略心歡，故此勉強與你周旋好幾次，其實心神不屬，厭惡頻生！那一張照片，只當賞給下人，事過了，慢不經心，怎能還復記憶交給與你？至若恐他下次會面時，少不免將此事情題起，唉，這更愚而又愚的呢！你居村廓，彼在帝都，莫說萬無再會之一日，即使見面了，你去認他，他並不屑〔曾〕來認汝。汝若挨近彼身旁招呼時，他還要說你是個行刺的人，不是喝拿，就是喝鎖的哩！汝前而送他幾千銀子的時節，我當時也看見了。本待上前阻止，但汝此時已入了迷魂陣，不特是我，就是汝再生的父母，也恐勸汝不來。其實花了幾千塊銀子，只博得一張相片，飢不能食、寒不能衣的，他這一副尊容，又不是美貌；那些面貌，見了令人作嘔。若想起他韃族對待漢人的罪狀，更是要令人頓生憤恨的哩！」

徐九道：「不必說了！我問的這張照片存在何處，汝卻發出這一段逆耳之談來！我們有王爺不去巴結，是要巴結市上一班乞兒不成？而且不與他們接洽一點，我的紅頂是從何而來？前兒汝還對我說要一副鳳冠霞帔哩，若不有王爺的那裡人保舉，不特是鳳冠霞帔，恐怕連粗衣布褲也沒有！且想想罷！」

小春道：「我想了一會了。問汝要這個時，我不過是見識卑陋的。而今我卻進化許多了，不特我現在不希罕這個，不必問汝要，就是汝喜歡給了我，我也不屑受了異族的封典，比不得汝天天說韃政府的深仁厚澤！人家曾拿刀殺了汝的祖父，汝還天天與人拉相好，真是全無心肝的呢！」

徐九聽了，勃然變色道：「噯啊！你竟罵起我來了！」小春道：「罵你何足為奇？你是有奴隸性質的人，受同族的罵尚還未足，還要受異族的罵哩！不瞞你說，這一張相片是我撕爛的了，現在地上。你如不信，立刻拾交你看也可以。」

徐九聽得此言，心中十分惱怒，罵道：「你這小賤人！出此狂言，上犯朝廷，下犯家長！不警責了你一頓，實在目無法紀！」說罷，便趕上了兩步，揚手打來。

看官，須知道程小春為人，平日是最蒙徐九眷愛的，莫說是打，就是罵也不曾試過一次。此次反了臉，小春究竟惶恐否哩？誰知小春是個有志有氣的俠女，剛纔一聽了紫綃二人的一番說話，又是看了一會《揚州十日記》等書，觸動了生平未嘗澎脹的第一回熱血。他的心中自忖道：「現在我們漢族國家已不可為，終當再受屠城之慘，與其他日為人所辱，莫若趁早地下優遊。」故見徐九把他打了，他一發要想趁此時機，鬧一個天翻地覆，洩了心中不平之氣。

那時放開了腳步，奔到徐九跟前，與徐九撞個滿懷，大聲說道：「我不能贊成！那些奴隸舉動，我是不中用的了！這一種人，要他在世上，也無謂的，不如索性打一個盡死！況且你又是個一品大員，殺了人，自不必填命的！且先殺了我罷！」一面說，不禁哭起出來。

徐九見他來得兇猛，心中倒沒了主意。況且平日，又是愛情深厚的，見

他哭的淚人一般，心中更有些不忍，連忙收了手，不敢打了。回嗔作笑的說道：「好個孩子氣！我剛纔說了幾句頑話，你便當真了？然而何苦哩！」一面說，便鬆了手，讓小春坐下。

誰知小春此時一發兌了，撇了徐九，竟走到廚裡，拿起菜刀，竟要自刎起來。說道：「國早亡了，不久又當亡第二次！留著此身終當受人汙辱，倒不若毅然自殺，或者免了敵人的強暴行為。」一面說，又指著徐九罵道：「看你那種舉動，將來也是吳三桂、李成棟的那一般人！雖然沒有他的才具，但心腸是同一很毒的！」

徐九聽了，並不知吳三桂、李成棟等是甚麼，然而見得小春要覓生覓死，不禁慌了。那時雖有多人來勸，也勸小春不轉，眾人也急了，便對徐九說道：「老爺得罪了他，還要老爺向他問解為是，不然也無濟了。」徐九想了一想，便走到小春的跟前，說道：「好姑娘，今日是我的不是的。今後萬不敢如此，還請息怒，恕我這一次罷？」說著，速速的作了幾個揖，差不多要跪了下去。當時屋裡下人都不禁匿笑。

小春道：「恕汝這一次也容易，只汝嗣後都要遵我三件事，不知你可能不能？」徐九答道：「姑娘息怒了，不特三件事，就是三千件也使得的！」正是：

　　未必三軍能奪志，居然一笑可傾城。

欲知小春說出三件事是甚麼，下回分解。

第十二回、公報私仇妻妾鬥狠　同戕異媚郎舅參謀

且說徐九當日見小春帶怒含嗔，心中有些不忍，便問他這三件事是甚麼。小春道：「這三件事情呢，無一不是你平日耳中厭聞的事，若在平日，我自然不敢說了出來。只是如今你要問我，我也不得不盡情吐露。而今第一件便要保守錢財，那『保守』二字，不是一毫不拔，作一個守財虜之謂。但是內中

也有一個層次，譬如所用的都是為公益一層，不特社會中人受了無數的資益，就是自己也獲得名譽不少。設若不分美惡，人家幹了不正的事，殷勤求汝助款，汝也慷慨解囊，不特名譽掃地，就是社會上也受害不少。怎麼叫做不正的事呢？譬若人家要去行劫，沒有資財去購軍器，你便解囊相助，便不行了。譬如人家要去殺人，你便給他錢財去購炸彈，益發不成事了。

你平日呢，原沒這等不正的事，祇是一味好巴結官場，今日是甚麼韃族親貴到境，你便幾千幾萬來去報效，把錢銀好比坭土一般；明日有了甚麼欽差大臣來埠運動，你稍蒙他褒獎幾句，便不惜傾囊相與。唉，須然錢銀是倘來之物，花費了，原沒相干的。只是給了這一種不三不四的人，不特不見其益，反見其害。為甚麼呢？他們一班人都是我們漢族公敵，我們仇視他，他們也仇視我，不過外頭故作殷勤，以泯成見罷了。助他款項，他盡入私囊，也不必言了。設若他藉此資財，今日設兵艦，明日興閥軍，名雖對附〔付〕外人，其實則無外防備漢族，遇事則籍端慘殺，這等舉動，實已多見。雖然我們不助他款，他也可以舉行的。然而若一供應，不且藉寇兵以資盜銀，天下之惡，莫此為甚！殊不知我有資財，關於平常應付的事正多，何必巴結這般仇敵呢？此事是第一要做的事。

第二件呢，我今日是要發憤盡一盡國民的責任，但是盡責任必要有些學問資歷，而今或是在外讀書，或是別處遊歷，汝既有錢，自當一應給我經費。設或不然，我便與你離異，今後無論任何舉動，你便管不得我。第三件呢，四方同志是很多的，一來一往，汝也不必干預，稍有違忤，我是不依的。這便是三個問題，不知汝意見如何？快些告我，俾得定奪；若然延緩，便不行了。」

當時徐九聽了，不覺愕然，從不是，不從又不是。若是從呢，彼小春所要求三件事，那些意思，都是與己平日相違的。因著一個女子，卻把平日宗旨忽改變，心中實是不甘；然而若是不從，又見得小春一言一動、一喜一嗔，都令人意消。況且平日是恩愛無窮，事事都恐稍怫其意，一旦反對，觸怒佳人還小，更何以堪此萬種情緒沕上心來？看官須知徐九到了這個地位，實是

難為他的了，在這裡癡呆了一會，好似木偶一般。

誰知徐九越沒說話，小春所要求那三件事越發緊急，且大聲說道：「現在汝的意思是怎樣？區區小事，尚決斷不來，枉汝平日想富想貴，要去做韃人臣子。由今觀之，汝的本事，是有限的了。然而凡事都不離從違兩字，而今汝是認可我的哩？還是反對我的哩？快快說了出來，免至我在此進退不決。難道汝今日便變了一個啞子，一句聲也不說不出來了？」

小春在這裡大喊大叫，不禁驚動了一班家裡的人，都前來相勸。只小春兀自不肯饒讓。正在沒開交的時候，忽然有幾個使喚的人喊道：「不好了！奶奶來了！」小春之意更勁，便說道：「奶奶來了正好，趁今日與他說這個問題，免至人家說我小老婆是小看大老婆，大老婆是見不得面兒的！」

看官，汝道小春這句說話，是從何而發呢？原來徐九的老婆是姓鄭的，他娘家也是有錢的人，只因年老色衰，徐九便有些嫌棄了。然而這位大奶奶也不肯退讓，每日裡好與眾姬妾為難，吹毛求疵。閑話休了，當時聽得程小春要求徐九三件事，心中早有些不妥了，然猶以徐九平日輕視之故，不敢突然出來勸架。後來見著鬧的慌，於是便攜著一個僕婦，輕踩著五六吋長的金蓮走了前來。一面看，一面說道：「天上斷不來的大事，而今又發作了！然而一般人家的小事情，為甚麼不如其所求，難道往日那些恩愛，今日便要水流花散麼？」說著便呵呵的冷笑了幾聲。

小春聽了，不禁生了氣，便答道：「奶奶！你教訓是教訓，申飭是申飭，分不當作此嘻笑之語！如果你嫌老爺不嚕決斷，或者你代他應付也可以的！從是從，不從是不從，我是不甚著意的，只得了主人一個主意，我心中自然有個辦法，將來也可照著行事。」

鄭氏冷笑道：「你呢，我平日是已經窺透的了，但萬不料壞的至於此極！你平日雖然是狐狸一般，但還是只知道燕媚主人，此情也略略可恕。誰知今日不比往日，又是變了面目。往日不過做一個妖姬，而今更要做自由女了！你的意思，我是曉得的，一定是嫌主翁衰邁，萬不似外面那些後生晚輩，又風騷、又美貌，勝似雞皮鶴髮的老年人。說在外面求學，那『求學』二字，

我是知道的了，不是讀書、不是寫字，大約是研究怎麼纏夠與青年男子接洽，怎麼才能夠博人家的歡喜！唉，然而你也不過要想了，你今日雖然頗得主翁的歡心，□□。」

　　鄺氏說了一回凶很的話，不覺把小春激得唇白面紅，胸中火光亂舞，半晌還說不出話來。歇了一會，纔說道：「我現做的事事都是些正當的事了，因此我今日也不必與你爭辯，我自交代一事，你也只管設法與我為難的哩！若把今日到來那二位姑娘趕走，我也不肯，且不特他二位要去，并且我也一同去了的！」說著即刻走了出房去找紫綃錦英二人。

　　維時二人正因徐九家裡鬧的十分喧擾，正站在廳前看著哩。見小春到來，便問怎麼了。小春氣憤的□□□□□□「我們走了出去，自有我的辦法。只道始終都要仰二人的鼻息□□□。」紫綃道：「雖然如此，且不叫□□□□□，卻壞了好好家裡的和氣。」小春道：「這算甚麼！我在他家不過有幾個僕俾相從，□是沒生人的□□一問便□□□□□□□□□□□□何不好之有，便收拾收拾，明早出發罷！」

　　小春正說著話時，只聽得□□大喊一聲，說道：「汝走是走了，□□□了老娘一棒，我心上饒得人，卻饒不得汝的！」小春聽得，知□□□到來了。回頭一看，只見他手中持著一枝木棍，氣喘喘的趕了前來，與小春相隔還有一二丈的遠，舉棍便打。小春斯時，見得他這般荒謬，不覺又好惱、又好笑。然而斯時也不退讓，小春平日素知纏足的人是最怕人踏他的小腳的，一觸動了，任是最兇悍的人也要顛跌。因此待他一棍打來時，只一閃，把棍尾閃開，

一撲身，便走到酈氏跟前，二人糾作一團。那時酈氏手中的棍早已拋在地下了，雙手纏著小春的衣服，落口便咬。然而小春是有意傷他要害的，任他撕纏了一會，舉起一隻天足，覷得端端正正，竟把酈氏小足踏了一下。那時出力太重，差不多把酈氏小足踏扁，那些奇痛，便不問而知。

酈氏斯時，只辨得自己招架，竟不及還手了。連忙把小春放開，撲聲跌在地上，哼哼聲的，只顧把雙手揀著被踏那一隻小腳，痛到極處，不禁哭了出來。一頭哭，一頭罵：「死娼婦！騷狐子！」等不住的亂說起來。維時小春也越發惱了，便舉起一隻腳，說道：「汝還謾罵！我真個不肯容情了！汝難道是說我不能將汝兩足都踏跛了麼？」小春此言略有自負之意，但不過是要把酈氏略嚇一嚇，以免他放口謾罵便了。

誰知酈氏此時仍刁悍異常，見小春如此說，便大喊大哭的說道：「一切街坊鄰舍啊！豈有此理，小老婆竟打起主母來了！救命啊！小春這個賤人竟要將我殺死了！」酈氏的聲音平日是有名的又洪又亮，大喊一聲，左鄰右里都已聽見。此時徐九見鬧得不像，連忙跑了進來，一面止住小春，一面安慰酈氏，說道：「你休得如此！人家還沒打你，你便如此大喊大叫，難道那些臉面是不要了？」

酈氏道：「是不要了！連汝也不是好人，竟要縱妾行兇起來！他踏了我一腳，你沒看見麼？為甚麼不去罵他幾句，竟要教訓起我來？」徐九道：「不是如此說，我是就事論事的。他踏你一腳，自然是他的不是；然而你今更大呼小叫，你的不是也有了！難道我也是不可以教訓你的？」

徐九一面說，一面走近了酈氏的身傍，意欲將他扶起。誰知酈氏正因與小春決鬥不勝，心中憤恨，竟要遷怒在徐九身上。見他來的近了，連忙在地上拾起了剛纔所拋棍子，出其不意，攻其無備，舉起手，猛力一擊，那棍子便向徐九的額上落了下來。

酈氏剛纔被小春踏了一腳，固然是痛的。但徐九當時額上的辛苦，更恐比之酈氏足上有過之無不及，更兼一汪濃血，一滴一滴流了下來。徐九斯時也不由得大聲一哭，說道：「反了！竟毆起家長來了！」一面哭，一面用手將

傷處按住，誰知血流太多，連徐九的衣袖都已紅濕。那時眾家人慌了，有取八寶還魂止痛散來給徐九止痛的，有取梁財信跌打藥散給徐九敷好的。鄭氏到了此時也有些驚慌，連忙扒起了身，說道：「我平日不敢如此！這都是小春賤人之過！他既敢公然打我，我也顧不得許多，竟要打你了！」

徐九一面哼哼聲呻吟，一面說道：「你兩個不要爭鬥。不過因著我，你兩個纔楚漢分爭、各逞英雄的。等一會我死了，你兩個便輔車相依，和睦不暇；縱有意見，也不肯決裂出來。既然如此，我何苦呢？索性明日剃髮出家，免使汝兩個借端爭鬧罷！」說著，正要退出出去。眾人忙勸道：「老爺受傷了，行動不便，不若暫在這裡歇息，只叫二奶奶伏侍就夠了。」

鄭氏剛才因著徐九受傷，本已沒有說話，今見眾人請徐九不要回去，在這裡叫小春伏侍，不禁又是醋海生波，大聲喊叫起來，說道：「你們何為這般舉薦！別人我不管，只這小蹄子有我老娘在世一日，斷不肯令他在主翁跟前親近一刻的！他有本事，便立刻殺了我，我挺了脖子，自然不能管他了！設若不然，我有生一日，便要拘管他一日，看他有甚麼本領能夠與我作對！再者剛纔把我腳上踏了幾下，又腫又痛，現在走動不得呢！他只道沒有事的，然而我卻要向衙門裡告訴，問問那些官兒，世上如有侍妾毆打大婦的前文沒有！」因又指著徐九說道：「這一位老昏君，勸他別為我助力了！然而他不為我助力，我豈無人？我的大哥哥是江南的候補道，二哥哥便是候選通判，其餘遠親近戚，在官衙出入的正多哩！前兒我的父親拜壽，首府首縣都來道喜，我也曾與那些官太太周旋，一旦前去託他做事，斷沒有不盡力的！索性把你這賤人嚴辦一辦，自然也曉得我的利害了！」說話完了，早有兩個僕婦前來請鄭氏安歇，鄭氏也不客氣，勉強站起了身，一步三跌，扶著僕婦到別房去了。

且說徐宅裡當時鬧了一塲活劇，遠近的人都已知道，甚至鄭氏的娘家也曉得了。鄭氏的哥哥，一名鄭有仁、一名鄭有眾，都是穿插官塲藉勢賺錢，無所不為的。一聞得妹子被妾毆打，不禁大怒，連夜走來，與徐九開談判。

徐九說道：「侍妾毆打主母固然是罪，只是我也被人毆傷了頭顱，還祈二

位外兄調處。」那二酈聽了連忙問道：「妹丈被毆的更是誰人？如此大膽，也是國法難容的！」徐九道：「容與不容，二位外兄是官場中人，自有明見。但此事還請向汝的妹子問一問罷！」

二酈聽了，知道徐九是被辮頭人打傷的，正是不好插嘴，又見他用手帕包著了頭，好像麼囉鬼一般，不覺又是好笑。連忙說道：「家內的事，理宜和平調處。若是鬧開，自己也失了面子，被人恥笑。為今之計，舍妹一時失手，是應恕過的了。就是這位如夫人一時行兇，也當念其年少無知，暫且寬恕。但是以我所聞，如夫人平日溫柔和順，斷沒敢做此毆人的事的，一定有歹人從中煽惑。愚兄弟著人打聽，知道府上新來了兩個外省的婦人，那婦人宗旨荒謬、舉動乖張，實是一言難述。前兒在某鄉某縣，也曾鬧出了重大的案件。曾聞人說那兩個婦人，都是饒有妖術的，可以福人、可以禍人。而今一到了府上，已經累的鬩門打架了，再過幾日，不知更鬧的若何！若不從速設法，那禍患真是不堪設想！望你不要徇情，立刻報知官吏將他拿獲，不但可以了卻自己那些禍根，更且絕了大局那些禍患。以我愚見，這兩人恐怕是個革命黨，隨處煽人入會的。你如不信，且細細察他那些言論舉動，一定是有了憑據，可知我的言語是不謬的！」

徐九斯時聽了二人一番說話，心中不覺慌張起來。想了一回，道：「是了是了！那二人我雖不曾與他直接談論，但聞他與小妾傾談，無一句不是排斥現在政府，無一語不是希圖漢族獨立，甚且說我平日捐功名、及報效一切國家經費為無益。小妾一旦為他所惑，也曾在我跟前說了幾次。我當時想了一想，他小小年紀，思想是有限的，又不曾出過門見過甚麼事，為甚麼偏能說這些言論來，一定為人蠱惑無疑了。及今細細一思，原來就是這兩個人邪說煽人之故。那兩人的罪狀，今日煽亂我的家政還小，明日更推而及於國政，這便如何？他曾寄寓舍下，設他日供了出來，說我是窩主，官府知道，有些不便。望二位外兄替我設一良法，辦辦此事為好。」

二酈說道：「這個何難之有？今日之事，硬指他兩人是個革命黨，立刻往衙門裡報知，官府知道了，斷不敢作為閒事的。趁他沒有預備，官兵一到，

或可掩擒。設二人果屬真時，官府可以邀功，我們也一定蒙獎；設若有點不實，我們同是官場中人，斷沒誣告反坐的道理。妹丈如欲奈何他時，索性向衙門裡那些差役使幾個小錢，莫說是他兩條性命，就是十條八條，也可以立刻斷送的。這都是憑你自己的主意了。」

徐九道：「既然如此，自然以乘他不備、立刻掩捕為佳了！但是此舉必先通知了官場，你二位平日與府尊是相熟的，而今就請一行，未悉能否允諾？」

二鄭道：「妹丈交託，豈有不肯代勞的道理？我們便即起行，大約一到明早，便有兵官前來拿捉。你是主使的人，務要趁早將一切器物移往別處，免至官兵一到，有點缺失。他們平日最以搶掠為事，一入了屋，不分貴賤，都是擄掠一空。其餘一切婦孺老幼，都要及早逃匿，免至事到時受了恐嚇。而今你且緊緊記著，我們去了。」說罷，興辭而行。卻□□□□□□□□□□□□□□□【徐九想：】「一起□□，斷沒記在心上的，況且剛纔要求那三件事，都是受人唆擺，因此越發怨恕不遑。當時沉思了一會，而今已經半夜，一到明早，便有官兵來了。剛纔二位外兄與我說，一切婦孺都要躲避，恐防到時慌驚。但是別一婦人是不要緊，心中所愛，只有小春了，必要預早通知為好。」想罷，便叫小鴉頭去找小春。

維時小春正陪著紫綃錦英二人，不知說些甚麼哩。一見小鴉頭忽忽到來，知道有了事情，連忙走到徐九那裡。徐九見了，面上早堆了笑容，說道：「還沒睡麼？而今我有一件緊要的事情告訴你，你今要前去與二人作伴，他二人的禍事到了。」

小春聽了，不覺愕然，說道：「甚麼禍事？難道是天打雷劈不成！」徐九道：「我也不大知道，但是天打雷劈，不過是虛渺的事，二人的禍事，不是這個。大約是官災刑煞，不久即至罷了。」小春道：「這也奇了！你剛纔說不大知道，而今又說有了官災，究竟孰是孰假呢？不先說明，我也不信你的話的！」

徐九見他問得緊急，便說道：「不瞞你說，剛纔二位外兄來坐，打探得這二位外省的婦人是個革命黨。若不捉拿，不特害了一家，並且害及一國！我見他說得如此利害，迫得求他設法，他道：『而今也沒有好法，只有報知官府，

將他捉獲，或者可以絕了後患。不然，便不行了。』當時我見他如此說，只得由他報知府尊，一到明早，官兵是要來了。你若與他作伴，那時玉石不分，豈有益的？所以我叫你不要前去，略略躲藏纔好。」

小春聽到這裡，口中不言，心中想道：「官場藉端誣陷，我平日也曾熟聞了，卻不料今日出現在這裡。這叫我如何呢？」心中想了一回，早得了主意，因對徐九說道：「他二人橫豎不是我的知己，你如要甚麼辦法，便是甚麼，我也不便多管。只是我還有許多物件放在那裡，趁早前去拿了回來，勝似官兵到來被掠一空的。」說罷，便仍舊走到二人所住的廳裡。

且說紫綃同著錦英二人，見小春被徐九叫了出來，不知是個甚麼意思，正擬細細探聽，忽見得庭前腳步響，小春緊走了回來了。一見了二人，便說道：「二位姐姐不好了，禍事到了！」說出這言，不覺把二人嚇了一跳，正是：

　　白日當前聞霹靂，失箸何嘗是懦人。

欲知後事如何，下回再述。

第十三回、捕黨人官兵遭晦氣　毆獄卒女士逞威風

且說顏紫綃同著崔錦英當日正在互相議論，忽見小春忽忽跑了到來，說道：「不好了！禍事到了！」二人聽得，不禁大驚失色，便問道：「如何事情值得這般忽錯？」

小春見問，遂將鄺氏兄弟串謀一節向二人說知。二人聽了，相顧錯愕。崔錦英對顏紫綃說道：「姐姐，而今黨獄將成，無可如何了。我們索性一走罷！」紫綃道：「走雖好，只我平日專好研究世上那些怪現象，不論甚麼兇險，我也甚願身歷其境、一一嘗試。野蠻監獄雖然不好頑的，只是已經投陷者不知凡幾，我也不過後來的一人。況且我們平日都以救拯同胞為急務，不臨其地，閱歷無從。古人所謂『不入虎穴，焉得虎子』，此意大約近是。而今我且立定

了心，官吏前來，只管由他舉動，若然拿捉，我也只管由他拿捉。橫豎我們一入了監裡，定然有許多驚人的事做了出來，獄中同胞受益不小的。」

錦英道：「雖然如此，只是姐姐身上那些鑽石，是所值不貲的。萬一被差役野蠻擄掠，將來辦事無資，也是可慮。」紫綃道：「這個更不要慌。身上藏好了，他們萬不能入手；若要取去，除非先取了我的性命。然而我的性命要去，他們也要斷送了無數的人，然後纔博得我一個顏紫綃。到了此時，他們自然見勢不敢。」錦英道：「既然如此，小妹也不行，且隨著姐姐見機行事罷！」

小春當時見二人不肯行，也說道：「二位姑娘不走，我也決不退避的！難道二位姑娘可以捨身救人，我是不可了麼？」紫綃道：「不是如此說。我們閱歷已熟，武藝也有，差役兇惡也不能奈我何，故此監獄之中，也可嘗試。若姐姐未嘗有此，萬不可為。且姐姐只道我們一入監獄，便是從井救人，與他同死麼？其實不然，我們實在想進去看其中慘狀，或是搭救了幾個人出來，寒寒官吏的心、壯壯國民的膽，不久是要仍舊出來的。若姐姐跟著進去，我們不免多一照顧。多一牽累是萬萬不行，望姐姐回了心罷。」小春見紫綃說得有理，只得從命。

維時談了大半夜，各人肚子都有點餓了，小春便叫人拿了好些點心出來，三人飽吃。吃了一會，天將發曉，外面略略覺得有些甚麼么喝聲，紫綃二人，便知道官兵來了，連忙催小春退避。小春不肯，紫綃著急道：「你不去便可見得你是愚蠢之輩、不堪造就的！嗣後我也不復與你辦事了！」小春見得如此，只說一聲「珍重」，於是急急退了入去。

維時紫綃二人身內都暗暗預備了軍器，只外面故作鎮靜。一會有人前來敲門，錦英答應，出來開了門。看官，你道前來敲□□□□□人呢？只見五六個的□□□□□著明晃晃的手槍，大聲說道：「你們那個是外省到來的女革命黨？□□□□出來，以免老爺動手！」□□□□□嗤嗤的笑了兩聲，說道：「汝要找外省到來那兩個婦人麼？」因用手指著自己道：「即此便是！」說著，又用手指一指紫綃。那一班人聽了，不禁愕然，便細細的把眼來看。那時門外的兵來的也多了，中有一個人喝道：「夥計！只顧呆呆的做甚麼！即此就

是，快拿了去見大人，我們也有好受賞！」眾人聽了，真個撲了前來。

紫綃忙喝道：「且勿動手！你們今日到來，無非是想我們二人前去，見見你的官長罷了！但是要我前去，卻有兩個辦法，一個是禮義相請，一個是以勇力相劫。怎麼叫做禮義相請呢？你們雖然忝為兵弁，但都是一群無賴，又都是做了異種的奴隸，分不足與吾行平等的禮。你們是叩慣頭、屈慣膝的，而今且請照此辦法，齊齊跪在我們跟前，我們爽快，自然樂得前去的。若夫勇力相劫一層呢，是比前節較為棘手了。你們是男，我們是女；汝們是人多，我們不過是兩個人，在表面看來，是我們不足與抗，一定被汝捉雞捉鴨一般提了去的。而其實不然，我們所有的武藝，是確有把握的，任汝攜了什麼軍器，都不能傷。我一交了手，恐怕汝們眾人，反至被我們殺傷了大半。既然如此，倒不著從第一問題，向吾屈膝罷！」

紫綃還未說完，眾人見他說的太過不入耳，便大吼一聲，五六個人先躍過了紫綃身旁。誰知紫綃使了生平幾路的獨步武藝，手一起、腳一舉，登時打倒了三四個人。未跌的未知利害，還尚猛進，有拔出手槍的、有舉起刀劍的，那時紫綃也不徒手，拔出一對短刀來，雪花的舞了一會，早覺鮮血如雨，大抵斷頭折臂的，有十數人滾在地上了。

那時眾兵勇雖也有舉起手鎗，向紫綃轟擊的，但一則是慌忙之際，沒有準頭；二則紫綃那種靈捷，萬人中挑不出一個的，不是人避彈子，那些彈子早已避著人，不知飛向何處去了。眾人見闖攻紫綃不入，便又率眾向錦英闖了前來。誰知錦英也是不可犯的，戰了一會，把眾人殺的落花流水。眾人見不是路，同聲走開了。

那時錦英也不追趕，由他逃去。看官，你道那一班差役，走到哪裡去呢？原來齊齊困著了徐九所住的正間來，大聲喊叫徐九出來打話，且說道：「你不出來，我們一定要放火了！」說罷，便有幾個人拿著火器，幾個人拿了朵火，大有燃燒的景象。

家人傳了入去，徐九也慌了，不得不出來，連忙喝道：「汝們休得如此！我剛纔是同著酈老爺叫你們來拿人，本料可以清自己身的。誰知今日你們卻

要放起火來，不特身不能清，反要惹禍上身了！」眾人聽了，也不回探。

內中有一個仕長說道：「徐老爺，你平日是通氣的人，卻不曉得挈領提綱的法。那兩個惡悍的外省婦人，於汝家則為朋友，於我們祇是路人。一舉一動，到底有幾分迎合著主人家的主意，汝不作聲，他自然膽敢與我們為難了。設不然，你殷殷勤勤的向他們告訴，說『汝是犯婦，他是官兵，斷不可逞著兇悍手段，以自取罪戾的』，他一聽得了你們說話，是斷不敢再逞強了。誰知汝卻不然，汝雖報知了官府前來拘拿，我們正恐你是掩耳盜鈴的故智，且明知到他兩人是武藝絕倫的，尋常奈何他不得，故此放心任我鏖戰。而今我們真個戰他不過了，眾兄弟被他殺死殺傷的已經隨地皆是了。汝叫了我們來，卻不替我們盡力，這是汝的罪過，不焚了你的地方一空，也不算事的！」說著，又要放起火來。

徐九聽了他一派說話、一種兇惡的舉動，不禁大驚失色，說道：「大哥！你說我不來助汝，我是個年老氣弱的人，手無搊雞之力，難道是要送死麼？但是而今諸君那些意見，不知是想甚麼？如果有用我時，我也不敢自推託。」

仕長道：「汝肯盡力，我也暫且停止放火。但是我而今有件事情交代與汝，這兩個重犯，汝不論用了什麼法子，都要立刻帶進了衙門來，我們也不來拿捉。設或他走了，便是汝的故縱；他不走仍遷延在這裡，便是汝有意窩藏。罪名都是不小，汝且細細一想為是。」

徐九聽了，一發驚恐起來，連忙走到紫綃錦英二人跟前說道：「姑娘，汝且聽聽，他們拿汝不著，卻要連累我了。我一個人與汝二位沒甚交情，自然是不勞憐惜的，但我的愛妾小春是二位的女朋友呀！樓房燒了，不特我沒有居住，就是小春也沒有倚靠，如何是好？汝二位姑娘且請憐憫著我一家，他們來時，請姑娘不必動手，任他捉去，他將來未必敢難為了姑娘，今日也不致難為了老夫。姑娘你二位是允肯的麼？如若推卻，我也情願死在姑娘的面前了。」說罷，不禁滴下淚來，又連連的跪下了，磕頭不迭。

紫綃二人不覺好笑，說道：「既然如此，我們且暫時到他們衙門一走罷！只是他們只可做個前導，不能動手，至若枷鎖等件，更不待言。若肯如此，

我們便到那裡，見一見這位污官，與他談幾句說話。設或不然，我不特立時跑了，且汝一班人也不能保全自己生命的，儘有幾十個死在我的手下。不信時，就請看看剛纔鏖戰地下死傷的人，便可略知大概。不知汝們寒心沒有？」

徐九聽了，只得告訴那一班兵役。兵役聽了，都不禁面面相看，然而無奈何，只得暫且應允。那時大眾動了身，兵役在前後，紫綃錦英在中間，浩浩蕩蕩，向福州府的衙署走了前來。

維時福州府是姓萬的，名公滌，正在上房裡同著一位姨太太吃鴉片。忽然有人飛奔進來，報道：「好了好了！老爺要陞官了！」萬公滌聽了，不禁愕然說道：「你是瘋了的麼？無頭無腦說出這種話來！」那人道：「老爺你不知道，而今衙中大小差役，已經拿著了兩個著名革命黨來了。而今朝廷最注意便是這些，老爺立了大功，難道是不嚕陞官麼？」

萬公滌聽了，也不禁大喜，連忙吸了幾口大大的鴉片烟，疴了一回硬屎，精神振刷，立刻傳令升堂，眾人便把紫綃二人擁上。誰知萬公滌最是膽小的，一見了，嚇了一跳，連忙走下了公案，退入後衙來。眾人不知何意，連忙急問。萬公滌道：「你們還說麼！辦了若干年事，一點事情也不曉。拿了重犯，手鐐也不上、腳鐐也不靠，竟任他逍遙自在！其實那些革命黨的利害，不言你也不知道的。溯起以前那些歷史，大學士滿忠，是被革命黨轟死的了；浙江總督仇廣人，是被革命黨暗害的了；湖廣總督紀滿恩全家也被革命黨屠滅了；其餘二三品大員以下，因事被革命黨殺的，正不能屈指數！所以官場今日第一件恐慌的事，沒有像這個。一官雖能升、財雖能發，但是因著這一班人，驚心吊膽的正復不少，祇因他們無男無女，都是十分本領、十二分利害。重重綑綁了，猶恐他公堂上暴動起來，即今你們卻枷鎖也不靠上，一任行止自在，難道是不曉得這個拿我這一位三品大員去嘗試了？」

差役聽了連忙說道：「老爺有所不知。這兩位革命黨雖是個女子，但武藝十分超凡，我們眾兄弟被他打死打傷已經二三十人。無奈何，我們正要走了，幸得徐老爺從中調處，懇他兩人不要動手。他兩人說道：『如果叫我不動手也容易，只要不將我綑綁，我自己從容自在，我也姑且到汝們衙門裡一行。設

若不然，我便跑開了。』老爺，所以我們不敢將他枷鎖就是這個。」

萬公滌聽了，不禁斷喝一聲道：「胡說！他雖兇悍，不過是兩個婦人，我們衙門裏饒有勇力的正多呢！一個不足，便十個；十個不足，便一百個，終須有折服他的日子！你們不要慌，我自有我的主意。」說罷，便叫了兩三個有武藝的親兵到來，說道：「不論甚麼，你且設法將此二人綑綁，我好出堂審訊。設這事幹不來時，你們便不必來見我，我自有我的法子。」

親兵聽命，只得目睜口呆了一會，無可奈，只得走出來，大家商議道：「這兩個是女大蟲，眾兄弟被殺傷的已不知凡幾了，若硬與他對敵是不濟事的。莫若設了暗計，陽以招待為名，將他誘到一間密室，設備酒菜，使他無些疑忌，然後酒菜裡頭，暗用了迷藥，他一入喉，自然精神迷憒，斷不能不受我綑綁。如此辦法，或可以建立大功，不然，我們又不是卞莊勇、馮婦，無能與大蟲一般人相對敵呢。」眾人商議已定，分頭而行。

且說紫綃錦英二人，跟著眾差役來到大堂上，本意向萬公滌唾罵一番，出出自己胸中惡氣，怎想纔一見面，又被他逃回後衙去了，心中十分疑訝，說道：「難道他與我平日有點相識，不好意思，故此不來會面麼？如此也算良心發露。」既而想道：「可不是？他既良心發現，自然好好招待，差役都要撤去了，為甚麼反添了人？」

一面想，便對眾差役說道：「你們攏定我在這裡做甚麼？你們大老爺剛纔走了出來，為何又要立刻走了入去了？難道是怕我身上那些炸彈，恐怕死在我手上麼？然而他也蠢謬了，我如要戕害他時，不特是這區區衙署與花廳上房，就是走到了皇帝殿裏，我也要尋著他的！然而我今日卻沒此意。我今日到來，不過略略把他詰問，怎麼壞了心，只管把自己同種頻頻誣殺？怎麼瞎了眼，遇了兇悍野蠻、十冤九譬的鞭子，便要尊他做君主，自己甘為奴隸？怎麼我們外省到來遊歷的婦人，原沒甚麼舉動，他便以我為革命黨，派人前來拿捉了？他如有膽有識，將我這些問題，逐一對答出來，便無碍了。誰知卻又不然，他越發怕我，我越要與他會一會面！」說罷，舉起腳步，正要闖入後衙來。

　　只聽得後頭來了兩三個人，說道：「姑娘，你不必著急，我們大老爺是要出來見你的，只現在尚未得閑。然而姑娘走了一會，筋骨是困倦了，肚子也餓了，而今我們已經掃了一間潔淨房子，姑娘且請前去歇息歇息，再作道理。再者我們已經叫人預備了一桌乾淨的酒菜，好蒙姑娘賞臉了。這裡又停當、又乾淨，伏待的人都是女子，姑娘也肯前去麼？」

　　紫綃二人聽了那幾句說話，不禁大疑，想道：「衙門差役平日最是兇悍無理的，怎麼他今日卻變出一副面目來？況且他們剛纔還是氣憤憤，今一轉瞬，便覺善氣迎人，真是奇怪？」想了一回，不覺猛然道：「是了！他們一定自知不能力敵，故此用了暗計，把我斷送。既然如此，我何苦呢？但是我們到來，也是想研究研究那些怪現象，且不入虎穴，焉得虎子，今者將計就計，走了前去，看他如何？他縱有詭計預備，斷不能謀我。」

　　想罷，彼此使了一回眼色，心理正同。便對兩三個親兵說道：「汝們如果這般人意，我也暫且歇息。汝即導路，我即便來。」親兵聽了，不勝之喜，引了紫綃、英慢慢走到一間房子來。紫綃睜眼一看，只見那房子約莫也有一丈多的寬闊，其中陳設的東西俱無，只有一張檯、幾張凳、與及一張短榻罷了。房中地上雖然沒有拉扱，但那些氣息，甚覺怕人，大約那房子平日是貯慣污穢的東西的，那些氣息，便沾漬在地上，一旦把物搬去，氣息猶存。更且那房子的附近，不是犯人的廚房，便是犯人的廁所，穢氣自然加甚。此時紫綃二人一見了那些光景，心中萬分不快，然而為著研究問題起見，只得罷了。

　　當二人走進房裡時，早有兩三個婦人出來迎接，一見紫綃錦英二人，便笑嘻嘻的說道：「噯啊！原來是二位美貌標緻的姑娘，我們可失覺了。」一面說，一面扭扭捏捏的前來倒茶讓坐。紫綃拿眼去看那婦人時，但見都是身材偉大的，面色又黑又赤，差不多廟中塑的玄壇像一般。至若他的濃眉大眼，竟是男子不及。

　　當時帶引紫綃二人前來那幾個親兵，對著那婦人道：「大嫂，而今我暫時把二位姑娘交附〔付〕與你，你且好好的看待，千萬不要使姑娘受了煩惱，

一切器物，都要十分乾淨的，汝且一一注意。」說罷，又與婦人使了回眼色，婦人會意，便答應道：「不消費心，我是曉得辦法的。」說完，便送了幾個親兵出來，掩著門，向紫綃二人說道：「姑娘奔騰了一會，肚子也有點饞餓了，而今且備一席小酌，飲一杯好酒，先潤潤嚨喉可好麼？」

紫綃聽了，便以眼瞍一瞍錦英。錦英道：「如此甚妙！但不知而今是甚麼時候？」婦人道：「午後一點多鐘了。現在不過請姑娘吃午餐，到了晚上，纔是正餐的。」錦英道：「既然如此，汝即便拿來。」婦人聽罷，便出門走了。

一會，早有人將一席點心拿了上來，內中更有兩壺香噴噴的酒。婦人將酒盃排列著，便篩給二人吃。二人不敢怠慢，便暗暗在身上取出了些少解毒的藥物糊在快子上，探在酒杯裡，俾試試酒中所下是甚麼。誰知藥在酒裡，也不見甚麼衝突，再把那些點心一試，也不見得甚麼。不禁心中納悶，說道：「奇了，難得他今日還不動手，除卻食物裏不下毒藥，還要放在那裏哩？」

一面想，那婦人一面來勸。二人扭他不過，只得略領了一二杯。那酒味淡淡，與平日沒甚大異，復又吃了幾件點心，也不見甚麼。越想越疑，忽然省悟道：「是了！這便是他們手段過人處！將欲翕翕，必故張張；將欲損損，必故益益。大抵他今日不先用毒藥的意思，但恐人家有了防備，入不得彀，故先將無毒的東西獻上，人既以為無毒，下次自然放心了，他然後待至下次即以毒藥相乘，想他用意，不過如此。」再看那幾個婦人，那些孤寒舉動，更是害人。一舉了箸，便似狂風掃葉的一捲而盡，因此心中越明白他們用意，有毒無毒，那幾個婦人早已曉得的，設有危機，那婦人便不敢亂為了。

一會，席中那些東西早已撤了下去，紫綃因對錦英道：「妹妹，我們坐在這裡，也甚煩悶的，而今且到各處走走可好麼？」錦英還未答言，只見看守的婦人，連忙止住道：「姑娘萬不要如此！我是奉了大老爺的命看守姑娘，教姑娘寸步不能走開的！」紫綃道：「也奇了，難道汝這臭婆子，敢來管我？我走我的路，斷沒與你相干的。」說著，舉步要走。

那時幾個婦人，平日作威作福，毆打女犯，是已經慣了的，平時不曾受過人家一點氣，今日見紫綃罵他作臭婆子，不禁火起心頭，大聲喝道：「小鴉

頭,你須曉得俗語一句,叫作『不怕官,單怕管』!而今我老娘是來管你的,你二人未入監時,任你甚麼姑娘、甚麼小姐,嬌生慣養,我也不管。但一到了這裡,不能不受我的範圍。你若要走開了一步,莫說老娘是不和氣!我老娘平日雖然待人慈善,但一到人家犯事時,我老娘是不容情的!」

紫綃笑道:「不容情便是怎樣?」眾婦人聽了,更加悻悻,便有一個人向壁上拿下了一札藤鞭來,一個人向身上取出了一把小刀,更有一個人取出了一把剪刀、一把鐵扨,都是平日敲剝女犯的刑具,氣很很的對著紫綃二人說道:「不容情便是這個!」

紫綃笑道:「若然,便是要與我們為難了。然而我亦不掛意。」說著,真個起身開門。誰知外面早已有人反鎖著,走不得。此時屋內共是六個人,紫綃錦英之外,餘四個便是這裡的女監子。見紫綃如此舉動,平日又是不曉得二人的,拿籐鞭的人氣最憤,一揚手便要向紫綃打了下來。紫綃笑道:「你這老潑婦,想是死期至了。」走近前,待他猛手打下時,輕輕的用手向上只一格,正重了他的手骼,撲的一聲,登時折了。那婦人斯時痛的不同小可,又是哭、又是罵。

餘三人見紫綃兇悍,同事受了傷,也一齊趕上。持刀的上前舉刀要刺,早被紫綃起了腳,踢倒了,在地上哼哼的不能起來。其餘兩人還未動手,又被錦英用了氣,一拳一個的打翻,都臥在地上,動彈不得。正是:

請君入甕夫何敢?願與同胞一洩冤。

欲知後事如何,下回再述。

第十四回、施毒手獄卒喪良心　解重闈夫人有妙理

且說紫綃當時發了怒氣,把幾個女監子打在地上,他們都大哭大喊起來。紫綃挺著拳頭說道:「你敢如此,我便立刻結果了你的性命。」說罷,便擇了

一個最兇悍的，向他頭上打了一下。紫綃力大，不禁把那人頭上打穿了一個小窟窿，登時留了一滴血。眾人見他如此，一發慌了，躲作一團。

正在沒有開交的時候，忽然聽得外面一陣打門聲，有如擂鼓。眾女監子說道：「好了好了！」正要出來開門，紫綃說道：「使不得！你們休得動手！我自有主意。」說罷，便出來輕輕問道：「你是誰人？」外面的人聽了，說道：「是我。還不開門？太太要到來了！」

紫綃答道：「胡說！太太要到這裡，恐怕玉皇大帝也要走到閻王殿下了！」那人聽了不答言，還有一個人說道：「你可開門罷！太太到來是真的！只因剛纔來到這兩位女子，是天上降下來的仙姑，只因在王母跟前犯了罪，故此被謫人間，不久便要復歸天上了。只因我們老爺一時冒昧，錯聽人言，故偶爾將他觸犯，罪過不小。而今我們太太特來請罪，你們做監子的快來開門，不好有誤。」

那人說到這裡，不禁惹得紫綃大笑起來，一面開門，一面拿眼去看，原來外面都已經站著了七八個青衣僕婦，僕婦之外，又是站著一個珠圍翠繞、戴金插銀的人，大約就是萬公滌的太太了。然而他何以說紫綃二人是天上謫下的仙姑，重勞貴體，來到地獄一般的監獄前來問候呢？

這個也話長。原來紫綃同著錦英，當日在腌臢婦人家裡醫病，與及一切驚人舉動，福州府裏都已傳播殆遍了。萬公滌的夫人，平日最是迷信神權的，又且清閒無事，底下僕婦便樂得尋些奇怪的事來說說，博他主人的歡心。只因萬公滌的夫人，現在還沒兒子，心中十分挂念。一日，正說起子嗣的話來，內中有一僕婦，名叫阿三的，平日最得寵，因乘間說道：「太太跟前，我敢說一句大膽的話。大抵子女二字，都是懸著陰德而來的。那陰德有了，那子孫自然昌盛；陰德缺了，不特沒有生產，就是有了，半途也恐夭折。而今老爺做了高官，那一天不去拿人，那一天不去斬殺罪犯。一生一殺，本地方官應做的事，但其中保不住有錯辦的，一失了足，遺恨無窮。而今不獨冤枉了平民，便是神仙也被他磨折了。這些罪狀，你說了得不了得？」

萬公滌的夫人聽了，不禁大驚失色，說道：「天下間豈有這種事情？冥冥

中降了災，他自作自受尚不算事。我是他的老婆，一定是要牽連到我的。如何是好？」阿三說道：「在我意見呢，現在老爺已經起了做官的意，叫他辭了不去做，一定是碰了釘子，最不行的；做了官，少不免出來辦事，辦了事一定要冤屈好人，這便是愈踐愈深、愈作愈弊。所以老爺這一方面，是沒有救的了。但是太太一方面哩，還沒有怕，每日得閒，便念些《明聖經》、《觀音經》等類，更或於各處菴堂寺觀，勤勤作些功德，便萬事不妨。老爺雖然獲譴，太太倒要受福呀！」萬公滌的夫人聽了，說道：「雖則是好，但你所說磨折神仙一事，從何而來？」

阿三道：「太太，汝不知麼？而今老爺已經捉了二位仙姑，囚在監裡了。那兩位仙姑，一個姓顏、一個姓崔，太太是知道的，平日也顯過了彌天的法術，也曾救過了多少人；至若凡人觸犯了他，立即獲罪，如是者不知凡幾。即如剛纔的幾十個兵丁前去拿捕，也被他殺傷了多人，即此可以概見。可惜老爺沒有知道，故此一味與他為難，其實他二位一發了怒，恐怕連老爺也有些不便呢！」

萬公滌的夫人道：「似此如之奈何？」阿三道：「現在呢，老爺那一方面，大約是沒有挽回了。只是太太誠心，或者可以自免，這便任由太太主意罷。」萬公滌的夫人說道：「如此，我即便上前與他相見，將他放出了，殷勤款待，你道何如？」阿三道：「如此便是太太補過的良法！且不特可以免罪，還要受福呢！」萬公滌的夫人說道：「這也奇了，難是他與我是有前緣，一見就要畀福的？」阿三道：「事未可料。設若太太見了仙姑時，語言得體，精誠可鑒，不特他是個女菩薩，就是金剛努〔怒〕目，也要歡顏。那時下情一達，便任太太所求，無不如意了。況且太太平日是盼望添丁的，一旦得仙姑助力，包管天上玉麟捉在太太懷裏，一年半載，生下了一位少爺出來，這便遂了太太心中之願，並可見得仙姑那些靈驗呢！」

阿三一席說話，不覺把萬公滌夫人的心花，烘的開放了，連忙笑說道：「既然如此，我且同著你快些前去看看。」阿三道：「雖然如此，但現在聞得老爺將他囚在一間密室裏，只派幾個女監子在裏頭監察，門也鎖了、窗也合了，

不論甚麼樣人，自尊至賤，連男至女，都不准前去觀看，這便如何是好？」

萬公滌的夫人聽了，不禁現出了惱意，說道：「這個老糊塗！平日都是牛心牛腦的，今日還是如此！他能夠禁止他人，看他可能禁止著我？我即便前去，將他放了，看他更有何法對付我！」阿三道：「雖然太太的勢力也不弱，但老爺是朝廷的命官，太太不過是個女子，凡事都要老爺作准，然後可行的。衙中大小，也要聽老爺示下，然後敢行。遽然前去，他們難道一聽太太行止自如麼？以我愚見，莫若與老爺一唔，將事情告知了，看他如何。大約以利害告知，老爺必然也首肯。」

萬公滌的夫人聽了，真個走到了書房來。一見了萬公滌，不由得大聲罵道：「你這老糊塗！好啊！昔日祇不過仇害平民，而今連神仙也仇害到了！你這老而不死的民賊，你得罪了仙姑，得了禍，自作自受，還不相干，恐連累著我！我而今卻要與你開談判了！」

萬公滌聽了這幾句說話，不禁目瞪口呆，不知所措。平日又是最怕老婆的，到了此時，雖然有口，不知所答。過了一會，只管呆呆的答道：「夫人，你的說話是從何而來的？我所囚的并不是神仙，是個革命黨。夫人不信，且請前去看看，便知道了。」

萬公滌的夫人聽了，不禁斷喝了一聲道：「胡說！而今你們做官的，大約是入了迷途，被『革命黨』三個字攝了魂魄去了！前兒在市上捉了一個乞兒來，便說是革命黨乘機舉事；捉了一個倒屎佬，還說他有炸彈在身。而今有了兩個生面的外省人，又說他是革命黨了！其實你們平日舉事，實是糊塗不過的！革命黨必有憑據，試問這兩個人的憑據是誰？平常的人被你們拿捉了，拉了去殺，他是勢弱、汝是勢強，是無可如何的。至若這兩位仙姑則不然，不速設法，包你禍不可逭。而今我為著自己消災防患起見，前去將他放了，不知你可肯不肯？若是肯時，便算你知機尚早；設或執迷不悟，恐怕你要陞官，卻無命享的呢！」

萬公滌的夫人說這話時，目怒口張，頸柱筋躍躍跳動，臉也紅了。萬公滌見了這個情形，不禁懷著了恐懼的心，說道：「夫人既然如此著急，且任夫

人如何處置罷。我也管不得許多了。」

萬公滌的夫人聽了，心中得意，便率了一班僕婦，走到紫綃錦英被囚的一間房子來。當時紫綃出來開門，與眾相見。那時幾個僕婦內中也有見過了紫綃的，便對萬公滌的夫人說道：「太太，即此就是顏仙姑，且上前見一個禮。」萬公滌的夫人聽命，真個搶上了幾步，好似平時拜神一般，磕下了頭來，說道：「仙姑恕罪！我而今且去救仙姑出！」

紫綃聽了，不禁愕然，便同跟他進來的僕婦說道：「這便是本府太太麼？我也失敬了！」說話時，錦英也從裡頭走了出來。萬公滌的夫人見了，又是殷勤行禮。錦英道：「汝不要這樣！而今汝一場美意到來，大家也須要說一句真實的說話。你的老爺而今刻刻也要計殺了我，可望立刻陞官去。他的心腸雖然雄銳，其實也太不自量了。我自七八歲的時候，拜了師，學了武藝，雲遊四海都不曾逢遇著對手的。要奈何了我，莫說是三五十個人，就是一千八百，我也不足懼的！他不足傷了我，我卻包管殺得他片甲不留。如不信時，且調查昨晚要捕我時那些舉動。但我剛纔那些行為，不過是殺傷了幾個兵卒罷了，今日卻逼我過甚，恐怕要株連起你們老爺來，並且太太也有些不免，這是要仔細的。」

萬公滌夫人聽了，說道：「是了是了！我今日也知罪過，故此特特前來認罪。二位姑娘不嫌，且請到了我的房裡，大家暢談可好麼？」紫綃道：「雖然是好，但你們老爺現在說我是革命黨，疑忌我了不得，一旦跟了太太前去，我們沒什麼碍，只可惜太太因著我們，傷了你老爺的感情。」萬公滌的夫人聽了，說道：「這不相干，他的勢力是有限的，只能威嚇著人，卻不能干預著我。你如不信，等一會就知道了。」

紫綃聽了，便對錦英說道：「這便何如？」錦英說道：「既然太太喜歡，我們即便前去也何妨？」萬公滌的夫人聽了，不禁大喜，便引紫綃錦英來到自己的房裏來。

唯時日影沉西，夜色將屆了。紫綃因悄悄向錦英說道：「我們在此遷延，終須惹禍，趁他現還優待，我們可趁今夜便行，妹妹可預備一切。」錦英道：

「雖然如此，但我素曉得野蠻監獄實是駭人，久欲研究研究。可惜今日到了此地，實未嘗得見真情。我的意思，欲趁夜深人靜四處遊行一遍，苟有所見，實足增加見識不少。」

紫綃道：「如此便不能不作飛簷走壁舉動了，幸虧我平日也曾講究這個，不致臨事忽錯。不然聞妹妹此說，真是汗顏不少。」錦英道：「姐姐休得自謙！姐姐才能實勝愚妹百倍，兼因有姐姐作伴，纔敢行此，不然孤掌難鳴，我是不敢的。」

二人談了一會，相約定了，復又與萬公滌的夫人周旋了一會，本意藉此消遣時日，怎想萬公滌的夫人卻俗不可耐，攀談不及二三十句，便說起產育的話來，說：「自己已經三十歲了，膝下無兒實覺寂寞，況且自己丈夫又不是守著一夫一妻主義的，閨房之內，姬妾已經有八九人。平常而論，我是雞皮鶴髮，他皮光肉滑，做男子的自然輕此重彼的。況兼他們有子，而我獨無，愈顯得我的短處，丈夫厭棄，自不待論，更恐怕侍妾驚矜，日夕凌爍，這便如何是好？我雖然是敕封命婦，但外面雖然榮耀，心中卻憂懼不遑，將來死了也伸腳不直，這是叫怎樣設法呀？」說罷，不禁號哭起來。

紫綃聽了，心中不禁笑，說道：「太太休得傷心。想生兒子的不過是野俗迷信，聰明的人，斷不有此思想。就事勢而論，沒有兒子一個，卻得消遣自在的；若有了兒子，卻不然了，要供他衣食，又要殷勤教育，又要消弭疾病，沒錢的人因著這個，加重了責任，自己弄得七支八絀，無待言了。就是有錢的人，雖然耗費錢財不大相干，究竟也耗費心血不少，這是何苦呢？」

萬公滌的夫人說道：「雖然如此，但沒了兒子，終須受人欺侮。苟能如得我願，雖耗費我的錢財、費盡我的心力也不妨，甚至今日生了子，明日自己要死去，也是心願的。」紫綃道：「既然如此，太太何不設些法子呢？以我愚見，婦人家要生子，也不甚難，大約自己不肯盡力，就沒有法子了。」

萬公滌的夫人聽了，不覺笑道：「姑娘你說的話，實覺好笑，到底不過是女孩兒家見識。其實生子的法，我也已經想的盡了。前兒聽說麒麟里金花廟十分靈聖，我也前去拜了好幾回，許下了心願，誰知歷今已經一年有餘，都

不見得有些影響。又如前兒請人扶乩，那一位乩仙，斷人禍福實是靈驗的，當時也說我不久便當有喜，誰知過了一年有多，肚內也不見有些動彈，所以我心中也絕了望了。」

紫綃道：「太太絕了望，也算太太的聰明。大抵思想過步，容易把人弄呆的；縱然不呆，心中也十分難過，倒不如委心任運、絕了希望，心中倒覺了清淨許多。」萬公滌的夫人說道：「雖然如此，但我心日心中又不免有些烘動了。」紫綃忙問道：「這是甚麼原故哩？」萬公滌的夫人說道：「不瞞二位說，外面的人，沒不個不說二位是仙姑降凡的，人家禍福，一見就決，彌天的事，容易攪了轉來。所以我自己心中籌度著，我現在膝下還沒兒子，正在盼望的了不得，若得二位姑娘肯扶助用些小術，好似牀頭花公、牀尾花婆一般，捏泥作人，夢中相界，便可夠了。」

紫綃道：「既然如此，太太且預備一間精潔的密室，俗客也不准一個前來，只送了我二人居在室裡，看我細細作法，三日以後，或者可以報命。但不知太太可能信心沒有？」萬公滌的夫人說道：「既然如此，便是彌天之福。而今即便將屋子整頓一切了，姑娘若要甚麼用時，只管出來告訴我，都是一一應手的。」紫綃道：「東西我倒不用甚麼，只第一怕有俗人來攪。若是有了俗人，不特事情幹不來，還要受上天的責罰。太太如望事成，且請著人將這房子勤勤保護，汝們老爺跟前，也須知會一切，不然我們在這裡靜靜的做事，他卻率了一班差役前來騷擾，是最不成的。」

萬公滌夫人聽了，說道：「不必多慮，我是曉得。」說完，便回顧鴉頭僕婦說道：「汝們且緊記著，謹守密室，凡有甚麼人到來，都不准入內探視，就是老爺有命，也不准奉行。他自己來到了，也使著我的命令，說有緊事不能疏洩就是了。」眾下人連聲諾諾。

那時天色已經昏暗了，吃了飯，萬公滌的夫人便親自送了紫綃錦英二人來到密室來。紫綃因對錦英道：「妹妹，我那些計策，汝道是使得的麼？而今一任我們做甚麼舉動，也沒人干預了。」【錦英道：】「難得姐姐有此妙法。而今我們且走到瓦面上，越屋而過，一路上看看有甚麼聲息，我想牢獄去此

不遠，細細探聽，那些情狀再無遺漏了。」說罷，吹滅了燈，二人果然走到瓦面來。正越過了第二層屋，忽聞一陣細細的哭泣聲，從底下透出瓦面來。紫綃聽得，便悄悄的向錦英說道：「妹妹你聽見麼？大約這裡就是監獄，哭泣的便是犯人所為。我們且從天牕裡往下一看，或是輕輕鑿穿了一兩塊瓦，都可以看見的。」

錦英聽命，摸索了一會，忽然光影一閃，現出了天牕來，便悄悄的向紫綃說道：「姐姐，這裡就是了。」紫綃聽說，便也探頭細視。誰知也奇，燈光雖然有了，但都看不出一個人來。燈影幢幢，黑暗無比，冷眼看去，四處都像有些器物，一堆一堆貯著的。間或燈影搖動，又似有些能行走的動物，有些像人，兩足能走的，又有些像獸，只在地上左右滾動，許久都不能站了起來的。紫綃說道：「奇了，人人說監獄黑暗，冤屈太多，幽鬼是時常出沒的，難道這裡所有的都是幽鬼？冤魂不息，所以在此蠢動？」心中想到這裡，一發異常注意。

看了一回，忽聽得一陣腳步聲，兩三個人提著燈，一路行一路說的來了。紫綃細看，覺得這幾個俱是兇惡、相貌猙獰的男子。維時屋裡是設著一張檯、幾張凳的，這幾個人此時都坐在凳上，彼此發起議論來。一個人說道：「論起樣貌，這女子實是沒人比得上的，只是性情堅硬，任你設法引誘，也降他不過。」一個人說道：「這有何難呢？如果他不肯時，索性用著強硬手段，拉到這裡，以我們那些手段，豈還怕事體不密、疏漏起來？就是疏漏了，那些監犯都是懼怕我們的，斷不敢前來干預，幾個同事，又是各有各的行為，汝管不著我，我也管不著汝。至若府官老爺，平日都是靠著我們覓幾個錢給他使用的，以此縱或知道，也不敢前來責罰。我四處打算，都無窒礙，大約這一件事，儘可放心。」一個人說道：「雖然如此，但我們是三四個人，他只一個女子，到底有些應接不暇，這便如何？」一人說道：「這更易了。監中女子，不只一人，橫豎有姿色的也不乏，可以任意提了幾個出來。他如不肯，我們便齊手齊力，將他綑縛了手足，一人如是，人人如此，還怕他阻拒不成？」眾人聽了，齊聲說道：「妙！妙！而今且趁夜色尚早，把這事做妥了，圖個快

活罷！」說完，齊齊走了起身，轉過身邊的一間橫屋來。

不一會，哭聲又起，果然見剛纔這幾個人，拉了一個女子出來了。這位女子，頭髮尚還光鮮，衣服尚還齊整，大約是剛纔入獄的人。至若他的容貌，膚比雪而尤瑩，面比花面愈艷，怪不得那些獄卒見了垂涎的。當時那女子被獄卒拿住了，不禁大哭大罵，說道：「你們死不淨的畜類！人家無辜受罪，你不見憐也罷了！今日卻還行此非禮！難道你們家裡是沒有妻女的？人家照此幹法，你便何如？」說著，又是大哭起來。中有一人說道：「姑娘，你休得惱怒，我們並不是懷了惡意的。你如從我時，橫豎還你的快活，雖然不能立刻出獄，然而在此中也不受苦。」

女子聽了，喝道：「胡說！我是個良家女子，不同娼妓一流，虧汝大膽，敢如此說！陽間雖然黑暗，任你所為，恐怕死在地下，也要將汝魂魄行刑的！并且罰汝世世子孫，女的為娼、男的為盜，以報今日的仇何如！」那些獄卒聽得，不禁大怒道：「好一塲毒罵！今日行不得吾志，也不得好漢！」一面說，便拿了一條巨繩，幾個人將那女子縛住。女子只是哭，那些獄卒便拿起一條爛布，塞進那女子的口來。塞了一回，那女子真個哭也不能出聲了，只管隨地的滾。

那時紫綃錦英在瓦面看見了，不禁五內動火、七竅生煙，暗暗想道：「用著甚麼法子，除了這些暴賊，救了這個女子呢？」那時紫綃身上雖然也有手鎗，只是發時有聲，恐引動大眾，因問錦英如何。錦英道：「我身上懷著幾隻袖箭，就用這個取了他的性命罷！」說著，真個拿了出來。正是：

　　莫道監牢皆黑暗，臨危終幸遇生機。

欲知獄卒生死如何，下回再述。

第十五回、戒酒行兇僉壬喪命　以人代馬同種傷心

　　且說崔錦英當下取出了袖箭遞給紫綃，紫綃笑道：「這個我倒平平，還是妹妹施放罷。」錦英當時，也不客氣，便向其中最很毒、最兇惡的一個人射了下來，颼的一聲，已經命中了。但見那人「嗳啊」的叫了幾聲，從地下跳起了七八尺，一會，抱著頭滾在地上，不能舉動。錦英細細一看，知道那一枝箭是射著他的面部，是緊要的，又見他如此跳躍，不禁心中暗笑。

　　然而當時那一班兇惡的差役，也不知是何意思，連忙問道：「夥計，汝卻怎麼了？正在高興，何故如此？」一面說，一面前來相扶。錦英見他還未醒覺，又是發了一箭，這一枝箭又是把一個人射倒，伏地呼號，把手足亂舞。歇了一會，大聲說道：「夥計，不好了！此中一定有兇人藏著，用了暗箭來殺我！不信時，且先拿了燈，看看我的傷處。」

　　眾人聽得，真個拿了一盞燈來，只見首先跌在地上的，面部有一枝小箭插著，繼後跌倒的，胸前也插了一枝箭嘴。到了此時，眾人都不禁大驚色，說道：「這還了得！我看那放箭的人不是尋常之輩！究竟藏匿何處，也須尋著，好備報仇的！不然白白的被他射傷了夥計，太不值了！」一個人說道：「且不要慌，我度他一定躲在瓦面上，居高臨下，自然易於著手。而今我們沒有軍器，是難於抵敵，莫若且走了出去，覓幾隻毛瑟快槍出來，大家圍攻，他雖厲害，斷不是我們敵手。」說著，便要走出門來。

　　那時錦英從瓦面上早已聽得了，自忖道：「這必須攔阻著他。放他出去，將來事情也不小。」一面想，便把眼睛注意定門際，轉瞬之間，兩個人果倉倉忙忙的奔了出來了。錦英眼定，放了一箭，便把先行的先射倒，後面的知道利害，便縮回腳，不敢前行。然而小箭自上而下，眾人都知道有人伏在瓦面的，明知卵石不敵，便不禁惶恐起來，仰天說道：「好漢！汝是江湖上走慣的人，是曉得吃軟不吃硬。而今我們前世與你無冤，今世與你無仇，夥計被你殺傷了也不還手，這算是忍辱和平的了。誰知你偏要故做惡劇，人愈受傷，你們越發得意。而今我勸你不要太過令人不堪，論起勢力，我們都是世界上

的魔王，我從綠林出身，他是技師投入，□□□人，而要以這個人最為悽慘，箭纏貫喉，聲也不能再出，滾在地上，登時死了。

那時眾人見得如此，不敢出門，並不敢作聲，只得呆呆的蹲在地上。紫綃二人，知道用勢力可以將他壓住了，便想了一條卻身的法，大聲喝道：「你們聽著，我們不是別人，卻是剛纏被辱這位女子的友。只因你們過於作惡，便不遠千里而來，與他洩憤。你們須認著，若有下次刻虐時，都要你們一起死在地上。而今我去了。」說罷，寂然。

那時眾人一一聽得清楚，見他又是說去，心中都不禁活動起來，站起了身，出門就走。誰知瓦面上紫綃二人，不是真真動身的，見門前擁擠，發了箭，又傷了幾個人。眾人見不是路，只得退轉了，說道：「他們是說謊，要賺我們同聚門前，易得射殺的。也罷，且躲在幽暗的處，過了一夜，明日再算罷。」說著真個鼠子一般，躲到屋隅黑暗之處。

紫綃二人知道疑陣已經佈妥，不妨他出來了，便商量脫身之法。錦英道：「溯江而下，便是廣東境界，素聞廣東是個開通最早的地方，風俗文明，志士不少，盍一命駕，想比他處為優。」紫綃道：「我也有意。到了廣東之後，再由陸路直抵廣西，下渤海、經雲貴、通甘陝，途經之地可盡量行，將來做事也有幫助了。」說罷，便從瓦面上繞回住室，所有輕便易攜的行李都挪出了，擇一幽靜的地方躍下，抽身就走。那時幸虧夜靜更深、四無人見，走了一會，已經出了福州，漸近廣東地面了。

天色已明，二人便找了一間旅店歇著，且并告知要往廣東。店主人聽了，呆呆想了一會，說道：「姑娘，汝二位到廣東，不知可有甚麼事情？若是不關

緊要時，究竟且住為佳，不要去罷！」紫綃道：「這是甚麼意思？廣東平日是最有疫症的地方，難道今日又是疫症發作，主人善心，恐妨傳染，故此出面阻擋麼？」

店主說道：「不是這個。只因近日廣東地面，日夕轟動，說有革命黨乘機舉事，那些官場，便調動了大兵把四處鎮守。官兵之外，又有洋兵。姑娘，那些洋兵平日雖說是文明舉動，但是到了中國，那野蠻真是達於極點的，姦淫兇惡，無一不齊，更有官兵為之介紹，愈發猛虎生翼，廣東的民，一發不堪。姑娘，古道：『危邦不入，亂邦不居』，你二位也休到那裡了。」

紫綃聽了，說道：「這個不妨。官兵雖很，未必最無理犯我；就是干犯了，我也自有法子，可以逃脫。只求你給我買一船票就是了。」店主道：「這有何難？姑娘要去，我也不敢相阻。只要細心一點，萬事都沒妨碍了。」說罷，便引了二人坐到一間整潔的小屋裡，一面叫人去替他購船票。過了半日，打船票的人也回來了，說道：「□□□□□同住，是直駛廣東省城的□面，已經□□□□□□□□□□□□」說罷，便叫人□□□□□□□□□□□□□□□□□□□□□□行動如麻，坐不是，行又不是，胡胡亂亂的過了一日。

夜色將屆，階前明月，早經映下了。紫綃出來散步，猛然見得對面一間房子，也走出了一個人，想他趁著月色，也要在階前走走。紫綃拿眼去看，但見那人是西式打扮，年紀未及三十，面白無鬚，行動十分矯捷，然而神情之間十分惘惘，一若憂從中來，不可解釋。紫綃想道：「這個自非等閑之人，可惜素未識荊，不敢造次。不然，細細問他一問，或者江湖同志有流落此中的。」想了一會，沒得頭緒，回到房中，屏聲息氣，誰知這位店主卻穿著一對革履，橐橐的走了前來。來到那人房門首，便問道：「客官汝是要到廣東省城的麼？」那人道：「是的。只是我還有一個兄弟未到，大約遲一二天纔能啟程，而今你別替我打船票罷。」店主答應一聲，竟自去了。

那時紫綃十分狐疑，想道：「這位男子外面倒像一個志士，而今廣東正在有事，他難道是一個黨人？可惜並無門徑，可以與他相識。」一面想，只聽得外面橐橐的革履聲，一個扮西裝的人又來了，到了對面那一間房子，昂頭

直入，房內的人也迎了出來，喁喁說了幾句，竟闔了門。

紫綃因對錦英說道：「二人舉動，到底有些奇怪，而今我走到瓦面探聽探聽，均是無事，也可藉此偵探消遣。」說罷，真個扒上了瓦面來，走到那男子所住的房子上頭，瓦面甚低，更有天牕以通空氣，那聲浪便不禁湧了出來。

那時在房子居住的男子，坐在一張床沿，後來的只在一張椅子坐下，二人面上都有些悽慘之色。坐在椅子的先說道：「衛兄你今日到來，也知道各同志的命意麼？實是為他所賣了。我們同黨的人，熱心的固然是多，但是奸偽的也頗不少。昨兒聽見人說，與你同來的那位畢堪言，現在充了巡警局的偵探長，他一方面方營盡民黨的事，何以一面又去幹這不名譽的事哩？自表面看來，曲意原諒的，只說他利用官場，可助自己成功，而其實太過以忠厚待人。他昨日方且上了一張條陳，說對待革命黨是用著甚麼法子，某人在某處，某人現在要幹甚麼事哩！並且足下現在作何舉動，他也一一羅列了。更有一節，足下這一位令弟，也令人可疑，他無日無天不與官場中的人來往，他平日是粗率慣的，『利用官場』四字，一定是做不來，不能利用官場，自然要為官場所利用了，這是如何是好？」

坐在床沿的人聽了，不禁垂淚說道：「這些事情，我也曉得了。到了今日，拚著一死，尚還乾淨。其實當今志士，誰一個能夠心口如一的？到了此地，我也不便苛求，死也是我意中的事。韃人也是我心中的讎，他人不足與有為，我便行吾所安，殺了一人便是夠本，兩個便是有利，三個便是加倍，以此直至於百人千人，所殺愈多，其利愈大。然而以我身中所有的炸彈，一旦殺了幾百個人，也不算希奇的呀！」

坐在椅子的人說道：「衛兄，你的心志實在難得，令我思之，不禁欽慕，獨恨無從消遣。我且向店主要了一罈酒，大家暢飲何如？」床沿的人說道：「甚妙甚妙！你且叫一個使喚的人到來，我自有道理。」坐在椅子的人說道：「不須不須。店中上下，我都是相熟的。」說罷，抽身竟去。

去了一會，果然有人把酒菜拿進來了，坐在椅子的人只管勸飲，說道：「衛兄，難得你有這等見識，更有這等膽量，天產足下，實乃漢族之光，小弟今

日實實要奉敬的。」說罷，遞一大杯酒上去。坐在床沿的人謙讓了一會，只得飲了。酒杯纔已離唇，坐在椅上的人又執箸而起，說道：「衛兄，我們今日沒甚希望，只要將韃人驅逐，還了我漢族江山，萬事都完了。然而這責任非他人所能當的，就在足下身上，請乾此杯，預為慶賀。」說著，又是灌了他一大碗。

看官，你道他二人如此酬酢，究竟是真摯的交情？還是故意籠絡的哩？二人正在飲得高興，忽然一陣腳步聲響，二三十個手執器械的軍士向旅館裡襲了進來。紫綃伏在瓦裡，見得親切，暗道：「不好了！這不是掩捕姓衛的，更是何為？可惜我沒有法子將他捍衛了。」忽忙之際，只得大聲說道：「衛君不好了，有人前來闖捕了！快走快走！」此時姓衛的人忽然聽得瓦面上有人呼叫自己的姓來，不禁錯愕。誰知坐在椅上的見不是路，知道被人識破，拔出了刀，乘其不意，便向姓衛的劈頭打來，可憐鮮血迸流，死在反對黨的手。

斯時紫綃見了，心中十分悽慘，自忖道：「如此人面獸心的人，被他逃脫，天理是不能容的！」一面想，趁外面的人還沒來到，向身上取出了手鎗，轟的一聲，向那人身上打來。紫綃那些眼力，平日是了得的，有意殺人，豈不命中？但見那人「噯呵」一聲，兩腳浮動，竟跌在地上了。

紫綃見那人已死，只得仍舊走回自己房裡，然後纔見眾人如龍似虎一般闖了進來，一到姓衛的住所房子時，還打了一個暗號，見沒人應，心中不免狐疑，勉強入視，但見房裡沒一個人，再視地上，卻是二尸挺著，一是革命黨，一是偵探革命黨的人，然皆不免同歸於盡，不知二人死的孰先孰後哩！均是對毆而死？抑或一則格殺、一則自刎，忽皇畏罪的哩？揣度了一會，都無頭緒，便不禁叫了旅店的主人來備問一切。

店主道：「我也不知他兩人是因著甚麼，剛纔還見他好好的飲酒，只道是極好的朋友，誰知卻是十冤九讐的人！似此出於意外，我也不及細知了。」當時眾差役見店主說得糊塗，心中都不免有些痛恨，然見他樸直又無可乘之隙，只得走開。到了次日，便叫差役收斂。紫綃二人因船期已屆，只得拋棄此事，不復顧及，竟乘汽船而行。

　　且說未到廣東之先，卻自有一大大商埠，此埠依山臨水、帆檣麕集，商務繁盛，幾為中國之冠。紫綃歷盡了好些地方，交接了好些朋友，這一個埠的名目，已經久在腦中，不言而喻了。

　　乘了一回船，聞得船上搭客，紛紛告訴，都說已經抵埠，紫綃二人也甚歡喜，本擬立刻看看埠上那些光景，誰知泊船之際，天色晚了，又是一天濃雨紛紛的飄了下來。紫綃因對錦英說：「如此天氣，我們要去遨遊也費事了，究竟如何纔好？」錦英道：「這不難，岸上儘有馬車可以乘坐的。設或沒有了，我們都是風霜雨雪裡走慣的人，不同別家閨秀，三步不出閨門，冒雨而行，也略可領略一二。況且那裡又有旅社，我們索性小住一宵，明日再到羊城，未為不可。」

　　紫綃聽得，便鎖好了船上的房門，攜了雨傘，同錦英登岸。誰知一到碼頭，已經轆轆轆的東洋車擁了前來、招呼生意了。紫綃把眾車夫看了一看，但見個個都戴著一頂小小的雨帽，身上披著油布的雨衣，雖然可以禦雨，然而這些坭土非同小可，自踵至踝濺的污穢不堪，一見有人到來，你也爭先、我也恐後，互相擠擁，竟至大家口角，有時打起架來。

　　紫綃此時，心中大不自在，想道：「同是人類，何以忽有貧富之分？富者遇著這般天氣，一定身居房室，或則圍坐歡談、或則擁衾鼾睡，任是下了十日百日的雨，與他斷沒相干了。唯有貧者卻受此百種淒涼，他不特冒雨辛苦，下了雨，人人自然深居簡出，那些車夫恐怕隨處招人，也沒人乘坐，這是他的難處，『饑寒』二字，想不免了。」

　　紫綃想到這裡，心中實實過意不去，欲一一賞給些茶錢，俾他暫時休歇，又恐人多擠擁，鬧不清楚，欲要不乘了，一要高興，因此折回，心中究是不自在，況且路途十分不易行，至若效人所在隨便驅策，「錢銀」二字不在意內，究竟以人駕人，大違天理，心中何以自安？不禁累累的不能安足。唯時錦英早已曉得了，說道：「姐姐，汝不願乘此人力車麼？這裡也有用馬拉的馬車可以乘的。」說著，因指著前方用黑油布蓋著的一駕四輪車說道：「這不是馬車麼？上前一問就知道了。」

　　紫綃聽得，真個走了前去問一問馬車的價值，那時一個人從車裡走了出來，說道：「馬車是現成的，只是價錢頗貴，不論去甚麼地方，都以時間為算。這裡每一點鐘是收車費五元的，未夠一點，也不能照扣，都以五元為率。你如合意，即便坐在車上，一刻便可開行。」紫綃聽了，說道：「這不甚相干，你且把車兒陳設好了，我是要覓一間上等的旅館，你們按著地位帶我前去就夠了。」

　　車夫見他豪爽，只得把車門打開，讓二人坐著。一會車上略略的移動，竟自開行了。但是紫綃一個人，自從在蓬萊山與閨臣走回中國，一路上所坐的馬車也不下百數十次，不論風霜雨雪，或寒或暑、或早或夜，與及路途艱坦，都能走動如意，從不曾遇過這些濡滯的。人間最遲笨的是牛車，但此時所坐的，卻較牛車還遲數倍，每一點鐘大約只能行半里的路。紫綃此時也惱了，便喝車夫道：「你這人實在沒良心，人家肯出五元的價錢實是公平到極了！怎想你欺我是外來的人，竟辦得不倫不類！想你所用的馬不是病著、便是餓著，沒了氣力來去拉車了！設或不然，你所用的一定是隻小馬，更或以別獸替代也未可定，故此遲滯到了不得！然而你且警醒著，你如辦得不妥當，我可以減給你的價錢，更且半途走了下來不乘車了，使你不得良好的結果，我是做得到的！」

　　那馬夫聽了，不作聲，只有歎氣。然而那車兒走的也不略快一點。紫綃道：「你是個獸子，如果那馬不聽使時，你索性打他幾鞭也可以的！如此姑惜不忍鞭扑，難道是你的兒子、不忍下手了？」馬夫聽了，許久纔說道：「姑娘，你有所不知，這不是隨意可以打得的。」那馬夫還未說完，紫綃早斷喝了一聲道：「馬不能打，難道他的勢力是比你還優？既然如此，我也不坐你的車，甯願步行了！」馬夫道：「既然如此，我便打幾下給你看，叫你心中過意不去。」說罷，真個拿起條鞭，舉手打了幾下。

　　鞭一到時，早有一陣呼號的聲隨著而起。以理揆度，那哀號的自然是馬了。誰知卻大大不然，細細聽來，不像馬鳴，並不像四足行走的動物，而是明明白白的一陣號哭的人聲，還聽得號哭之際說道：「不要打我，我筋骨實在

困乏極了，沒有力氣可加，纔是如此。不然，我斷不敢稍延滯，以討人嫌的。」

紫綃在車裡聽了這些說話，不禁大驚起來，對車夫說道：「我叫你把馬鞭了幾下，誰知卻鞭起人來！想你畢竟是個無賴，弱肉強食的，我心中有點不平！」車夫說道：「姑娘，你實在不曉世情的很。你嫌車兒走的慢，叫我把他打了幾下，我不肯，姑娘是生氣了。無可奈，我而今認真的把他打了，姑娘又說我是個無賴，不打是難、打也是難，叫我如何是好呀？」

紫綃笑道：「你畢竟是個胡塗的人，我叫你打的是馬，沒有叫你打人呀！你卻冒昧，便同種相殘，我也不能為你憐恕了！」車夫道：「姑娘的說話，我始終有點不服。姑娘因著車兒走得慢，故此生了氣，叫我打馬，不過是想車兒略快一點罷了。姑娘與馬無仇，不過為著便利起見，設若拉車的幷非馬，是別一種動物，姑娘要圖便利，也要打的。車兒行得慢，便把拉車的□□□□時，車兒略快一點，便算數了。怎麼姑娘卻如此生氣，我也有些不伏氣。」

紫綃說道：「我不是故意與□□□□，因你把鞭兒打了下去，激出一陣號哭聲，那些聲兒是人不是馬！可知你打的卻是人，不是馬了？馬拉車拉不妥當了，竟要打起人來，難道人為萬物之首，便要替這馬兒代罰麼？」

車夫聽了，不禁笑道：「姑娘，你大約是外省的人，沒有到過這裡，所以凡事都鬧不清楚了。唉，姑娘，你知道拉車的是人哩？抑是馬哩？」紫綃道：「既名曰馬車，自然用馬來拉的無疑。用狗用牛用羊，尚且不配，何況是人？」車夫道：「姑娘見解如此，於是剛纔說出了一派隔膜的說話。而今姑娘且把簾子打開了，拿眼向前頭一看，拉車的是人是馬，自然曉得。」

紫綃見車夫說得奇怪，真個同著錦英開簾一看。嗳啊，不看時還好，一看時，不禁把紫綃二人嚇的呆了。原來平日那些馬車，車前是繫著真馬的，車夫坐著車前的位處，持著韁，擺左則左、擺右則右，馬兒十分甘受範圍。惟有此時車夫雖有，雙馬已杳。雙馬所站的處，卻生出兩個人來，那人彎著腰，兩手在前，雙腳在後，竟效著馬兒一般四足而行。馬嘴是長，人嘴是短，自然沒有繫韁的處了。誰知驅車的人卻異想天開，只因代馬的人腦後有了一根大大的辮子，遂以為可以代韁了，尋出了兩根長長的繩，纏在他的辮尾上，

代馬的俯伏而行，那一條繩便被車夫帶在手裡，仍是牽左則行左、牽右則行右。唉，這不是儼然一匹好馬麼？只可惜沒馬的氣力罷了！

當時燈光之下，紫綃見著這種情形，不禁腦間萬分刺激，因對錦英說道：「往者我們談論，說我們亡國的人終須有身為牛馬、受人鞭笞的一日。然而這不過是理想的言，誰知今日竟是實行了！」錦英道：「既然如此，我們也不忍乘了，且走下了，大家步行罷。」說罷，便叫車夫把車兒停著，給他銀子。車夫不肯，說道：「由這裡往客棧，還有半點鐘的道路，我打算姑娘可以坐到的，故此價錢平些，也肯前往。若是半途而下，便不行了。姑娘若要下車的，好將這半點鐘的車費照給了我。」

紫綃道：「這也奇了！你如嫌我半途而下，剛纔何不同我講明？我不能如你無厭之求的！」說罷，下車便走。車夫不肯，即便追了前來，把自己的車兒撇開了。誰知事有湊巧，忽然一駕真真的馬車，迎風趕了前來，與紫綃剛纔所乘的人代馬車打一個對照，閃避不及，「嗳呵」一聲，代馬的人卻被兩隻強馬踐踏著了。正是：

同胞豈止為奴隸，有日終當作馬牛。

欲知代馬的人生死如何，下回再述。

第十六回、推原禍始偉論分披　窮詰真形婆心觸現

且說當時一駕馬車雷轟電掣突然而來，不禁把拉車這兩個人踐的好似貓兒被人踏著了尾，沒命的亂叫。維時管車的人也不掛意，看了那拉車的人一眼，復又問紫綃二人要錢。

紫綃道：「你且別談這個，人命要緊呀！你不上前阻擋，替你拉車這兩個人一定要被馬兒踐踏死了！試問汝心上能過得否？況且他二人死了，於汝經濟問題也有損碍的呀！」車夫聽了，且不作聲，一會纔說道：「理他哩！他既

然做到這個地位，便是與畜生一般，不入人類了！叫我把他保護，也不能保護得這般多。我們是招攬生意的人，那一天不在街上行走？一出通衢，那一處不有馬車來往？且那一處不與馬車相碰？到了此時，也沒什麼法子，只靠拉車的人自己靈變，曉得閃避，便不被人踐踏，自受辛苦。設或不然，或是破胸、或是折臂，更有被馬蹄傷了頭顱，登時殞命，亦未可定的！這便是遭時不偶，我顧不得許多了。」

紫綃見車夫說得太過沒良心，便不與他扳談，急急走到拉車這兩個人跟前說道：「鄉里，你而今見得怎麼了？可曾被踐踏傷沒有？」拉車的人聽了，不覺眼中含淚，喉中哽咽，許久不能說出話來。這是甚麼緣故呢？大抵人孰無情，疼痛中更易感恩報德。細想拉車的人，平日不是甘心為此役的，不過貧的不能自全，雖至於為牛為馬，亦所深感。然而一到艱難之處，仰人太息，更甚於陳涉處隴畝之中，無奈世人見他□□□，便又以人□□□□□□□□□□□□□□□□□□□□□□□再不曉得人之辛苦，更將沒有□□□□的哩！今日紫綃所為，實是創見。那拉車的莫說是個人，就確然是一隻馬，每當艱難辛苦之會，見人前來相慰，口雖不能說出感激的話，然而也大約俯頭搖尾，弄出特別的舉動來，即一便可，推我也不必累贅。

且說拉車的人哽咽了一會，說道：「姑娘，你是可憐我麼？今日被馬相碰，也算小事了。如不嫌褻瀆，便拿燈把我身上一照，恐怕汝的惻隱之心，正不知用得哪一種方面。」

紫綃聽了，不覺心動，正要把車前的燈解下了，可將拉車的人細看。誰知這車夫卻怒氣發作，上前攔阻著道：「姑娘，你且不要如此！你是心閑，可惜我沒有日子把拉車的人給你纏混呀！況且剛纔那些車費也沒給足，便有閑心去憐憫他，俗語說『不急之務』，大約姑娘之謂矣！」一面把紫綃二人奚落，一面走到拉車那兩人跟前說道：「你這不知自量的畜生！我勸汝別如此多事，汝嫌辛苦，鬼叫汝來幹這些勾當；既然幹得了，也不當說出淒涼的話來！他是婦人家，心腸自然是柔軟的，汝一說出，他自然是憐憫汝了！然而此中，阻了我的事情不少，而今我勸汝別要多說。若是不遵，我是要拿些利害給汝

吃，比之為馬所碰更加十倍！不知汝可顧忌沒有？」

　　拉車的人聽了，不敢作聲。只有紫綃同著錦英二人心中十分激烈，說道：「汝這胡塗漢子，可真是沒有道理了！我與他閑談兩句，與汝並沒妨碍處，為甚麼如此粗蠻暴怒起來？須知這裡是文明法律之地，虐待生物尚且有罪，況且虐待及人？我勸汝不要太過自逞，一旦控告公庭，諒汝也有些不便！」

　　車夫說道：「姑娘，汝也不必嚇我。這裡事例我是熟悉的，我所行為，縱然被汝控告，也沒妨碍。汝如不信，只管前去，看我可有一點畏懼之處沒有！」

第十七回、推原禍始偉論分披　　窮詰真形婆心觸現

　　紫綃道：「你現在自然是不畏懼，但不知將來可能照著一般鎮靜，這是未來的問題，我也不能預料。」說罷，抽身竟行。

　　時街上人見紫綃與車夫角口，便各停了腳，登時把街道塞了。有的說道：「他兩個人實在閑氣得很！人家以人作馬，與彼是不相干的；拉車的受苦，又是與他不關痛癢。前來干預，也沒來由！」一個人說道：「他兩個人心腸是很慈善的，故此路見淒涼，便來干預。然其實也枉然，現在我們中國的人，像拉車的正多呢！可惜這兩位姑娘，不曾一一看見。他兩位姑娘的意思，一定想把拉車的人超出苦界，纔能完此心中之願，而其實世上顛連的人正多呢！顧得此方，便不顧得那裡，他兩位姑娘徒有其心，也恐不能有此巨力，可以把大眾同胞送到極樂世界的呢！」

　　這兩種人的說話，紫綃二人耳邊也聽得了，心中十分不自在。然而主意定了，要把往公庭控告，並不暇同他們辯論。走了一回，路途的人漸漸散了，只有一個老者仍舊跟著二人背後。紫綃覺得奇怪，便說道：「老伯，黑夜裡你也要到那一個地方？恰是與我們同路，也不覺得寂寥。」老者道：「可是呢！然而我今日之行，也不是走到甚麼地方，實欲與姑娘請幾句說話。只是沒有機緣，好容易得蒙姑娘一問，心中實是欣慰。」

　　紫綃道：「這也奇了，我與你平日未嘗相識，縱有言語，何自而至？然而

你想道說我剛纔干預車夫的事，□□□□？」老者道：「正是如此。這不是說廣東過富，姑娘當世人道這些天理湮沒的時代，見同胞受苦，這等事情，人人所不屑顧問的。姑娘卻不顧利害而為之，姑娘之心實是可敬。只是老夫有一句說話，這裡雖也是文明範圍之地，只是不可太過信用，說他文明國的領地，凡事都不文明了。須知他所謂的文明亦有分別。第一，於自己同種的人，自然一律文明對待，對於中國的人，便不同了。第二，對於不關自己禍福利害的事，自然仍守文明，若與自己稍有關係的，便不惜作文明之蟊賊，以保護自己的權利了。第三，不論甚麼事情，最怕觸了這裡政府的惡感，更怕觸了他的忌諱，一觸犯了，他平日那些文明舉動也恐怕掉了轉來，令人不能測度他的意向。姑娘，你道可怕不可怕呢？

　　姑娘今日之行，實是要向公庭上控告這個車夫，說他大背人道，這是老夫所知道的。據理看來，姑娘此舉，何嘗不是這個車夫的罪，更是百無可逃。然而姑娘今日，卻可幸遇了著我，不然，我卻能斷得姑娘此舉必致失敗，且討了一個沒臉。為甚麼呢？只因本處一切載人的車，都是要往衙門領牌，或東洋車、或馬車，都是一一點驗清楚，斷沒混淆。這些政策自然是妥當不過，然而風氣日變，今日業東洋車的已經少了，業馬車的更加少了，全境之人，無一不爭道人代馬車。上流社會以之代車，下流社會以之載貨，他還說人代馬車舉動輕捷、工價廉微。唉，姑娘，那些行政官若果是仍守文明規則，自然是要革除這種舉動，顯個人道，不要為社會上一切俗言小情所受罪的。而孰知他們卻大大不然，他還日夕將對業車的人說獨出心裁，能令人樂的哩！故此老夫今日說，『虐待同胞』這一個車夫的罪，實是不免了。然而推原禍首，實是幾位行政官那些稗政所致，因此看來，姑娘將來公庭控告，老夫決其不能得直，就在此點，姑娘試一自思，行政官既主張這件事，姑娘卻節節與之反對、控告車夫，便不啻控告行政的人。雖然公庭上執法的另有一人，然而我可信得中國人所謂『官官相衛』那一句說話，未始不再見於此，是所謂觸了他的惡感。所以我勸姑娘且別前去罷！」

　　紫綃想了一回，說道：「雖然如此，但是昔日聽見人說這裡的法律甚是嚴

密，人家持著一隻雞把雙腳縛得緊緊，巡警見著，便向公庭控告，說他虐待生物了。人家蓄了一個鴉頭，偶然鞭撻幾下，好事者可將此報案，說他大背人道了。其實人之與雞，輕重自然懸殊，一則偶然虐待，一則長為牛馬，那殘虐同種的事也大有分別。古人有一句說話叫做『輕重倒置』，一指蔽眼不見泰山，即此便是。可恨我輩中國的人，不自努力，竟被人踏於畜生道中，竟不自覺了！」

　　老者道：「姑娘這倒不一概而言。姑娘須知人代馬車，那人雖然痛苦，但都是自投羅網，不是人家躋陷的。所以□□□□□，沒有提告的人。」紫綃道：「這個哩，我們同胞真個有嗜痂之癖了。」

　　老者道：「不是如此說，只因內地的同胞□□□□更慘，中人之家每日只□□□頓出大，下等的每日只□□□連自□□一天得閑無事，細細把那些雜捐苛斂，細細一算，大約每人每天要拿五角銀子出來纏夠敷衍。然而他們不盡是有資有業的人，所入既無，所出甚鉅，苦不堪言了。設或事業也有了，然而不盡是入息優厚的，譬如每日所入祇三四角，而所納的已超出其數，縱使盡其所有以供政府，尚不足數，還有自己使用呢？養育妻子、孝敬父母呢？這也苦不勝言了！且更有一層，一國之內，不盡是人人可以生利的，老者、幼者、病者、孕者，都是不能操作，然而韃國政府都不因此而輕減其負擔。老者無力，便不能不倚賴其子女，為之供納；幼者無力，更不能不藉父母為其輸納。於是有以一人之力，而替一二人供納苛稅的，更有以一人之力，而替四五人供納苛稅的。力不能逮，而韃政府的兇殘手段又多，今日催科、明日拿捉，捉去之後，一面在監獄中施行毒刑，一面在外頭還要追究被捉的家屬。困苦如此，那些百姓，你道怕也不怕？無可奈何，只得挺身逃走。走了出來，只道可以尋些安樂日子。

　　誰知他們出來，大約都是勞動家，是要仰那資本家的鼻息的。資本家深知內地同胞那些情狀，便一味故意減給傭值，以保顧自己私囊，每日夜值一

元的工錢，只給三四角便算事了。那些勞動家居此，心中雖然不甘，只是欲與為難，有如以卵投石。欲要不做工了，走回內地，誰知內地轄政府的官吏，見人私逃出走、拖欠苛稅，心中已是怒了；一旦見人走了回來，便不惜用著惡霸殘忍的手段，或則誣為革命黨硬指他偷竊。於是那些窮民盡入□□□□□，各人鑑於此地活動，更不願再投身內地哩！進退兩難，於是不得不轉為自全之計，於是人代馬車的活劇漸漸演出了。姑娘，你道可痛不可痛？」

紫綃道：「然則為之奈何？」老者說道：「補救問題，在別一事情，每多複雜；唯於此一方面，卻大大不然。其進行的法，甚為簡單，也不費甚麼思索，只要我們同族的人齊心合力，把那些野蠻賤種盡數驅去，另立一種文明的政治，恢復我們的國土政權，便萬事都不妨礙。設或不然，勞動家固然與牛馬不殊，浸假上流社會也要受人家的蹂踏，恐怕連二位姑娘也有些不免了！」紫綃聽了，說道：「老丈的言我也曉得了。但是我們的意思，甚願覓一兩個代馬拉車的人前來問問他的情狀，與及種種辛苦，不知老丈可能代勞麼？」

老者笑道：「姑娘可謂太過好奇。然而此事我可一一代辦，且當覓一支體最殘的人攜了前來，以備姑娘研究。但不知姑娘現寓何處？」紫綃說道：「你這一問，令我覺得可笑！我們現在還沒住址，是剛纔從船上登岸的哩，意欲覓一間旅店，誰知因著這事，卻延擱了好些時刻，而今夜色已是不早了。」老者道：「這個卻不相妨。我且幷替姑娘覓一旅館可好麼？」紫綃道：「甚善甚善！」於是急急請老者前行。

走了一會，只見一所極莊煌、極華麗的房屋現在前頭。老者因指著道：「這不是旅店麼？大約也夠姑娘住足。」紫綃道：「很可以！我明朝且不外出，在此等你，請你不要負約何如？」老者聽得了，說道：「我有一句說話本當速講的，到了而今覺得好笑，二位姑娘高姓大名我也不曾請教。」紫綃道：「可是哩！就是老丈尊姓名我也不及知道！」

老者道：「這話雖講，若在別人跟前我也不肯將真姓名道知的。但今日見得二位姑娘如此熱誠感人，我也不及隱諱，我的原姓名，便是『全國興』三

個字，本來也熱血過人的，只因世事日非，遂把真姓名藏過，只用著『天惱生』三個字。姑娘記著，若在社會裡頭有人提道『天惱生』三個字，便算是老夫了。」紫綃見得如此真切，便將自己姓名與及錦英所有的一一向老者說知。老者大喜，叮嚀了幾句，竟自去了。

且說紫綃錦英二人來到了客房裡，店中夥計極意招待，且不必說。然而住了還不及一夜，那些怪世事又來了。原來紫綃同著錦英二人，最是好動不好靜的，睡在牀裡，雖然沒可消遣，只是心中還是左思右算，心猿卻自不寧。恰好隔房的住個兩個男子，鎮夜裡唧唧私語，鬧個不寧。紫綃因對錦英說道：「妹妹，你打量他兩人是說些甚麼？我們均是得閑，不妨略略偵探，以練見識。」

錦英聽命，起身走到貼近的障子上，傾耳一聽，只聽得一個人說道：「大哥，我們少爺懷著多金，不知真個走到那裡？說他是嫖，他屋裡放著如花如月的妻妾不去受用，卻要領略那野草閑花，難道他是別有肺腸的麼？況且他平日又不是個好色之人呀！」一個人說道：「二哥說話甚是。更有人說他是好賭博的，其實我也不見得，我們在他家裡已經有七八年了，並不曾見過他與人賭博、擲骰子、打骨牌，與及升官圖、又麻雀等等，都是不曉的，曾不防他攜銀外出賭博去了。然而他究竟走到那裡去呢？有人說，剛纔確實見他從上海搭了火船到廣東去了，我想廣東不是好頑之地，萬不及上海那些繁華，說他到廣東去了，我也不大信。無奈主翁有命，不得不如此。主翁猶其後事，還有少奶奶哩、少姨奶奶哩，都是著急到了不得！每日裡問籤起卦、求神拜佛不只一次，一說起了，便要淚落如雨。我臨走時，他還向我說呢！他說道：『若好好的把少爺找著了，便有重重的賞賜。設或不然，你們也不要回家見我！我是沒好氣與你相見的！』唉，二哥，你道要怎樣著手哩？現今聞得朝廷裡，派著一個親王叫做甚麼塗貝子，到粵東調查殷戶，勒索國債捐去了。粵省紳民開會歡迎，甚為熱鬧，我們且到那裡一走，若是僥倖把少東尋著，免使各處奔波，這便是幸中之幸了！設或不然，買些土貨回去作一個憑據，免得府裡的人說我在外頭躲懶。而今到了這裡，便是廣東門戶了，明兒到了

內地，少東的事也當揭曉。好好的睡了一夜吧！」說到這裡，說話漸歇。

錦英因悄悄的對紫綃說道：「姐姐，這件事你怎測度呢？」因把二人那些說話覆述了一回。紫綃道：「這不難測度。大抵這位闊少，新發了做官的處，跟著勢位炎炎的王爺去運動運動罷了。現在漢人像這般行為的正多哩！然而我們也當睡了。」說罷，彼此安息。

到了次日，還沒起來，只聽得店中使喚的人前來叩房子的門，說道：「姑娘，外頭有一位老年的人相覓，大約是姑娘的朋友，不知姑娘可見他不見？」紫綃二人聽得，便知道天惱生到來了，心中喜不自禁，只道代馬拉車的人一同前來，可以先覩為快。誰知走出看時卻又不然，只有天惱生一個人站在那裡。

紫綃邀入客堂相敘，問他代馬拉車的人可曾帶了前來。天惱生聽了，歎了一回氣，道：「正為這個。我昨晚足足一夜不曾睡著，都是因著這事。昨晚我真是太過輕易應承你了！」紫綃道：「這是怎麼說？」

老者說道：「這一件事，我與彼俱有為難的處。先就我一方面而言，驀然而來，帶著這不倫不類的人向最闊綽的旅店進發，守門的人一定不肯容我進去的。他不容了，我一定上前辯駁，說有人要研究研究。姑娘，我這辯駁的話豈不是真的！無奈取信於人，人不信我，一定說我奇怪，甚且加我以種種不美的言語，我的名譽豈不是蒙了損害麼？然而我自己一個人事情猶小，昨夜辭了回去，我即便把代馬拉車的人找著了，說道如此如此，那時眾人聞了，都道：『若發去了，不知可有利益給我沒有？』我道：『有的，那兩位姑娘十分慈悲，或者拿出若大銀子，給汝別營生業。設或不然，蒙他賞一元幾角，也可作一二日的用度，略補拉車的辛苦。』那時眾人聽得，都願意了。後來闖進了一個管車的人，說道：『汝們不好跟著這個老頭兒前去，現在外洋各埠正招苦工呢！每處內地都有豬仔頭拐賣人口出境，稍有不慎，就要落了伊的陷阱！你們且警醒警醒！』當時我見得如此，只得據理與他辯駁。眾人聽了，又是闊然，說道：『他叫我們前去，斷不是好意！或是當場把我羞辱，或是把我們影兒用照相機攝了進去，辦到外國，把我們中國的人乘機出醜，我們不

特辱身、並且辱國呢！罷罷！你這老頭兒不必言，且快走，不要在此混鬧罷！』唉，姑娘，他們如此堅拒，叫我怎能辦得此事來？還請姑娘見諒則可。」

　　紫綃道：「既然如此，我們不看罷！」老者聽了，想了一回，說道：「姑娘若果真要去見他時，我卻想得了一個法子。我儘有與他相識的，設若由姑娘命駕前去，想他無可逃避，又能直接說話，有何不可？」紫綃聽了，還沒答言，只聽得錦英坐在這裡，鼓掌而起，說道：「不須不須！我已想得一法了！」正是：

　　山窮水盡疑無路，柳暗花明又一村。

欲知錦英說出何法，下回再述。

國家圖書館出版品預行編目(CIP) 資料

鏡老花移映新影：清末四部擬《鏡花緣》小說的
　歷史與婦女群像 / 蘇恆毅著. -- 初版. -- 臺北
市：元華文創, 2019.04
　　面；　公分

　ISBN 978-957-711-062-6 (平裝)

　1.鏡花緣　2.研究考訂

857.44　　　　　　　　　　　　　　　108002159

鏡老花移映新影
——清末四部擬《鏡花緣》小說的歷史與婦女群像

蘇恆毅　著

發 行 人：賴洋助
出 版 者：元華文創股份有限公司
聯絡地址：100 臺北市中正區重慶南路二段 51 號 5 樓
電　　話：(02) 2351-1607
傳　　真：(02) 2351-1549
網　　址：www.eculture.com.tw
E－m a i l：service@eculture.com.tw
出版年月：2019 年 04 月 初版
定　　價：新臺幣 480 元

ISBN：978-957-711-062-6 (平裝)

總 經 銷：易可數位行銷股份有限公司
地　　址：231 新北市新店區寶橋路 235 巷 6 弄 3 號 5 樓
電　　話：(02) 8911-0825　　傳　　真：(02) 8911-0801